德拉库拉伯爵

[爱尔兰]布莱姆·斯托克 著

李荣庆 译

浙江工商大学出版社
ZHEJIANG GONGSHANG UNIVERSITY PRESS

图书在版编目（CIP）数据

德拉库拉伯爵 /（爱尔兰）斯托克著；李荣庆译.
—杭州：浙江工商大学出版社，2016.6（2020.1 重印）
（西方经典哥特式小说译丛 / 蒋承勇主编）
ISBN 978-7-5178-1068-1

Ⅰ.①德… Ⅱ.①斯… ②李… Ⅲ.①长篇小说－爱
尔兰－现代 Ⅳ.①I562.45

中国版本图书馆 CIP 数据核字（2015）第 100008 号

德拉库拉伯爵

［爱尔兰］布莱姆·斯托克 著
李荣庆 译

出 品 人	鲍观明	
丛书策划	姚　媛	
责任编辑	姚　媛	
责任校对	刘　颖	
封面设计	林朦朦	
责任印制	包建辉	
出版发行	浙江工商大学出版社	
	（杭州市教工路 198 号　邮政编码 310012）	
	（E-mail：zjgsupress@163.com）	
	（网址：http://www.zjgsupress.com）	
	电话：0571－88904980，88831806（传真）	
排　　版	杭州朝曦图文设计有限公司	
印　　刷	杭州宏雅印刷有限公司	
开　　本	880mm×1230mm　1/32	
印　　张	13.75	
字　　数	332 千	
版 印 次	2016 年 6 月第 1 版　2020 年 1 月第 3 次印刷	
书　　号	ISBN 978-7-5178-1068-1	
定　　价	49.00 元	

总　序

蒋承勇

　　哥特式小说,作为一种独特的文学类型,是由 18 世纪的英国小说家贺拉斯·沃波尔首创的。他的小说《奥托兰多城堡》作为黑色浪漫主义的发轫之作,不仅引领了当时的哥特式小说创作风潮,而且也成为随后而起的欧洲浪漫主义文学运动的动因之一。与某些昙花一现或盛极而衰的文学类型和文学流派不同,哥特式文学发展虽然经历了跌宕起伏,但依然顽强地生存了下来,并于 20 世纪 70 年代开始在西方复兴,还由文学扩展到其他文化艺术领域,基于哥特式文学创作的哥特式批评和研究也成为当代西方批评的一个热点。正如琳达·拜耳-伦鲍姆(Linda Bayer-Rerenbaum)在《哥特式想象:哥特式文学和艺术的扩展》(*Gothic Imagination：Expansion in Gothic Literature and Art*, *Fairleigh Dickinson University Press*,1982)一书中写道:"十年前,当我开始研究哥特式主义时,'哥特式复兴'才刚刚兴起。尽管哥特式文化现象已开始浮现,如电影《罗丝玛丽的婴儿》(*Rosemary's Baby*)已上映,但是,当时的普通读者甚至学者对'哥特式主义'这个术语及其特定的含义,都还很陌生,甚至最好的大学的英语系也很少开设哥特式文学课程。当我告诉朋友,我正在从事哥特式主义的研究时，只有少数人熟悉这种文学类型，或者能够记起一部哥特式小说的名字。大多数人只是想掩饰自己的无知，礼貌性地笑一笑说：'噢，这个太专了吧。'而在十年后的今天，'哥特式'这个词已是家喻户晓。最近，我在一家我最经常光顾的百货商场的书店里看到，在'烹调类'和'非小说类'图书旁边整整一个过道上都是'哥特类'图书，超过一百种可供挑选。电影《驱魔人》(The Exorcist)——一部哥特式经典之作，比起先前的电影，吸引了更多的人，而小说《驱魔人》也售出七百多万册。过去十年中，我们耳闻目睹了超自然、占星术、哥特式科幻小说甚至经典哥特式文学的复兴。时至今日，人们很难看到在美国有哪所大学不开设哥特式文学课的。哥特式文学由于越来越受欢迎，其地位也已获得学界的首肯。"哥特式小说在18—19世纪的繁荣之中确立了它的美学范式和风格，并由此在西方文学中形成了哥特式文学传统。其后的发展也与时俱进。在19世纪，哥特式文学的新发展就是同现实主义融合，为该时期许多主流作家所用，如简·奥斯汀、狄更斯、勃朗特姐妹等。此外，哥特式也见于其他流派主要作家的创作，如霍桑、爱伦·坡、王尔德、亨利·詹姆斯、梅里美和波德莱尔等。他们要么创作了哥特式小说，要么在自己的创作中运用了哥特式风格和元素。到了20世纪，哥特式元素和风格为许多作家所青睐，哥特式文学再度出现繁荣，如福克纳、理查德·莱特、弗兰纳里·奥康纳、安妮·莱斯、托妮·莫里森等都创作了颇具特色的美国南方哥特式小说，其中不乏获诺贝尔文学奖的作家作品。当代美国作家斯蒂芬妮·梅尔的《暮光之城》小说系列以及由此改编的电影，更是让哥特式文学在全球读者和观众面前绽放异彩。

面对西方哥特式文学传统及其演进和当代复兴，面对西方哥特式文学和艺术研究持续不断的深入和拓展，我国学界对哥特式文学的研究显得相对滞后，理应引起外国文学研究者的足够关注。李伟昉教授认为,英国哥特式小说研究是一个新的富于挑战性的课题。之所以这样说,主要原因是:受以往既定的政治标准和阅读思维定式的影响,国内对产生于18世纪后期的英国哥特式小说这样一个曾经深刻影响过19世纪以来西方文学的"黑色小说"流派,在译介和研究上显得非常滞后,国内读者对其还十分陌生。从国外方面看,20世纪80年代前,哥特式小说的研究明显不足,且评价不高。80年代后,西方对哥特式小说的研究出现日趋高涨的热潮。因此无论在国内还是国外,英国哥特式小说都是一个值得充分重视并大有可为的研究领域。不过,据本人陋见,早在20世纪80年代,国内就已有学者开始关注哥特式文学了。我在上海师范大学读硕士研究生时,我们的老师朱乃长先生就要我们翻译亨利·詹姆斯的《螺丝在拧紧》作为翻译作业;正是从他那里得知,这是一部哥特式小说;也正是从那时起,知道西方文坛中还有哥特式文学这样一朵奇葩。2003年在台湾出版的高万隆教授译作——贺拉斯·沃波尔的哥特式经典之作《奥托兰多城堡》,正是他在朱乃长先生指导下的文学翻译习作。这是我见到的最早的中文译本了。此后,马修·刘易斯的《修道士》、玛丽·雪莱的《弗兰肯斯坦》和布莱姆·斯托克的《德拉库拉伯爵》等经典哥特式小说的中译本在国内不同出版社出版。

国内对哥特式文学的研究始于20世纪90年代。在其后的20余年间,哥特式研究形成了一定规模,且呈现多元态势:肖明翰、韩加明、高继海、高万隆等撰文梳理并探讨了英国哥特式小说的发展;黄禄善等从多维度深入解读了哥特式小说文本;李伟昉等对哥特式小说的美学理论及其渊源进行了追溯和探究。此外,李伟昉等还从比较文学的角度研究了英国哥特式小说。近几年还有不少文章从女性哥特式文学的理论立场出发,对女性文学的经典之作进行重读和诠释。另外一个值得关注的现象是,近年来,英语语言文学或比较文学与世界文学研究生的论文有许多都涉足哥特式文学研究。由此可见，伴随着国外"哥特式"的复兴，"哥特式"也逐渐成为我国外国文学研究的热点问题之一。

然而，遗憾的是，至今国内尚无西方哥特式文学经典的系统性翻译。有鉴于此，2011年，浙江工商大学比较文学与世界文学省级重点学科将"西方经典哥特式小说译丛"列为重点项目之一。"西方经典哥特式小说译丛"从起笔到付梓，历时五年多之久。这套译丛在国内首次以系列方式推出，无疑有助于推动国内读者对西方哥特式文学的了解，也有益于推动国内学界对哥特式文学的研究。第一批"西方经典哥特式小说译丛"选译了18—19世纪最有代表性的西方哥特式小说经典之作。之后，还将继续选译和出版20世纪的哥特式小说经典。我相信，这不仅是我们的期待，也是读者的共同期待。

本译丛的译者多为工作在高校教学和科研第一线的教师和学者，教学科研任务繁重，但他们不辞辛苦，为这套译丛的翻译付出了艰辛的劳动。在此，向他们表示敬意。此外，对于浙江工商大学出版社对这套丛书在编校和出版方面所付出的努力也深表感谢。

译者序

梁启超著《中国近三百年学术史》，谓明末清初西学东渐，著作译自西洋者累积不下五十余种，而其中多近代科学著作，小说一门不与焉。清末民初，侯官（今福州）林纾开创小说翻译先河，口述笔录，译著中小说不下百七十余种，国人借之可以一窥西洋小说面貌矣。余来浙江台州，讲授英美文学，于林译小说多所浏览，既艳羡其译著丰富，复膺服其造诣精深，常愿穿越时空，移译西洋小说一二种，做琴南门下走狗。二○一一年，余友高万隆教授主持哥特式小说研究项目，邀余同襄其事，翻译哥特式小说《德拉库拉伯爵》。是时也，余方欲广涉西方文学，又欲促东西文化交融，遂不顾浅陋，率然相允。

该书作者布莱姆·斯托克，爱尔兰人，曾为英国兰心大剧院经理，所入不敷家用，则创鬼怪小说鬻而补之。一八九七年其作《德拉库拉伯爵》出版，所撰妖孽喋血故事，通俗易懂，嘉评累牍，其书不胫而走，遍传欧美大陆。该书问世之初，论者多以该书之美当在玛丽·雪莱、爱伦·坡及艾米丽·勃朗特诸家之上。未几，欧美各大学讲授哥特式文学者咸将此一传奇列入课表，其书遂成经典，百年之间，一版再版，至于无数，足见时论之誉非妄言也。

以文学批评言之，历来学者多有论说，其中公允平实者在在而有：有见伯爵欲自欧洲移居伦敦所创欧洲入侵警示说；有见女子被害即反化吸血鬼所创维多利亚新女性反应说；有探讨嗜血心态所持之伯爵即弗洛伊德之本我化身说；有探究人物性别关系而创德拉库拉为潜在同性恋者说；有诠释情节而持德拉库拉即资本主义垄断者说；又有解读德拉库拉故事而持英伦精神病院实行人身压迫说……伯爵嗜血虽为杜撰故事，其中所涉情节，却非事事凿空，所依本事真伪，学者持论不一，后来读者幸存意焉。

该书旨趣幽深，文字不足以尽发其微，则又翻为戏剧、电影。以电影而论，一九二二年，德国穆尔瑙导演《不死僵尸》，实肇其端。此后，影坛佳制时出，至二〇〇九年，德拉库拉吸血影片已多达二百一十七部，较之福尔摩斯电影二百二十三部略有不逮，而居其次。以小说改电影，书中人物不必尽现银屏。德拉库拉伯爵自不可少，其他人物若米娜·哈克尔，医生谢瓦尔德，教授范·黑尔辛皆为重要角色，亦不可少。米娜与露茜二女，常常并而为一。律师乔纳森·哈克尔、患者伦菲尔德非并即舍，至于昆西·莫里斯、亚瑟·霍尔姆伍德等书中配角，往往悉遭舍弃。电影之中，故事情节，多所变化，凭之亦可揣摩小说原创之初旨。

反观中国，小说一体流行颇晚，至明清其道方大行。而志怪一脉，上自搜神、夷坚，下到聊斋、草堂，长者章回，短者笔记，却历代不乏制作，以学者重其劝世之功，谓可补夫子所不言而有助治道也。余更谓，中国志怪，西方哥特，名目不同，内容各异，而社会功用实相同也。有心学者当中西参照，相互发明，洞窥二者益世之理，不宜偏废。

《德拉库拉伯爵》一书，此前已有汉译数种。然而，译者下笔常受制于译时语境。何事直言，何事隐讳，虽出译者胸次，岂不终由语境主决。语境流转不止，域外名著亦宜代有新译。又译事半属创作，译文多蓄主观成见，不同译本参读，可纠译者之偏。此皆译界通识，亦或万隆嘱予重译之由也。此次重译，再经寒暑，方竣其役。临梓为序，惶恐莫名，脱有疏略，书生君子，其宽宥之。

目　录

第一章

乔纳森·哈克尔的日记

五月三日,比斯特里斯

五月一日晚上,八点三十分我们从慕尼黑起程,次日清晨到达维也纳。我们本应在六点四十六分抵达,但火车晚点了一个小时。布达佩斯看起来挺不错。在火车上,我已浏览了布达佩斯的景致,下车后又在街上逛了逛。我不能走得离车站太远,火车已经晚点了,需要赶点。我感觉火车是自西向东而行。自此地以东,多瑙河宽阔深幽。一座座精美的桥梁,把我们带入传统的土耳其世界。火车出发的时间正好,黄昏后我抵达了克劳森伯格。晚上我在罗伊尔旅馆过夜。晚餐,或者说是晚饭,吃的是一种红辣椒炖鸡,味道不错,就是肉有些发柴。我想为米娜拿到这道菜的原料配方,于是就问服务生。服务生说这道菜叫"辣椒炖鸡块",是这个国家的传统菜肴,在喀尔巴阡山一带都能见到它。在这里,我发现我的那点德语居然颇有用场,不然的话,我还真不知道如何是好。

在伦敦时,我利用空暇时间前往大英博物馆,研究了有关特兰西瓦尼亚的文献和地图。这些民俗资料对我和该国的贵族打交道很有用。

我发现这个地区位于该国最东边,在特兰西瓦尼亚、摩尔达维亚和布科维纳三国交界的地方,大约在喀尔巴阡山脉中部一带。它是欧洲最蛮荒、最鲜为人知的地域。

在任何地图或者著述上都找不到德拉库拉城堡的确切位置,因为这里没有相当于我们国家军用地图之类的东西;但是我发现由德拉库拉伯爵命名的比斯特里斯军镇还颇有些名气。于是我想就此记一点笔记,这样以后向米娜说起这次旅行的时候,这些笔记就能提醒我了。

特兰西瓦尼亚由四个不同的民族组成:南部是撒克逊人,他们和达夏人的后裔瓦拉赫人混住在一起,西部是马扎尔人,住在东部及北部的是泽克利人。而现在我将要进入泽克利人的地盘。他们自称是匈奴人阿提拉的后代,这也许是事实,因为当十一世纪马扎尔人攻占这个地方的时候,发现匈奴人早就居住在此了。

我从书中读到,在喀尔巴阡山这块马蹄铁形的地区里,集聚着世界上各种迷信,好像这里就是一个世界魔幻中心。果真如此的话,我将不虚此行。(记着,我一定要向伯爵询问所有这些事)

床非常舒适,不过我睡得并不安稳,一直在做各种古怪的梦。窗下有只狗整晚都在狂吠,可能就是因为这,我才睡不好。也有可能是因为我吃了太多的辣椒,尽管我把玻璃瓶里的水喝得一干二净,但仍然干渴难耐。将近凌晨我终于睡着了,但没多久,一连串敲门声又把我吵醒了。不过我想这一觉我可能睡得挺深的。

早餐我吃了更多的辣椒。主食是玉米粥,他们称之为"玛玛尔加";配菜是塞着肉馅的茄子,味道相当不错,他们管它叫"伊姆波里塔塔"。(记着,搞到这菜的配方)

我匆匆吃完早餐，火车要在八点前开，按时刻表应该在这个时候开车。我七点半就赶到火车站，但上了火车后又等了一个多小时车才开。似乎火车越往东开就越不守时，谁知道要是开到中国会成什么样子。

火车一整天都在这个美丽的国家里行驶。有时我们能眺望到陡峭山冈上的小镇或者城堡，那景致就像旧弥撒书里描绘的那样；有时我们沿溪流而行，从溪流两边的石岸判断，这里经常遭到洪水的冲刷，只有急流长期的冲刷，才能把石岸变成这样。

每一站都能看到不少人。他们服装各异，有些人看上去像英国的农民，或像在路上看到的法国和德国的农民。他们都穿着短上衣和自家缝制的裤子，头戴小圆帽，但也有一些人衣着光鲜。

远远看去，女人们都挺漂亮的，近处看时，才发现她们腰肢臃肿。她们身着各种白袖长服，腰部缠着宽大的束带，上面缀着饰物，就像芭蕾舞演出服。当然，她们臃肿是因为里面穿了过多的内衣。

我看到最奇异的是斯洛伐克人。这些人看起来更野蛮。他们头戴宽边牛仔帽，上穿亚麻衬衣，下着脏兮兮的宽松白裤，腰上皮带足有一英尺宽，上面饰满了铜钉。他们穿着高筒靴，裤脚掖在靴子里。这些人留着黑色的长发，蓄着浓密的胡子。他们是一道风景线，但给人的印象不好。如果在舞台上，他们简直就是东方惯匪。不过，有人告诉我，他们其实并不可怕，他们的能力甚至不足以保护自己。

天亮前，火车到达比斯特里斯。这是一个古老而有趣的地方。它坐落在边境。博尔戈关卡从这里一直通向布科维纳。在历史上，它经历了各种腥风血雨，至今战争痕迹历历可见。五十年前，那里曾火灾频发，熊熊的烈火肆虐过五次。十七世纪初，比斯特里斯遭受了长达三个星期的围攻，一万三千多人死于战乱、饥荒与疾疫。

德拉库拉伯爵向我推荐了金克朗旅馆。我很高兴地发现，这是一个地道的旧式旅店，我就是要从各个方面去感受这个国家。

很显然，已经有人在等我了。当我走近大门的时候，一个身着普通农装的老妇人满面春风地迎上来。她穿着白色衬衣、双层长花围裙，衣服紧紧地绷在身上。

当我走近时，她对我鞠了一躬，然后问道："您是英国来的先生吗？"

"是的，"我说，"我叫乔纳森·哈克尔。"

她微微一笑，然后对身后一个穿白袖衫的老人说了些什么，这个老人是跟她一起到门口迎接的。老人马上离开了，很快他又回来，递给我一封信：

我的朋友：

欢迎来到喀尔巴阡。我正在急切地期盼您的到来呢。今晚好好休息，明晨三点会有马车驶往布科维纳，我已经为您订好了位置。我的马车届时将在博尔戈关口等候您，然后把您接到我的住所。我想您从伦敦到这里的旅程一定非常愉快。您也一定会在我这片美丽的土地上度过一段快乐时光。

您的朋友，德拉库拉

五月四日

我想伯爵应该嘱咐过房东，让他为我预订最好的马车座位。但是当我向房东询问详情时，他却变得支支吾吾，甚至装作听不懂我的德语的样子。他肯定是装的，因为刚才他还完全听得懂我的话呢。至少，他曾经非常准确地回答过我的问题。

房东和他的太太，就是迎接我的那个老妇人，彼此用一种恐惧的目光互视了一下。接着房东吞吞吐吐地告诉我，他收到过伯爵寄来的钱，他所知道的只有这些了。当我问他是否认识德拉库拉伯爵，是否知道城堡的事情时，房东和他太太都只是画个十字，说他们什么都不知道，然后就缄口不言了。出发的时间就要到了，我没有时间去向别人打听。这件事有些神秘，让人感觉不快。

　　就在我要出发的时候，老妇人来到我房间，歇斯底里地对我说："您必须去吗？哦，年轻人，您真的非得去吗？"她处于一种极度亢奋的状态，连德语也说不连贯了，话里面还混杂着其他语言，我听也听不懂。在不断的追问之下，我才弄懂了她的意思。我告诉她我必须马上出发，因为有重要的事情要处理。她又问道："您知道今天是什么日子吗？"

　　我回答说："今天是五月四号。"

　　她摇摇头又说："噢，是的，这我知道，我知道。但您知道今天是什么日子吗？"

　　我说我不明白她的意思。她继续说道："今天是圣乔治日前夜，您难道不知道吗？当午夜钟声敲响的时候，世界上所有的妖魔鬼怪会倾巢而出。您知道您是要去哪儿，在做什么吗？"

　　她如此惶惶不安，我怎么安慰都无济于事。最后，她竟然跪在我面前，求我不要去，或者至少等过了这一两天再去。

　　这件事真是荒唐，令人觉得奇怪。我有公务在身，不能让这事搅了。

　　我扶她起来，尽量郑重地对她说，我很感激她的关照，但我身膺要务，不可耽搁。她站了起来，擦干眼泪，接着从脖子上取下她的十字架递给我。我一时不知道该如何是好，作为一个英国教士，我受的教诲说这些都是迷信。但是，拒绝一个诚心诚意的老妇人，我又于心不忍。

我想老妇人察觉到了我的迟疑,她把十字架念珠挂到我脖子上,说:"为了您母亲,戴上它吧。"然后就走出了房间。

马车当然又晚点了,我等马车的时候,记下了这段日记。而那串念珠仍然挂在我的脖子上。不知是因为老妇人的恐惧,还是这个地方的迷信习俗,抑或是念珠本身的某种暗示,我也说不清,但我内心确实感到疑惑。如果这本书能够先我而见到米娜,就让它替我做道别吧。这时马车来了。

五月五日,城堡

朦胧天空逐渐放亮,太阳升上天际。地平线起伏蔓延,远远望去,大小景物相互错杂,分不清是树林还是丘陵的轮廓。我并不感觉困倦。我睡到自然醒,不过写日记时又觉困意袭身。有很多新鲜事值得记下,读者可能会想知道我离开比斯特里斯之前享用了怎样的大餐,让我来具体描述一下吧:

我吃的是"强盗牛排",其中有熏肉、洋葱和牛肉块,上面洒上辣椒,然后用签子穿起来拿到火上翻烤,有伦敦猫肉那样的简单风格。酒是金米蒂阿斯克牌子,这种酒入口感觉不赖,稍有些刺激,我只喝了几杯。此外,别的什么都没吃。

我坐上马车的时候,车夫还没上来,我见他正在和房东太太说话。他们不时打量着我,很显然是在谈论我。一些坐在门外长凳上的人也围过去听他们谈话。他们不时地扭过头来看我,大多数人脸上都带着怜悯的表情。我还听到一些重复出现的奇怪单词,因为这些人来自不同的民族,于是我悄悄从口袋里拿出多语词典,查看这些词的意思。我敢肯定他们谈的事儿对我不利，因为他们提到的词有撒旦、地狱、巫术，"vrolok"和"vlkoslak"这两个单词都是同一个意思——一个是斯洛伐克语，一个是塞尔维亚语——都是"狼人"或者"吸血鬼"的意思。（记着，我得向伯爵打听打听这些鬼怪故事）

我们出发的时候，聚集在旅馆门口的人越来越多了。他们都在画十字，并用两指指向我。我好不容易拉住一个同行的乘客，让他告诉我这种手势是什么意思。开始他不愿意回答，但当他得知我是英国人之后，他解释说这是一种用来障蔽"魔眼"的护身符。

这听起来让人不快，我无非是到一个陌生地方去见一个陌生人而已。但这些人看上去都那么善良，对我充满着担忧和同情，我不禁被这种情绪感动了。

我永远也不会忘记在旅店前最后看到的那幕情景：各式各样的人站在旅店的院子里，或聚集在拱廊周围，不停地画着十字。他们背后的院子里栽培着枝叶浓密的夹竹桃和橘树。

车夫宽大的亚麻裤子覆盖了整个驾驶位，这种裤子叫"戈特扎"。车夫挥动鞭子，一阵噼啪声响之后，四匹小马驹并排跑动起来，我们出发了。

沿途景致秀色可餐，不久我便忘记了那些怪异的事儿。但要是我懂得同行旅客们所说的语言的话，忘掉那些不快的事儿可就不那么容易了。

我们前面的绿色山坡覆盖着茂密的林木，陡峭的山岩随处可见，树丛和农舍不时擦身而过，路的尽头是一堵白色的山墙。山坡上到处山花烂漫、果实累累——苹果、杨梅、梨和樱桃，树下绿草如茵，点缀着落英无数。

这个丘陵地带被称作"米特尔地带"，驿道就在其间穿梭。它时而消失在起伏的草地里，时而又从盘根错节的松林中穿出。山上山下松林好似跳跃的火苗，到处蔓延。

山路崎岖，但是马车却飞速狂奔。我不知道为什么要跑得这样快，但明显的是，我们的车夫想一分一秒都不耽搁地尽快抵达博尔戈普朗德。

有人告诉我，这条路在夏天走起来很顺，但现在它还没有从冬天雪后的路况中修复。在这一点上这条路和喀尔巴阡其他的路不一样。这里有一个老传统，霍斯帕达尔斯人不愿把路修得太好，免得土耳其人以为他们准备从这条路把国外的援兵带进来，从而触发早已蓄势待发的战争。

在米特尔地带，起伏的山坡上覆盖着广袤的森林，远处陡峭的山崖层峦叠嶂，那就是喀尔巴阡山脉了。一些山崖矗立在我们左右，午后的阳光照射在山上，映照出绚烂的光彩。山峰的背阳处弥漫在深蓝色和紫色之中，草地和岩石交错地带辉映着绿色和褐色，突兀的岩石和嶙峋的峭壁一望无际，直到消失在远方雪峰之中。

山上随处可见巨大的豁口，在夕阳下，我们不时地透过这些豁口看到远处瀑布反射出的粼粼白光。我们在山脚下蜿蜒而行，一座积雪高山突然显现在我们眼前。

此时一位乘客碰了碰我的手臂，"看！圣山！"他虔诚地画起十字。

我们在无尽的长路上行驶，山下余晖散尽，夜幕悄然降临。山巅积雪仍然映照着落日，散放着清冷的红霞。

一路上，捷克人和斯洛伐克人随处可见，他们服装绚丽，但我注意到"大脖子病"正在他们当中流行。途经的路旁矗立着许多十字架，我们经过时，同行的人都画起十字进行祈祷。沿途还可以随处见到跪在神龛前祈祷的农夫农妇。我们从他们身边驶过，他们也不回头看上一眼，似乎他们已经全身心投入，远离尘嚣了。

我看到很多新鲜的东西，比如树林里的草垛，还有美丽的长叶白桦。在绿叶的映衬下，白色的树干闪烁着银子般的光芒。

我们还能碰到大篷马车，这是普通农民使用的四轮马车，蛇形车骨很适合这里崎岖不平的路面。马车上坐着很多回家的农民，捷克人穿白色的羊皮衣，斯洛伐克人穿深色的羊皮衣，斯洛伐克人还随身带着一端镶着斧头的长矛。

夜幕降临，天气变得很冷。夜幕中，灌木丛、橡树、榉树和松树渐渐变成模糊的团团黑影。我们通过关口盘旋而上的时候看到，在深山幽谷，黑色的杉木挺拔地矗立在尚未融化的白雪之中。

有时马车在迫近松树林前，我们会感到黑压压的树林从头顶直压下来。各种树木聚成的团团暗影，营造出阴沉诡异的气氛。这种气氛又勾起我在傍晚时分有过的那种恐怖感。那时，落日的奇境中，喀尔巴阡山谷间的云层像幽灵一般不停盘绕。

有时，山路十分陡峭，尽管车夫想快速行驶，可马却跑不快。我希望能下车跟着马车步行，就像在家时那样，不过车夫不答应。

"不，不，"他说，"你不能在这里步行，这儿的狗太凶猛了。"然后他又加上一句："在睡觉前还有你受的！"

他的口气带着明显的谐谑意味，说完他还扫视了一眼全车的乘客，希望找到会意的笑容。一路上车夫只停下来过一次，为的是给马车点灯。

天黑下来以后，乘客们变得激动起来，他们一个接着一个和车夫交谈，似乎在催促车夫加快速度。车夫挥动长鞭无情地抽打着马匹，并不时地吆喝着驱赶马车飞速奔驰。

夜幕里，我隐约看到前方出现一片微弱的亮光，好像万山之中见到山口。乘客们变得更激动了，马车剧烈地摇晃，犹如风雨中在海上飘摇的一叶扁舟。我心情高度紧张。路面越来越平坦，我们好像在空中飞驰，两边的山峦好像正向我们扑来。

我们进入了博尔戈关。

乘客们开始一个接着一个给我送礼物。他们都非常真诚，我实在无法拒绝。这些礼物都是各式各样的小玩意儿。每个人都向我表达了他们纯朴的善意、诚挚的问候和祝福。但他们对我也做了我在比斯特里斯的旅店外看到的那种怪异手势，就是用来障蔽"魔眼"的两指手势和十字架手势。

马车继续飞驰，车夫突然向前探出身子，车里乘客都伸长了脖子透过车帮向黑暗深处紧张地张望。显然发生了什么重要的事情，或者他们在期待着什么事情发生。我向其他乘客打听，不过，没人给我一个哪怕是最简单的解释。

这种激动的状态延续了片刻，最终我们看到了朝东面打开的关口。此时，天空乌云翻涌，雷声滚滚。重重山峦好像在此分成了两半，而我们正在进入雷鸣的那一半。

这时我探出身，看有没有接我去见伯爵的马车，我时刻都在期待看到黑暗之中的灯光，但外边始终是一片黑暗。唯一的光线来自我们马车的那盏灯。通过微弱的灯光，可以看到马匹咻咻呼出的热气。

现在可以看清楚我们前方的沙石路了，但并没有其他马车等待的痕迹。乘客们缩回头来，脸上露出喜悦的神情，似乎在嘲笑我的失望。

我已经开始考虑应该怎么办，此时车夫看了一下表，对其他人说了些什么。他的声音又轻又低，我几乎听不到。我想他说的是："比原定时间提前了一个小时。"

然后，他转向我，他的德语还不如我："马车没有来，并没有人来接您，您就继续赶往布科维纳吧。明天或者后天再回来，最好是后天。"

他话音未落,马匹便开始嘶鸣,它们喘着粗气,变得狂躁不安。车夫不得不赶紧抓住缰绳。这时候,伴随着农夫的呼叫声和画十字架的手势,一辆四挂马车从后面赶来,超过我们,然后在我们车边停下。借着我们的车灯,我可以看清那驾车的马匹都是纯黑良马。

赶车的是个高个男子,蓄着棕色长须,头戴大黑帽,帽檐压得很低,几乎遮住了他的脸。只有当他转过身来的时候,我才隐约看见了他那双非常明亮的眼睛。在灯光的映衬下,那双眼睛闪烁着红光。

他对车夫说:"今晚你到早了,我的朋友。"

车夫结结巴巴地回答道:"那位英国先生很着急。"

陌生人接着说:"我想,那就是为什么你希望他继续赶往布科维纳吧。不用骗我,朋友,我知道得很多,我的马也跑得很快。"他边说边笑。灯光下,他嘴唇的线条分明,嘴唇很红,牙齿整齐,如象牙般洁白。

这时,我同车的一位乘客向另一个人低声嘀咕了一句诗:"死神飞驰如电。"这诗出自伯格的《丽诺尔》。

很显然,对面的车夫听到了这句话。他抬起头,脸上露出诡异的微笑。那个乘客慌忙扭过身去,伸出两根手指,不断画起十字。

对面的车夫说道:"把那位先生的行李递给我!"

我的行李很快就被递到他的马车上。我从车的一侧下来,他的马车就停在旁边。他搀扶了我一把。他抓住我胳膊的手就像铁钳一般,他一定力大无比。

然后他一句话不说,抖了下缰绳,马车调了个头,朝关口内漆黑的路上奔去。

我回头望去,后面那辆车的马匹在车灯下喷着白气,车上乘客还在不停地画着十字。这时,他们的车夫挥动鞭子,一声吆喝,朝着布科维纳方向驶去。当他们和马车消失在黑暗中时,我感觉到一阵奇怪的凉意和孤独。

这时候,一件斗篷披到了我的肩上,膝盖上也多了条毛毯,驾车人用流利的德语对我说:"晚上很冷,先生,我的主人伯爵先生吩咐我一定要照顾好您。座位下有一小瓶本地产的梅子白兰地,请您随便取用。"

我没有喝,不过想到有酒放在那里,还是感到惬意。我感到有些奇怪,甚至恐惧。我想如果我有别的选择的话,我是不会在黑夜选择这种前途未卜的旅程的。

马车一直向前奔跑,然后我们转了一个弯,驶上另一条笔直的道路。我感觉我们似乎在原地转圈子。于是我暗中记下一些明显的标志,结果证实的确如此。我想问一下驾车人何以如此,但又害怕开口。我想我的处境已经成了这样,就算他真的是在故意拖延时间,我抗议也没用。

过了不久,我好奇地想知道到底走了多长时间。于是我划了根火柴看了一下表,再过几分钟就是午夜了。我心中一惊,这几天的经历使午夜幽灵的说法变得更加真切。我怀着忐忑的心情等待着。

这时,远离道路的农舍传来一声狗叫声。这是一种悠长的哀号,似乎充满了恐惧。很快其他的狗也跟着叫了起来。山谷关口间现在微风习习,声借风势,一犬吠影,百犬吠声。可以想象,这吠声在漆黑的夜里最后将会传遍乡村的各个角落。

一听到狗叫,马匹立刻辟易不前。不过当驾车人轻轻地和它们说了些什么后,它们又平静下来,不过它们还在颤抖,汗淋淋的,就像受惊吓狂奔后的情形一样。不久,路两旁的远山深处传来狼的嚎叫声,而且叫声越来越大。我和马都惊恐不已,我真想跳下马车逃走,而那些马匹再次扬起了前蹄,然后猛向前冲。驾车人不得不用力勒住缰绳。

不久,我耳朵适应了这种狼嚎,马匹也安静了下来。驾车人跳下去站到马的前面。他安抚着马匹,在它们耳边轻声说着什么,就像驯马师做的那样。驾车人这样做很有效,在他的安抚之下,马匹又变得温顺起来,虽然还是有点惊魂未定。

之后,驾车人又回到座位上,抖动缰绳,马车又疾驶起来。这回,在行至关口尽头时,驾车人突然把马车拐向右边的一条小道。很快我们便开始在茂林中行驶,树枝在上方形成拱顶,我们就像穿行在隧道中一样。

穿过茂林,路两旁岩石高高地突起。尽管有岩石护着,我们仍然可以听到山岩里风的呼啸和干枯树枝折断的噼啪声。天越来越冷,开始下起蒙蒙细雪。须臾,我们周围的世界已经是银装素裹了。

刺骨寒风仍然传送着狗的嚎叫,不过声音已经变得微弱。但是狼的嚎声却越来越近,仿佛从各个方向逼近我们。我越发感到恐惧,我想马匹一定也和我一样。而那个驾车人却好像完全不当回事。他不时左顾右盼,但黑暗中我什么也看不到。

突然,我看见道路左边闪烁着微弱的蓝色火苗,驾车人也看到了。于是他勒住马,跳下车,随即消失在黑暗中。而狼的嚎叫声越来越近,我真的不知如何是好。正当我迟疑之间,驾车人又出现在我面前,他一言不发地坐回座位,马车又跑动起来。

我想我一定是睡着了,不断地重复梦着这件事,相同的情形不断地出现。不过现在回想起来,那真的是一场可怕的噩梦。

有一次蓝色的火苗离道路非常近,在黑暗中我甚至可以看到驾车人的动作。他快速朝火苗走去,火苗很弱,周围似乎并没有被火照亮。他找了一些石头,把它们垒成某种形状。突然,我眼前出现了怪异景象,当他站在我跟火苗之间时,他的身体并没有挡住火,因为我能够看到他身后鬼似的火苗。

我感到极度震惊,不过这种景象很快就消失了,我想这可能是在黑暗中产生的一种错觉吧。蓝火有一段时间没有出现,我们在黑暗中继续前行,狼嚎声依然在四周回荡,好像狼群围成圈子跟在我们后边跑。

最后,有一次驾车人又下了车,走得比之前都远。在他离去的那一段时间,马匹颤抖得厉害,它们不断喘气,发出惊骇的嘶鸣。我不知道是什么原因,因为这时候狼群已经停止了嚎叫。

就在此时,月亮忽然冲破乌云,从长满松树的悬崖顶上探出头来。借着月光,我看见我们四周都是狼:白色的獠牙,垂涎的舌头,粗壮的爪脚,蓬松的粗毛。

狼群沉默时比它们嚎叫时要恐怖千百倍,这时我有一种吓瘫的感觉。一个人只有亲身经历此情此景,才能够体会这种恐怖的感受。突然,狼群开始嚎叫起来,月光似乎对它们产生了特别的影响。马匹开始踢踏着后退,它们的眼睛无助而悲哀地四处张望,但是恐怖狼群的包围圈渐渐紧缩,马匹只能原地踏步。

我大声呼唤驾车人,因为对我来说,唯一的办法就是突破这个包围圈,把驾车人接进来。我大声喊叫着,不停地敲打车帮。我希望我的声音可以吓退这边的狼,然后伺机把驾车人接进来。我也不知道他是如何出现的,只听到他高声怒喝。我顺着声音看过去,只见他正站在路的中央。他舒展双臂,像是在拨开一些无形的障碍物,狼群开始后退,越退越远。这时候,一片密云遮住了月亮,顷刻之间,我们又陷入黑暗。

我再定睛看时,驾车人已经爬上了马车,那群狼也已消失。对我来说,一切都是那么的奇异和不可思议,吓得我张口结舌、手足无措。我们继续前行,时间似乎凝固了。滚滚乌云遮挡住了月亮,四周又是一片漆黑。除了几段陡坡外,我们几乎一直是在盘旋向上。

突然,我意识到赶车人勒马停了车,我们已经到了一个巨大遗弃城堡的院子里了。在这个大城堡中,所有黑洞洞的窗户没有一丝光亮,残破不堪的城堡女墙在天际勾画出一道锯齿状的曲线。

第二章

乔纳森·哈克尔的日记（续）

五月五日

我肯定是睡着了。否则，我肯定会注意到这个显眼地方的逼近。阴暗中，院子看起来很大。几条幽径从拱廊下伸向院外，使院子显得格外大。不过，我没有在白天看过这院子。

马车停下了，车夫跳下来扶我下车。我能感觉到他膂力惊人。他的手就像一把钢钳，似乎一用力就能把我的手捏碎。他取下我的行李，放在我脚旁。我身旁是一扇破旧的大门，上面布满铁钉，整个门镶嵌在石砌的门廊里。昏暗处，我能依稀看到巨大石块切割的痕迹。不过，历经岁月，石块上的刻痕已经不甚分明了。这时，车夫又跳上马车，抖动缰绳，驱动车驾，消失于一个昏暗的出口。

我呆呆地站在那儿，不知所措。没有门铃，也没有门环。即使我大声喊叫，声音也难以传进那厚厚的墙壁和幽暗的窗眼。时间仿佛已经凝固，恐惧和疑虑不断袭来。这是什么地方？他们都是什么样的人？我为何要担当这样的风险？

律师事务所委派职员出差向外国客户解释伦敦房地产买卖就非得承受这种事吗？律师事务所职员！米娜可不喜欢这个！离开伦敦

前，我已经获悉，我的律师资格考试通过了，我现在已经是一名真正的律师了！我揉揉眼睛，又掐了自己一把，看自己是否在做梦。这一切就像噩梦一般，我希望自己能猛然惊醒，发现自己躺在自家床上，而晨曦正洒进房间。就像我过去劳累一天过后，第二天早上常常出现的情形那样。但是我感觉到了被掐的痛楚，我的眼睛也没有欺骗我。我的确不在梦境中，而是在喀尔巴阡山中。现在我能做的就是忍耐，等待黎明的到来。

就在我这么想的时候，大门后面传来沉重的脚步声，门缝里透出亮光。接着是一阵铁链哗啦哗啦的声音和粗大门闩的移动声，最后是开启锈锁发出的声响。大门打开了。出现一位高个长者，除了上唇的白色胡须外，脸刮得很净。他从上到下一身黑衣，没有任何其他颜色。

老人手持一盏银色古式的灯盏，那灯盏没有灯罩。迎着开门带来的微风，灯内火苗跳跃着，投射出长长抖动的光影。老人恭敬地用右手示意我进去，他英语说得很好，但音调奇怪。"欢迎光临敝舍！请勿拘泥礼节。"他并没有向前迎接我，而是雕塑似地站在那里，他抬手欢迎的手势就像石像一般。然而，就在我跨进门槛时，他突然向前，伸手与我相握，他的手力量太大，握得我直咧嘴。他的手冰凉，倒更像是死人的手。

他再次对我说："欢迎光临敝舍！希望你率意而来，平安离去，在此居留快乐。"

老人握手的力量和那个赶车人相似。但是我没有看清楚那个车夫的脸，所以我怀疑他们是同一个人。为了证实我的想法，我试探性地询问："是德拉库拉伯爵吗？"

他很有礼貌地鞠了一躬，回答道："我就是德拉库拉，哈克尔先生，欢迎光临。进来吧，晚上天气很冷，你要吃点东西，然后好好休息。"

他边说边把灯盏放在墙上的灯架上,然后出门取我的行李。我来不及制止他,我说我自己来,但他坚持帮我拿行李。

"先生,你是我的客人,家人现在都已经睡了,所以,我来照顾你。"他提着我的行李朝走廊走去,然后登上曲拐的台阶,接着又穿过长长的走廊。我们步履沉重地走在石头地面上。

走廊尽头,他用力打开了一扇大门,我很高兴地看到一间房间,里面灯光明亮,餐桌上的夜宵已经准备好。宽大的壁炉里火焰正旺,看上去刚加过柴,火苗闪耀,噼啪作响。

伯爵停下来,放下我的行李,关上门,然后带我穿过房间,走到另一扇门前。他打开这扇门,这是一个八角形的小屋子,亮着一盏灯,屋子好像没有窗户。我们穿过这个房间,他又打开一扇门,然后示意我进去。

房间摆设舒适。这是一间大卧室,室内烛火明亮,壁炉烧得房间很暖和,新添的柴火,上面一层的火焰在烟囱中呼呼作响。

伯爵把我的行李拿进来,对我说:"旅途劳顿,您需要洗漱一下,一切洗漱用具,这里齐备。您洗漱之后,就请到前面那个房间去,那里为您准备好了夜宵。"

温馨的灯火,伯爵的恭谦,驱散了我心头所有的疑虑和恐惧。我慢慢缓过神来,忽然感觉肚子里空空如也。我简单洗漱了一下,就走到那间房间。夜宵已经备好。

主人站在壁炉的一头,倚着壁炉,很优雅地指了指餐桌,说道:"请就座,尽情享用,您一定会原谅我不能同您一起进餐。我已经吃过晚饭,不能再吃了。"

我把霍金斯先生托捎的信交给他,他拆了信严肃地读起来,脸上露出一丝迷人的微笑。他把信递给我看,其中至少有一段文字让人觉得开心:"很抱歉,我痛风病又犯了,这个病长期以来折磨着我,我不能外出旅行。不过我很高兴找来一位优秀的人代替我。我对他十分信赖，他年轻而充满活力，诚信而举止得体，处处显得温文尔雅。他在我的事务所历练。若蒙不弃，他在贵府逗留时日，可为您效劳，他能完全遵从您的旨意。"

伯爵上前去揭开餐盘盖子，浓郁的烤鸡香味扑鼻而来。除了烤鸡，还有奶酪和沙拉，以及一瓶陈年佳酿。瓶子旁边有两个酒杯，这就是我的夜宵了。我进餐时，伯爵不断询问我的旅途情况，这些，我都详尽地告诉了他。

吃完夜宵，伯爵邀我坐在壁炉旁的一张椅子上，他点了一支雪茄递给我，又歉意地说他自己不会抽烟。此时，我有机会去打量他，我发现他的长相非常特别。

他的脸型强悍，鼻梁隆而窄，呈鹰钩状，鼻孔拱起。他的天庭饱满，两鬓头发稀疏，但是别的地方头发则非常浓密。他眉毛粗重，几乎在眉心相接。他浓密的头发天然曲卷，嘴唇上胡须浓密。嘴角线条分明，给人以冷酷感。他牙齿洁白而尖利，唇色鲜红而有光泽，这都与他的年龄不太相符。其他部位的情况是：耳轮白皙，耳型上尖下阔，两颧宽大，线条硬朗。脸庞瘦削而刚毅。给人的总体印象是，他有着一张非常苍白的面孔。

火光中，伯爵把双手放在膝盖上，我注意到他的手背颜色也很白净，看来保养得不错。不过，我在近处观察时却发现其实他的手粗糙异常。他手掌宽大，手指拳握。令人惊奇的是，他的掌心长着长毛。指甲修长而尖锐。

伯爵弯腰时手碰着了我，我不禁一惊。他嘴里似乎有股腥臭味，令我产生一阵难以掩饰的恶心。

伯爵显然看了出来，他挺起身，开口笑了起来，露出嘴里尖利的牙齿。他回到壁炉边自己的椅子上坐下。

我们经历了片刻的沉默。此时，窗外射进第一道拂晓的曙光。周围有一种奇特的寂静。但是，仔细聆听，远处山谷深处则有狼群的嚎叫。

伯爵眼中闪着光芒，对我说："你听，它们都是夜晚的孩子，多么动人的歌声啊。"

也许看到了我惊奇的表情，他补充说："嗯，先生，你们这些城里人很难体会猎人的感受。"

然后，他站起来接着说："您一定很疲劳了，卧室已经为您安排好了，明天睡到什么时候都行。我要离开一会儿，明天下午回来，祝您寝安，好梦连连。"

他鞠了一躬后，为我打开通向八角屋的门。我走进了卧室。

我的脑子乱得像一团麻，心里充满困惑和恐惧。我不断胡思乱想，不敢面对自己的灵魂。望上帝不弃，播爱相眷！

五月七日

这又是一个凌晨。二十四个小时之后，我得到充分的休息，心情愉快。我一直睡到下午自然醒来，穿好衣服后，来到昨晚进餐的地方，桌上放着已经冷了的早餐，但壁炉旁边的咖啡还是热的。

桌子上有张留言条，写着："我离开会儿，不要等我。——德"

于是，我坐下愉悦地享用早餐。饭后，我想找手铃，通知佣人我已用完了早餐，但没找到。这真有些奇怪，这里显然陈设奢华，却缺少必用物件。

黄金餐具，做工精致，价值不菲。所有的窗帘、椅罩、沙发和睡床的幕帐都是用昂贵、漂亮的布料制成，做这些东西必定花了很多钱财。它们曾历经数个世纪，但依旧完好如初。我在汉普顿宫廷里曾见过这样的东西，不过，那些东西已经老旧不堪，或者留有虫蛀鼠咬的痕迹。

这里任何一个房间都没有镜子，我的桌子上面连梳妆镜也没有。我从包里找出剃须小镜，以便剃须梳头时用。

另外，我没看见过佣人。除了远处狼嚎外，听不到城堡附近有任何声音。我吃完饭后，想看点书。那顿饭我不知该算它是早餐还是晚餐，我是在下午五六点钟吃的。

我不想未经主人同意到处乱闯，但是这个房间里空空荡荡的，没有书、报纸或任何有文字的读物。于是我打开另一扇门，发现这似乎是书房。我又试了试我卧室对面的那扇门，但是发现它紧锁着。

在书房里，我欣慰地发现不少英文书籍，整整一书架，另外还有成册的杂志和报纸。屋子中间的桌子上零星地放着一些英文杂志和报纸，但都是过期的。这里图书种类繁多，有历史、地理、政治、政治经济学、植物学、地质学和法律类的，一切书籍都和英国及英国人的生活、礼俗礼节有关。我还发现了几本伦敦指南书籍，如《红页》《蓝页》《惠特克年鉴》和《陆海军名录》等。令人高兴的是，我还看到一本律师名单。

正当我翻阅这些书时，门开了，伯爵走了进来。他十分友善地招呼我，问我昨晚睡得怎样。

然后他继续说："很高兴你能找到这儿，我肯定这里很多东西会让你感兴趣，这些书这么多年来一直是我最亲密的朋友。"他把手放在其中的几本书上说："自从我有了去伦敦的想法后，它们带给我很多快乐。通过这些书，我慢慢了解了你们伟大的国家英格兰，并且热爱上了它。我想象在繁华的伦敦街头漫步，我想融入熙熙攘攘的人流中分享伦敦的生活，它的变化，它的兴亡，以及伦敦的一切。但是，如今我只是借助书本去学习你们的语言。朋友，现在我期待能用英语和你交谈。"

"但是，伯爵先生，"我说，"你不仅懂英语，而且说得非常好！"

他对我行了个礼，郑重地说道："谢谢你！朋友，你太过奖了，但是我担心我还只是刚刚入门，我懂得语法，知道单词的意思，但是不知道怎样把它们表达出来。"

"的确，"我说，"你说得很好。"

"恐怕没么好吧，"他回答，"可以肯定，如果我到伦敦生活，就没有人认得我。我可忍受不了。在这里，我是伯爵，是个贵族，人人都认得我。我是这里的主人。如果到一个陌生的地方成了一个陌生人，那我就什么都不是了，人们不了解我。不了解我，就不会在乎我。我可不想成为陌生人。那样的话，没有人会因为我而回避，也没有人会在我说话时闭上嘴巴。哼，陌生人！我长期做主人，我还要做下去，至少已经不会有其他人凌驾在我之上了。

"你是我在埃克塞特的朋友彼得·霍金斯的代理人，不只是来跟我谈我在伦敦房产的事务的。我知道，你会在这里待一段时间。这样的话，我可以通过与你谈话来学习正宗口音，我希望你能纠正我的错误，不要放过最小的错误。很对不起，我这几天离开的时间太长了，不过你会原谅我这个大忙人的。"

"当然"，我回答说，我愿尽可能地帮他，并问我是否能随时进入书房。

他回答说："是的，当然。你可以去城堡中任何地方，除了那些锁上的房间。那里不会对你有什么好处。这些都是有原因的，如果你能从我的角度和观点考虑的话，你就会明白。"

我同意了他的要求。他又说："这里是特兰西瓦尼亚，不是英国，我们的方式与你们不同，这里会有些让你感觉奇怪的事情。而且，从你告诉我你路上的经历来看,你可能已经感觉到一些奇怪的事情了。"

　　我们谈了很久。显然,他很健谈,也有可能是故意找话题。我问了他很多问题,都是在我身上发生的事情,或者是我感觉到的一些事情。有时他会回避不谈,有时会顾左右而言他,但基本上他还是坦率地回答了大部分问题。

　　随着谈话深入,我的问题更具体了。我提到前天晚上发生的奇怪的事情,比如,为什么车夫在见到蓝火后就走近它们。他解释说人们相信一年当中有一个晚上,就是前天晚上,所有邪恶幽灵都要出动,而有蓝色火苗的地方就埋有宝藏。

　　他接着说:"宝藏已经被藏到你前天晚上经过的那一带,事情肯定是这样的。因为这一带历经了数个世纪的争战。在这片土地上,每一寸土地都浸透着战士或入侵者的鲜血。过去曾经有一段动荡的年代,当时奥地利人和土耳其人大举入侵,战士们和所有男女老幼都争先迎敌。他们在山上的关口等着,制造雪崩,以不可阻挡之势压向敌人。虽然最终没有遏制敌人的入侵,但是入侵者什么也没找到。因为除了沙土之外,一切都被掩藏起来了。"

　　"但是现在,"我说道,"为什么这些宝藏还没有挖掘出来呢?既然有这个线索,只要人们努力,就可以挖出来。"

　　伯爵笑了,他咧嘴时露出了牙龈,又长又尖的利齿奇怪地翘了出来。他回答说:"因为那些农民都是懦夫和白痴!这些火苗只在一个晚上出现,而这个晚上,本地没有人敢跨出门槛一步。尊敬的朋友,就算他们敢出来,他们也无计可施。即使你提到的那个人在有火苗的地方做了记号,到了白天他还是找不到。我敢发誓,就是你也不可能再找到那些有火苗的地方。"

　　"你说得不错,"我说,"那只会让我联想到死亡,更不要说找它们了。"之后我们的话题转到了其他一些事情上。

"来吧，"他最后说，"你给我介绍一下伦敦，还有你帮我买的房子。"

　　我为工作不周向他道歉，然后走进我的房间取包里的文件。我整理文件时，听到隔壁有器皿碰撞的声响，我过去看时，见桌子已经收拾完毕，房间里点着一盏灯。

　　天色渐晚，书房里也点着一盏灯，我看见伯爵坐在沙发上，手里拿着一本《英国列车时刻指南》在看。

　　当我走进去时，他把桌子上的书和纸张整理了一下。然后我们谈起各种计划、文件和数字等。他好像对很多事情都感兴趣，问了很多所购房子和周围环境的问题。显然，他已经对这所房子所在的街区做了详细的研究，我发现他知道得甚至比我还多。

　　我称赞他见多识广，他回答说："也许吧，朋友，我需要知道这些。我到那里后将会形单影只。哈克尔·乔纳森，我的朋友，不，原谅我，我总是习惯性地把姓放在前面。乔纳森·哈克尔先生，到那时你不可能在我身边帮我指点。你可能会在几英里外的埃克塞特，在和我的朋友彼得·霍金斯研究法律文件呢。不是吗？"

　　我们仔细研究了普尔弗利特的房地产交易。我向他解释了所有情况后，他在必需的文件上签了字，又写了一封信。这封信和文件都会寄给霍金斯先生。

　　他又询问我是怎样物色到这个地方的，我向他读了我当时的笔记。

　　"在普尔弗利特的路边上，我看见一处不错的房子，那里张贴着发旧的出售告示。房子外有一道围墙，是座巨石砌成的古老建筑。它看上去需要修葺，橡木和铁件制成的大门紧紧关闭，似乎完全锈蚀。

　　"房产的名称为卡尔法克斯，的确，它看上去像腐蚀了的老式四点牌,因为房子是四边形,房子四角与罗盘指向吻合。整个房子大约占地二十英亩,四周被坚硬的石头严实围住。庭院为绿树覆盖,里面还有一湾静谧的池塘或小湖。很明显,有泉水潺潺注入,因为水清澈见底,通向另一条溪流。这所房子巨大,它的历史肯定可以上溯到中世纪,因为它的石料特别厚重。墙上窗户不多,而且有铁条封锁,看上去像一所监狱。旁边有一座小教堂。由于没有钥匙,所以我没有进入这所房子。不过我用照相机从各个角度拍了照片。我只是大概地估算房子的面积,房子的面积肯定很大。我记录中没有其他合适的房子,在这附近有一座刚盖的大房子,不过已经成了精神病院。从这里看不到那所房子。"

听了我的介绍,他对我说:"我很高兴这是一所陈年豪宅。我自己就出生在古老的家族里。真的要我搬迁到新房子里,那无异于杀了我。一两天盖不起一座房子,一个世纪建一所房子也不为过。我很高兴那里有座小教堂。我们特兰西瓦尼亚贵族死后不会同一般人混埋。我不向往激情或刺激,也不向往人们所追逐的明媚阳光和清泉。我已上了年纪,对逝去故人的感伤,让我心碎。此外,我这座城堡已是败壁残墙,城堡常年阴影笼罩,冷风不时从败壁垛与窗棂中吹入。不过,我喜欢这些幽暗与阴影,只要有机会,我就会一个人沉思。"

我觉得他的表情和所言很不一致。他满脸堆笑,但却隐含着愤恨和抑郁。一会儿后,他起身告辞,临走还嘱咐我把文件收好。他离开后,我拿起几本书翻看。这是一本地图,书一翻开就到了英国那一页,可见这一页经常被翻到。这张地图上有几处用笔画了圈。仔细查看发现,有一处位于伦敦东面,是他新买的房产地址。另两处分别是埃克塞特和约克郡沿岸的怀特白。

一个小时后伯爵回来了,这让我很高兴。

"哈哈，"他说，"还在看书呀？很好，但不要过于劳累。来吧，他们告诉我你的晚餐准备好了。"

于是我们携手来到隔壁餐室，我看到餐桌上晚餐丰富，伯爵遂向我歉意地说他刚才在外面用过餐了。但是，就像昨晚那样，我吃饭时他依然陪坐在侧和我聊天。

饭后，像昨天一样我吸了一支烟。同样，伯爵与我聊天并提出各种问题。这样，我们的谈话持续了几个小时。已经入夜很久了，我没有示意结束谈话，我想应该让主人尽兴。

我还没有睡意，昨晚我睡眠充足，现在精力旺盛。但黎明时，我却觉得寒意袭身，好像有股阴气逼来。据说久病之人往往死于黎明或潮起之时，任何人疲惫过度，感觉到了黎明前的阴冷，都会相信这种说法。

忽然，德拉库拉起身说："已经是早上了！你陪了我这么长的时间，真过意不去。你把英国讲得那么有意思，我都忘记时间的流逝了。"说完，他对我行了个礼，就急忙离去。

我回到卧室，打开窗子，窗外无甚景致。卧室的窗户面向院子，我能看到的只有渐渐亮起来的灰色天空。于是，我又关上了窗子。

五月八日

我准备上床的时候，突然产生了一种不祥的感觉，总觉得有些不对劲的地方。但愿我能平安地离开这里，我甚至希望根本就没有到过这里。

或许是因为一夜没睡才使我有此感觉。这里的生活就是如此吗？如果能有人和我说说话，也许我感觉会好一点，但屋子里空空的，我只能和伯爵说话，但是……我感觉这里也许只有我是个活人。

我想,既来之则安之,只有安心才能忍受一切。我必须安下心来,否则我会发疯。我暗示自己忍耐,至少要不露声色。

　　我上床后睡了几个小时,然后就睡不着了。我只好起身,把刮脸的镜子挂在窗上,准备刮脸。突然,我感觉有只手搭在肩上,随即听到伯爵的声音:"早上好。"

　　我吃了一惊,因为刚才镜子里并没有看见他,从镜子里我应该可以看到屋里的一切。由于惊吓手一抖,我划破了脸,不过当时我没有注意到。

　　我也向伯爵致以问候,然后回头往镜子里看,想看个究竟。这一次,我想我没弄错,伯爵就站在我的身边,我扭头就能够看到他,可在镜子里却完全见不到他的身影!镜子里只有我身后房间里的陈设,除了我,看不到别人。简直不可思议!在这些奇怪的事情里,最让我不适的,是当伯爵迫近时,我感觉很不安。

　　这时,我注意到脸上的伤口在流血,血从我下巴流出。我放下剃须刀,转身寻找药膏。伯爵看到我的脸时,眼睛里突然闪出凶光。他突然伸手向我的喉部抓来,我一闪躲过,他抓到了那串镶有十字架的念珠。瞬间,伯爵产生了变化,他的凶相突然消失,甚至我都难以相信他刚才暴怒过。

　　"小心。"他说,"剃须时切要当心,那可是很危险的事情。"

　　随后他摘下镜子,又说道:"此是不祥之物,它是肮脏而空虚的灵魂产物,要离开它!"

　　他猛然开窗,奋力甩手把镜子扔了出去,镜子落地摔得粉碎。而后,他悄然转身而去。我很恼火,没有镜子如何剃须?要不就用我的怀表壳,或者剃须盒底座,它们都是金属质地。

　　我进入饭厅时,早餐已经备好,我没有见到伯爵,只好独自进餐。很奇怪,到现在为止,我没有见过伯爵吃过或喝过东西,他必定非同寻常。

饭后，我在古堡里闲转。我顺着阶梯走出去，发现有一间朝南的屋子。景致很美，我站在那里，视野宽阔。古堡建在一个危险的悬崖边上。从窗户扔出一块石头的话，它下落千丈也不及底。举目远望，无尽树丛如波浪翻滚，间或也能看到深谷裂隙。一些河流远远地如银线一般盘绕于山林和峡谷之间。

我已无心描绘这些美景了，看完窗外的风景，我开始在城堡里继续探索。一道一道门随处可见，门上都有门闩，并且上了锁。城堡除了墙上的窗户，没有出口可以通到外面。

这个城堡实际就像座监狱，而我就是囚犯！

第三章

乔纳森·哈克尔的日记(续)

我知道自己已经被囚禁,疯狂的冲动占据了我的内心。我四下乱闯,尝试着打开每一扇门,我从经过的每个窗口向外张望。不久,我彻底绝望了。回忆前几个小时的经历,我简直就像掉入陷阱里的老鼠一般疯狂地挣扎。然而,在完全无望之时,我却安静了下来。我静静地坐着,就像做任何其他事情一样安静。我开始考虑下一步的事情。我冷静地思考,但却理不出头绪。然而,我很清楚,绝不能让伯爵知道我现在的想法。他很确定我被囚禁在此,毫无疑问这是他故意亲手而为的。如果我完全,信他所说的话,他还会继续欺骗我。就此看来,我现在唯一的计划就是保持自己的智慧,擦亮眼睛,时时提高警惕。目前,要么我像个孩子一样在自己吓唬自己,要么就是真正处于一个非常危险的境地。假如是后者,那我就必须使出浑身解数来应付这一切。

正想到这里,我忽然听见楼下传来大门"咔嗒"的关门声,我明白是伯爵回来了。但是,他却没有马上来到书房,于是我轻手轻脚地走回卧室,看见他正在为我铺床。我觉得很奇怪,同时,这也正好证实了我的猜想,那就是,在这所房子里根本就没有别的仆人。接着,我又透过门的缝隙看见他在布置饭厅里的餐桌,这让我更加坚定了自己的想法。那就是,既然所有应该由仆人来做的事情都是他亲自所为,那么可以肯定,在这个城堡里,根本就没有别的任何人,而那个把我带到这里的驾车人肯定也是伯爵本人。这个想法太让人感到害怕了。假若真是这样,他仅仅凭一个手势就控制住了狼群,这说明了什么?我在比斯特里斯及马车上碰到的那些人,他们为什么那样为我担心?他们送给我十字架、大蒜、野玫瑰或者花楸又说明了什么问题?

为我带上十字架项链的好心肠的女人啊,愿上帝保佑你吧!每当我抚摸这个十字架时,我都会感到内心安定,增加了力量。真是神奇,以前我一直认为不好的、迷信和盲目信仰的那些东西,却在我最无助绝望的时候给我以帮助。难道真的有某些神奇的力量存在于这些东西之中,抑或它们是一种媒介,把怜悯与安慰传递给我?假若真是这样,那么我要在适当的时候检验一下。同时,我要尽量多地去了解德拉库拉伯爵,这样或许对我了解全部真相有帮助。假若我今天晚上把话题转到他身上,可能他会讲一些关于他自己的事情,但我一定要小心谨慎,以免引起他的怀疑。

午夜,我和伯爵交谈了很长的时间。我问了他一些关于特兰西瓦尼亚历史方面的问题,他对于这个话题有相当高的兴致。当讲到某些人或事,特别是讲到关于战争的时候,他慷慨激昂,就好像这些都是他的亲身经历一般。对此,他后来解释说:对一个贵族来说,他的城堡和名字的光荣就是他自己的光荣,他的城堡和名字的荣誉也就是他自己的荣誉,同样的,它们的命运也就是他自己的命运。任何时候,每当他谈到自己的城堡,他都是采用复数形式"我们",好像一个国王在发表讲话。我努力记下他所讲述的一切,这些对我来说太神奇了,好像浓缩了整个国家的历史。他不停地在房间里踱来踱去,越说越亢奋,一边用手捋着他的银色胡须,一边用另一只手抓住他身边够得到的所有东西,仿佛一使劲就能把它们都捏碎。

"我们泽克里斯人有理由骄傲,在我们的血管中,流淌着的是多种英勇民族的血液,那些种族的斗士们为了贵族的名誉像雄狮一样勇猛地战斗。许多欧洲民族在此混居,来自冰岛的乌戈尔人,托尔和沃丁赋予了他们骁勇善战的精神。当年,那些战士在横扫欧洲、亚洲及非洲沿海时将这种精神展现无遗,这也是人们把他们看作狼人的原因。在到达这里时,他们遇到了匈奴人,而匈奴人打起仗来凶猛顽强,横扫一切,甚至他们的刀下鬼都会认为他们是古时巫师的后裔。那些从锡西厄逃亡的巫师们,和沙漠中的恶魔进行过交配。笨蛋!笨蛋!你看见过像匈奴王那样伟大的魔鬼或者巫师吗?在匈奴人的血管里究竟流着谁的血液?"他振臂一挥,"我们的民族是一个战无不胜的民族。成千上万的马扎尔人、伦巴第人、阿瓦尔人、保加利亚人或者土耳其人来侵犯我们的领土,我们全都把他们赶了出去,难道这不是伟大的奇迹吗?我们以此为骄傲。想当年,阿尔帕德统领他的军队踏平匈牙利国土的时候,他们到达了我们的边境,就结束了闻名遐迩的征服家园的壮举,这不是很奇怪吗?而在匈牙利人东伐的时候,他们把泽克里斯人当作盟军,近几百年的时间,他们始终坚信,我们就是守护在土耳其边境的卫士,而且我们还将永久地承担此责任。'水也许会沉睡,而敌人从不睡眠',这是土耳其人常说的话。在该地区的四个民族当中,谁能比我们更迅速地举起'带血的战剑'?又是谁能在第一时间神速地集合起来,响应国王战斗的号令?当我们的国家受到羞辱,我们的卡索瓦受到羞辱的时候,当瓦拉赫与马扎尔的旗帜在新月旗前面缓缓落下的时候,关键时刻,是谁拯救了他们?谁是我们民族中跨越多瑙河,在土耳其的国土上击败了土耳其人的英雄?是德拉库拉!然而很不幸,在他最困难的时候,他的兄弟卑鄙地出卖了他,并把他的臣民交给土耳其人,让他的人民尝尽了劳役和磨难。

"实际上，德拉库拉一直在不断地激励本民族的人民，一次又一次地像他当年一样，打过多瑙河，进驻土耳其国土。而当他每次失败的时候，他都会重新奋起，即使是他的士兵战死沙场，只剩他独自一人，因为他坚信自己是最终的胜利者。

　　"有人说他自私自利，呸！没有领袖的农民军只是一盘散沙，缺乏具有勇敢与睿智并存的指挥，何年何月才能赢取战争？正因为我们有着'不自由，宁可死'的精神！令我们在莫哈克尔斯战斗结束后，摆脱了匈牙利人的支配，血管里流淌着德拉库拉血液的人们成了他们的领袖。

　　"啊，年轻的先生，我们泽克里斯人就是有着德拉库拉血统的人，他们一定能凭着聪明和勇敢，创造出一个连以往哈布斯堡王朝和罗曼诺夫王朝也无法到达的辉煌。战争已经结束！在和平的年代里，人们不想再流血牺牲。而我们伟大民族的辉煌与荣耀只能作为神奇的传说广为流传。"

　　这时天已经亮了，于是我们结束了谈话，各自回房休息。

五月十二日

　　先从事情开始说起吧，直接的、平铺的事实，它们可以经数据和书本的验证，无须怀疑，它们完全真实。我不会把事实跟自己主观的臆想混为一谈。

　　昨夜，伯爵来到我的房间，询问一些法律方面的问题，而我花了一整天的时间来看书，这也是为了填满我的脑子，使它没时间去想别的事情。我还看了一些当初我在林肯法律学院考试时遇到过的问题。伯爵的问题有着某种连贯性，所以我得按照顺序把它们整理出来。或许这些内容会在将来某个时候或者某个方面对我有用。

一开始,他问我在英国能不能同时聘请两个或者两个以上的律师。我告诉他,如果本人愿意,聘请一打律师也没关系,但如果是为了处理同一件案子,那样做并没有必要,因为一个人处理一件案子已经足够,假若换人的话,对当事人的权益不会有益处。

他好像完全理解我说的话,然后他又问,假如他聘请一个人负责银行方面的业务,聘请另一个人负责航运方面的业务,这样,当他需要帮助而负责银行业务的律师又不在当地的情况下,另一个律师可以协助他,这样操作起来会不会太难。我请他做出更详细的说明,这样,我才可能尽量不会误导他。

于是,他说道:"说具体一点吧,我们共同的朋友,彼得·霍金斯先生,他住在离伦敦较远的埃克塞特的一座大教堂附近,通过你的推荐他为我在伦敦购买了一栋房产。很好,为避免你觉得奇怪,我现在坦白告诉你吧,为什么我要在远离伦敦的地方而不是在伦敦找一个代理律师。我是这样想的:除了在完成业务方面的工作以外,我的律师不能存有半点私心,假如我在伦敦聘请当地的律师,他可能会有为自己或朋友牟利的私心。因此,我选择在其他的地方聘用代理人,这个人他必须以我的利益为准。比如,我现在有许多事情需要办理,假设我需要把货物航运到纽卡斯尔、达拉谟、哈维治或者多佛,那么,找一个当地港口的代理不是更方便吗?"

我说:"这样做是很简单,但在我们法律界有一个代理互助系统,这样,所有律师都可以通过向当地的代理人传达指令而完成业务操作。换句话说,只要客户将事务委托给某个律师,就能完全按照客户自己的意愿来完成操作,减少许多麻烦。"

"但是,"他说,"我也可以自己办理,不是吗?"

"当然,"我答道,"许多商人都经常这样做,他们不想使自己所有的事情都让别人了解。"

"非常好。"他说,接着他又问了一些关于委托方式和办理规则方面的细节,还有种种可能发生的事情及如何避免的问题。我尽量详细地解答了他所有的问题。我很惊讶,我发现他完全能够成为一名优秀的律师,因为他有严密的逻辑思维和洞悉一切的能力。对一个从没有到过英国,又缺乏生意经验的人来说,他的理解力和洞察力都很超常。

我手中的书——证实我所说的之后,他得到了令他满意的回答。此时,他突然起身说:"你除了给我们的朋友彼得·霍金斯先生写过第一封信之外,你还给他或别人写过信吗?"在我回答说没有写过的时候,内心荡过一阵苦涩,因为我已经看不到任何机会可以给别人寄信了。

"现在写信吧,年轻的朋友,"他说道,这时,他重重地把手压在我的肩上,"给我们的朋友或其他任何人都行,告诉他们说,假如你愿意的话,从今天开始,你将会在这里待上一个月时间。"

"你想让我在这住这么长时间吗?"我的心里凉透了。

"我很希望这样,而且不容你拒绝。因为你的主人,也就是你的老板他曾经应允过我,表示可以派一个代表来我这里,我相信,你完全明白你必须无条件地遵循我的意愿。这个要求不算过分吧?"

除了无条件接受以外,我还能怎样呢?我是作为霍金斯先生的代表来到这里的,并不代表我自己。因此,我应该为他着想,而不能光想着我自己。另外,伯爵说话时的眼神与举止都在告诉我,"我是一个囚犯",无论我的想法怎么样,我都别无选择。伯爵从我的服从中看到了他的胜利,也从我为难的神情中看到了自己的权威,于是,他立刻开始使用一种既圆滑又强硬的态度来行使他的权威。

"我请求你,年轻的朋友,你在信中除了讲一些关于工作的事情以外,别的事情请不要提及。通过你的信件,毋庸置疑,你的朋友们都将知道你一切安好,同时,知道你希望在哪天启程回家与他们相聚,不是吗?"说完,他递给我三张信纸和三个信封,它们都是外国的那种很薄的信纸。我看看信纸,又抬头看看他,我发现他在暗笑,从他那猩红的嘴唇里露出了尖利的獠牙。我明白他的意思,他在暗示我写信时要注意,因为这些信的内容他全都能知道。

因此,我决定只写一些公务信函,以后再把详情悄悄地写给霍金斯先生,还有米娜,我与米娜可以通过速记符号写信,如果那样,伯爵就算看到了也不懂它们的意思。我把两封信写完以后,便坐下来静静地看书。这时,伯爵也在写一些信函,边写边查阅他桌子上的图书资料。之后,他把我的信放在他写的信旁边,带上门离开了房间。我过去看了看这些信,信是反面朝上放在桌上的。在目前这种状态之下,我不会因为偷看这些信件而自责,因为,我必须要保护自己。

他其中的一封信是写给怀特白新月街七号的赛缪尔·F. 比尔林顿先生的;另一封信写给瓦尔纳的柳特勒先生;第三封信给伦敦的克慈公司;第四封信给布达佩思的赫尔伦·科罗普斯托克和比尔柳斯,他们两个都属于银行业界。其中第二封和第四封没有封口,我正想打开看,突然,看到门的把手转动,我迅速把信放回原样,回到椅子上继续看书。这时伯爵手里拿着另一封信进来了,他把那些信从桌子上拿起,仔细地粘贴邮票,同时转过来说:"相信你能原谅我现在告辞,因为我晚上还要处理许多事情。我希望你在这里可以找到你需要的东西。"

走到门口,他又回过头停了一下,说道:"我想告诉你,年轻的朋友,不,我想严肃地告诫你,假若你要离开这几个房间,绝对不能在城堡中的任何其他地方睡觉。这个城堡年代久远,藏有许多的记忆,如果不好好待着睡觉那一定会噩梦缠身!千万小心!任何时候,当你想睡或感到昏昏欲睡的时候,要赶紧回到你的卧室或这几间房间里,只有这样，你才能够睡得安稳。假如你不守规矩的话，那么……"他用一种恐吓的方式结束了讲话，他伸出手做出好像洗手的姿势。

我懂得他的意思。事实上，没有什么比我现在所处的这个由阴森诡异织成的恐怖之网更加让人战栗的了。

后来

毋庸置疑。只要是没有他的地方，我在哪里睡觉都不会害怕。我把十字架放在床头，我想，这样我的灵魂就会远离噩梦缠绕。

伯爵走后，我回到了卧房。过了一会，我感到已经没有任何响动了，于是我走了出来，顺着石阶爬到楼上，在这里我可以向南方远望。与阴暗狭窄的院落相比，远方开阔的视野让我想到自由的感觉，虽然这种自由对我来说是多么的遥不可及。在向远处眺望的时候，我感觉自己真的被囚禁了。我大口大口地吸入新鲜空气，虽然是晚上的空气。

这种昼夜颠倒的生活开始让我感到窒息，并且正在摧毁我的神经。我与自己的影子为伴，满脑子都是种种可怕的幻象。只有上帝知道，这个该诅咒的地方，为何会让我感到如此恐惧。我遥望远方，远山沐浴在嫩黄轻柔的月色里，延入山谷的阴影中，显得朦朦胧胧。

这纯净的美景使我陶醉，我的呼吸也开始平稳与流畅。当我斜靠着窗户往外观望时，我看到底下一层有个在移动的东西，就在距我稍微偏左的方位，从房间排列的顺序来判断，应该就是伯爵房间所处的位置。我靠着的窗户又高又陡，窗的周边包着石框，尽管饱经风霜，但依然完整，只不过显得年代久远了一点而已。我把身子从窗台上缩回来，再小心地向下面张望。

我看见伯爵从窗户里爬了出来。虽然看不见他的脸，但我从他脖子、背部和手臂移动的样子能认出他来，并且我一定不会认错他的手。我就这样一直看着，一开始，我觉得挺有兴趣、挺好玩，因为对一个囚犯来说，任何细小的事情都可能引发他的兴趣。但后来当我看到他整个人都慢慢爬出窗外，将脸朝下顺着阴森恐怖的城墙往下爬，身上的披风在空中舞动，就像庞大的翅膀时，我感到非常的恶心和恐惧。

开始我几乎不敢相信自己的眼睛，我曾以为这是月光和阴影使我产生的幻觉，但我不停地察看着，最后肯定它不是错觉。我看见他的手指和脚趾紧紧抓住石头的棱角，石头表面经过漫长岁月的侵蚀已经风化了。他就利用每一处凸起的地方，快速地向下移动，就像蜥蜴在墙上爬行。

这个人究竟在干嘛？或者说，这个看上去像人的东西究竟在干嘛？这个可怕的地方实在让我惊魂不定；我感到无限的惶恐，但又无处遁身。我被一种无法想象的恐怖气氛所笼罩着。

五月十五日

我看到伯爵又一次像蜥蜴般爬了出来。他斜着往下爬去，向下爬了大约几百英尺，再向左边移动了一段距离，接着就在某个黑洞或者窗户里消失了。在他把头钻进去时，我尝试把身子探出窗外想看得更多，但是因距离太远、角度不够而毫无所获。

我明白，他已经离开了城堡，我要利用这个机会，查看更多的地方。我回到屋里，拿了一盏灯，随后尝试去打开每一扇门，如我事先所料，它们全都锁上了，并且看上去像是新装的锁。于是，我又沿着石阶朝着我来的那个大厅下去，我发现大厅的门闩很容易就能被拔下，解开门上的铁链，但门锁上了，上面没有钥匙！钥匙肯定在伯爵屋里。假若他的门没锁的话，我要进去找一下，或许我能找到钥匙逃出去。

我仔细察看着每一个楼梯和走道，看是否有可以打开的门。在大厅旁边，有一两个小房间开着门，但里面除了被蛀虫咬坏的老式家具以外，什么也没有。不过，我终于在一个楼梯口处发现一扇门，门好像上了锁，用手去推有被阻挡的感觉，我加大力度，原来门并没有锁，之所以推不动，是因为门的活页有一些松动，使大门碰到地面上。

真是天赐良机，我费了很大的劲才打开这扇门，走进去。我现在已经到了城堡的一侧，它位于我熟悉的那几间房的右侧，而且是下面一层。通过窗户看那几间房，我看见它们并列在城堡的南边，最后那个房间的窗户朝西南方向。城堡的西面和南面都是高高的悬崖。

城堡建在一个巨大岩石的角上，从三个方向都很难进入。这个房间的窗户非常大，掷石器、长枪或者弹弓都达不到这里。这里光线好而且舒适，一般的哨岗难以拥有这种优势。城堡西临大山谷，山谷的后方是由连绵不断的群山组成的天然屏障。陡峭的大岩石上面布满了各种植物和荆棘，它们生长在岩石的裂缝里。

不难看出，这个房间曾经是女人居住的地方，因为这个屋里的家具比起别的地方更柔和。窗上没有窗帘，菱形的格窗里泻入淡淡的月光。当尘土在照射进来的光线中飞舞时，甚至都可以分辨出月光里的其他色彩。屋子里积满了厚厚的尘埃，从某种层面上说，它们对防止家具老化和蛀虫侵蚀还起到了保护作用。月光明亮，虽然我手里的灯已经不起什么作用了，但我还是很愿意带着它，因为在这个让人心惊胆战的地方，孤独更使人害怕。但就算如此，也比一人待在伯爵经常出入的令人厌恶的屋子里要强。

我定了定神，感觉自己内心稍稍安静下来。我在一张小橡木桌旁坐下，开始用速记符号在日记里记下自上次日记以来发生的所有事情。这张小橡木桌子也许曾经是古代某位美丽女子的书桌，而这女子娇嫩多情,在她写的情书里还有错字。然而,现在已经是十九世纪了,若不是我的感觉欺骗我的话,我相信古老的东西对人有种特殊的影响力,这不是现代文明所能抹杀的。

五月十六日,早上

上帝啊,请保佑我保持清醒,我不得不这样哀求。安全及安全感早已化为乌有。我现在活着只希望一件事情,那就是不要发疯,假如说我现在还不算疯的话。如果我还算是清醒的,那我绝不会认为在这个可恶的地方所隐匿的邪恶当中,伯爵是最小的一个,我也不会认为只要顺着他的意,就能保证我的安全。

伟大的主啊,仁慈的主啊,就让我安静下来吧,否则我的内心将充满癫狂。我对一直困扰我的事情开始有了点新的认识。

以前,我不是太明白,莎士比亚为什么让他笔下的哈姆雷特说出这句话的准确含义,哈姆雷特说:"我的药,我的药!我需要用它们来使自己镇静!"等等。而现在,每当我感到脑子快要爆炸了的时候,我就会以写日记的方式来使自己镇定。我想,立即投入一件事一定会对抚平情绪有所帮助。

当初伯爵的神秘警告一度让我感到害怕,而现在回想起来更加使我后怕,因为他可能会采用可怕的手段对付我。以后我再也不敢怀疑他所说的一切!

写完日记,我把笔记本和笔装进衣服口袋里之后,感觉困极了。这时头脑中又出现伯爵的警告,但我宁愿违背它。睡意越来越浓,困倦使我更大胆与固执。柔和的月光抚慰着我,窗外的宽广大地让我感受到自由与舒畅。于是,我决定不回到那间阴暗的屋子,而是就睡在这里。在这里,曾经有古代淑女们围坐,浅吟低唱,过着幸福的日子,她们曾以温柔的胸怀为她们奋战沙场的男人们抚慰忧伤。

我从屋角拉出一张睡椅,毫不介意上面的尘土,我躺下后能清楚地看见外面东、南方向的景色。渐渐地我睡着了。我想我可能是睡着了,我希望是这样,但又很担心,因为之后发生的所有事情确实真切得可怕,以致我即便在阳光下面,也一点都不相信那只是一场噩梦。

那时,我不只一个人,房间还是原样,与我刚来的时候没有什么不同。在明亮的月光里,我能看到我在满是尘土的地上留下的一行足迹,月光中,有三个妙龄女子坐在我的对面,从衣着打扮上看都是富家小姐。当我看到她们时,我想这一定是一场梦,因为,尽管月光从她们的身后照射过来,但地板上面却没有留下她们的影子。

她们凑近我,仔细端详了一会儿,便窃窃私语起来。她们当中有两个人的皮肤较黑,有着像伯爵一样的鹰钩鼻,一双黝黑、犀利的大眼睛,眼珠在浅黄色的月光下几乎成了红色。另一位美女金发碧眼,眼睛仿佛蓝宝石般晶莹闪亮。我感觉好像在哪见过,并且是与某种朦胧的恐惧有关,但我却一时想不起在哪里见过她。她们三人都拥有一口犹如珍珠般洁白的牙齿,在娇嫩欲滴的红唇映衬下闪闪发光。面对这三个人,我有种不安的感觉,既有某种期待,同时又感到害怕。在内心深处,我感觉涌动着一种邪恶而又强烈的欲望,渴望她们能用红唇吻我。

当然,将这些记下来未免不妥。日后如给米娜看到她一定会觉得不快,然而这些都是真实的。她们小声地议论着,接着便大笑起来——银铃一般清脆悦耳,笑声很响,听起来不像是发自人类嘴里的声音,更像是由灵巧的双手在敲击玻璃器皿时发出的撩人的音乐。

那金发女子正在优雅地摇着头,而另外两位则在怂恿她。一个说:"去吧,你先开始,我们跟在你后面,你先开始比较合适。"另一个也说:"他很年轻强壮,足够满足我们三个。"

我安静地躺着,微睁着眼,极端渴望地向她们窥探。金发女郎过来了,她弯下腰,我的脸上感到了她的呼吸。我觉得甜蜜,真的像吃了蜜一样,她的声音刺激着我的神经,我极为兴奋,但在甜蜜之下又掺杂着一丝痛苦,一种被人侵犯的痛苦,就像人闻到了血腥味一样。

我不敢睁大眼,但我透过睫毛能看得很清楚。那女子跪下来,弯着腰静静地看着我。她有意营造一种让人又刺激又冲动的色情气氛。她俯下头时,就像动物一样舔了舔嘴,透过月色,我看到了红色的嘴唇。她的双唇湿湿地泛着光泽,鲜红的舌头正舔舐着又白又尖的牙齿——同样地泛着光泽。

她的头越来越低,然而她的红唇掠过我的嘴唇和下巴移向脖子。接着她停住了。我能听见她的舌头舔着牙齿的"吱吱"声,感到她的热气呼到我的脖子上。我觉得喉部的皮肤麻酥酥的,就像当一只搔痒的手离你越来越近的时候,你会产生的那种麻麻的感觉一样。我脖子上敏感的皮肤感到她的嘴唇轻柔颤抖地蠕动,以及两颗尖利的牙齿在皮肤上滑过,接着停了下来。我紧闭双目,恍恍惚惚地等待着,心怦怦乱跳。

但是,就在这时,另一种感觉闪电般掠过我的全身。我感到伯爵到了,也感到了他怒气冲冲的样子。我不禁睁开双眼,看见他正用有力的大手捏住金发女郎细嫩的脖子,把她提了起来。他两眼冒火,洁白的牙齿咬得咯咯作响,双颊因为愤怒而涨得通红。这就是伯爵!

我从来没有想到人可以狂怒到这种程度,就算是地狱里的魔鬼也不会如此震怒。怒气在他的眼中燃烧,那红光让人不寒而栗,有如地狱之光。他的脸苍白得犹如死人一般,脸上的肌肉如扭曲的铁丝般僵硬,鼻梁上拧成一字的眉毛好像是燃烧到白炽化的铁条。他振臂一挥,把那女子甩到一边,接着朝另外两个走去,像是要去揍她们。我曾经见过他用这种粗暴的手势逼退狼群。

这时,他开始压低声音讲话。虽然声音低沉,但仍然穿过空气在室内回荡:"你们竟敢动他!在未经我许可的情况下,你们胆敢打他的主意!滚,我警告你们,这个人是我的!你们当心!别多管闲事,不然我要你们好看。"

那个美丽的女子放荡地笑了,转过身回敬他道:"你从来没有爱过!也永远不会懂得爱!"之后,另外两个女人一同参与进来,使整个屋子回荡着阴冷的、放荡的、没有灵魂的笑声,我听得几乎昏倒。这简直是魔鬼的大笑。伯爵转过来,仔细看看我的脸,然后喃喃说道:"不,我也会爱,在过去的时间里你们应该体会得到,不是吗?那好吧,现在我答应你们,等我把事情办妥以后,你们想怎样都行。现在,你们赶快给我消失!我有重要的事情要做,必须叫醒他!"

"那么,我们今晚就毫无收获了?"一个女子问道,一边用手指着伯爵扔在地上的一个袋子,一边发出轻轻的笑声。袋子在蠕动,里面像有什么活的东西。伯爵把头点了一点。一个女人跨上前去打开袋子。假若没有听错的话,我听到袋子里面发出喘息声和微弱的呻吟,像是一个小孩在垂死前发出的声音。女人们全围了上去,真的,我感到恐怖极了。但当我再一次睁开眼睛的时候,她们全都消失得无影无踪,连同那个可怕的口袋。

但她们那边没有门,也没看到她们从我身边走过。看上去她们就像融到了月色里,从窗口飘了出去,在她们完全消失之前,我曾看到窗外有团团漂浮的阴影。我被恐惧彻底击垮,我昏过去了!

第四章

乔纳森·哈克尔的日记（续）

我醒过来时已在自己床上，假如昨天晚上不是梦的话，那一定是伯爵把我弄回来的。我尝试让自己接受这一点，但却怎么也不能令自己信服。我发现一些小证据，比如我的衣服并不是以我自己习惯的方式叠放；我的手表没有上发条，而我在每天上床以前必须给手表上足发条；另外，还有一些其他的小细节。当然这些并不能证实什么，也有可能是因为我的头脑已经有点失常了。由于接踵发生的事情，我整个人变得万般沮丧。

我一定要找到证据。但有件事情确实令我欣慰。假如是伯爵把我弄回到这里，并给我脱下外衣的话，那么他显然做得很匆忙，一定有别的事情等待着他去完成，因为他并未动过我的衣服口袋。我敢打赌，他绝不可能容忍我私下里写日记，一旦发现，他肯定会拿走日记并把它销毁。

虽然心中恐惧，但我还是朝房子四周扫视了一遍，现在这间屋子已经成了我的避难所，没有什么比那些等着喝我的血的可怕女人更让人感到恐怖的了！

五月十八日

我再一次下楼，想在白天看看那间房子，我想弄清真相。当我来到楼梯顶端的通道时，看见那扇门关着，并且因为用力过大，门上有些木头被挤得裂开了。我发现门的插销开着，门是从里面被封住的。很可能昨晚并不是场梦，根据这个假定，我必须采取行动。

五月十九日

我相信，我肯定落入了圈套。昨晚，伯爵用最客气的语调请求我写了三封信。第一封信是说我的工作快要完成，并且将在近几天之内启程回家，第二封信是说我会在该信落款日期的次日清早出发，第三封信说我已经离开了城堡抵达了比斯特里斯。我提出疑问。显然，在目前的情况下，我与伯爵公开争执无疑是不理智的。现在人为刀俎，而我为鱼肉，任人宰割而已，抗拒只会引起他的疑心、激发他的恼怒。我知道他很多秘密，他绝不会让我活着出去，对他产生威胁。我唯一的办法就是拖延时间，随机应变，说不定能找到逃走的机会。那次，在他把金发女郎扔开的时候，我就从他眼中看到了积蓄已久的愤怒。他对我解释说，因为这里邮差很少，而且来的时间不规律，所以让我先把信写好，以免我的朋友担心。他还向我发誓，说如果万一需要延长我在这里的时间，他就会把后两封信撤回来。而这两封信是先放在比斯特里斯，等信上的落款日期到了才会从那里发出去。

这时如果再拒绝的话，肯定会重新引起他的怀疑，我只好佯装同意，问他，我应该在信封上怎样写。他算一下说："第一封写六月十二日，第二封写六月十九日，第三封写六月二十九日。"

现在我知道了我的生命期限。愿主保佑我！

五月二十八日

终于有了一次逃走的机会,或者至少有可能趁机传送消息回去。一群兹岗尼人来了城堡,并在院子里安营扎寨。他们是吉卜赛人。虽然这些人跟世界上别的吉卜赛人同属一族,但他们却有特别之处。在匈牙利和特兰西瓦尼亚,生活着成千上万的兹岗尼人,他们几乎不受任何法律约束,往往依附于豪门大族,以主人的姓氏为自己的姓氏。他们什么都不怕,也无宗教信仰,却有着自己的一套迷信,他们只说属于罗曼语系的一种地方语言。

我要写几封信给家里,看他们是否能帮我把信寄出去。我尝试着透过窗户和他们打招呼,他们脱帽向我行鞠躬礼,还向我打了许多手势。然而,就像我听不懂他们所说的话一样,我同样不明白他们手势的含义……

信写好了,是用速记符号给米娜写的信,信里我讲述了现在的处境,但并没有告诉她也许还是猜测的那些恐怖的事情,我担心假如我把内心的感受告诉她,会吓坏她。我还给霍金斯先生写了一封信,在信里我只是请他与米娜联系。

要不是这些信后来落到伯爵手里的话,他也不会知道我的秘密。我把信连同一块金子从窗口扔下去,还在信封上做了各种标记,以确保能够顺利寄出。一个人拣起了这些信,把它们按在胸口,给我行了个礼,然后把信放进了他的帽子。我只能做这么多了。于是我悄悄溜回书房,开始看书……

伯爵进来了。他在我旁边坐下,打开了两封信,同时,他很平静地对我说:"兹岗尼人把它们给了我,尽管我不知道他们是怎么拿到信的,但我还是要妥善处理。看!"他一定看过了信,"这一封是你写给我的朋友彼得·霍金斯的,而另一封,"他打开信看到里面古怪的字符,脸就马上拉了下来,眼里冒出一股怒气,"另一封信实在是卑劣的行为,是对友好和善意的亵渎!但在信里没有署名。那么,就与我们无关了。"说着,他就漫不经心地把信和信封都放到了灯火上,把它们变成了灰烬。

他又说:"给霍金斯先生的那封信,我会把它寄出去的,因为那是你写的信。你的信是不可冒犯的,请原谅,朋友,我确实是在不知情的情况下才把信拆开了,你能再把它封上吗?"说着他把信递给了我,还对我谦恭地鞠了一躬,又给我一个空白的信封。我只好再写好信封并把它封好,平静地把信递给他。

他出去的时候,我听到钥匙旋转的轻响。过了片刻,我上前去试着把门打开,但门被反锁了。一两个小时后,伯爵轻轻地走了进来,他进来时我被惊醒了,原来我在沙发上睡着了。他见我正在睡觉,便非常谦和地对我说:"朋友,你累了吧?上床去睡吧,这样才会睡得好。今晚我无暇与你聊天,有许多事情要做,但我保证,你一定会睡得很好。"我回到卧室的床上,奇怪的是我睡着了,并且没有做梦。原来人逢绝境,反而可能变得平静。

五月三十一日

早上醒来,我想从行李里取一些信纸及信封,放到口袋里备用,这样一有机会,我就能写信,但接下来一连串的事情让我震惊!

我连一片纸也找不到了,包括所有与火车时刻及这次旅行有关的笔记和备忘录,信用证也不见了,这些都是我将来逃出城堡时必要的东西。我坐下来静思,忽然想到什么,立刻去检查我的旅行箱,还有放衣服的壁橱。我发现旅行时需要穿的衣服、外套、大衣及小毯子都不见了,找遍各处,也没有它们的踪影。看来,一个新的罪恶计划又要开始了。

六月十七日

今天早晨,当我坐在床上冥思苦想的时候,听到外面阵阵马鞭抽打马匹声,还有马蹄践踏石板路发出的声音。我喜出望外,奔到窗边,看见驶进来两辆大马车,每辆车都由八匹高头大马拉着,每辆车前坐着一个斯洛伐克人。他们头戴宽沿帽,腰系钉满铜钉的腰带,穿着羊皮衣、高筒靴,手里还拿着大棒子。

我奔向门口,想下楼穿过大厅跑到他们那里,我想大门可能为他们开启。但我又一次大吃一惊,我房间的门从外面反锁了!

我又跑向窗口朝他们狂呼,那些人抬起头,朝我指指点点。此时,兹岗尼人的首领过来了,看见这些人正在指着我的窗口,便跟他们说了些什么,引得那些人大笑起来。之后,任凭我苦苦哀求,他们都充耳不闻,甚至连眼都不抬一下,或者掉头走开。

这些马车拉着四方形的巨大箱子,它们用很粗的绳子固定在马车上。箱子显然是空的,因为斯洛伐克人移动它们时显得很轻松,箱子移动时发出的声音也表明箱子是空的。

赶车人把箱子卸下来,堆放在院子一角。兹岗尼人付钱给斯洛伐克人,斯洛伐克人拿过钱,朝上面吐了点唾沫,以求带来好运,接着就懒散地回到车上。过了一会,我听见他们驾着马车离开了。

六月二十四日

昨晚,伯爵很早就从我这里走了,之后他把自己关在屋里。我鼓起勇气,飞跑上旋转形楼梯,从那个朝南的窗口向外张望。我觉得我必须查看伯爵的行踪，他一定在策划某种阴谋。看上去，兹岗尼人正在城堡里忙碌着什么事情，我确定这一点，因为我不时能听到从远处传来锄头和铲子挖掘的声音。无论他们在干什么，那都一定是伯爵罪恶阴谋的收尾部分了。

我在窗口守候了近半个小时。突然，我看到有个东西从伯爵的窗口爬出。我将身子缩回，仔细观察，看到有个人爬了出来。我又一次吃惊了，原来那个人就是伯爵，他穿着我旅行时穿的衣服，肩上背着曾经被那三个女人拿走的那只口袋。

显然，他故意在假扮成我。这肯定是他的阴谋，他想故意让别人以为看到了我，也许他还有意在小镇或乡村留下我到过的印象，装成我去寄信。这样一来，人们可能会把他的一切罪恶行径都归咎于我。想到这，我不由得怒火中烧。无奈此时我只是一个阶下囚，而且连真的囚徒能享有的基本权利都没有。

我一直守在窗口想等到他的归来，这时，我看到一些古怪的粉尘一样的东西在空中漂浮，它们像小谷屑一样旋转着，然后汇聚成一团云雾。我安静地看着它们，内心非常平静。

我换了一个姿势斜靠在墙上，这样可以更舒服一些，并且，我可以更好地欣赏空中飞舞的尘土。忽然，远处传来了细微的野狗的哀鸣，我立即站了起来。接着哀鸣声越来越响，而且，那些空中飞舞的粉尘也随着声音改变着形状，像在月光中跳舞一样。

突然，我意识到，我的本能正在努力地唤醒大脑深处的某个记忆片断，灵魂在拼命挣扎，半苏醒状态的意识想回应这个呼唤。舞动的微粒变化得越来越快，月光几乎都跟着颤抖起来。

这些粉状尘埃经过我的面前延绵到身后的阴影里，越积越多，最后形成一个朦胧的影子。

这时，我的意识突然觉醒，想起来了！我不禁大叫一声仓皇逃走。在月光下，那些幻影逐渐变得越来越清晰，正是那三个女恶魔！我惊慌失措地逃回自己的房间，这里没有月光，只有明亮的灯光，我感到安全了许多。

过了几个小时，伯爵的房间里传出一些声音，仿佛是一阵尖利的哭声突然被压制住了。接着四周变得异常安静，那是一种死一般的寂静，让我直打寒战。我的心狂跳不已，我试着把门打开，但门被反锁上了。我毫无办法，坐下来哭了。

这时，外面院子里传来一个女人凄惨的哭喊声。我跑到窗口，拉开窗帘向外张望。院子里，一个女人披头散发，她双手捂住胸口，好像奔跑之后喘不过气来一样。

她靠在大门口拐角的地方，当看到我在窗户后面时，便猛扑过来，同时高声尖叫："妖怪！还我的孩子！"她跪倒在地，舞动着双手，口里不停地重复着那句话，听起来让人揪心难过。接着，她又是扯自己的头发，又是捶打自己的胸口，完全处于一种被愤懑支配的癫狂状态。最后，她扑倒在地，虽然我看不见她，但仍然能听到她捶门的声音。

这时，伯爵尖锐刺耳的声音从我上方，也许是塔楼里传出，引起远处群狼一阵阵的嚎叫。不久，一大群饿狼犹如开闸的洪水般从大门一拥而入。

我再没有听到那女人发出声音，狼群的叫声很短促，片刻后它们舔着嘴一个个离开了院子。

我不知是不是该同情她，现在我明白她的孩子发生什么事了，她死了可能比活着更强。

我怎么办？我又能怎么办？我怎样才能逃脱这无尽的黑夜和无边的恐惧呢？

六月二十五日,清晨

只有饱经黑夜煎熬的人,才会觉得清晨如此亲切和令人舒畅。很快,太阳升起来了,阳光照到窗户对面大门的上方,那片耀眼的光芒就像从诺亚方舟上飞来的鸽子降落在那里。我的恐惧渐渐淡去,它好像是一件雾气衣裳,温度一升高便随之消散。

今天,我必须鼓足最大的勇气采取一些行动。昨晚,那些有邮寄日期的信估计已经发出,这可能是伯爵要让我从地球上消失的罪恶阴谋中的第一步。

不想这么多了,立即行动!

事故总是在深夜发生,换言之,我总是在深夜才会感到身处险境及恐怖之中。我从来未曾在白天见到过伯爵,难道他总在别人醒来的时候睡眠,在别人睡眠的时候起来?

假如我能到他的房间看看就好了!但这几乎不可能,他的门总是锁住的,我进不去。不过再一想,只要努力尝试,就一定会有机会。既然他能来去自如,为什么别人就不能呢?我亲眼看见他从窗户里爬出来,为什么我不能学着他的样子从窗口爬进去呢?

虽然成功的希望渺茫,但我要冒险一试。最坏的结果无非一死,人的死亡与牛的死不同,对我来讲,死后或许还有来生。求主保佑我顺利!永别了,米娜,假如我失败的话。永别了,我挚爱的亲朋好友和我的继父。永别了,所有的人。最后,再一次向我生命的全部——米娜,说声:再见了!

当天晚一些的时候,我已经努力冒险成功了。上帝庇佑我平安归来,我必须详细地记录下整个过程:

我鼓起勇气来到南边的窗口,并且爬到了窗户的外面。墙上的石头又大又粗糙,上面涂抹的泥灰已经剥落。我取下靴子,开始了危险的攀爬。我故意向下望了一眼,以免不小心看见无底深渊而吓晕,但此后,我再也没敢向下张望。我很了解伯爵窗户的位置及距离,并努力向那边爬去。我利用每一个突出的地方落脚。也许是过于亢奋的缘故吧,我并没有感到眩晕。

不久,我就爬到了那个窗户的窗台上,试探着把活动窗门向上推,窗户开了! 我弯着腰钻进窗户,踩到地面,四下打量,想找到伯爵。我且惊且喜地发现,屋内空无一人! 屋里只有一些古怪的家具,看上去不像有人使用过。

这些家具跟我在南边那间屋里看到的家具风格相同,上面也蒙着厚厚的一层尘土。我想找到钥匙,但钥匙没有插在锁上,也没在别的地方发现。屋子里的一角堆放着大堆金币,有罗马的、英国的、奥地利的、匈牙利的、希腊的,还有土耳其的。金币上面已经积满了厚厚的灰尘,看来堆放的时间很久了,我想它们有三百余年了。另外,还有许多链子和首饰,有的还镶嵌着珠宝,但它们全都很陈旧,而且锈迹斑斑。

房间的角上有一扇大门,我试了试,看能不能把它打开。因为我没找到这个屋子的钥匙,还有外面大门的钥匙。而这是我这次冒险行动的主要目的。因此我必须采取进一步的行动,否则一切努力都将白费。门被打开了,门后是一段石铺的过道,与旋转梯相连一直向下延伸。我沿着楼梯小心地往下走,除了厚重石墙的缝隙中透出的一点微光外,这里几乎一片漆黑。在楼梯底端有一条像隧道一样的通道,里面弥漫着令人窒息的难闻气味,那是一种腐土被翻挖出来的气味。我越往深处走,这种气味就越来越浓,越来越近。最后,我推开一扇虚掩的门,发现自己来到了一个颓败的暗室,显然,这是一个墓室。墓室顶部已经败落,有两个台阶通往地窖,地面看上去新近被挖过，那些挖出来的泥土都装在大木箱里。

显然，这些木箱就是斯洛伐克人运来的。暗室里没有人。为了不漏掉任何机会，我仔细搜寻了每一寸地面。我走进地窖，里面非常阴暗，我鼓足了勇气才敢进去，查看了其中两个地窖，里面除了一些破棺木板和一层层灰尘以外，并没有其他东西。但是，在第三个地窖里，我有了惊人的发现！

那个地窖里一共有五十个大箱子，其中一个箱子放在一堆新挖泥土的上面，我发现伯爵竟然躺在箱子里！他或者是死了，或者是睡着了，我很难判断。他圆睁双目纹丝不动，但眼睛并不是死人那种无光的眼睛。他的脸虽然苍白，但看上去像是带有温度，他的嘴唇依然红润。但是，他整个人丝毫不动，既没有脉搏、呼吸，也没有心跳。

我弯下腰来仔细看着他，想确定他是否有生命的迹象，结果丝毫没有。他在这里躺的时间应该不是太长，因为箱子里泥土的味道还很新鲜，而这些味道在几小时内会挥发干净。

箱子的盖开着，盖上钻了很多小孔。我估计钥匙可能在他身上，于是打算在他身上搜寻，而这时，我突然看见他僵直的双眼好像射出一种仇视的光芒，尽管他不可能知道我在这里。

我吓得拔腿就跑，逃到伯爵房间的窗口，爬出窗户，回到自己的屋里。我喘息着一头倒在床上，开始回忆这一切……

六月二十九日

今天，是我在第三封信上所写的日期。伯爵又故技重演，想假造这封信的真实性。因为，我又看到他穿着我的衣服，爬出窗户离开了城堡。当我看到他像蜥蜴一样沿着城墙向下爬的时候，我真想有一支枪或其他什么武器把他干掉。但是，人类所制造的武器可能根本无法伤害到他。我再也不敢待在那里等到他回来,因为我害怕又遇到那些可怕的魔女。于是,我回到书房里看书,直到入睡。

后来,伯爵把我叫醒了,他用极端冷酷的眼神望着我,对我说:"明天,朋友,我们就要分别了。你回到你美丽的英国,而我做我的一些事情,我们可能从此永别。你的信已经发了出去。明天我就不在这里了,但我为你安排好了行程。明天早晨,会来一些兹岗尼人在这里干活,还会有一些斯洛伐克人来,待他们走后,我的马车会到这里来接你,之后把你送到博尔戈关口,在那里会有从布科维纳到比斯特里斯的公共马车。但是,我还是期待你将来能有机会再来访问德拉库拉城堡。"

我非常怀疑,要试试他的诚意。"诚意!"将这个词和恶魔联系在一起,是对这个词的玷污。于是,我直接问道:"为什么不是今晚就走呢?"

"因为,亲爱的先生,我的马车夫驾车外出了。"

"那么,我很愿意步行。我想马上就离开。"

他轻轻笑了一下,显得非常和蔼可亲,但很明显这笑容背后暗藏了杀机。他说:"那你的行李怎么办呢?"

"没关系,我另找时间来取。"

伯爵站起来,语调变得极谦卑和蔼,其真诚的程度几乎让我相信了他。他说:"在你们英国有一句俗话,'缘来则聚,缘尽则散',我很欣赏这句话,同时,这也正是我们贵族的处世标准。请跟我来,年轻的朋友,你不需要违背自己的心愿再多待片刻,虽然我会因你的离开而伤心,但你既然心意已决,那么,就请来吧。"

他语气凝重。接着,他举着灯带领我下了楼梯,到了大厅。突然,他停下来长吼一声。"喂——!"

狼群的嚎叫从不远处传了过来。这种嚎叫声像是跟随着他举手的动作而发出的,仿佛大型交响乐团跟随着指挥棒进行演奏一样。

他停了一下，但仍然庄重地继续向前走去。

他走到门口，拉开门闩，解开链子，门立即打开了。让我感到惊奇的是，我确实看见门锁打开了。我心存疑虑地四下张望，但没看到任何像钥匙的东西。门打开的过程中，狼群狂吠的声音愈来愈烈。那些恶狼张开血盆大口、露着獠牙、蹬着前腿，它们正试图从门缝里往里钻。

我立即明白了，与伯爵作对是于事无补的。他控制着猛兽，我毫无办法。门还在开启，伯爵站在门缝处。

一刹那，我立刻意识到，现在就是我的末日，并且以这种形式——我即将成为饿狼的美餐，而且是由我自己造成的。伯爵的用心可谓险恶啊。在最后的瞬间，我大吼一声："快关上门！我决定明天再走！"我捂住脸，不让他看见我痛苦绝望的泪水。伯爵一挥他有力的手臂，门猛地关上了，门闩撞击的声音在整个大厅里回响。

我们默默地回到书房，一两分钟以后，我回到自己的屋里。当伯爵向我飞吻告别时，我看见了他眼中的胜利之光，他的笑容恐怕能令地狱里的犹大都自愧不如。

正当我准备睡下的时候，隐约听到有人在门外私语。我轻手轻脚走过去侧耳细听，如果没听错的话，是伯爵的声音。"回去！回到你们自己那里去！还没轮到你们。耐心等着！今晚属于我，明晚才是你们的。"然后传来一阵美滋滋的笑声。

我"砰"地将门打开，发现门外是那三个嗜血的恐怖女人。看到我，她们一起发出毛骨悚然的笑声，然后离开了。我返回屋里，双膝一软，跪到地上。真是大限已到了吗？明天！就在明天！上帝啊，救我，还有我热爱的人！

六月三十日

这可能是我在这里写的最后的日记了。直到天亮前我才入睡。醒来后,我又一次跪倒在地。如果死神真的来临,我决定至少让它看到我已做好准备。随后,空气中细微的变化让我感觉到现在已经是早晨了!我听到了鸡鸣声,知道自己又安全了。我内心狂喜,打开门冲到楼下。昨天我亲眼看见门并没有上锁,这样,我马上就可以逃脱了。

我迫不及待地用颤抖的双手解开铁链,将重重的门闩拔下。然而,门却纹丝不动,绝望的情绪笼罩着我。

我一次次竭尽全力地摇晃着门,但是可能门过于沉重,仍然推不动,只能听到门发出"嘎吱嘎吱"的响声。我发现锁已经被插上了,很明显,昨晚伯爵在我离开之后又把它锁起来了。

突然,我有一种冲动,就是要不顾一切地找到那把钥匙。于是,我决心再到伯爵的屋里去,就算他把我杀了,此刻,相对来说死亡是一种更好的选择。我立即跑到东边的窗口,沿着墙壁爬到下面,接着我又进入了伯爵的房间。

一如所料,屋里空空如也。金币还在那里堆着,我找遍所有的地方都没有找到钥匙。于是我穿过屋角的门,顺着旋梯走下去,走过漆黑的通道来到地窖。我非常清楚那个恶魔现在身在何处。

大箱子还在那里,靠近墙壁。这次箱子盖上了,虽然还没有钉上,但钉子已经放在孔里准备敲进去。我一定要从他身上找到钥匙,我打开箱盖,把它靠在墙上。立刻,我被眼前看到的一幕吓坏了。

伯爵就躺在那里,但是,看起来却年轻了许多。原先白色的头发和胡子变成了深灰色,面颊更为丰满,苍白的皮肤现在有了点血色,嘴唇更红了,而且,上面还沾着鲜血,这些鲜血沿着嘴角滴下,落到他的下巴和脖子上。凶恶的双眼深陷,像是镶嵌在一堆肉里,因为他的眼睑和眼袋都肿胀起来了。

看来这个万恶的躯壳里充满了新鲜血液。他躺在里面,就像吸饱鲜血的蚂蟥。我弯下腰颤抖着碰一碰他,尽管我全部神经都紧绷着拒绝触摸他的身体,但我必须去他的身上搜寻,否则的话,我就完了,今晚就可能成为那三个妖姬的美餐。

我搜遍了他的全身,还是没找到钥匙。我停了下来,看到他浮肿的脸上似乎荡着一丝冷笑,我快被逼疯了。这个家伙就是在我曾经的帮助下得以移居伦敦的,也许在未来漫长的几个世纪中,他会和他的许多同类在伦敦疯狂地吸吮人们的鲜血,专门残害无辜的人们,制造出无数一半是人一半是魔的种族。

想到此,我热血上涌,想把这个魔鬼立即从这个世界上除掉。可我没有武器,我顺手拿来一把铲土用的铲子,高举起来,利铲口刃朝下,向他那张罪恶的脸重重地砍了下去。就在这时,他的头转动了一下,那对可怕的眼睛充满着怒火,凶狠地瞪着我。我吓得手一滑,铁铲掉下去划过他的脸,仅在前额留下一道深深的口子。

铲子掉进了箱子,我把铁铲拿出来的时候,铲子突出的边沿碰到了箱盖,盖子合上了,把那个妖怪关在里面。我最后一眼看到的是一张肿胀而沾满鲜血的、露着来自地狱里最狰狞笑意的脸。

我不停地思索接下来该怎么做,但我的大脑像在燃烧,我绝望地待着。此时,我听见一阵吉卜赛人快乐的歌声从远处传来,歌声越来越近,和车轮滚滚的声音及马鞭的噼啪声交织在一起。伯爵所说的兹岗尼人和斯洛伐克人过来了。我最后看了一眼装着邪恶躯壳的箱子,之后赶紧跑到伯爵的屋里,我要趁着打开门的刹那冲出去。我侧耳细听,楼下传来钥匙旋转的声音,接着又是大门被用力关上的声音。一定还有别的办法可以出去,或者有人有那个门的钥匙。接着,我听到一阵"沙沙"的脚步声,它们在某条通道里逐渐消失。我又转身跑回地窖,或许能在那儿找到别的出口。这时,一阵大风突然刮来,通往旋转楼梯的门被砰然关上,以至门楣上的尘土被震得飞扬起来。我跑过去想把它打开,但马上发现门关得很牢,根本无法推开。我再一次成了囚徒,死亡之网愈收愈紧了。

正如我说过的那样,楼下的一条通道曾发出许多脚步声,还有重物撞击地面的声音,显然那是装满泥土的箱子发出的声音。后来我听到了锤子敲打的声音,那是箱子被钉上了。现在,我再一次听见大厅里响起重重的脚步声,还有一些零碎的脚步声跟在后面。

门被关上了,接下来是链子的声音,再是钥匙在锁孔里旋转的声音,我还听见钥匙被拔出来,以及另一扇门打开又关上的声音,最后,是一阵嘈杂的开锁和拔栓子的声音。

听!沉重的马车在院子及岩石路上碾过的声音,扬鞭的声音,还有渐行渐远的兹岗尼人的歌声。

现在,古堡里只剩下我一个人和那些恐怖的女人了,呸!可米娜也是女人,但是,她们之间截然不同,那些女人都是该死的魔鬼!

我不应该和她们待在一起,我要试着在城墙上爬到更远一点的地方,我可能需要带上一些黄金以备不时之需,或许我还能绝处逢生。

我要找到回家的路!我要找到最近最快的火车!我要离开这个可怕的城堡,离开这片被魔鬼践踏的土地。

至少,上帝的仁慈比那些魔鬼要好。虽然悬崖深不见底,但即便摔死,我也要作为一个人长眠于深谷!再见了,所有的朋友!再见了,米娜!

第五章

米娜·莫利写给露茜·韦斯特拉的信

最亲爱的露茜：

迟迟未能给你写信，见谅。这一段时间我简直被工作压得难以喘息，当个校长助理有时候非常劳神。我期待与你再次相聚，那时，我们可以到海边去，在那里我们可以无拘无束、随意畅谈。

近日我工作辛苦，因须配合乔纳森学习，我正在努力学习速记。我想，和他结婚以后，我可以帮助他。如果我的速记水平很高的话，就可以记下他的言论，然后用打字机打出来。当然，我也在专心练打字。他和我有时候会用速记通信。他现在旅行在外，仍用速记写日记。我与你在一起时，也会坚持用速记写日记。我说的不是只在星期天才偶尔记两页的日记，而是每日日记，稍有感受，立刻记下。

别人对我的日记可能不会有兴趣，但我也不是为他们而写的。日记有什么值得分享的话，也许有朝一日我会给乔纳森看，我现在还只是练习着写。我应该向那些女记者学习，写些访谈和综述，常记下与别人的谈话。据说，只要常练习，一个人就可以记住一天所有见闻。总之，等着瞧吧。我们见面时，我会告诉你我的计划。

我刚收到乔纳森从特兰西瓦尼亚寄来的一封潦草短信。他现在很好，下周回家。我一直在等他的信。到外国旅行多好呀，希望我和乔纳森可以结伴去旅行。好了,已经十点了。下回再叙。

你亲爱的米娜

五月九日

又及:回信时告诉我你所有见闻。我们很长时间没有联系了,我听到一些传闻,牵涉到一个高挑英俊的卷发男人。

露茜·韦斯特拉写给米娜·莫利的信

最亲爱的米娜:

来信阅过,信中所怨,实欠公允。自从分手以后,我曾两次给你去信,你的上封信是我收到的第二封。此外,日子平平,没什么能让你感兴趣的事情。城里生活平淡,我们常去画廊或者到公园骑马、散步。

你说的那个高个卷发男人,一定指的是上次音乐晚会中和我在一起的那个男人。显然有人在传播闲话。那是亚瑟·霍尔姆伍德先生,他经常来我们这里,他和我妈相处得很融洽,他们很谈得来。

我们不久前认识了一个人,要不是你和乔纳森已经订婚了的话,我看你们倒是挺般配的。那个人应是个不错的伴侣,气质英俊、家境富裕、出身名门。他是个医生,聪明异常。总而言之,他的确不错。二十九岁的年龄,就自己掌管一家颇具规模的精神病院。是霍尔姆伍德先生把他介绍给我的,后来他偶尔来看过我们一次,不过现在他经常来。

他是我所见过的最果断冷静的男人。他表现非常沉稳,可以想象他对病人有着多么大的感染力。他有一个特殊的习惯,总是喜欢盯着别人的脸看,好像要透视别人。他也这么看过我,不过,我可不那么好对付。这是我从镜子里知道的。你经常在镜子里端详自己的脸吗？我经常这样做，很有趣。告诉你，你也可以试试，比你想象的复杂得多。

他说我是他很好的心理学研究对象。虚心地说，我也这样想。你知道，我对穿着打扮并不太在意，无法赶上时尚。"衣着令人烦"，这是一句俗话，别在意，亚瑟每天都这么说。好了，我都说了。

米娜，我们从小就毫不猜忌地分享秘密，我们一起睡，一起吃，一起哭笑。现在，我已经说了很多，可我还想说。噢，米娜，你看不出吗？我爱他。写到这里我的脸都红了，我想他也爱我，但他从来没有对我表白。噢，米娜，我爱他，爱他！爱他！真让我感到愉悦。我多想现在是和你在一起啊，亲爱的，就像以前那样，我们衣着随便地坐在炉边，我向你倾吐我的内心。

在信里，我都不知道该怎么措辞。我怕一旦停笔，我会把信撕碎，所以我不想停，我要向你诉说所有的秘密。请回信给我，把你的感想告诉我。米娜，就此搁笔。晚安，请祈祷时为我祝福！

露茜

五月十七日，星期三，于查塔姆街

另，还有秘密没有告诉你。再祝晚安。露

露茜·韦斯特拉写给米娜·莫利的信

最亲爱的米娜：

多谢，多谢，多谢你甜蜜的回信。我很高兴和你分享，得到你的响应。

亲爱的，俗话云，"或者不雨，雨则倾盆"。我九月满二十岁，以前没人向我真正地求过婚。可今天，有三个人同时向我求婚。简直太好了！一天之内三个人求婚，太神奇了吧？

他们中有两个可怜兮兮的，我很抱歉，真的很抱歉。噢，米娜，我太高兴了，不知如何是好。三次求婚呀！不过，看在上帝的份上，千万不要告诉别的女孩，否则她们会瞎寻思的。如果她们回到家没有六个人向她们求婚，她们就会备感受伤害。有些女孩真虚荣！而你和我，亲爱的米娜，都已订了婚，很快就要安定下来，加入那些家庭主妇的行列了，因此我们能够免于虚荣。

好的，我来告诉你这三个人的情况，但除了乔纳森外，请务必保密。我想你一定会告诉他的，如果是我，我也会告诉亚瑟。女人有事不应瞒着丈夫，对吗？所以，亲爱的，我得公平处理这件事。男人总希望女人，特别是妻子，像他们自己一样公平处事。但是女人，恐怕并不总能够做到。

好的，亲爱的，第一位求婚者是午饭前来的。他就是前面说的谢瓦尔德医生，那个开精神病院的。他下巴棱角分明，额头宽大，看起来冷静，其实还是很紧张的。显然，他已经注意到很多细节，而且都做得很好。不过，有一次他还是差点坐到自己的丝帽上，一个稳重的男人通常不应出现这种状况。他想做出轻松的样子，可手中却始终不停地玩弄一把小刀，惹得我直想喊。

米娜，他讲话很直率，他告诉我他如何的爱我，但对我了解不多。他说我们在一起，生活就会无比美好。如果我不在乎他，他会感到万分难过。不过他看见我哭了的时候，就说自己太莽撞了，他并不想让我增加烦恼。之后，他问我是否也爱他，我摇了摇头。这时，他的手颤抖了起来。犹豫片刻后，他又问我是否已有心上人了，然后婉转地表示他不想勉强，只是想了解真实情况，因为如果我仍然待字闺中，他就还有希望。

那时，米娜，我觉得我必须告诉他我已经有了意中人，我是这么直接地告诉了他。他坚强地站起来，不过还是面露伤感。他紧握我的双手，祝我幸福。他表示，如果我需要朋友，那他就是最好的朋友。噢，米娜，我实在忍不住哭了，请原谅落在信上的泪痕。被人追求是很美妙的一件事。但是，当你看到深爱你的人知道无论怎样都无法赢得你的心时，当他带着一颗破碎的心离你而去时，这事就变得不那么美妙了。

亲爱的，我必须就此搁笔了。此时此刻，我难过异常，同时又感到快乐。

现在是晚上，亚瑟刚离开。我现在的心情比刚才好些了。我可以继续给你讲今天的事情了。好的，亲爱的，第二位求婚者是午饭后来的。他是一个非常好的人，他来自美国得克萨斯州，看上去年轻而有活力，你可能无法想象他去过那么多的地方，有着那么丰富的阅历。

德斯德·莫娜在这方面与我有同感，她很容易陷入这种类似的传奇故事中。我想女人真的很柔弱，我们都幻想着英雄救美，然后嫁给他。现在我懂了，我若是男子，想让一个女孩爱上我，我就会这么做。

可惜我不是这样的女人。莫里斯先生一直讲着他的传奇，但是亚瑟从来不讲。我还是……亲爱的，也许我应该说快点。昆西·莫里斯先生发现我独自一人在那里。似乎一些男人总会在女孩子独处时发现她。但亚瑟没有这样做，虽然他曾试过两次，可只得到一次机会，而且那次还是我设法帮他的。现在说这些我并不觉得害臊。

我先声明，莫里斯先生并不总是说俚语，那就是说，他不对陌生人或当着陌生人的面讲俚语。他受过良好的教育，举止得体，谈吐高雅。他发现我喜欢听美国俗语时，就会在没有其他人时给我讲些有趣的事。可我担心，亲爱的，这些都是他自己编出来的，因为他的俚语总是在适当的时候脱口而出。但是，俚语就该如此。我不知道我讲俚语会成什么样子，也不知亚瑟是否喜欢，至少目前为止我没听过他讲俚语。

接下来，莫里斯先生在我旁边坐下，他尽量表现从容，但我能看出他的紧张。他握着我的手，语气温柔地对我说："露茜小姐，我可能不会打理你那双绣鞋，但我猜测你一直在等待着为数很少的绝好男人。在匆忙做出决定之前，不如和我一起策马上路，周游列国。"

的确，他似乎颇具幽默感，表现轻松，所以拒绝他可能不会造成像对可怜的谢瓦尔德医生那样的伤害。于是我非常柔和地说我不懂骑马，没有骑马旅行的打算。然后他承认刚才讲话有些轻佻，说如果他说错了，希望我别介意。此时他显得严肃认真，我也跟着严肃起来。米娜，你可能会认为我是在卖弄——这是我今天第二次被追求，这种追求实在让我欣喜。

之后，亲爱的，我未及开口，他便滔滔不绝地对我表达起爱意，他把真心和灵魂都掏了出来。他真的很真诚，我甚至改变了旧的看法。过去，我总觉得男人从来都是逢场作戏的，从来不会太严肃。莫里斯先生平时就一直是喜笑颜开的那种人。他从我的表情中肯定可以看出我在观察他。他突然停顿了一下，然后坚毅而热情地对我说，如果我非另有所爱，我肯定会爱上他。

"露茜，我知道你是个诚挚的女孩。如果我不相信你在灵魂深处都是纯洁的话，我也不会这样地向你倾诉。请你告诉我，就像老朋友那样，你是否已经心有所属？如果是，也没关系。如果你愿意，我会做你最值得信赖的朋友。"

亲爱的米娜，男人为什么那么高尚，我们女人好像都配不上他们？刚才我琢磨着逗逗这位豁达的绅士，可现在我却忍不住哭了。亲爱的，恐怕你会觉得这封信啰啰嗦嗦，拖泥带水。我现在感觉真的很糟。为什么一女不能同侍三夫，或一女同嫁多夫？这样的话不就解决问题了吗？但这念头是邪恶的，不应有此杂念。

尽管我哭了出来,可我还是很高兴看到莫里斯先生刚毅的眼神,于是我直接对他讲:"的确,我心里已有一个人,不过他还没向我表白他的爱意。"我这样直接讲出来是对的,因为他脸上马上就显得轻松了许多,然后他双手握住我的手,其实是我主动把手伸过去的。他诚挚地说:"坚强的姑娘,我愿意等着追求你的机会,而不愿现在拥有追求别的姑娘的机会。别哭了,亲爱的。如果是为我哭泣,那大可不必,我是坚强的,没那么容易垮掉,我可以承受得住。如果你心中的男人还没意识到他将来的幸福生活的话,那么,他现在最好早些行动,否则他就要遇到我这个对手了。姑娘,你的诚实和勇气已使我成了你的朋友,和成为你的恋人相比,这更为珍贵,更显得无私。亲爱的,我现在还有很长的路要独自行走。你怎么不给我个吻呢?这个吻将为我带来光明。你可以这样做,如果你愿意的话。因为那位绅士现在还没向你表白呢。他肯定是个好人,否则你也不会爱上他。"

　　他的话真让我叹服,米娜,对于他的情敌,他表现得勇敢而灵活,并且十分高尚。他看上去很悲伤,于是我上前拥吻了他。他站了起来,双手握着我的手,当他低头看我时,我觉得我的脸涨得通红。

　　他说:"姑娘,我握着你的手,你也吻了我,如果这都不能创造我们的友谊,那还有什么可以呢?谢谢你的真情,再见了。"他又紧握了一下我的手,戴上帽子,头也不回地径直走了出去。他没流眼泪,没有抱怨,没有犹豫,而我却像婴儿似的嘤嘤哭了起来。噢,对他这样的男人来说会有很多女孩愿意以身相许的,可为何他要遭此不幸?如果我的心不被他人占据的话,我也愿意,现在我不想。亲爱的,这真让我难过。我讲了这么多,已经没有什么情绪再写下去了。等我情绪好转起来,我再讲第三位求婚者。

你可爱的露茜

五月二十四日

噢，关于第三个人，我其实不需多说，不是吗？一切都让人头晕目眩，他进房间后没有多久就把我拥入怀抱，并且吻了我。我感到特别幸福，不知道我做了什么好事才换来这些幸福。我只有用行动向上帝证明，我没有辜负上帝对我的厚爱，感谢上苍赐予我这样的爱人，这样的丈夫和朋友。余言后续。

谢瓦尔德医生的日记

五月二十五日

今天食欲不振，坐卧不宁。自从昨天被拒绝，我内心一直感觉空空荡荡。看起来行动是最有效、最重要的方法了。我知道，目前唯一的良方就是工作，于是我走到病人中间，挑选了一个能引起我研究兴趣的病人，这个病人很奇特，我决定多去了解他。今天，我似乎能比以前更深地窥见他内心的神秘世界。

我今天比平时询问得更仔细，我想掌握他产生幻觉的关键因素。我发现，我做这件事的方式有点残酷，好像希望他保持这种疯狂状态。而在以前我肯定会避免使这种事发生在病人身上，就像我躲避地狱一样。

怎样我才不会躲避地狱呢？

罗马的一切都可以出售，俗语云"地狱也有售价"。如果这是一种本能，则隐藏在本能后面的一定是值得仔细琢磨的东西。所以我最好立刻开始去做，因此……

伦菲尔德，五十九岁，性情火爆，体形健硕，呈病态兴奋和周期性抑郁状，常处于难以解释的偏执状况之中。我认为，这种火爆的性格加上外界的干扰已演变为一种精神性综合征，患者有潜在的危险性，在缺乏自觉的情况下更危险。对具有强烈自觉意识的人而言，谨慎本身就是自身安全的最好保护。我的理论是，当人注重自我意识时，人身内在正气和外来邪气暂时达到平衡；而当人的注重点在责任或某种动机时，外力就会变得强势，在此情况下，一些偶然事件可以使平衡重新产生。

昆西·莫里斯写给亚瑟·霍尔姆伍德的信

亲爱的亚瑟：

回首往事，历历在目。草原篝火旁我们曾讲述传奇故事，马尔喀彻斯着陆后我们曾互相包扎伤口，提提喀喀岸边我们曾举杯祝福。我们未讲的故事尚多，还有伤痛需要治疗，还需要更多的祝福。明晚拟设营帐晚会，一切夙愿可以实现了。特邀你前来助兴。我知道你的那位她已应邀参加另一个晚宴，所以，明晚你必有闲暇。

另邀朋友一位，即我们在韩国认识的谢瓦尔德医生。他会来的。到时我们将满含热泪，共同举杯，为全世界最快乐的男人祈福，为上帝所赐的那颗高贵的心，为所获最伟大的胜利，永祝健康。再次热切地邀你前来，我们会热情地欢迎你，向你表示真切的问候。我们发誓，如果到时候你烂醉如泥，我们一定不会丢下你不管。万请勿辞！

老友昆西·莫里斯

五月二十五日

亚瑟·霍尔姆伍德给昆西·莫里斯的电报

五月二十六日——我将参加诸项活动，届时有趣事若干助兴。亚瑟

第六章

米娜·莫利的日记

六月二十四日,怀特白

露茜前来车站接我,她比以往更甜美、可爱。我们驱车到了新月街,那里有他们的房子。这是个可爱的地方。那条小河的名字叫伊斯克,它穿过深深的峡谷,流入大海之前突然变得宽阔起来。一座大桥横跨在河上。那桥墩很高,透过桥墩可以眺望远处隐约出现的景物。绿色的峡谷陡峭而俊丽。无论站在哪一边的高地,你都能立刻看到另一边的高地,只有靠近悬崖,才能看到崖底。

远方的古老城镇,红色屋顶的房子鳞次栉比,就像以前见过的纽伦堡的照片一样。城镇上方,就是怀特白大教堂的遗址,过去它曾被丹麦人攻陷。这个大教堂是"玛米恩"景区的一部分,墙上镶刻着少女图案。

怀特白大教堂的遗址非常著名,占地面积很大,到处是美丽浪漫的历史陈迹。据说,有人见到一名白衣女子坐在大教堂窗边。大教堂和市镇之间有另一个教堂,周围是墓地,遍布墓碑。

在我看来,这一带是怀特白最美丽的去处,它地势高耸,位于城镇之上,从这里能够俯瞰整个港口,以及从凯特尼斯延伸而形成的海湾。海港附近地势陡峭,部分石岸已经崩溃坠海,有些墓碑遭到损毁。有个地方，墓地的石雕被遗弃到很远的沙石路上面。

一些小路穿过教堂地区，路旁散落着座椅，有游人到此，在椅子上一坐就是一天，欣赏美丽的景致，沐浴徐徐微风。我也应常到这儿来坐一坐，做点事。的确，我正在写日记，本子就在膝上。我在听坐在身旁的三位长者聊天，他们每天好像除了在此聊天以外无所事事。

港湾就在脚下。远处，有一堵花岗岩石墙，石墙的尽头呈弯状伸入海中，石墙中部有座灯塔，塔的周围也有石墙环绕。近处也有一堵墙，呈外撇的胳膊肘状，末端也有一座灯塔。在两个灯塔间，狭窄的出海口伸入海湾，由此海湾出去水面突然变得宽阔起来。

涨潮的时候这里很美，但是，退潮以后就什么也没有了，唯有随处可见的一些岩石与石岸间流淌的溪水。这一侧位于海港外部，有一座大暗礁延绵半英里长，它陡峭的一端从南面灯塔的背后露出来。暗礁的尽头有一个装有吊钟的浮标，天气恶劣时吊钟会摆动，它在风里发出凄惨的声音。据传，当船在海里迷失方向时，会听到钟声。有个老人正向我这边走过来，我要向他打听这件事情……

这个老人很有趣，他肯定很老了，脸上的皮肤像树皮一样布满了疙瘩和皱纹。他跟我说他将近一百岁了，在滑铁卢战役时期，他是格陵兰渔船上的水手。我猜想他可能是个很多疑的人，因为当我问起海上的钟声及在怀特白大教堂的少女时，他非常果断地说："小姐，我不会留意这种事情。这些都是陈年旧事了，注意，我可不是说以前没发生过这些事，我的意思是在我的这个年代没发生过。对游客来说，这些传说是很不错，但对于像你这样年轻漂亮的小姐来说，就不太好了。从约克郡和利兹郡来的游人总是吃咸鱼干、喝茶并到各处购买廉价的黑玉，他们什么都相信。我不信有谁会那样费事去对他们说谎，就连报纸也不会，虽然报纸上登的满纸都是废话。"

我认为从他身上能了解一些有意思的事，因此我问他是否介意跟我谈一谈从前捕鲸的故事。正当他准备说的时候,远方传来了钟声,一共响了六下,他吃力地站起来,说:"小姐,我要跟大家一道回家了。我的孙女已备好茶点,让她等我太久她会不高兴的,我还要费好些时间,走很长一段台阶。而且,小姐,现在我的肚子也空了。"

他蹒跚地走了,并且我能感到他急促地从石梯上往下走。这些台阶算是该处的一大特点,它们从城里一直往上通往教堂,共有好几百级,尽管我还不清楚具体的数字。这些台阶弯弯曲曲,线条优美,坡度很小,马匹也能轻易地走上走下。我估计当初它们应该跟大教堂有关。我也应该返回了,露茜今天跟她妈妈一起外出,因为只是礼节性的拜访,所以我没去。她们现在该回来了。

八月一日

一个小时前,我和露茜到了这里,我们与那位老者还有另外两位常与他聊天的老人进行了一场很有趣的交谈。很显然那位老者是他们的核心,我相信他年轻时肯定是个指挥别人的领袖人物。他把所有东西都不放在眼里,目空一切,假如他辩不过别人,就会采取恐吓的办法,然后将别人的沉默看作对他的认同。

露茜身穿一件麻质的白色上衣,看上去美丽而可爱,她在这里,面色始终很好,我发现连老人们都不愿错过与她坐在一起的机会。她在长者面前总显得十分乖巧,我猜想老年人可能都爱上了她。那个长者很迁就露茜,偶尔也反驳她,但对我却并不一样。当我将话题引到那些传说上时,他马上就换成另外一副教训的面孔。

"这些全都是蠢话、疯话、胡话,没有别的。这些诅咒、传说还有那些鬼神、灵异、妖怪,只能用来蒙骗儿童和头脑发昏的女人。它们只不过是幻影。任何妖魔、鬼怪和预言,都是牧师编造出来的,其目的是使人们去做他们不想做的事情，我只要一想到这些谣言就感到他们的丑恶。他们不但不制止报上的谎言，而且还传播这些谎言，使它们刻在墓碑上。瞧瞧你周围的墓碑，不是刻着'某某之墓'就是'神圣纪念某某'。但是，其实有接近一半的墓碑下根本没有埋人，这些所谓的纪念就像呼出的气体一样无关紧要，丝毫也不神圣。全是谎言，一个又一个的谎言！我的天，当审判日来临之时，他们必定会惊慌失措地拉出那些墓碑来拼命为自己辩解。有的人会无助地战栗，像在大海里迷失方向一样。"

我见到老人一脸得意的神情和环顾四周寻求赞同的表情，明白他是故意在炫耀，因此我说了一句话，逗他继续说："啊，史威尔先生，你说的不是真的吧？很显然，这些墓碑并不全是假的啊？"

"当然，也许有少得可怜的几个是真的，但是别人将他们说得神乎其神。俗语说，'卖瓜的说瓜甜'，整个事件都是谎言。看，你现在到这里来，作为陌生人，你看到了这个教堂的墓地。"我点了点头，我想最好表示同意他说的，尽管我不太明白他的方言，但我估计是与教堂有关的事情。他继续说道："你相信传说中所有的事情都发生过，是神圣的、真实的，是吗？"我又点了点头。"这就是谎言的源头。为什么呢？因为这些棺材里面是空的，好像传说中周五晚上讨债人的果酱盒一样。"他用胳膊碰了碰旁边的人，他们都笑了起来。

"我的天！不然他们怎么可能在那里呢？看那里，墓碑背面的铭文，念一下！"我走过去，见上面写着："爱德华·史班斯拉格，大副，一八五四年在安着斯海岸遭海盗杀害，时年三十岁。"

我返回后，史威尔先生又说："我想弄清楚，谁会将他的尸体带回来安葬呢？他可是在安着斯海岸死亡的！而你却相信他的尸体就在里面！嗨！我能列出一连串的名字，他们都葬身于格陵兰海底。"他往北方指了指,"我甚至能告诉你那些洋流会将他们的尸骨冲往何处。你的周围全是这种谎言,你可以亲眼去读一读这些精雕细琢出来的谎话。这位布瑞斯威特·罗瑞,我认识他的父亲,他二十岁时在格陵兰岛以外的莱富里海失踪;还有安祖鲁·伍德浩斯,一七七七年,在同一个海域溺死;一年以后,约翰·帕克斯顿在告别角溺死;老约翰·罗林斯,五十岁时在芬兰湾淹死,他祖父曾和我一道出海。

"你认为,只要号角一响,这些死人都会急忙向怀特白集中吗?我早看透了!我对你说,就算到了这里,他们也会互相毁谤、排斥,就好像我们从前在冰天雪地里的争斗,从早到晚,之后再用极地之光替自己疗伤。"

显然,他的话语中带有本地人才能听懂的笑料,因为老人说完后就嘿嘿笑了,他的同伴们也都跟着笑了起来。

"然而,"我说,"很明显,你说的也不全对,因为,一开始你就假设这些可怜的人,或者他们的灵魂,在审判日来临之时,都会扛着自己的墓碑去受审,对吗? 你觉得那有必要吗?"

"那么,那些墓碑还能起什么作用呢? 告诉我,小姐!"

"对亲人是一种慰藉。我想。"

"对亲人是一种慰藉。你想!"他很轻蔑地说,"他们的亲人都清楚那是谎言,而且当这里每个人都清楚这是谎言时,他们的亲人能得到什么安慰呢?"他指着我们脚边一块平放的石板,石板上有一张椅子,离山崖边缘很近。"念念刻在那块石头上的谎言吧。"他说道。从我的方位看过去碑文是颠倒的,但露茜的位置看过去要稍微正一些,因此她弯腰念给我们听:

"神圣纪念乔治·卡农,他于神灵复活的希望中离我们而去。一八七三年七月二十九日,坠崖遇难。此墓碑为哀伤的母亲所建。这里埋葬着这个寡母唯一的儿子。"

"真的,史威尔先生,我看不出有丝毫可笑的地方!"她很严肃地说出了她的想法,并且语气还有点不高兴。

"你看不出有哪里好笑?啊哈!那是因为你不了解那个所谓的伤心的母亲实际上是个泼妇,她憎恶自己的儿子,因为他是个残障人,一个十足的侏儒。儿子也厌恶母亲,为此他宁愿自杀,这样他妈妈就得不到为他投保的保险费。他用步枪向自己的头部开了一枪,那支枪从前是用来吓唬乌鸦的,但这次不是拿它来打乌鸦,最后却给他招来了牛蝇和蚊虫。就是因为这样他掉下了悬崖。至于神灵复活的希望,我倒是经常听他讲,他更想下地狱,因为他的母亲异常虔诚地希望上天堂,他不愿与母亲待在一起。那么现在石碑上记载的是不是一堆瞎话呢?"他边说边用拐杖敲打着墓碑,"如果乔治自己背负那块墓碑去见加百利天使,要求将它当作母慈子孝的证明,加百利天使肯定会感到可笑。"

我无言以对。于是露茜转换了话题,她站起来对老人家说:"啊,你为什么要将这些告诉我们呢?我最喜欢这个座位了,都舍不得离开,但是,现在我的座位是守着一个自杀者的坟墓的。"

"这对你没什么坏处,美丽的姑娘,假如可怜的乔治知道有位姑娘坐在他身旁,他也许会很开心。不会有什么事的。我在这里已经坐了二十年,一点事也没有。你不用害怕你脚下有没有墓碑。有一天你会看到所有的墓碑都没有了,这里就像一片刚收割完的空地似的,你才会觉得可怕。听,钟敲响了,我该走了。很高兴为小姐们效劳!"说完他就颤巍巍地离开了。

露茜和我又坐了一阵,我们手牵着手,享受着眼前的美景;她把与亚瑟即将举办的婚礼从头到尾再讲了一遍。我听着心里有点酸溜溜的,因为,整整一个月我都没有乔纳森的音讯了。

当天,我独自一人又来到这里,因为我太难受了,还是没有我的信,希望乔纳森不要有什么事情。大钟敲响了九下,小城里灯火通明,有的灯沿街排成一条条整齐的线条,有的则是星罗棋布。它们往上一直延伸到伊斯克,在山谷的底下消失。我左边的视线被教堂边一座黑屋子的屋顶挡住了。羊群在远方的野地里嘶叫,驴子在人行道上踢踢踏踏地行走。码头上的乐队正热闹地演奏着华尔兹圆舞曲。顺着码头往前,救世军正在一条后街聚会。两队人马互不相干,而我坐在高处,能看到、听到下面的一切。不知乔纳森在哪里,有没有想我?多希望他此时就在这里啊。

谢瓦尔德医生的日记

六月五日

伦菲尔德的病情变得越有意思,我就越想了解他。他的一些特点在快速增强:自私、封闭,并有很强的针对性。我很想弄清他这种针对性的具体目标究竟是什么。他仿佛自有一套体系,但我还不清楚具体是什么。他自己解脱的方法是一种对动物的钟爱,但说实话,他对动物的钟爱有一种很奇怪的倾向,有时我认为,他也许是冷酷得变态了。他所养的宠物都非常奇特。现在,他的爱好是抓苍蝇。他养的苍蝇数量已经相当可观,这让我不得不向他提出警告。让我感到意外的是,他并不像我所预料的那样发作起来,而是表现得很严肃。他想了一下,说:"能不能给我三天时间?我会将它们处理掉。"当然,我说行。我一定要搞清他是怎么处理的。

六月十八日

现在,他的兴趣又转向了蜘蛛,并且已在盒子里装了好几个大家伙。他不停地给它们喂食苍蝇,因此苍蝇的数量在显著减少,但他省下自己一半的食品去招引室外更多的苍蝇。

七月一日

现在,他的蜘蛛变得跟苍蝇一样令人厌恶。今天,我通知他一定要将它们处理掉。他看起来很悲伤,于是我说无论如何也要先处理掉一部分,他高兴地接受了。这次我给他的时间与往常一样多。与他待在一起,我总觉得很恶心。因为,当饱食腐肉的讨厌苍蝇撞入他屋里时,他就会把它们捕住,再饶有兴致地用大拇指和食指捏住把玩好久,然后,当我意识到他要干什么时,他已经将苍蝇放到嘴里吃掉了。

我指责他的做法,但他却理所当然地说这样很好,于健康有益;还说苍蝇也是生命,是顽强的生命,可以给予他生命。这使我领悟了一些问题,或者说是一个初步的想法。我一定要细观察他是怎样处理那些蜘蛛的。很明显,他的思想存在非常严重的问题。他有一个小的笔记本,他经常在上面记一些东西。本子里记满了一大堆数字符号,一般是许多单数相加得到个总数,而这些总数再相加,他仿佛在记一笔账。

七月八日

伦菲尔德的精神病发作有一定的规律性,这一初步的设想在我的头脑中逐渐成形,并很快清晰起来。之后这种设想就变成下意识的思考,我不得不控制住自己的思维。我好几天没去看他,这样一来只要一有变化,我就能马上感觉到。结果,我注意到他处理了一些原有的宠物,又养了一些新的,除此以外没有什么变化。他捉到了一只麻雀,并且麻雀已经有些驯服了。他驯养的方法很简单,这也就是蜘蛛越来越少的原因。蜘蛛为数不多了,但是它们都有很好的食物,因为他还在用食品招引苍蝇来喂蜘蛛。

七月十九日

我们有了不少进展,现在,这位仁兄养了一群麻雀,他的苍蝇和蜘蛛濒临绝迹了。当我走进他屋内时,他来到我面前,说请我帮个忙,帮个大大的忙,他讲话时像狗讨好主人似的望着我。我问帮什么忙,他非常认真地对我说:"我想要一只小猫,一只小小的、温顺的、调皮的猫崽,我能够同它玩,调教它,喂养它,一直养下去!"

对于他的请求,我并不是没有一点心理准备,因为,我观察到他宠物的体型越来越大,活动能力也越来越强。但我并不介意像处理蜘蛛和苍蝇那样处理掉那群温顺的麻雀。所以我说再考虑一下,并且问他愿不愿意喂养成年猫。他回答时渴望的语调暴露了他的真实意图:"啊,是的,我想要一只成年猫!一开始我是担心你不许我养大猫,才提出养猫崽,不会有人拒绝我养猫崽,对不对?"我摇了摇头,跟他说现在可能不行,但我会考虑。

他的脸色阴沉下来,使我看到了危险的信号,因为他露出的凶恶、斜视的眼光包含着杀机。这个人是个潜在的杀人狂。我要利用他现在的需求去试探他,看究竟会有什么样的结果,那时我就能了解更多。

晚上十点,我又去探望了他一次,见他坐在角落里深思。当我来到他跟前时,他突然跪在我面前,哀求我允许他养一只猫,他说只有这样他才能得到解救。但我的态度很明确,告诉他不能养,接着他沉默起来,用嘴啃着手指,坐到原来的角落里。明天早上我再去看他。

七月二十日

我赶在查房之前去看了伦菲尔德,见他已经起床了,嘴里还哼着小曲。他把自己积攒下来的糖撒在窗台边,很显然他又开始抓苍蝇了。他好像很高兴重新开始,一副悠闲自得的样子。我四处寻找他的麻雀,但不见踪影,于是我问鸟都到哪里去了,他头也不回地跟我说它们都飞走。屋里洒落了一些羽毛,而他的枕头上还有一点血迹。我什么也没说,但找到清扫工人,让他们留意当天他的任何异常举动,随时向我汇报。

现在是上午十一点,助手刚才来告诉我,伦菲尔德病得非常厉害,还呕吐出一堆羽毛。他说道:"医生,我敢肯定他把他养的鸟都吃掉了,而且是生吞的!"

夜里十一点。晚上我为伦菲尔德注射了一针足以令他沉睡的强力镇静剂,再将他的笔记本拿来看了看。近来,我头脑中一些零散的想法已逐步成形,我的结论也得到了验证。他所患的是一种具有杀人倾向的狂躁症,是种特殊的病症。我只好为他另设一个类别,称之为"生吃癖"狂躁症。他所追求的就是竭尽全力捕食生命,他以累加的方式达到自己的目标。他让蜘蛛吃苍蝇,让鸟吃蜘蛛,还想让猫吃小鸟,那么,最后一步将是怎样的呢?

这个试验值得去做。只要找到足够的理由,就能完成。人们曾讥讽活体解剖,但试看今天的成就吧!为什么不将科学研究推行到更复杂、更关键的部位,比方说对大脑的研究?假如我掌握了其中一些真谛,比如对一个疯子的思维活动有深刻的了解,我就能创立属于自己的学科门派。那样一来,桑德森的生理学理论或福瑞尔的脑科学理论就微不足道了。但愿我能找出合理的理由!或许我不该多想,越想我就越倾向于去做这个实验,恰当的理由可能会改变我的一切。但愿我自己的头脑不存在天生的异常情况。

精神病患者永远生活在自己的世界里。我想了解在他看来一个人值多少条命,还是一人只值一命?现在,他已经将以前的账目一丝不苟地做好,今天,新的账目又开始记录了。我们当中又有几个人每天都有新的记录呢?

对我来说,仿佛我的整个生命连同希望在昨天全都结束了,同时,我的记录翻开了另一页。一切都将继续下去,直到最终跟我算总账,衡量出我的得失。啊,露茜,露茜,我不能怪你,也不能怪我的朋友,因为他的幸福就是你的幸福。我只有无望地等待,只有工作,工作,再工作!

只要我能像那可怜而疯狂的朋友一样拥有一个强烈的动机,一种良善而无私的动力,使我投入工作,那也是一种真正的幸福。

米娜·莫利的日记

七月二十六日

我觉得有些焦虑。露茜和乔纳森都使我感到难过,已有很长时间没收到乔纳森的信了。我很为他担心,但是就在昨天,一贯和蔼的霍金斯先生转给我乔纳森的一封信。我曾去信向他询问是否收到过乔纳森的信,他说随信附的是他刚收到的信。

这封信是由德拉库拉城堡发出的,信上只有一行字,说他马上要启程回国。这不像乔纳森的作风,我弄不懂,有种不安的感觉。另外,最近露茜梦游的旧病复发了,尽管她的身体状况良好。她妈妈曾跟我提过这事,我们打算每晚都把房门锁好。韦斯特拉太太有个印象,总觉得梦游的人会经常爬上屋顶沿着屋檐行走,而突然醒来时,会无望地在响彻四野的尖叫声中坠落。她很是担心露茜。她跟我说,她的丈夫,露茜的爸爸也有这种毛病,他总是在夜里起来,穿好衣服往外走,假如不拦住他的话,他就会一直走下去。

露茜计划秋季结婚,现在她已在筹办礼服,安置新居。我与她有相同的心情,我也在筹划自己的婚事,只是我和乔纳森要过的是简朴的生活,能保持收支平衡就行。霍尔姆伍德先生,也就是亚瑟·霍尔姆伍德,是贵族戈德明的独子,只要将身体不适的父亲安顿好以后,应该会很快离开城里到这儿来。我猜露茜肯定是在扳着指头计算他到来的日期。她要带他到教堂附近的断崖边坐坐,让他欣赏怀特白的美景。我敢肯定她是被等待困扰着,只要亚瑟一到来,她马上就会好的。

七月二十七日

乔纳森音讯全无。我愈发不安起来,虽然我不明白就里,但我真的希望能有他的信件,就算只有一行字也行。露茜的梦游症更加严重了,每晚我都会被她在屋里走动的声音弄醒。好在气温很高,她不会因此受凉。但因为焦躁和睡眠不安,我自己也发生了一些改变,变得精神过敏和易被惊醒了。感谢上帝,露茜的身体状况还算好。因为霍尔姆伍德先生父亲病危,他被突然叫回伦敦探望父亲,使得露茜与他相聚的时间不得不延迟。露茜虽然对此心烦意乱,但在表面她看起来还是很平静。露茜是个性格开朗的人,她的双颊透着可爱的玫瑰色,以前的那种苍白脸色已经见不到了,希望她的脸色能一直这样红润。

八月三日

一个星期又过去了,还是没有乔纳森的音讯,就连霍金斯先生都没有他的消息,我曾从他那里得到过乔纳森的书信。啊,我希望他不是生病了,他应该会写信的。他的前一封信我看了以后,总觉得欠缺什么。写信的风格有些不对劲,但的确是他的字迹,一点不假。上周露茜梦游的次数有所减少,但她却表现出一种奇特的专注,让我不能理解。她就连在梦游的时候,都像要查看我一样。她试着开门,当她看到门锁上时,还满屋子来来回回寻找钥匙。

八月六日

又过去三天,乔纳森依然音讯全无。我心中的疑虑变得愈来愈严重,假如我清楚往哪里写信或者我能去哪里,我的心会安定许多。但自上次那封信以后,就没有任何人再听到过乔纳森的消息了。我只能祈祷上帝再给我一点耐性。露茜变得愈加兴奋,但健康状况仍然不错。

昨晚很恐怖,渔民说暴风雨马上要席卷我们这里。我坚持要看这场暴风雨,了解一些关于气象方面的常识。天色阴沉沉的,太阳藏在凯特尼斯天空厚厚的云层后面。一切都是灰蒙蒙的,除了绿色的草地,它们看起来就像是一块块翡翠镶嵌在灰色的岩石中间。灰色的云层与太阳照射的光线交织在一起,覆盖在灰色海面的上方。蜿蜒的沙丘深入海面,看上去如同灰色的雕塑。波涛向浅海和沙滩怒吼着翻滚而来，又在被海水包围的陆地上退却。地平线在一片灰蒙蒙的雾霭中消失。一切都显得很庞大，云朵高高地耸起，像一块块巨大的岩石。海面传来的海啸声听上去好像末日正在降临。海滩上到处是黑色的影子，这些黑影笼罩在浓浓的雾气中，仿佛"人形的树在移动"。渔船正急忙往回赶，进港时，倾斜的船只被海浪抛上抛下。

老史威尔先生来了，他向我径直走来，从他脱帽的举动能看出他有话想和我说。老人的变化真的令人很感动。他在我身边坐下时，用一种十分和蔼的语气说："小姐，有一些事情我想跟你说。"

我感觉到他的不安，于是我拉住他满是皱纹的手，叫他说给我听。他让我握住他的手，说："亲爱的，几周前，我跟你讲的那些关于死者的事情可能把你们吓着了，但我不是当真的，在我死时，我希望你记住一点，我们这些老东西耳朵都聋了，一只脚已经踏进了棺材。我们都不愿意想这件事，我们不想感到恐惧，这就是我为什么在谈起它们时轻轻带过的原因，因为只有这样我的心情才能轻松一些。但是，小姐，愿上帝保佑你。我并不害怕死，丝毫不会。然而，假如可能的话，我并不想死，我老了，时间不多了，一百岁对所有人来说都不太可能。现在，我的死期不远了，因此我在等待大限的来临。你瞧，我一时难以改变这种调侃的习惯。死神很快会向我吹响号角，亲爱的，难道你不为我高兴吗？"因为他看到我哭了。

"即使他今晚光临，我也不会抗拒他的召唤。因为生命的终极目的是等待将来的事情，而不是目前正在做的事情。死亡是我们能完全依赖的事。我非常满足，他正向我走来，亲爱的，他正在加速赶来。或许我们还处于观望和彷徨的时候，死神就已经来临了。他可能藏身于海风之中，那海风吹来了没落、困厄、挫败和痛苦。看，快看啊！"

突然，他大叫起来："风中有什么，在呼呼的海浪声里，看，闻啊，这就是死亡的气息。它就在空气之中，我感到了它的来临。上帝啊，让我欣然迎接它的到来吧!"老人虔诚地伸出双手,高举手里的帽子,他蠕动着嘴唇像是在祈祷。沉寂几分钟后,他站起身,与我握了手,并且为我祝福。然后他说了声再见,便步态蹒跚地离开了。

这一切深深地触动了我的内心,我感到很伤感。当我见到海口护卫员朝我走来时,心情才稍微缓和了些。他的腋下夹着一副望远镜,像平时一样停下来跟我讲话,但他不停地眺望一艘怪异的船只。"我无法辨别它,"他说,"从外形看好像是一艘俄国船,但它一直在进退之间犹豫和徘徊。它好像知道暴风雨即将来临,但却不能决定该往北走还是进港。再看那里,它航行的方式也很奇怪,就像无人掌舵一样在随风飘荡。到明天这时,一定会有许多关于它的消息。"

第七章

八月八日，贴在米娜·莫利日记上的《每日电讯》剪报

记者从怀特白报道

本地区有史以来最猛烈最突然的暴风雨刚刚过去，制造了奇特的景观。虽然，此前天气确实有点闷热，但在八月天尚属正常。星期六夜晚天气特别好。昨天，有许多游客出发去参观马格瑞夫森林、罗宾汉海湾、瑞格密尔、朗斯维克、斯苔赛斯，以及怀特白附近的其他几个景点。艾玛号和思卡尔波罗号游船沿着海岸行驶，来往怀特白的航线显得特别繁忙。在下午以前，天气都异常晴朗。

在东海岸的悬崖边有一片墓地，站上高处眺望，北面和东面宽阔的海域尽收眼底。下午，据当地人说，他们看到西北方的空中突然出现了"马尾云"。接着，一阵风从西南方向吹来，用气象学的术语说应该是"二级，微风"，值勤的海岸卫士马上做了报告。一位老渔夫在东海岸的悬崖边观察气象已经长达半个世纪之久，据他预测，有一场暴风雨即将来临。

夕阳西斜，彩霞余晖，云影绰约，那些在悬崖边墓区散步的人被美丽景致吸引住了。在太阳还未被凯特尼思暗礁挡住之前，它闪耀着挂在西边天际，七彩霞光穿越云层放射出异彩——红的、紫的、粉

的、绿的,还有金子般的色彩。满天云朵斑驳陆离,掺杂着片片乌云,它们形态各异,好似巨大的剪影。画家们一般不会放过这样的良机。在明年五月的英国皇家美术学院或者皇家美术学会上,肯定会有一些"暴风雨来临之前"一类的作品大放光彩。

许多船主决定,在暴风雨结束之前,把他们的"渔舟"或者"骡船"停泊在海湾内,这些船名是他们对不同类型船的称呼。傍晚时分,风彻底停了,到了午夜,死一般的寂静,空气中有一种打雷之前的闷热,一般人都能感觉出来。海上只能看到一些零星的灯光,因为平常在岸边停靠的汽船都已经开走了,只有一些渔船在近海,唯一能看得清楚的只有一艘外国帆船,它张满了帆,好像要往西航行。船长要么是鲁莽,要么是无知,岸上已经有很多人不断发出信号提醒他们降下风帆,以及他们可能面对的危险。在夜幕降临前,他们曾见过这艘船在海面随意漂浮着,它随着海浪的起伏缓缓晃动——悠闲得就像油画里的海中画舫一般。

在将近十点的时候,宁静的空气变得异常压抑,远处的羊叫和市区的狗吠都能听得很真切。码头上乐队演奏着法国风格的曲调,好像和谐的大自然中发出的不和谐的音符。刚过午夜,海面上传来阵阵古怪的声音,空中也发出奇怪的、隐隐约约的轰鸣声。

没有任何征兆和预示,暴风雨以迅雷不及掩耳之势席卷而来。人们不能了解大自然为什么在一瞬间震怒起来。海面恶浪滔天,一浪高过一浪,前后不到几分钟,宁静的大海变成一只咆哮的怪兽。雪白的海浪奔向平坦的沙滩,冲向断崖。海浪拍打码头激起千重浪花,激起的水花在怀特白港两端的灯塔附近飞溅。电闪雷鸣,狂风呼啸,就算强壮的男人也难以顶风前行,如果不紧抓扶栏,根本就无法站稳脚跟。

从现在来看,驱散码头上观潮的游人是完全必要的,否则当晚的惨剧还会增加许多。浓雾由海上向大陆袭来，环境变得更加凶险。乌云如幽灵般在低空翻滚，又湿又冷。假若稍有些想象力，人们能感到那些在海上溺死的冤魂正将湿漉漉的双手伸向他们活着的兄弟们。

扑面而来的浓雾使许多人受到了惊吓。雾散后，闪电划破天空，强光照亮了近海，随之而来的是一连串震耳欲聋的雷声，整个天空似乎都在这场突如其来的暴风雨中颤抖。一些壮观的景象引人注目。小山一样高的巨浪把白色的水花抛向天空，看上去它们像被狂风裹住而卷入高空。在暴风中零星的渔船急急忙忙找寻着避风港，不时还有海鸟在暴风雨中挣扎着，扑腾着它们白色的翅膀。在东海岸悬崖的顶端，搜寻灯刚刚安装就绪，但还没试用过。在突然袭来的雾气散去时，值勤官打开它，用以搜寻海面。搜寻灯起了很大的作用。有一艘渔船，船舷已经没入水中，被冲入港口，借着灯光才避免了撞上码头。当所有船只都安全地驶入港口时，岸上围观的人们发出了一阵热情的欢呼，仿佛要把大风撕开一个口，然而，暴风旋即把欢呼声吞没。

不久，一艘张满风帆的船出现在搜寻灯照亮的海域，这艘船正是人们在傍晚时分看到的那艘帆船。这时，风已转向，往东边刮，崖上的游人都不禁打起了寒战，因为他们很清楚那艘帆船正面临的险境。在船与港口之间存在大片的暗礁，曾有许多船只在那儿失事，而从当下的风向来看，那艘船根本无法到达港口的入口处。快到涨潮的时间了，巨浪滔天，岸上的浅滩几乎全被卷起的浪涛所淹没。

那艘船在快速乱闯，正如古语所说："既已身陷地狱，何不听之任之。"跟着，又来了一阵海雾，比以往所有的都要壮观，像一张巨大的帷幕，笼罩了所有的东西，人们只能听到暴风雨的吼声，但什么也看不见。轰隆的雷声和巨浪拍打的响声一次高过一次。

搜寻灯的光线不停地在东边码头的港湾扫过,那里是海难可能发生的地方,人们都屏住了呼吸。突然,风转向了东北,浓雾在暴风中散去。说来奇怪,那艘在巨浪里快速破浪前行的帆船,到两个码头之间时,忽然降下了风帆,最后竟安然抵达了港口。搜寻灯扫了过来,人们被眼前船上的一幕吓坏了,竟然是一具尸体在掌舵,他耷拉着头,随着船的起伏可怕地前后摇晃。没有任何别的东西在甲板上。一切都那么恐怖,除了这具尸体以外,船上没有发现任何其他驾驶人员,而这艘船最后竟神奇地进了港口。

忽然,在瞬间一切都发生了改变。帆船并没有停下,而是冲过港湾,冲过那片被潮水和暴雨洗刷过的沙石地,最终在东南角那个断崖下的码头边搁浅,大家叫它嗒特西尔码头。船在沙堆上搁浅时发生了剧烈的碰撞,船上的桅杆、链条及柱子都发生了变形,还有些顶锤从上掉了下来。但船一停住,人们便奇怪地看到,一只大狗从船舱里跳到甲板上,它好像是受到了撞击声的惊吓,往前跑去,飞身跳上了沙滩。它朝悬崖的方向飞奔,悬崖的顶上就是那片墓地,一直通往东岸码头。悬崖非常险峻,以至悬崖顶上的墓石在垮塌的岩石处悬空伸出。本地俗称其为突石。最后,那只狗在黑暗中消失,这种黑暗在搜寻灯强光的对比下,显得尤为漆黑。

恰巧,当时并没有人在嗒特西尔码头上,附近的居民不是在睡觉,就是去了临近的高地。所以,第一个上船的是那位从东面港口赶来的值勤守卫。负责搜寻灯的工作人员并没有在港口发现别的东西,于是把灯光定格在了那条无主的船上。守卫登上船尾来到船舵旁,弯腰检查一下,然后猛地把头缩了回来,像是突然受到什么刺激一样。他的动作激发了众人的好奇心,许多人纷纷跑了过来。从西岸断崖的得罗桥到嗒特西尔码头有好长一段距离,但你们的记者——我,可是一个跑步能手,我冲在众人的最前面。然而,当我跑到的时候,码头上已经聚集了好多人,守卫和警察不让他们登船。而我作为记者,守卫很客气地让我上去了,船上还有几个人,我和他们一起亲眼看到了那个绑在舵上已经死亡的水手。

难怪守卫会受到惊吓,这种现场的确不多见。那人的双手被捆绑在船舵的轴上,里面那只手与舵之间有个十字架链子,链子缠绕在手腕和舵轮上,将它们紧紧地捆住。也可能,那个可怜的人曾经是坐着的,但船行进时的起伏和冲击使船舵不断摇摆,也把他拖得前后摇晃,捆住他的链子勒进了肉里,露出了骨头。

现场的详情都被记录下来。一位外科大夫卡风,三十三岁,住在东方伊丽亚得区,他比我晚到一会,对尸体进行检查后,声称死者至少已经死了两天。在死者口袋里发现一个密封的瓶子,里面装着一小卷纸,日后证实是此次航海日志的一些附录。守卫说,那人可能是自己把自己捆起来,再用牙齿打的结。守卫第一个登上船的事实,使后来可能碰到的一些程序简化了许多,因为,根据海事法律的规定,第一个上船实施救助的人可以申请援救补助,但海岸警卫除外。法律从业人员大多能言善辩,一位年轻的法学系学生大胆断言,船主已丧失对该船的所有权,船主的财产已为他人所据,因为那象征产权的船舵,虽然不是一种证明,但此刻掌握在一个死者的手上。接着,人们恭敬地从舵位移开了忠实守护着船只的舵手,他像尼罗河之战中东方号船长的儿子卡萨比安卡那样忠于自己的职守。现在他被停放在一处等候尸检。骤至的暴风雨逐渐退去,人们也慢慢地散去,约克夏原野的上空开始透出红色。其他详情——有关那艘在暴风雨中离奇进港船只的消息,我将在下期及时发送。

八月九日

昨天夜里,那艘无人驾驶的船只在疾风暴雨中漂至港口,接下来的消息几乎比这条船本身更让人震惊。人们发现这艘叫作"德墨特尔女神号"的船是由俄国瓦尔那开来的,整条船上只有几十只装满了泥土的大货箱,压舱物几乎全是白色的细沙。货物是托运给怀特白的一位名叫比尔林顿的律师的,他住在新月街七号,今天上午他上船接收了货物。俄国方面负责承租事务的领事也过来接收了船只,并支付了相关的港口费用。

今天,除了此事之外,似乎没有其他事情值得一提。进出口贸易部门的官员非常认真地核查了所有的货运单据,发现完全符合规定手续。看来,这个轰动一时的案子很快会平息下来,因为他们没有找到任何可疑的地方。而由船上跑下来的那只狗却越来越受到众人的关注,怀特白一家颇有影响的"动物保护协会"人员曾试图领养那条狗。但是,他们失望了,因为人们根本无法找到它,它就像在这个镇上消失了一样。也许它是因为受到惊吓而跑进了荒原,一直惊恐地躲藏在某个地方。但有些人有一种不祥的看法,他们认为这条狗本身可能就是一个凶兆,因为它显得很凶猛。

今天清早,有一只杂交家犬在主人家对面的铁路上死了,它是住在苔特山丘码头附近的一位煤炭老板养的。很明显它死前遭遇了凶残的劲敌,因为它被咬断了脖子,撕破了肚皮,伤口像是被爪子撕开的。

后来,我在一位进出口贸易调查官员的帮助下,获准阅读了在"德墨特尔女神号"上发现的航海日志。日志记录了从起航到三天前所发生的事情,除记录了一些船员神秘失踪外,其他没有什么可疑的地方。但是,那个装在瓶子里的纸条很有意思,今天就要上交送审,这中间似乎藏着某些鲜为人知的秘密,可惜我没有机会看到。

因为没有必要隐瞒,所以我被批准可以使用那些航海日志,我把副本刊登出来献给读者,不过,我删去了有关船员和货运方面的技术性资料。看得出,船长似乎在出发之前就已经处于一种狂躁之中,而在前行过程中,事态变得越来越严重。当然,我这样说是有依据的,这是我通过一位俄国领事随从的口述得来的。在很短的时间里,他很详细地为我做了翻译。

德墨特尔女神号日志,从瓦尔那到怀特白

七月十八日记录:

发生了一些奇怪的事情,我从现在开始要把所发生的事情都记录下来,直到上岸为止。

七月六日——我们把货物装到了船上,都是一些沙子和一箱箱的泥土。下午起航,东风,空气清新。船上共有五个船员、两个大副、一个厨子和我,我是船长。

七月十一日——清晨,我们到达博斯普鲁斯海峡。土耳其的海关官员上船。我们付了小费,一切正常。下午四点继续出发。

七月十二日——经过达达尼尔海峡。来了一艘防卫舰和更多的海关官员。又付了小费,海关官员快速进行了检查,并要我们尽快出海。天黑时分进入爱琴海。

七月十三日——越过马塔潘角。船员们像有什么不快的事情,看起来有些害怕,但并没说出来。

七月十四日——船员们变得有点惶恐。从前我们一起航行的时候,他们的情绪都相当稳定。大副不知道他们发生了什么事情,他们只对大副说"有事",便在胸前画十字。大副对其中一个大发雷霆,并

且打了他,接着双方发生猛烈争吵,但到最后都安静了下来。

七月十六日——清早,大副来报告,说船员裴特洛夫斯基失踪了,原因不明。昨晚轮到他值夜班,阿姆拉莫夫接他的班,但他并没回船舱。船员们越来越担心,他们说将会有事降临到他们身上,他们说船上"有东西",别的什么也不透露。大副对他们越来越没有耐心,他有点担心要出麻烦。

七月十七日——昨天,一个叫奥尔加伦的船员来到我房间,恐惧地对我说,他觉得有个古怪的人在船上。他说他值班的时候,突然下起了大雨,所以他只好到船舱后的顶棚下面去躲雨。突然,他看到一个又高又瘦的男人,不像是船上的人员,他在升降扶梯处,接着朝甲板前面走去,最后不见了。他小心地跟了过去,但到了船头却没有发现任何人,而且舱口是紧闭的。他恐惧极了,这种恐惧也许源于某种迷信。但为防止这种恐惧情绪蔓延,我决定今天将整条船从头至尾搜查一遍。

于是,我集合全体人员,告诉大家,因为他们认为有其他的人在船上,所以我们把船从头至尾搜查一遍。大副很生气,认为太荒唐,他说这种愚蠢的想法只会导致船员更加混乱,而他宁愿用棒子解决问题。我让大副掌舵,其他的人一字排开。我们每个人都拿着灯,没放过任何一个角落。因为船舱里只有几个大木箱,所以没有角落可以藏得下人。搜查完后,大家全都松了一口气,然后轻轻松松回去工作了。大副虽然很不高兴,但也没说什么。

七月二十二日——坏天气持续了三天,所有船员都在忙碌着,没时间害怕。大家好像都忘记了那件事情,大副的心情也好了,不再骂人,还夸奖大家在气候恶劣的时候所付出的辛苦。船只一切顺利地驶过直布罗陀海峡。

七月二十四日——我们的船只似乎被厄运缠住了。我们已经失去了一个船员,在比斯开湾又遭遇坏天气,昨晚,又有一个船员失踪了。跟上次一样,他离开岗位,就再也不见了。船员们都陷入惊恐之中,他们要求晚上两人一组值班,因为他们害怕独自一人。大副很恼火。我担心他们再次发生冲突,因为说不准他们谁会先动粗。

七月二十八日——我们经历了连续四天地狱般的日子,在大旋涡和狂风暴雨之中漂泊。没有人睡过觉。大家都疲劳不堪。不知让谁值班,因为谁都不适合。为了让大家能睡上几个小时,二副自愿守夜。风势弱了,浪仍然很大,感觉好了许多,船也稳了一些。

七月二十九日——悲剧再一次发生。昨晚,因为大家都很累了,只有一个人值班,当早班的人来到甲板时,他只看到舵手一人,找不到二副。他惊呼起来,大家都跑到了甲板上。找遍了还是不见人。现在二副又失踪了,大家都害怕极了。大副和我决定配备武器,静待事态的发展。

七月三十日——昨晚,很高兴快到英国了。天气不错,风帆升了起来。我沉沉地睡着了,睡得很香。大副叫醒了我,他说值班的和舵手两个人都失踪了。只剩下我、大副和另外两个船员。

八月一日——整整两天浓雾,海上看不到别的船只。真希望能在英吉利海峡求救或者先停泊到某个港口。我们无力再去拉风帆了,而且风很大,我们不敢降下风帆,害怕降下来就再也升不上去了。我们仿佛在厄运当中漂泊。大副变得比别人更加沮丧。似乎他坚强的个性与内心的恐惧正在斗争。倒是船员不再害怕了,只顾麻木地工作,他们已经做好了最坏的心理准备。船员们都是俄国人,大副是罗马尼亚人。

八月二日深夜——我才睡下几分钟,就被门外的声音吵醒。大雾中什么也看不见,我冲到甲板上,见到大副。他说,听到甲板上有呼叫声,出来一看就不见了值夜班的船员。又一个失踪了。"主啊,救救我们!"大副说,我们一定过了多佛海峡,因为刚才雾气淡一点的时候,就是听见船员呼叫的时候,他看到了贝弗雷兰岛。果真如此的话,那现在我们位于北海,浓雾里唯有上帝才能导航。可是浓雾如影随形,我们好像被上帝遗忘了。

八月三日——午夜,我去接舵手的班,发现那里没人。风平浪静,船在平稳地航行。我不敢离开,所以大声呼叫大副过来。几秒钟后,大副穿着法兰绒上衣冲了上来。他的眼中闪烁着疯狂的光芒,看上去很凶恶。我担心他已失去了理智。他靠近我,贴近耳边,仿佛不让空气听见,压低声音沙哑地说:"它就在这里,我知道了。昨晚值班时我看到它了。它像是一个人,又高又瘦,面色苍白得跟魔鬼一样。它站在船头,向外张望,我爬过去,到它后面,用刀子刺了过去,但刀子虽然刺穿了它,却好像穿过空气一样。"他说着,拿出刀子粗野地比画着。他又说:"它就在这儿,我一定要找到它。它就在船舱里,也许就藏在那些箱子里。我要把它们一个个打开。你来掌舵。"接着,他把指头放在嘴唇上,做了一个警示的动作,随后走到船舱下面去了。突然起风了,我不能离开舵。后来,我再一次看见他出现在甲板上时,他手里拿着工具箱和一盏灯,然后他去了前面一个舱口。他疯了,真的疯了。想要阻止他是徒劳的。反正他也不能伤害那些标着"黏土"标志的货箱,就算他把那些箱子移动也不妨事。于是我留在这里继续掌舵、记日志。我只能依靠上帝,等待雾气散去。假若顺流而下,一路都找不到港口的话,那我只有斩断风帆绳索,静待救援。

一切都要结束了,我只希望大副再出来时能冷静下来,我听见他在船舱里敲打,工作对他有好处。突然,舱口传来一阵令人毛骨悚然的尖叫,我的血液几乎要凝固了。一会儿,大副仿佛中了子弹一般,跌跌撞撞地爬了上来。他极度暴怒,双目圆睁,脸部肌肉因恐惧而扭曲。"救我！救我！"他一边叫着，一边在雾中东张西望。不久，他由恐惧变成了绝望。最后，他冷静地说道："船长，你最好跟我一起，不然一切都晚了。他就在这里，现在我知道秘密了。只有大海能把我从他手中救出去，这是我唯一的出路！"我来不及说话，更来不及冲上去抓住他，他爬上船舷，纵身跳入了大海。现在，我想我也知道秘密了。就是这个疯子把其他人都解决掉，现在他自己也跟随他们而去。上帝，救我！当我到达港口时，所有这些恐怖的事情该如何解释？我能到达港口吗？

八月四日——雾不散去，阳光就照不进来。我知道有太阳，因为我是水手。我为什么不多了解点情况呢？可我不敢到下面去，也不敢离开舵舱，整个晚上都待在这里。在朦胧的夜色中，我看到了它——他！主，原谅我，看来大副投海是对的。死也要死得像个样，水手死在蓝色大海的怀里，我想不会有人反对。但是，我是船长，我不能弃船。我一定要阻止那魔鬼或妖怪，我把手捆在舵上，再加上一些他——它不敢碰的东西。无论天气好坏，我都要拯救我作为船长的灵魂和荣誉。夜幕又降临了，而我越来越屏弱。如果他再出现，我将没法行动……假若我遇难，也许有人能找到这瓶子，就能明白一切。如果没有遇难……好吧，但愿船员们知道我忠于自己的信誉。圣父、圣子和圣灵，请帮助一个可怜的努力履行职责的灵魂吧……

当然，这个论断尚未成定论。因为缺乏证据，我们也不能确定会不会是船长杀的那些人。但是，所有的人都认为船长是英雄，应该举行一个公开的葬礼。他的遗体由一队船载着沿伊丝克河运回塔特希尔码头，然后，登上大教堂的台阶，他将被安葬在悬崖上的教堂墓地。有超过一百个船主要求护送他的遗体去墓地。大雾来去无踪，雾里饱含着悲伤。在这种情况下，由于众人的护拥，他将最终被这座城市所接纳。明天举行葬礼，这个"海上的悲剧"将就此落下帷幕。

米娜·莫利的日记

八月八日

露茜整晚没休息，我也是。暴风雨很猛烈，狂风在烟囱之间呼啸穿过，让人不寒而栗。不时划过的一阵阵尖厉的风声有如远处传来的枪声。真奇怪，露茜两次起来穿衣服，居然没醒过来；不过很幸运，我每次都及时醒来，帮她脱下衣服，把她扶到床上，我并没吵醒她。奇怪，这种梦游，只要有点细微的动作去阻止她，她行动的意识，假若有的话，这种意识就会消失，然后立即恢复正常。

我们很早就起床了，来到港口看昨晚发生了什么事情。附近人很少，阳光很强，空气清新，但那翻滚的巨浪却被衬托得更黑暗了，浪尖上的水花像白雪一样，它们挤进港口狭窄的通道，像粗鲁的莽汉横冲直撞。好在乔纳森昨晚不在海上。不过，谁知道他到底是在海上还是陆地上？他到底在哪里，情况如何？我很为他担心，如果我能帮他做点什么，我什么都愿意！

八月十日

船长的葬礼场面很感人。港口里所有船只都出动了，船主们从塔特希尔码头一路护送灵柩到教堂墓地。露茜和我一起去参加葬礼，我们很早就到了，载着灵柩的船沿河上行，到达高架桥后，又向下游开来。我们所处的位子视野很开阔，能看到全过程。在我们座位的不远处就是那可怜人安息的地方，因此，到时我们站在这里就能一目了然。可怜的露茜似乎很悲伤，她总是烦躁不安，我想她可能是受到梦的困扰。

这件事很奇怪，她不愿向我坦承她为什么焦躁，也许她自己也不知道为什么这样。或许是另一个原因，今天早晨，史威尔先生就在我们现在坐的这个位子上被发现死了，他的脖子是断的。照医生说，他是被某种突发事件吓瘫在椅子上的。他脸上留下惊吓和恐惧的表情，看到他的样子人们会禁不住战栗。可怜的老人！他可能亲眼见证死神的降临！

露茜太善良、太多愁善感了，她的情绪要比别人更容易受到外界影响。现在，她又在为一桩我根本没在意的小事而伤感，尽管我自己也喜欢动物。一位常来这儿的先生带着他的狗来看船，那条狗跟着他不离左右。他们俩的性格都显得很安静，我从来没见过那人发脾气，也没听到那条狗叫过。然而葬礼进行的时候，狗的主人就和我们坐在一起，那条狗却怎么也不愿到它的主人身边，而是在几米开外的地方狂吠。它的主人开始时很温和地叫它过来，接着主人的召唤就变得恼怒和急躁起来。但是，它既不肯走近，也不肯安静。它几乎狂怒起来，身上的毛立起，眼露凶光，就像公猫要向母猫发起攻击一样。

后来，主人恼了，跳过去踢它，再抓住狗脖子上的项圈，连拖带拉地把它摔到椅子下面的墓碑上。狗碰到石碑就马上安静下来，开始瑟瑟发抖，它并不试图逃走，只是趴在墓碑上不停地抖着，好像极度恐惧。我试图安抚它，但没有用。露茜也心疼它，但她不敢去碰那条狗，只是怜悯地看着它。

我很担心她过于感性的性格会给她带来许多麻烦。我敢肯定，她今晚肯定会梦到这件事。一连串的事情发生：一个死人驾驶进港的船只，他的样子，把自己绑在舵上用的十字架和项链，感人的葬礼，由愤怒变成非常恐惧的狗……所有这些全是她做梦的素材。

我想,她只有在非常劳累的时候,才睡得特别香,于是,我决定和她好好走一走,从这里走到罗宾汉海湾然后再回来。这样一来,她梦游的可能性就不大了。

第八章

米娜·莫利的日记

八月十日,晚上十一点

啊!真累呀!如果不是早已把写日记当作一项任务的话,今晚我肯定不会把日记本打开了。我们散步很愉快。走了一会儿,露茜就很兴奋,我想,可能是因为走到灯塔旁边时有几只牛来用鼻子闻我们,把我们吓了一大跳的缘故。我相信,那时我们只有害怕,其他什么都忘了。看来这件事赶走了我们心头的阴霾,让我们重新开始。

露茜现在已经入睡,她轻声均匀地呼吸,两颊较平时更有光泽,看上去美丽动人。如果当初霍尔姆伍德先生仅仅是在客厅里见她一面就爱上了她,那么我不知道他看到露茜现在的样子会怎么样。也许未来人们会主张男女在彼此接受对方之前看一下对方的睡姿。但依我看,未来的新女性不会只满足于接受求婚,而会自己主动求婚,并且做得很好,从中得到快乐。我今晚感到很高兴,因为露茜看上去好多了,我相信露茜已经走出阴霾,并且摆脱了噩梦的缠绕。如果能再得到一点关于乔纳森的消息……那我一定会更开心。愿上帝保佑他,眷顾他。

八月十一日

我再一次开始写日记。因为睡不着，所以想写点东西。我们离奇而痛苦的经历，让我忧虑得无法入眠。

合上日记本，我一会儿就入睡了……突然，我一下子惊坐起来。心中涌出一种恐怖的感觉，心里空空荡荡的。房间里漆黑一片，我无法看见露茜的床。于是，我轻手轻脚地摸到她床边，想确定她是不是在床上，但床是空的。我划着了火柴，她不在屋内，房门关着但没上锁，我睡觉之前就是这样。她母亲最近身体非常不好，所以我没惊动她，随手披上一件外衣准备去找露茜。

刚要离开，我突然想到，她穿什么样的衣服或许能提供一点线索，让我知道她梦游的意图。假如她穿罩衣，说明她只在屋里，穿长裙则表示她要外出。但罩衣与长裙都在。"感谢上帝，她是穿的睡袍，应该不会走太远。"我自言自语。

我跑到楼下，一看客厅，她不在。然后我每个房间寻找了一遍，内心感到越来越恐惧。最后我走到门厅，看到门没关上，但并不是大开着，只是插销没有扣上。每天晚上，这里的人都会小心地把这扇门锁上，所以，我想露茜肯定是出去了，她真的是出去了！我不及细想会发生什么事情，莫名的恐惧让人无暇深思。

我披上厚厚的披风往外跑。当我走到新月街时，传来子夜一点的钟声，周围没有一个行人。我沿着贝特瑞斯街往前走，希望能看到一个白色的身影，可是没有。我来到码头上方靠西边的断崖边，满怀希望或者说恐惧地——我自己也弄不清到底是哪种——向东边断崖张望，想看看露茜会不会坐在我俩最喜欢的位置上。

此时，皓月当空，但却有一片乌云缓慢地飘过来，夜幕中明亮和黑暗相互交错在一起。有一个短暂时刻,我什么也看不见,因为黑暗遮盖了整个圣玛丽教堂和它的周围。当乌云移开后,大教堂的废墟显现出来,乌云的边缘有一圈明亮的光环,有如宝剑的光辉。慢慢地教堂和院子都可以看清了。

不论我期待的是什么样子,总算没让我失望,因为就在我们最喜欢待的地方,我看见明亮的月光下有一个斜躺着的白色身影。然而,一片乌云飞过来,黑暗立刻遮住刚才看见的画面,我来不及看仔细,但是,我似乎看见一个漆黑的影子站在斜躺着的白色身影的后面,正向白色身影弯下腰。我没法确认那到底是人还是野兽。

我来不及再看,急忙奔下陡峭的阶梯跑到码头,穿过鱼市和一座桥,这是到东面悬崖唯一的路。镇上一片寂静,没有任何行人,我暗自高兴,这样就没人知道可怜的露茜有梦游的病症。时间显得漫长,当我费尽力气爬上通往大教堂的楼梯时,已感觉双膝发抖,呼吸急促了。可能因为跑得太快了,我觉得双脚好像灌了铅,身体的各个关节好像生锈了一样。

我快步登到崖顶,已经能够看见那个座位和白色的身影。我离座位的距离已经很近,即便是黑暗笼罩,我也能够完全看清前面的东西了。毫无疑问,确实有个瘦长的黑色东西正在俯向斜躺着的白色身影。我惊恐地大叫:"露茜!露茜!"那个黑色的东西抬起头。我看见一张惨白的脸和一双发着红光的眼睛。

露茜没有答应,我继续向教堂院子的入口奔跑,教堂挡在中间,我有一瞬间看不到露茜。当我再看见她时,云开雾散,皎洁的月光下,我看见露茜斜躺在椅子上,头枕着椅背。她独自一人,旁边没有任何人或动物。

我弯腰看着露茜,发现她仍然睡着。她张开嘴巴,呼吸不像平时那样均匀,而是大口大口地喘着粗气,仿佛每一次吸气都想让肺部吸满空气。我靠近她时,她在沉睡中抬起手,把衣领向上拉了拉,以便围住脖子,她似乎觉得寒冷,身体在微微发抖。她确实穿得太单薄了,我担心深夜的寒气会令她受凉,便给她披上披风,并把披风的两边紧紧围拢在她脖子上。

我担心一下把她弄醒,为了腾出双手来扶她,我用安全别针将披风在她脖子上固定住。但是,肯定是我太慌张,忙乱之中,别针扎到了露茜。因为不一会,在她呼吸平静一点时,她又把手放在脖子上开始呻吟。我非常小心地把她包裹起来,并脱下我的鞋子给露茜穿上,这时我才开始轻轻地叫醒她。

露茜没有反应,但是,她的睡眠逐渐变得不太安稳了,她不时发出呻吟和叹息。时间在流逝。最后,出于种种原因,我想立刻带露茜回家。于是,我便用力摇她,直到她睁开双眼清醒过来。她看见我时一点也不感到吃惊,当然,她一时还弄不清楚自己身在何处,露茜醒来时的样子总是那么楚楚动人。此时,她的身体正因为寒冷而瑟瑟发抖,她的思维肯定会因为发现自己半夜身处教堂的院子而感到惊讶,不过她看起来还是那样娇媚。

露茜微微颤抖着紧紧抓住我。我对她说,必须马上跟我回家。她二话不说立即站了起来,顺从得像个孩子。一路往下走,我的脚被石子扎得生疼。露茜从我的表情中感到了我的痛苦,她停下来,坚持要让我穿鞋。我当然没有接受。走到教堂外面的小路上,暴风雨过后,地面留下一汪水,我灵机一动,两脚在泥巴里相互涂擦,使双脚沾满泥浆。这样,假若在回家的路上碰到别人,人家也不会留意到我是光着脚丫子的。

感谢幸运之神的眷顾,我们一路上没遇到任何人。有一次,一个好像醉酒的男人走在我们前面的街道上,我们躲在一扇门边,直到他消失在一个小巷子里,或者是苏格兰人所说的那种“小径”里时,我们才继续前行。我的心一直在扑通扑通地跳个不停,有时我甚至觉得自己快要晕倒了。我很为露茜担心,不光是为了她的健康,她可不要受凉或者生病,我更担心的是假若这件事情被传出去,会有损她的名声。

进了屋,我们先洗掉脚上的污泥,接着一起做祈祷,感谢上帝。然后我叫她上床去睡。露茜睡觉之前要求我,几乎是哀求我,一定要答应她不将这事向任何人提起,哪怕是她的母亲。开始我有点犹豫,但想到她母亲的身体状况,又想到假若这件事传出去,一定会被大肆宣扬、歪曲,那会给她造成极大的痛苦,我觉得保密应该是明智的选择。但愿我没犯错。我把门锁上,把钥匙戴在手腕上,这样我也许会不再受到打扰。现在露茜睡得很香,曙光已从遥远的海面出现。

当日中午

一切顺利。露茜一直睡到我把她叫醒,她几乎连身都没翻过。午夜历险似乎丝毫没有伤害到她,反而好像对她有些助益,她今早的气色看上去比以往几星期更好。不过我很伤心,我看到由于我昨晚的粗心,别针把她弄伤了。看起来很严重,她脖子上有伤口,我肯定是先把别针扎到她脖子上,又从里面穿出来,因为她脖子上有两个红色的小点,像针扎的痕迹,她睡衣上面也有一点血迹。我向露茜道了歉,心里还是很不安。她笑着轻轻拍拍我,说她一点都没感觉痛。好在伤口很小,不会留下疤痕。

同一天晚上

我们愉快地度过了一天,阳光明媚,空气清新,凉风轻拂,我们带着午餐到玛哥瑞夫森林中野餐。韦斯特拉太太驾车走马路,我和露茜沿崖边小路步行到大门口与她会合。我情绪有点低落,忍不住在想,假如乔纳森在我身边的话,那该有多好啊。不过,我要耐心等待。傍晚时分,我们逛到娱乐场附近,那里传出丝柏尔和迈肯基创作的音乐,然后便早早回家睡觉。露茜状态比以往都好,很快就睡着了。虽然我不觉得今晚会有什么事发生,但我还是像以前一样把门锁上并收好钥匙。

八月十二日

但我判断错了,晚上露茜又将我吵醒两次,她要出去。虽然是在睡眠中,但发现门被锁上时,她变得很烦躁,很不情愿地回到床上。我醒来的时候,晨曦已经照进屋里,窗外小鸟喧闹不已。露茜也醒了,她的神色比昨天更好,并且以往的欢快神态全都恢复了,这真让我高兴。她靠近我,与我相依,向我倾诉关于亚瑟的事情。我也告诉她我非常想念乔纳森。她试着安慰我,她的安慰的确起到了一定的效果,尽管安慰和同情不能改变现实,但却能令残酷的现实变得比较容易对付。

八月十三日

一天平静地过去。像以往一样,我把钥匙戴在手上再上床睡觉。我半夜又一次醒来,突然发现露茜坐了起来,但仍然是入睡状态,她的手指向窗户。我轻轻站起来,推开百叶窗朝外张望。明月皎洁,柔和的月色弥漫于天海之际,融会为神秘的寂静,此情此景难以用笔墨形容。然而,有一只巨型蝙蝠在我和月光之间盘旋,它沿着螺旋形的轨迹来回拍打着翅膀飞翔,有一两次它飞得很近,但我猜它可能是看见了我,让我给吓着了,之后它穿过港口朝大教堂方向飞去。我转身回到床上,露茜已经躺下来,而且睡得很平稳。整个晚上她都很安静。

八月十四日

我们在东边悬崖上读书写东西,待了一整天。跟我一样,露茜也越来越喜欢这个地方了,即便是午餐或下午茶的时间,也很难让她从这里离开。露茜一个下午都有说有笑,之后,我们准备回家进晚餐才离开那里。登上西边码头高处的阶梯时,我们习惯地停下来观赏风景。天边夕阳低垂,恰好落在凯特尼斯大礁石背后。红色的余晖笼罩了东边悬崖和大教堂,整个世界似乎都沐浴在玫瑰色的绚丽之中。

我们都没说话,突然露茜似乎在自言自语:"又是他的红眼睛!它们是一样的。"这种奇怪的话让人摸不着头脑。我向露茜倾过身去,想仔细观察她,又不想让她感觉到我在看她。她仿佛处于半梦半醒之间,脸上带着一种让人无法看透的神情。我没讲话,顺着她的目光望去。显然露茜在看我们最喜欢的位子,一个黑色身影正在那里独自坐着。我吓了一跳,在那一瞬间,我似乎看到那人一双火红得吓人的眼睛,定睛再看,这种幻象已经消失。

红色的余晖正照着位于座位后面的圣玛丽教堂的窗子,当夕阳下沉时,窗户上便产生不同的反射,就像光线在移动,我叫露茜快看这个有趣的现象,她定神看了一眼,但表情依然淡然,也许她想起了那个可怕的夜晚,在这个位子上所发生的事情。我们都不提起此事,沉默了一会,我们便回家用晚餐了。

露茜有点头痛,很早便上床睡觉了。她睡着之后,我想自己出去走走。我沿着断崖往西走,因为思念着乔纳森,心里充满了甜蜜和伤感。回家时,月色明亮,虽然我们住的新月街这一段笼罩在阴影里,但所有景致都清晰可见。我朝窗户望去,见到露茜正向外探望,我以为她在找我,就向她挥舞手帕。但她没有看到我,也没有任何反应。

这时,月光移到我们房屋的一角,也照到窗户上,我一下看清了露茜的样子,她闭着双眼,仰头靠在窗台边,仍然是睡着的,在她旁边,有只像大鸟一样的东西站在窗台上。我担心露茜会受凉,一路奔跑上楼。但当我进屋时,她正走回床前,还是熟睡的状态,呼吸又粗又重。她两只手捂住脖子,像是为了取暖。

我没有叫醒她,只是帮她把被子捂住,让她暖和些。然后,我把门窗关好。睡梦中的露茜总是那样娇美,但是现在,她要比平时苍白得多,带着一种我不喜欢的紧张憔悴的神情。我担心她有什么忧虑的事情,希望能找出她忧虑的原因所在。

八月十五日

我们起得比平时要晚。露茜一副有气无力很疲惫的样子,在佣人叫我们起床后,她又睡了一会。早餐的时候,我们得到一个惊喜,亚瑟的父亲身体好了很多,他希望婚礼能尽快举行。露茜默默地沉浸在喜悦之中。她的母亲既高兴又伤心,过了一会儿她跟我说,她为即将失去唯一亲爱的露茜感到难过,同时也为露茜很快有了保护人而感到高兴。可怜又可爱的女人!她向我表明自己死期已近,但她没让露茜知道,并且她要求我发誓保守秘密。她的医生告诉她,她的心脏越来越衰弱,最多几个月时间死亡就会降临。任何时候,即使现在,一点惊吓都可能对她致命。啊!看来我们向她隐瞒露茜那天晚上梦游时发生的恐怖事件是明智的。

八月十七日

已经两天没心情写日记了，我们的欢乐似乎被沉重的阴影压抑着。乔纳森依旧音讯全无，而露茜的身体愈来愈弱，她母亲要离去的日子也越来越近。我不懂为什么露茜日渐消瘦下去。她能吃能睡，每天呼吸新鲜空气，但她脸上像玫瑰花一样的颜色逐渐褪去。她正变得日益虚脱憔悴。我听见深夜里她喘息的声音，仿佛空气不够。我一直坚持把房间的钥匙系在手腕上，但露茜会起来在屋里来回走动，坐在敞开的窗边。昨晚，我看到她倚在窗户上，我想把她叫醒，但是不成功，她昏过去了。当我最终使她苏醒时，她虚弱得跟水一样。她无声地抽泣，同时吃力而痛苦地喘着长气。我问她为什么来到窗边，她只是摇头，径自转回身去。我敢肯定别针造成的伤害绝不是使她如此痛苦的原因。在她躺下睡着的时候，我查看了她的颈部，那两个小伤口还在，不但没有愈合，而且比以前更大，周边呈现惨淡的白色，看上去它们像是带白点的红色脓肿。假若一两天之内伤口还不愈合的话，我一定要请医生过来诊治。

律师赛缪尔·比尔林顿父子寄给
伦敦培特森公司卡特先生的信

尊敬的先生：

随信附上"大北方铁路货运"的货物清单，请验收。在金斯克罗斯的货运站收到货物的同时，同样的一份清单亦将送达培弗利特附近的卡尔法克斯。那座房子目前空着。请查收内附的钥匙，每一把都有编号。

请您将委托寄送的五十只箱子存放于那座破败的建筑内。内附简略地图,图中标示"A"的房屋就是建筑物的位置。贵公司可以轻易地认出它,它就是旧庄园的古老小教堂。今晚九点三十分这批货物将被发出,明天下午四点三十分货物将到达金斯克罗斯。因为我们的委托人要求尽快将货物运抵目的地,所以我们有责任提醒您,请务必在上述时间准时到达金斯克罗斯接收货物,并将其送至预定地点。为防止各种手续耽误时间,造成贵处的额外支出,令贵公司经济受损,我们预先附上十英镑支票,请开具收据。如果贵公司额外支出小于十英镑,请退还多余款额。假若超过十英镑,我们将在收到您的通知后立即寄出差额部分的支票。请在离开时,将钥匙放在房子的主客厅。到时主人能用他自己的钥匙进入主客厅。希望您不要认为我们让您这么冒险是有违商业道德的行为。

您最忠诚的伙伴赛缪尔·比尔林顿父子敬上

培特森公司伦敦办事处的卡特寄给
怀特白的赛缪尔·比尔林顿父子之信

尊敬的先生:

已收到十英镑的支票,随信附上余额,面值为一英镑十七先令九便士的支票,请查收。遵照指示,货物已经运达,钥匙按您的要求放在主客厅里的包裹中。

敬爱您的卡特·培特森公司敬上

米娜·莫利的日记

八月十八日

今天心情很好,我在教堂院子里的座位上写东西。露茜好了许多，昨晚她整夜都睡得安稳，一次也没把我吵醒。玫瑰色的红润又重新浮现在她的双颊，虽然她还是显得有些苍白，神情疲惫。假若说她患贫血症的话，我还能理解她脸色惨白的原因，可她并没有患贫血症。

现在她的精神很好，而且生气蓬勃、活泼快乐。好像那个呈病状而静默的露茜完全不见了。她刚才还提醒我——好像我还需要她提醒似的——那天夜里，我就是在这个座位上找到她的。露茜一边用靴子的后跟调皮地踢着岩石，一边说："那时我可怜的双脚没有发出一点声音！我敢说可怜的老史威尔先生肯定会告诉我，那是因为我不想把乔治吵醒。"

看她兴致那么高，我便问她那晚她是否整夜都在做梦。她回答之前，俏皮地蹙了蹙眉头，亚瑟——我跟着露茜这么称呼他——最喜欢她这样的表情。说实话，亚瑟喜欢她这种表情我一点也不奇怪。接着她神情恍惚，好像在努力回忆这事："我并不像是在做梦，那完全像是真实的，我只想到这里来，我也不知道为什么。我害怕某种东西，但我又不知道它究竟是什么。我想我当时应该是睡着的，但我能记得我穿过街道，上了桥。我过桥时有一条鱼跃出水面，我还凑上去看它。

"当我走上台阶时，听见了许多狗的叫声，仿佛那一刻镇上全都挤满了狗。然后，我又隐隐约约记得有个又黑又高的东西，它有一双我们那次在夕阳里看见的那种红眼睛，那时，我觉得被一种又甜蜜又痛苦的东西所包围。之后我仿佛沉没到深不可测的碧波之中，耳边似乎听到歌声，就像传说中溺水者听见的那种歌声，所有的东西都从我身边消失，我的灵魂好像也离开了躯壳，在半空中飘浮。我记得西面的灯塔仿佛就在我的脚下，后来我有一种痛苦挣扎的感觉，像发生地震了一样，使我醒来，然后就看到你在摇我。而且我是先看到你在摇我,然后我的身体才有了感觉。"

　　然后她笑起来。对我来讲,这件事情似乎很难理解。我凝神静气地听她叙说,但我并不喜欢这个故事,而且觉得不该让露茜总想着这事,所以,我们便改变话题,谈论别的事情,此时的露茜又恢复了昔日的风采。回家的路上,在阵阵清风的吹拂下,她神采飞扬,原本苍白的脸上又出现了玫瑰花般的红润色彩。看到她的样子,露茜母亲非常高兴。于是,我们整个晚上都很愉快。

八月十九日

　　高兴!高兴!我太高兴了!虽然不全是高兴的事,但终于有了乔纳森的消息。可怜的人生病了,因此才没写信。我以前所担心的也正是这样,但不敢说出来,现在,我已经知道了缘由,就不再怕了。霍金斯先生真是好人,他亲自写信将这个消息告诉我。我将在早晨出发去看望乔纳森,如果有必要的话,我会照顾他,然后带他回家。霍金斯先生说假若我们愿意在那里结婚也是件不错的事情。

　　我把尊敬的修女写来的信按在胸口,眼泪止不住地往下流,直到信纸都湿透了。这些眼泪全是为乔纳森流淌的,因为在我心里只有他。行程已安排妥当,行李也收拾好了,我随身只带一件替换衣服,露茜会帮我把皮箱带到伦敦,替我保存好,直到我去取。因为,也许……我不写了,我要留着告诉乔纳森,我的丈夫。这封他看过摸过的信,可以在我们未相聚时给我以安慰。

圣约瑟夫与圣玛丽医院阿加莎修女在布达佩斯寄给米娜·莫利的信

敬爱的女士：

乔纳森·哈克尔先生请我代笔书写这封信，感谢上帝与圣约瑟夫、圣玛丽的保佑，使他的身体得以恢复，但他仍然很虚弱，无法亲自写信。他已经在我们这里治疗了近六个星期，他曾发过严重的高烧。他让我转达他对你的爱意，并告诉你，在我给你写这封信前，我替他给在伊克斯特的彼得·霍金斯先生写了信，从职业道德方面为他行程的耽搁致歉，并向他汇报，他的工作已经完成。乔纳森·哈克尔先生仍需在我们山上的疗养所静养几个星期才可以回家。他让我告诉你，他身上的钱不够了，需要支付住院期间的费用，以便使其他真正需要帮助的人能够得到帮助。请相信我。

> 您满怀同情与祝福的朋友，阿加莎修女

又及：我的病人已经睡了。我另外再写一点，希望你能了解更多情况。乔纳森告诉我许多有关你的事，包括你将要成为他的妻子，上帝为你们祝福！我们的医生说他可能经受过某种过度的惊吓，在他神经错乱时，他会说胡话，讲些可怕的东西，有关狼群、鲜血、鬼魂、恶魔和一些我不敢说的事情。请你要小心，因为有关这方面的任何事情都会在很长一段时间内刺激他，这种病的影响不是轻易能缓解的。我们应该及早通知您，但我们不知道他有什么亲人和朋友，也无法了解他所说的东西。他从克劳森伯格搭乘火车过来，警卫员从站长那里得知他闯进火车站，叫唤着要一张回家的车票。他们见乔纳森行为狂躁，是英国人，就给了他一张能到最远车站的火车票。

请放心，他现正受到细心的照料。他的温和谦卑已赢得所有人的好感。他正在恢复之中，我相信再过几周他一定能完全康复。为了他的健康，希望您多照顾他。愿上帝与圣约瑟夫、圣玛丽保佑你们永远幸福。

谢瓦尔德医生的日记

八月十九日

昨晚，伦菲尔德突然有奇特的变化。大概八点钟，他开始异常亢奋，而且坐下来时也像狗一样嗅来嗅去。看护人员被他的举动吓呆了，他们知道我对他感兴趣，便开始鼓励他讲话。他对看护人员尊重有加，有时甚至是屈从，但是今晚，那个看护人员对我说，他非常傲慢，根本不爱搭理他，他只说："我不想与你说话，你算什么，主人很快就要来了。"

看护人员认为他可能是被某种狂热的宗教形式突然控制住了。如果真是这样的话，我们便只有等待疾风暴雨的来临，因为一个健壮的男人同时具有杀人和宗教狂热双重倾向时是最具危险的，这是一种恐怖的组合。我九点时亲自探访他，他对我与对那个看护人员的态度是一样的。在他陶醉在自我良好感觉中时，我和看护人员对他来说没有区别。看上去他是宗教偏执狂，可能过不了多久他便会说自己是上帝了。对一个无所不能的神来说，人跟人之间的巨大差异是微不足道的。这些疯子怎么想得出来！真的上帝连一只小麻雀跌落都唯恐其受伤，但是，人类世界所塑造的上帝却把老鹰和麻雀混为一谈。假若人类能明白其中的真理该有多好啊！

过了半个小时或者更长时间，伦菲尔德变得更加亢奋。我装作没有看到他，但我一直在仔细观察着他。突然，在他眼中出现一种游离不定的眼神,一种我们在精神病患者有了什么想法时常见的眼神,另外他的头部和背部也跟着移动,连精神病院的护士也知道这点。他变得非常安静,顺从地走到床边坐下来,双目无神地凝视天空。

我想弄清他的冷漠究竟是真是假,所以试探着引导他谈论他的宠物,这是他一直都很感兴趣的话题。开始他不搭理,但最后他终于爆发地喊道:"管它呢! 我一点都不在乎!"

"什么?"我说,"你不会跟我说你不喜欢蜘蛛吧?"他目前的爱好是蜘蛛,他的笔记本里处处都画的是蜘蛛。

对待这个问题,他高深莫测地答道:"少女们都期待做新娘的盛装时刻,但是,当真的要做新娘时,她们反而不再充满激情。"他什么都不解释,我和他在一起的时间内,他一直固执地坐在床边。

今晚,我很累了,而且心绪非常不好。我心里无时不在牵挂露茜,事情原本是多么不同啊! 我必须马上睡着,也许可以借助现代"睡神"——安眠药! 不行,我要小心,不能养成这个习惯。今晚不应吃东西! 我在想念露茜,又把食物和思念混在一起,这是对露茜的不尊重,如果一定要吃东西才能入睡,那今晚将是个不眠之夜。

稍后

好在我没吃安眠药,更庆幸的是我一直没吃东西。正当我躺在床上辗转反侧,听见钟声响了两下时,巡夜的卫士跑来对我说,伦菲尔德逃走了。我立即披上外衣跑出去,我的病人有危险的倾向,绝不能任他在外游荡。他可能会把他的荒诞想法付诸行动,伤害到别人。

看护人员已经在那里等我。他说十分钟前他从门洞往里看时,还看见伦菲尔德,他好像在床上睡着了。后来他听到了窗户推动的声音,跑回来一看,见伦菲尔德的脚刚刚伸出窗外,之后他立即派人来叫我。伦菲尔德只穿着睡衣,不会跑得太远。看护人员认为与其出去追,还不如先看清他逃走的方向,因为若跟随伦菲尔德追出去,等他从大门跑出去的时候,伦菲尔德可能已经无影无踪了。看护人员很胖,从窗户出不去,而我比较瘦,于是在他的协助下,我从窗口爬出去,因为窗口离地面只有一米多高,所以我安然无恙地落到地面。看护人员告诉我病人是沿左边径直跑走的,于是,我快速奔跑过去。穿过一片小树丛后,我看见一个白色的身影,正在攀爬我们和荒废房屋之间的高墙。

我马上跑回去,告诉守卫马上找几个人随我来。我们一行人追到卡尔法克斯空地。我找了把梯子,爬上墙头从另一边下来,发现伦菲尔德的身影正消失在房子的一角。我追了上去,远远地在房子的另一边,看见他正在推动小教堂的一扇旧铁皮橡木门。显然,他在跟某人说话,但我不敢走过去听他说什么,怕他受到惊吓而逃走。追赶一群乱飞的蜜蜂与追赶一个正在发作的精神病患者相比,根本不算什么。过了片刻,我发现他根本没意周围的事物,于是冒险向他靠近,当我这样做时,我的帮手们也已经爬过高墙在靠近他了。

我听见他说:"主人,我到这儿来接受您的命令,我是您的仆人,对您永远忠诚,我希望得到您的奖赏。很久以前,我便在遥远的地方膜拜您。现在您已经离我很近,我等待您的指示。亲爱的主人,您在分配好东西时,不会把我丢下吧?"

真是个自私的老乞丐,甚至他在现实世界中,也都想乞讨面包和鱼。他的疯狂是一种可怕的组合。在我们靠近他时,他像老虎一样攻击我们,此时的他,与其说是人,不如说是只猛兽。我从来没见过发起怒来如此癫狂的疯子,我希望永远不再见到这种情景。能及时发现他的力量和危害性确实是件好事,像他那样拥有无比的力量和决心的人,很可能在被关押之前就闯下大祸了。无论如何,他现在安全了。伦菲尔德已经不能打开控制他的马甲,他在一个有垫子的房间里,被链子铐在墙上。他时而发出恐怖的咆哮声,时而安静得让人担心,因为他任何的一举一动都意味着谋杀。

刚才他第一次说了一句连贯的话:"主人,我必须忍耐。时机快要来了,来了,来了!"

我由于兴奋而无法入睡,但是写日记能让我平静下来,我觉得今晚我该睡一会儿了。

第九章

米娜·哈克尔给露茜·韦斯特拉的信

我最亲爱的露茜:

我知道你一定迫切地想获悉我们从怀特白火车站分手以后的所有事情。是这样的,亲爱的,我顺利到达了赫尔,之后搭乘到汉堡的轮船,最后乘火车到了这里。我已经很难想起旅途中的一些事情,我只知道我是要去见乔纳森,我还会有看护的工作需要做,所以打算先好好地睡上一觉。

我见到我的爱人了,啊,他如此瘦骨嶙峋、脸色苍白,而且萎靡不振。他目无光泽且已失去了昔日的坚毅。我曾经跟你说过的他所特有的那种深沉宁静的尊严在他脸上也荡然无存了。他只剩下一具躯壳。他对过去一段时间内曾经发生的事情一点都想不起来。至少,他希望我认为是这样的,我也从来不问他。

他曾经遭受过度的惊吓,假如让他尝试着去回想过去的事情,我担心他的大脑神经会承受不了这样的刺激。阿加莎修女是个好人,而且是个天生的好护士。她告诉我说,乔纳森在意识模糊时曾经胡言乱语说过许多恐怖的事情。我让她告诉我都是什么事,但她只是在胸口画十字,什么都不肯透露。她讲病人说的胡话是上帝的秘密,即便她是在工作时听到了,也要尊重上帝对她的信任。

她是个热心的好人。第二天,她见我心绪不宁,便主动提起这个话题,她说她不能将我可怜的爱人所说的话告诉我,之后又补充道:"我只能这么告诉你,我亲爱的,他说的并不是他自己做错了什么事情,你作为他将来的妻子无须担心。他没有忘记你及你给予他的好处。他害怕的都是异常恐怖的事情,这是凡人无法理解的。"我知道那位护士认为我在怀疑我的爱人可能爱上了别的女人,她竟然认为我在怀疑乔纳森!但是,亲爱的,让我悄悄告诉你,当我了解目前这些状况确实不是因女人而起的时候,我心里真的感到一丝喜悦。现在,我就坐在他的床边,看着他沉睡的样子,他就要醒来了……

他醒过来后,让我帮他把大衣拿来,他想从口袋里取出一些东西。我问阿加莎修女,然后,她拿来了他所有的东西。我在它们中间看到一个笔记本,我想求得他的同意看一下,也许能从中找到一些线索,但我想他已经通过我的眼神猜到了我的意思。他要我到窗口待一会,因为,他想一个人静一下。

不久,他叫我回到床边,把那本笔记本递给我,郑重其事地对我说:"薇荷米娜,"我知道此时的他态度非常审慎而严肃,因为,他只有在向我求婚的时候,才那样称呼我的名字,"你知道,亲爱的,我认为夫妻间应该相互信任,在我们之间不应该有任何秘密以及丝毫隐瞒。我曾经遭受巨大的惊吓,每当我试着去回想究竟发生了什么事情时,我感到我的头都要炸裂了,我不清楚这一切是否是真的,抑或是一个疯子的幻觉。你知道我的脑子曾经烧糊涂了,差一点就要疯了。秘密都在这里面,但我并不想知道它,我希望开始过新的生活,从我们的婚姻开始。"

"所以,亲爱的,我已经决定只要办好手续就立即结婚。薇荷米娜,你愿意了解我是多么无知吗?这个本子,你拿去保存起来吧。如果你想看就看,但不要告诉我,除非……有什么神圣的职责要降临到我身上,使我必须要回顾那段苦涩的时光。无论我是睡着还是醒着,是疯狂还是清醒，全都记录在里面了。"说完他精疲力竭地倒下。我把笔记本塞到他的枕头下面，吻了吻他。我已委托阿加莎修女向院长申请我们今天下午举办婚礼，我正在等待答复……

过了一会，她来告诉我，英国传教会已经派出一名牧师，一个小时以内我们的婚礼即可举行，或在乔纳森醒来后就立即举行。

露茜，时光如飞，此时此刻，我感到非常的神圣，又感到非常的幸福。一个小时后，乔纳森醒来了，一切事情安排妥当。他背靠着枕头坐在床上，他在回答"我愿意"时，是那样的坚定有力。我那时感慨万千，几乎说不出话来，说这几个字都能让我哽咽窒息。修女们是那么的善良！主啊，我永远、永远也不会忘记她们，也不会忘记此刻我自己美好而神圣的职责。

我一定要把我的结婚礼物告诉你。当牧师和护士们把我和我的丈夫单独留下来的时候，哦，露茜，这是我第一次用到"丈夫"这个词……我从枕头下面拿出笔记本，用洁白的纸把它包好，然后从脖子上剪下一小段蓝色丝带把它扎好，在打结的地方用蜡封上，最后用我的婚戒在蜡上印上了封印。我吻了吻笔记本，才把它拿给我的丈夫看。我跟他说，我把它这样保存好，让它成为我们共同生活中互相信任的标志。我永远不会打开它，除非他自己要看，或者出于某些神圣的职责。他握住我的手，哦，露茜，这是他第一次握住他妻子的手，他说在茫茫世间他最珍爱的东西就是我的双手，如果有必要，他哪怕再经历一次所有的磨难也要赢得这双手。我可怜的爱人也曾试图讲一些过去的事情，但却记不清确定的时间。其实，假如他现在把月份甚至年份都搞错，我也不会感到意外。

亲爱的，我该怎么说呢？我只能告诉他我是这个世上最幸福的女人。我没有什么可以给他，只有献上我自己和我的生命，永远信任他，爱他，并肩负起我生命中每一天的责任。亲爱的，当他亲吻我，用他无力的双手拥我入怀的时候，我觉得那就是我们之间神圣而又庄严的誓言。

亲爱的露茜，你知道我为什么把这些都告诉你吗？对我来说这不仅因为它们是那样的甜蜜，更因为你一直都是我最亲密的朋友。当你从学校毕业准备开始新生活的时候，我非常高兴能成为你的朋友及向导。现在，我想让你知道，从一个幸福妻子的角度，我是怎样履行妻子的职责的。这样，你以后在自己的婚姻中，也会像我一样幸福。

在全能的主的庇佑下，亲爱的，你的生活将幸福美满，充满阳光，不忘职责，永不猜忌。我并不期望你没有丝毫痛苦，因为那是不可能的，但我真心希望你永远像我现在这样幸福。再见，亲爱的，我要马上把这封信寄出去，我可能会很快再给你写信。我必须搁笔了，乔纳森醒过来了，我要照顾我的丈夫了！

永远爱你的米娜·哈克尔

八月二十四日，于布达佩斯

露茜·韦斯特拉写给米娜·哈克尔的信

最亲爱的米娜：

我以深挚的爱与无数的吻，祝你和你的丈夫尽快回到你们自己的家，也希望你们能早点回来和我们团聚。这里清新的海风会使乔纳森很快恢复活力，我已经恢复了许多。我的胃口大得跟鱼鹰一般，生活很充实，睡得也很好。我差不多已经摆脱了梦游的毛病，你知道这个消息一定会很高兴，对吧？我想我有一周没有梦游了，一周前的一个晚上曾经有过一次。

亚瑟说我胖了。对了，忘记告诉你亚瑟在这里。我们一起散步、驾车、骑马、划船、打网球还有钓鱼,我比以前更爱他。他也告诉我他爱我更深了,但我不信,因为他在求婚时说爱我爱得不能再深了。但这都是废话。他来叫我了。你的好友现在只能写到这儿了。

露茜
八月三十日,于怀特白

又及,我母亲向你问好。她看起来好了许多,可怜的妈妈。

另,我们定于九月二十八日举行婚礼。

谢瓦尔德斯医生的日记

八月二十日

伦菲尔德的病情愈来愈有意思了。现在的他非常安静,好像被符咒所控制突然从狂热中平静下来一样。在上次出逃后的一个星期内,他一直非常癫狂,但有一天晚上,当月亮升起来的时候,他突然安静下来,还不停地自言自语:"我现在能等,我现在能等了!"看护人员跑来告诉我,我立即下楼去看他。他依然穿着限制行动的马甲待在隔离病房里,但他的面部表情不再绷紧,眼里又出现了以往哀求的神色,甚至有些卑怯的屈从。

我对他的现状很满意,决定放他出来。看护人员开始有点犹豫,但最终还是遵照我的要求去办了。奇怪的是,病人仿佛看出了看护人员的犹豫,随即他鬼头鬼脑地凑到我身边,一边看着他们,一边悄悄地对我说:"他们认为我会伤害你!他们居然认为我会伤害你!这些笨蛋!"

我心里多少感到有些快慰,就连这个可怜的疯子都可以本能地将我和别人区分开来。但我仍然不太明白他的意思。是不是他认为我和他之间有什么相同之处，因此我们应该是同一战线的呢？抑或是他想从我身上得到什么大的好处，所以想利用我？我必须把这个弄清楚。他今晚不愿多讲话，甚至连猫咪或者大猫的诱惑都不能让他动摇。他只说："我对猫根本没兴趣，现在，我要考虑更多的东西。我可以等待，可以等待。"

片刻之后，我离开了。后来，看护人员跟我说，黎明之前他都非常安静，但之后就开始不安起来，接着变得异常狂暴，最后突然昏了过去。

伦菲尔德连续三天都是这样，白天狂躁不安，在月亮升起和太阳出来之间这段时间又安静下来。我希望能找到一些线索，看来似乎有某种潜在的原因在反复影响着他。有一个好办法！今天晚上，我要和他较量较量。他上次自己逃走，今天我们帮他逃跑。我们给他创造机会，让守卫随时待命，以防万一。

八月二十三日

"凡事预则立"，迪斯雷利对生活有多么透彻的了解啊。我们的鸟看到自己笼子的门开着时，却并不逃走，因此我们的精心策划白费了。但无论怎样，我们证实了一件事情，就是让他安静的"符咒"可以持续相当长一段时间。看来以后每天在某个时间段里都可以放松对他的警戒。

我已经安排值夜班的人员，从他安静下来到太阳出来前一个小时，只需把他关在普通病室。这样，这个可怜人的肉体至少可以得到一些放松，尽管他的精神并不能这样。听！又发生什么事情了，有人在叫我，病人又一次逃走了。

又一个冒险的晚上。伦菲尔德耐心地等待着时机，在看护人员来查房的当口。他猛冲出去，绕过看守，奔下走道跑了出去。我传话下去让看护人员跟随着他，他又跑到了那栋废弃房子的空地上，我们发现他又在那里推那个老教堂的门。当他发现我时，他变得狂怒起来，要不是看护人员及时将他制服，也许他要把我宰了。就在我们抓住他的时候，事情发生了奇特的变化：他突然力气大增，接着又一下安静下来。我本能地在四周巡视一遍，却什么也没发现。我跟随病人的视线望过去，也没看见什么特别的东西，明月当空，只有一只硕大的蝙蝠正悄悄地、幽灵般地向西飞去。平常蝙蝠都是在空中盘旋飞行，但是这只蝙蝠却径直朝前飞去，它仿佛很清楚它的目的地，或者它有明确的意图。病人渐渐平静下来，然后说："你们不必绑我，我会自己乖乖地走回去！"于是我们很顺利地回到了房间。我感到在他平静的背后似乎隐藏着什么……总之，我不会忘记今晚的经历。

露茜·韦斯特拉的日记

八月二十四日，希林汉姆

我要学米娜那样，把一些事情记下来。这样，等我们再见的时候，就有很多事情可以谈。不知我们几时才能再见。我希望她现在就在我身边，因为我很不快乐。昨晚我可能又做梦了，就像以前在怀特白的时候一样。也许是因为气候变了，或者是因为回到家的原因。梦里漆黑一片，充满恐惧，我什么都想不起来了，只觉得异常虚弱和疲惫。亚瑟中午过来吃饭时，看到我显得很忧愁，我已经无心强颜欢笑了。我希望今晚能够睡在母亲的房间里。我应该找个什么理由试一试。

八月二十五日

又是一个糟糕的夜晚。母亲好像不大同意我的请求。看上去她的身体也不太好,她无疑是怕我为她担心。我尽力保持着清醒,但没坚持多久,后来十二点的钟声把我惊醒,所以我肯定是睡着了。我听见窗户上传来摩擦的声音或者是翅膀飞动的声音,但我并没太在意,之后我就记不清了,我想我肯定是又睡着了,做了更多的噩梦,真希望能记起一些来。今天早上我已经非常虚弱,脸像魔鬼一样惨白,喉咙疼得很。我的肺可能出了什么问题,我总觉得喘不过气来。在亚瑟到来之前我应该试着让自己高兴起来,否则看到我这个样子他会难受的。

亚瑟给谢瓦尔德医生的信

亲爱的约翰:

我想求得你的帮助。露茜病了,没有什么特别的病,但她看上去情况很坏,而且一天比一天坏。我曾问过她是什么原因,我不敢去问她的母亲,因为就她母亲现在的健康状况来看,如果再让她操心,后果不堪设想。韦斯特拉夫人曾跟我说她的生命已经快到尽头了,是心脏病,可怜的露茜还不知道。我敢断定,肯定有事困扰着我可怜的露茜。一想到她这种情况我就心绪不宁,看到她时简直就像挨了一棒子。我告诉她,我会请你去为她看看,开始她反对,我知道什么原因,老朋友,但她最后还是同意了。我知道这可能让你感到为难,但是,老朋友,这是为了她好,所以我毫不迟疑地提出请求,希望你能答应。明天,请来希林汉姆与我们共进午餐吧,定在下午两点钟,这样就不会引起韦斯特拉夫人的怀疑。午饭以后,我找机会让露茜和你单独见面。之后我会进来喝茶,我们再一起离开。我非常忧虑,你和露茜谈过之后,我再向你了解她的病情。请务必光临!

八月三十一日,于阿尔别马尔勒旅馆

亚瑟给谢瓦尔德医生的电报

九月一日——家人召我速回,父亲病危。我会与你通信。请你来信告知详情,今晚送抵。如情况紧急,发电报给我。

谢瓦尔德医生给亚瑟的信

亲爱的老朋友:

关于韦斯特拉小姐的健康状况,我必须立刻告知你,在我看来,目前并没有发现功能紊乱或者疾病方面的症状。但是,她看上去让人非常不安。她与我上次见到的样子简直判若两人。当然,你应该知道,我不能对她进行充分检查。我们的友情出现了问题,这不是医疗或者惯例所能改变的。我把确切的情况告诉你,你自己据此做出判断。然后我再告诉你我的判断及建议。

当她母亲在场的时候,我看到韦斯特拉小姐看上去还是挺精神的。但我很快意识到她是为了让母亲别为她操心而伪装出来的。我想她一定在揣摩自己应该注意哪些地方,如果她不清楚的话。我们共进午餐,大家都尽量显得高兴一些。这的确很有效果,我们真的都变得高兴起来。饭后韦斯特拉夫人进去休息,剩下露茜和我。然后我俩便进入她的房间,刚开始佣人们仍然进进出出,所以她还装作高兴的样子。但是,一旦把门关上,她就立刻变了副面孔,长叹一声瘫坐在椅子上,用手捂住眼睛。我看她放松了防卫,就立即趁机对她进行诊断。

她轻声细语地跟我说:"我简直无法告诉你我是多么厌恶谈到我

自己!"我提醒她要相信医生,而且你很为她担心。她立即明白了,马上回答道:"告诉亚瑟一切情况,我不在乎自己,但我很在乎他!"这样一来,我就放心了。

很明显她失血严重,但我却看不到普通贫血的症状。正巧有个机会,我可以验一验她的血液,在她打开一扇不灵活的窗户时,一块玻璃掉了下来,碎片轻轻划破了她的手。事情并无大碍,却给了我一个机会,我取了几滴她的血液样本进行检验。结果表明完全正常,据此我可以推断,从血液本身看来,她的身体应该并无大碍。

从她身体的其他方面看,我没发现有什么值得担心的问题。但是,其中必有缘由,我认为那肯定是精神方面的原因。她常常抱怨呼吸不顺畅,睡得很不安稳,经常做一些怪梦,又想不起梦中的任何情节。她说小时候她曾有梦游的毛病,在怀特白的时候,老毛病又犯了。曾有一天晚上她梦游跑到了东崖边上,是莫利小姐找到她的。但是,她向我保证那之后没有再犯过。对此,我心存疑惑,因此我做了一个决定,我给我的旧友及导师——阿姆斯特丹的范·黑尔辛教授写信,他是世界上对疑难杂症诊疗最准确的人之一。我请求他来这里一趟,你说过你可以负担所有的费用,我向他提起了你,并告诉他你和韦斯特拉小姐的关系。

亲爱的朋友,我做的一切,都是为了遵照你的意愿,我很荣幸也很高兴能为她做些事情。由于私人关系,范·黑尔辛先生一定会愿意帮忙,但不论他出于什么原因过来,我们都应该满足他的一些要求。他表面看上去有点专横,那是因为他的业务比别人都精通。他是一个哲学家和精神病治疗专家,也是当今最具权威的科学家之一。我相信他的思维非常开阔。他具备意志坚定、沉着冷静、坚忍不拔、自制力强、宽容隐忍等美德。同时他还有一颗诚挚善良的心,使他无论在理论上还是实践上都能够胜任人类神圣高尚的职业。他的见解就像他的同情心一样无私宽广。我之所以跟你说这些,是想让你了解我十分信任他。我已经让他马上赶来,明天我会与韦斯特拉小姐再一次见面,我们约好在百货商店见面,那样我就不用担心因我们的再次来访而惊扰她的母亲了。

你永远的约翰·谢瓦尔德

九月二日

范·黑尔辛(医学博士、精神病科医生)给谢瓦尔德医生的信

我的好朋友:

　　来信收悉,我准备立刻动身去你那里。好在我现在可以立即出发,又不会耽误其他病人。如果真有其他病人,我也只有放一放他们的事情,因为,我的朋友需要我去帮他亲爱的人时,我不能对不住他。

　　告诉你的朋友,当我被带毒的刀划伤的时候,是你用嘴替我吸去伤口里的毒液,那时,我的另一个朋友却悄悄地溜走了。现在,你为你的朋友来请我,你的请求是你朋友的金钱所不能取代的。我很愿意帮助你的朋友,我是因为你而来的。请在大东方客栈为我安排好房间,这样可以方便一些。另外,明天我们与那女孩见面的时间不要安排得太晚,这样我可以当晚返回。不过假若有必要的话,三天内我还会再来,如果有需要可以待久一点。好了约翰,余容面谈。

范·黑尔辛

九月二日

谢瓦尔德给亚瑟·霍尔姆伍德的信

我亲爱的亚瑟:

　　范·黑尔辛来看过,又走了。他和我一起到的希林汉姆。在露

茜的安排下，我们在她母亲外出进午餐的时候去了她家，这样我们有机会和她单独在一起。范·黑尔辛给露茜做了仔细检查，他在做检查的时候我不在场，到时他会把情况向我说明。我感到他对露茜的情况相当忧虑。他说还需再考虑考虑。

当我把我们之间的友情告诉他，以及关于此事你对我的信任程度的时候，他说："你必须告诉他你的全部想法。如果你能猜到我的想法，假若你愿意，你也可以告诉他。我没开玩笑，这不是玩笑，这是人命关天的事情，甚至要更严重。"他口气凝重，我问他究竟是怎么回事。那时我们已经回城，在回阿姆斯特丹之前，他去喝了茶。他不愿给我透露更多的信息。

亚瑟，请不要生我的气，他的沉默说明他满脑子都在思考该怎么帮助露茜。一旦考虑成熟，他就会坦率地讲出实情，请相信我。我告诉他，我会将我们这次行程的过程记录下来，就像给《每日电讯》写稿一样。他这次好像没怎么在意伦敦的天气，他只说现在伦敦的尘雾比他在这里读书时好多了。假若顺利的话，我明天就能从他那里得到最后的结果了。不管怎样，我会再写一封信给你。

这次见到露茜，她的心情比上次好多了，她身体看起来也好了些。以前她那种令人非常担心的惨白已经好了很多，呼吸很正常。她对待教授先生很热情——她待人一贯这样——并且她想尽量使教授觉得自在一些。但我看得出可怜的女孩做得很艰难。我相信范·黑尔辛也看出来了，从他浓眉下那一闪而过的眼神我看出来了，我很熟悉那种表情。

接下来他谈到很多话题，而对我们的来访和关于病情方面的问题却闭口不谈。他是那样亲切随和，我注意到露茜本来有些僵硬的表情逐渐变得放松了。之后，博士非常自然地把话题转到这次的来访，他温和地说："亲爱的小姐，我是如此的荣幸，因为你那么可爱。

而且还有许多我没看到的美德。他们跟我讲你的情绪低落，而且脸色不好。我对他们说：'胡说！'"他用手指一指我，继续对露茜说道："你和我必须让他们瞧瞧他们有多荒诞。他怎么能够……"他指着我说，那种神情就像以前在上课时他点我名的时候一样，还有后来在某些特殊情况下，他也会那样指着我，我不会忘记他这种神态。"你懂得年轻女孩的心思吗？他一天到晚与疯子待在一起，让那些疯子找回幸福，重新回到亲人怀抱。这些工作虽然很辛苦，但可以给他带来回报，因为是医生给予病人这种快乐。但是，年轻的小姐！他既没有妻子也没有女儿，而年轻人一般不愿向另一个年轻人敞开心怀，而选择向我这样的长者倾诉，所以我了解许多年轻人的烦恼及原因。因此，亲爱的，我们还是让他去花园里抽抽烟吧，这样我们可以闭门谈心。"

我明白他的意思，便起身走了出去。后来，教授到窗口把我叫了回去。他看起来很严肃，他说："我仔细检查过了，身体功能没有什么问题。我赞同你的意见，她曾经大量失血，是曾经而不是现在。但她没有一点贫血的症状。我已经请她把女仆叫来，我需要向女仆问一两个问题，以免漏掉任何线索。我非常清楚她会说什么，那是有原因的，一切事物皆有因由。我要回去仔细考虑。你要每天给我一份电报，如果有情况我会再来。这个病——非正常状态都是病——我很有兴趣，这个温柔甜美的女孩也让我感兴趣，她很迷人。因此为了她，就算不是为了你和这个病，我也愿意来。"

前面我说过，即便在我们独处时，他也没有向我多透露一个字。亚瑟，现在我已经把我所知道的全告诉你了。我会继续关注这件事。我相信你父亲会慢慢好起来。我能理解这件事情对你的打击，我的朋友，你心爱的两个人都出了事情。我了解你对父亲的责任心和孝心，你是对的。假若有必要，我会写信让你回来看望露茜。但在没接到我的信之前，请别太焦虑。

九月三日

谢瓦尔德医生的日记

九月四日

我们对那个喜欢生吃东西的病人仍然有着很浓的兴趣。他只发作了一次，就在昨天一个不寻常的时刻。将近午时，他开始坐立不安起来。看护人员知道这是发病前的征兆，便立即叫帮手过来。所幸的是这些人员及时赶到。一到正午时分，他便疯狂起来，守卫们竭尽全力才把他制服。但只过了五分钟时间，他又变得安静下来，最后陷入一种忧愁的沉思状态，一直到现在。

看护人员跟我说他发病时发出的尖叫声让人毛骨悚然。我到病房时很忙。别的病人都受到了惊吓。当然，我很理解这种情况，因为那种声音让我听了都难以承受，而且我与病房还有相当一段距离。现在晚饭时间已经过了，但那个人仍然蜷曲在一角忧郁地沉思。他面目呆板、郁郁寡欢、愁眉不展。他的神态与其说是在向我们演示什么，还不如说是在向我们预示着什么。我还不能确定。

后来

他又有了变化，五点钟我去看他时，他又和平常一样的快乐而平和。他正在捕食苍蝇，并将他捕获苍蝇的数量用指甲在门边的空处记录下来。当他看见我时，便走来为他这种不良行为道歉，同时十分谦卑地请求我允许他回到自己的房间去拿他的笔记本。我想满足他会比较好，于是他回到他的房间，房间开着窗。他将喝茶用的糖撒到窗台上,又捕到许多苍蝇。但这次他没有把它们吃掉,而是放进盒子里,之后又像以前一样满屋子找蜘蛛去了。

我想引导他讲一讲过去几天的事情,因为他思维的任何线索都可能对我有很大的帮助,但他闭口不说。有几次他显得很忧伤,用一种虚幻的声音,好像不是跟我说,更像是自言自语地说:"全结束了,结束了!他把我遗弃了。除非我亲自去做,否则将毫无办法!"接着,他突然转向我,用一种强硬的语调对我说:"医生,难道你不能对我好一点,多给我一点糖吗?我想这对我很有帮助。"

"对苍蝇吗?"我问。

"是的,苍蝇喜欢糖,而我喜欢苍蝇,所以我喜欢糖。"有些人会认为疯子从来不会辩论。我给他双倍的糖,他高兴极了,我希望能够透析他的精神世界。

午夜

他又有了变化。我去看了韦斯特拉小姐,她的情况好了许多。我刚从她那里回来,站在自己门口观赏落日时,又听见了伦菲尔德的叫声。因为他在房间里靠近我的这一端,所以这次听到的叫声要比早晨更清晰。他的狂吼声立刻把我从伦敦云雾迷蒙的落日美景中惊醒,让我从欣赏夕阳余晖及云层和水面折射出来的美丽色彩中回到自己阴冷的石头房中,这里有愁苦的呼吸和孤寂的心灵。

就在太阳落下去的那一刻我到了他那里,透过他房间里的窗户,我看见太阳全部沉了下去。随着太阳的沉落,他变得愈来愈安静,当太阳完全消失的那一刻,他整个人从别人手中滑下去,完全瘫倒在地上。然而太奇怪了,这个病人具有何等恢复的本领,没过几分钟,他平静地站起来了,接着又朝四周打量起来。

我示意看护人员不要去抓他,我迫切想知道他要干什么。他径直走到窗边,用刷子把窗台上的糖粉刷掉,之后拿起装苍蝇的那个盒子,把它打开,把苍蝇全放了,然后把盒子也扔出去,再把窗户关上,走回来,坐到自己床上。这一切让我很惊讶,于是我问:"你不再养苍蝇了吗?"

"不养,"他说,"我对那些垃圾已经很讨厌!"他确是一个非常有意思的研究对象。我真的很希望能够捕捉到哪怕一丁点他的思想,以及他情绪变幻背后真正的原因。等等,也许有线索,假若我们能弄清楚他今天正午和日落时发作的原因,那我们就能找到线索。会不会是因为太阳的某种周期性影响,就像太阳对大自然的影响一样?那月亮会对他产生别的影响吗?让我们拭目以待。

谢瓦尔德医生给范·黑尔辛的电报

九月四日——病人情况好转。

九月五日——病人好了很多。胃口颇好,睡眠亦佳,精神焕发,面带红色。

九月六日——情况很糟,请即前来,勿稍延误,你到后我再给霍尔姆伍德发电报。

第十章

谢瓦尔德医生写给亚瑟·霍尔姆伍德的信

亲爱的亚瑟：

今天的消息不太好。早上露茜病情转重。但有一件好事，就是韦斯特拉夫人很为露茜操心，她正式地向我询问了她女儿的病情。我趁机告诉她，我的导师范·黑尔辛是一位非常高明的专家，他将会与我住在一起，我可以邀他一起来照顾露茜。因此，我们得以自由地来去，而不必担心这样会引起她的不安了。因为突然的惊吓对夫人可能是致命的，以目前露茜的严重病状，如果夫人知道了，一定是个沉重的打击。我的老朋友，我们每个人都面临着许多困难，恳求上帝，保佑我们渡过难关。如有必要，我再给你写信。假如没收到我的来信，那是因为我还在等待消息。

你永远的约翰·谢瓦尔德

九月六日

谢瓦尔德医生的日记

九月七日

我和范·黑尔辛在利物浦街碰面时，他的第一句话就是："你有没有向我们年轻的朋友，露茜的爱人说过什么？"

"没有，"我说，"就像我在电报中所说，我想见到你后再跟他说。我给他去了一封信，告诉他你会过来，因为露茜的状况不太好，如果有新的情况，我会告诉他。"

"对，朋友。"他说，"非常好！最好他现在还不知道，或者永远不知道。但愿这样，但如果有必要，他应该知道一切。此外，朋友，我也要给你提个醒，你正在与疯人打交道。其实所有人在某种情况下，都可能有些疯狂。因此，你对待精神病人时要小心谨慎，同样，对待上帝的精神病人——世界上的普通人时，也要谨言慎行。不要告诉别人你在做什么，或者为什么要这么做，也不要跟别人说你在想什么。你要保管好自己的学识，将它们保存在适当的地方休养生息。你和我都要将它们好好保存在这里，还有这里。"他指了指我的胸口和脑袋，又指了指自己同样的地方，"现在，我已经有了一些想法，以后我再告诉你。"

"为什么不是现在说？"我问，"现在讨论可能会有好处，我们或许可以得到一些结论。"

他停下来看着我说："我的朋友，庄稼虽然长高了，但在它成熟之前仍然需要吸食大地母亲的乳汁，阳光还没有将它晒成一身金黄。这时，农夫还会用粗糙的双手拨弄着麦穗，轻轻地去除废壳，对你说：'看！多好的庄稼，假以时日定会结出硕果。'"

我说我不懂其中的寓意。他凑上来，用手揪着我的耳朵，就像以前在课堂上一样。他说："好农夫之所以此时跟你说这些，是因为他已经知道结果，在此之前他还不敢确定。好农夫从来不会把种子挖出来看它是否在生长，不是吗？只有小孩玩耍才会那样做，以此为生的人不会做这样的事情。现在，你知道吗，约翰？我已经播了种，大自然会让它们生根发芽。只要发芽了就有希望，我正在等待庄稼抽穗呢。"他停下来,因为他看出来我已经明白了他的意思。

然后,他认真地说:"你总是个很好的学生,你的病例笔记总比别人记得多,那时你还是个学生,现在你是医生了。我坚信拥有好的习惯是不会令你失望的。记住,朋友,知识比记忆力更有力量,我们不能单凭记忆。尽管以前你历练不够,但我告诉你,关于露茜小姐这个病例,也许,我说是也许,对我们而言非常有意思,而别人对此可能束手无策。做好记录吧,不要轻易放过每一个细节。我建议你甚至可以把你的疑惑与猜测都记录下来。事后你可能会有趣地发现你曾经猜测得多么正确。我们常常更能从失败中学到知识,而不是从胜利中。"

我描述露茜的症状时,他看上去神色跟上次一样严肃,并且更加沉重了,但是一言不发。他随身带着一个装着许多器械和药品的袋子,"我们谋生的可怕工具!"他在学术报告里曾经这样称呼康复医师的医疗器械。

我们到了露茜的家,韦斯特拉夫人接待了我们。她虽然显得有点紧张,但要比我想象的好。她天生有种积极的元素,认为死亡也是有药可救的。按她的情况,任何惊吓都可能产生致命的后果,但是,尽管心爱的女儿发生了如此大的变化,韦斯特拉夫人做事情却还是井然有序,并未被击垮。这可能存在某种原因,应该不是个人的因素。就像传说中自然女神给人体表面蒙上一层感觉迟钝的表皮,它可以用来抵御魔鬼的侵犯,魔鬼碰到这层表皮就会受伤。我想如果这是出于自私的目的,那我们就应当停止批判所有人的自私自利,因为在这种自私的背后,可能隐藏着我们所不了解的原因。

根据精神病理学方面的知识,我建议韦斯特拉夫人不要和露茜见面,也不要太过担心她的病情。夫人很快同意了我的建议,态度如此决然,让我仿佛又看见了自然女神那只与命运抗争的手。我和范·黑尔辛被带到了露茜的房间。

如果说用惊讶这个词来形容昨天我见露茜时的感受,那么今天就要用惊骇来形容了。她形容枯槁,面无人色,甚至连嘴唇和牙龈都血色全无,脸上的颧骨突出,呼吸的样子简直惨不忍睹。范·黑尔辛的表情有如大理石般冷峻,眉头紧蹙。露茜一动不动地躺着,连说话的力气都没有。有那么一段时间我们都沉默着。

　　之后范·黑尔辛向我做了个手势,于是我们悄悄地退出房间。我们刚关上门走出来,范·黑尔辛就快速走进走廊另一扇敞开的门,他迅速把我拉进屋并关上门。"我的天!"他说,"太可怕了,看来时间不多了。她会死于因供血不足导致的心脏停跳,我们必须马上给她输血。是你还是是我?"

　　"我年轻强壮,教授,让我来。"

　　"那就做好准备,我去取工具袋,我都准备好了。"

　　我和他一起到了楼下,这时大厅里有敲门的声音。我们经过大厅时,女仆刚好把门打开。亚瑟急匆匆地走了进来,急切地对我小声说:"约翰,我急坏了,看到你信里的内容,我苦恼极了。我父亲病情有所好转,所以,我马上赶来了。这就是范·黑尔辛先生吗? 非常感谢你能过来。"

　　当时,教授被亚瑟闯过来挡住了去路,显得有点生气,但他看到这个年轻人身材魁伟,看上去有点像自己年轻时的样子,教授眼前一亮,毫不迟疑地伸出双手,郑重地说:"先生,您来得太及时了。我知道您是露茜小姐的爱人,现在露茜情况很糟糕,非常非常糟糕。哦,不,孩子,不要那样。"

　　他说话的时候,亚瑟脸色苍白,一下坐在椅子里,差点晕了过去。"你是来帮助她的,你比任何人都更加能帮助到她,勇气是你最好的助手。"

　　"我能做什么?"亚瑟嗓子嘶哑地问道,"告诉我,我全照办,我的生命都是她的,我愿意为她献出我的鲜血,直到最后一滴。"

教授有他幽默的一面,我听出了他的话外之音。他说:"年轻人,用不了那么多,至少用不着你的最后一滴。"

"我该怎么做?"他的眼睛似乎在冒火,鼻翼快速地翕动。范·黑尔辛拍了拍他的肩。"来!"他说,"你是男人,而且是我们需要的男人,你要比我和我的朋友约翰更适合。"亚瑟显得有些不解,于是,教授委婉地向他解释:"露茜小姐情况不佳,而且非常糟糕,她需要血液,必须要,否则就要死了。我和约翰商量好了,要给她供血,医学上称为输血,就是把充满血液的血管里的血抽出来输入到空的血管里去。约翰决定献血,因为他要比我强壮。"这时,亚瑟把我的手紧紧握住说不出话来。

"但是,现在你在这里,你比我们一老一少都更合适,我们整天操劳,以致精疲力竭,神经高度紧张,因此,我们的血液不如你的有活力。"亚瑟转身对他说:"假若你明白我多么愿意为她去死的话,你会理解我……"他无法说下去,嗓子已经哽咽了。

"好孩子!"范·黑尔辛说,"用不了多久你就会为你所做的事感到高兴。跟我来,别说话,输血之前你应该吻她,之后你必须离开。我给你做手势你就离开。绝对不要向夫人提起,你知道这对她影响的严重性。别慌,集中思想,来!"

我们上楼来到露茜的房间。教授让亚瑟在外等候,我们先进去。露茜转过头看着我们,什么也没说。她并没有睡,只是太虚弱了,不能动弹。只能用眼神和我们交流。

范·黑尔辛从包里取出一些东西放在露茜看不到的小桌上,兑好麻药。他走到床头,温和地对露茜说:"小姑娘,这是你的药,像乖孩子一样把它喝下去。来,我扶你起来,这样喝起来方便一些。好。"她终于将药汁喝了下去。

真让人感到意外，过了很久麻药才开始生效。事实上这显示出她真的非常虚弱。时间如此漫长，过了很久她才疲惫地闭上眼睛。麻药终于发挥作用了，她睡得很深。教授非常满意，然后把亚瑟叫了进来，让他脱下大衣，又说："我抬桌子过来时你可以吻她一下。约翰，过来帮忙！"亚瑟弯下腰去吻她时，我们都把视线移开了。

范·黑尔辛转身对我说："他年轻健康，血液纯度好，因此，我们不必进行血液过滤。"然后范·黑尔辛动作敏捷、有条不紊地开始输血手术。随着输血的进行，露茜的脸色似乎有了一丝生气，而亚瑟的脸色逐渐变白，但却闪烁着喜悦的光芒。过了片刻，我开始更为担心，像亚瑟那么强健的人，输血对他造成的影响都这么明显。而亚瑟只是将部分血液输给露茜就变得如此虚弱，由此可见露茜的生理机能正在承受怎样严峻的考验。

教授面色沉重地站在那里，目光在露茜和亚瑟之间交替移动。这时，我几乎可以听到自己的心怦怦直跳。过了一会儿，教授轻轻对我说："不要激动。血液够了，你照顾亚瑟，我来照顾她。"这一切结束时，亚瑟已经显得很虚弱了。我给他包好伤口，准备扶他离开。这时，范·黑尔辛对我们说："我想，那勇敢的人，应该再吻一次他的爱人，最好是现在。"他说话时没有回头，仿佛背后有眼睛似的。

他收拾好手术器械后，给病人调整了头部枕头的位置。这时，总是戴在露茜脖子上的黑色金丝绒带——她爱人送给她的镶有钻石挂扣的丝带——被提起来了一点，脖子上露出了血色伤痕。

亚瑟没注意到这点，但我听到范·黑尔辛深深地吸了一口凉气，这也透露出他的心情。但他什么也没说，只是转身对我说："带这位勇敢的绅士到楼下去吧，给他一点酒，让他躺下来休息。他需要回去休养，吃好睡好，这样他就能把献给爱人的血液补回来。他绝对不能留在这里。稍等，先生，我明白你现在很想知道结果，让我告诉你，手术非常成功,你这次挽救了她的生命,你完全可以安心回家休息了。当她好转后我会告诉她这一切。你为她所做的一切会令她加倍爱你。再见。"

亚瑟离开后,我又回到房间。这时,露茜安静地睡着了,她的呼吸更加急促,她的胸部带着身上的床单一起上下浮息。范·黑尔辛坐在旁边,专心地看着她。丝带把那个红色伤痕重新盖上了。我悄声问:"她脖子上的红印你怎么看?"

"你是如何看的呢?"

"我还没检查它。"我说着,把她脖子上的丝带打开。在颈静脉血管上方有两个孔,孔不大,但显得很不正常。它没有发炎溃烂,但边缘有些发白,仿佛被什么摩擦过似的。我马上感到,就是通过这个创口,才造成如此大量的失血。但我又很快否定了,因为这么小的孔不可能流失那么多的血啊!从露茜输血之前的情形看来,她流失的血液足够把整张床单染红。

"怎么样?"范·黑尔辛问。

"呃,"我说,"我还理不出什么头绪。"教授站起来。"今晚我必须回到阿姆斯特丹,"他说,"那里有我需要的东西。你今晚一定要整晚守在这里,你一定要整晚看住她。"

"要叫一个护士吗?"我问。

"我们就是最好的护士,你和我。你必须整晚保持高度警觉,让她吃好,不要让任何东西接近她。今晚你不能睡觉,我们以后可以再睡。我会尽快赶回来。之后我们就要开始工作。"

"开始工作?"我问,"你指的是什么?"

"让我们等着瞧吧!"他急急忙忙地走了出去。不一会,他又返回,把头伸了进来,向我做了一个警告的手势,说:"记住,她现在由你全权负责,假若你离开她,而她被什么东西伤害的话,那你这辈子都睡不安稳了!"

九月八日

我整夜都坐在露茜的身边。安眠药的药效持续到了第二天早上,她一直睡到自然醒来。现在她看上去跟手术之前简直有天壤之别。她的精神很好,充满活力。尽管如此,我还是能看出她曾经虚脱的一些迹象。

我告诉韦斯特拉夫人说范·黑尔辛让我继续守护在露茜身边,夫人认为没有必要,她说她女儿已经恢复了活力,而且精神很好。但我很坚决,并做好了长期守夜的准备。

当女仆为露茜铺床的时候,我吃好了晚饭,之后我就搬了把椅子坐到床边。她丝毫没有反对。无论我们的目光什么时候相遇,她的眼里总是充满感激。过了很长时间,她几乎快睡着了,又马上惊醒过来,好像有意识地在克制着睡意,重复了好几次。很显然,她不想让自己睡着。

于是,我马上问她:"你不想睡觉吗?"

"不想,我害怕。"

"害怕睡觉!为什么?人人都希望睡个好觉。"

"啊,假若你像我这样——睡觉意味着一种恐怖的话,就不会想睡了!"

"恐怖!你在说什么?"

"我也说不清楚,哦,不知道。这就是为什么情况这么糟糕,一旦睡着了,我会觉得身体非常虚弱,以至于一想到睡觉我就害怕。"

"但是,好姑娘,你今晚可以放心睡觉,有我在你身边守护你,我保证什么也不会发生。"

"是的,我相信你!"她说。我趁机说:"我保证,当我看到你有做噩梦的迹象,我就立刻叫醒你。"

"你会叫醒我?真的吗?你太好了。那好吧,我试着睡一觉吧!"说完,她大松一口气,很快就入睡了。

整夜我都看着她。她没有做梦,这一觉睡得很深沉平稳,充分补充了她的体力,使她恢复了生机。她嘴巴微张,胸部有规律地起伏,嘴角露着微笑。很明显,她没有受到噩梦的侵扰。

大清早,女佣进来了。我让佣人照顾露茜,自己回家了,因为我有许多事情要处理。我分别给范·黑尔辛和亚瑟写了一封短信,告诉他们露茜的状况良好。然后我整天在处理自己的工作。天黑了,我可以继续去观察那个吃虫子的病人。根据报告,他表现还可以,过去的一整天,他都很安静。

吃晚饭时,我收到范·黑尔辛从阿姆斯特丹发来的电报,他让我今晚去希林汉姆,最好立即出发,他说准备搭晚班车出发,明早与我会合。

九月九日

我到希林汉姆的时候已经疲惫不堪了。整整两个晚上我没有合眼,大脑也处于过度疲劳后的麻木状态。露茜已经起床,看起来很有精神。她和我握手时,仔细看着我的脸,对我说:"你今晚不要熬夜了。我恢复了健康,又把你累垮了,真的。如果一定要熬夜的话,也应该由我来为你熬夜。"

我没有争辩,而是去吃晚餐。露茜陪在我身边,她迷人的风采让我吃得很香,还喝了几杯葡萄酒。之后露茜带我上楼,进入她隔壁的房间,房间里生了炉火。"现在,"她说,"你一定要待在这里。我把我们的房门都打开。你躺在沙发上休息,我知道只要身边有病人,所有医生都不会上床睡觉。如果我有需要,我会叫你,你立刻过来。"我只好同意了她的安排,因为我确实是精疲力竭,不能再守夜了。因此,在她再次向我保证有事就来叫我后,我躺倒在沙发上,然后什么都不知道了。

露茜·韦斯特拉的日记

九月九日

今晚感觉真好,我曾经疲乏虚弱到了极点,现在又恢复了思考和行为能力,感觉好像风吹云散、重见光明一样。不知为什么,我感到亚瑟离我很近很近。我几乎能感到他温暖的怀抱。我想疾病和软弱使人自私,它让我们顾影自怜。健康和力量则具有博爱性,它可以自由地驾驭我们的行为意识。我现在了解自己的愿望是什么,真希望亚瑟也明白!亲爱的,亲爱的!你睡觉时肯定很警觉吧,因为你知道我还是醒着的。啊,昨晚真是太幸福了!在谢瓦尔德医生的守护下,我睡得那么香!我今晚再也不害怕了,因为他就在不远处,随时都可以叫到他。感谢每一个照顾我的好人,感谢主!晚安,亚瑟。

谢瓦尔德医生的日记

九月十日

当感觉到教授的手放在我额头上时,我立刻清醒过来了。不管怎样,那是我们在精神病院里学到的本领之一。

"病人怎么样了?"

"很好,当我离开她时,或者说她离开我的时候。"我回答。

"走,咱们过去看看。"他说。于是,我们一起走进了露茜的房间。

窗帘是垂下的,我过去轻轻把它拉了上去。这时,范·黑尔辛轻手轻脚碎步走到床前。

当我拉开窗帘,晨曦照进屋里的刹那,我听见教授被吓得倒抽一口凉气的声音。他很少这个样子,一种不祥的恐惧感袭上心头。我往床边走去时,他退了回来,惊呼:"我的上帝!"他脸上露出惊恐的神色。他用手指着床,面如土色。我感到自己的膝盖在颤抖。

可怜的露茜躺在床上,看上去她已处于昏迷状态,病态的脸色较以前更加惨白。连嘴唇也白了,牙龈似乎萎缩了,整个人看起来就像一具病亡的尸体。范·黑尔辛生气地抬起腿,他很想跺跺脚,但是,他多年的习惯又使他本能地把抬起的脚又轻轻放了下去。

"快!"他说,"拿白兰地来!"

我跑到餐厅,拿了瓶白兰地过来。他用酒涂抹露茜的嘴唇,然后我们用酒搓擦她的手心、手腕及胸口。他俯首聆听她的心跳,令人屏息的一刻过去后,他说:"不算太晚。还有心跳,但已经很微弱了。我们的工作全白费了,一切得重来。亚瑟不在这里,我这次不得不让你献血了,约翰。"

他边说边从装有医疗器具的袋子里拿出输血用具。我脱下外套,卷起衣袖。现在不用麻醉剂,没人需要。我们一分一秒也没耽误,马上开始输血。

过了一会,但感觉上绝对不是一会儿,当一个人的血液被抽走的时候,不管他主观上多么愿意,他都会感到非常不好受。范·黑尔辛做了个警示的手势。"别急,"他说,"我担心随着体力慢慢恢复,她会在中途醒来,那会非常危险,啊,非常的危险,我要提前采取措施来预防,我给她打一针吗啡。"说完,他便立即动手做了。

输血的效果看来不错,昏迷逐渐转成沉睡。当我看到淡淡的红晕又悄然回到那张苍白的脸上和嘴唇上时,内心油然生出一种自豪感。除非亲身体验,没人能够了解把自己的血液输送到心爱女人的血管里时的那种感受。

教授仔细地观察我,然后说:"可以了。"

"是吗?"我抗议道,"你从我身上抽的血要比从亚瑟身上抽的多得多。"

他苦笑着说道:"他是她的爱人,她的未婚夫。你要为她或他多做贡献,现在正是时候。"

输完血后,他去照顾露茜,我用手指按住伤口,躺了下来,希望他能抽空来管管我,因为此时的我感觉昏昏沉沉,有些恶心。一会,教授为我包扎了伤口,并让我自己下楼去喝杯酒。当我离开时,他追上来,压低声音说:"记住,什么也别说。假若那年轻的情人又不期而至的话,什么也别跟他说。这会把他吓坏的,也会使他吃醋。别跟任何人说,记住了!"

我回来后,他仔细地看了我好一阵,说:"你看上去不算太糟糕,去房间沙发上休息一下,然后多吃点早餐,再来这里。"

我按照他说的去做了,因为,我明白他盼咐的这些非常正确。我能做的都做了,接下来就是要恢复体力。我觉得非常虚弱,虚弱得令我对所发生的一切无力感到吃惊。我在沙发上睡着了,但脑子里一直在盘旋着许多问题:露茜的病情究竟是怎么恶化的?为什么她流失这么多血,却没有一点痕迹?我想我做梦都在想着这些问题,无论我是在梦里还是醒着,满脑子都在想着露茜喉部的小洞,以及小洞被磨损的边缘,虽然那两个洞不大。

露茜睡得很好,一直睡到白天。醒来后她又变得精神饱满了,虽然没有昨天那么好的状态。范·黑尔辛看过露茜后说他要去散步，让我照顾露茜，走前他严格吩咐我不能离开她半步。我听见他在大厅里说话的声音，他在打听距离最近的电报局。露茜无拘无束地与我交谈，她仿佛并未觉察到有什么事情发生过。我则尽力使她开心。

露茜和我随意地闲聊，看来丝毫不觉有事发生。我让她保持愉快的心情。露茜的母亲过来看女儿，也没有发觉任何异常的地方，她感激地对我说："我们欠你太多了，谢瓦尔德医生，你为我们付出了很多。你也要好好地照顾自己，别疲劳过度了。你的脸色也很苍白，你需要有妻子来看护照顾你。真的需要！"

这时，露茜的脸红了一下，虽然是一下，她的血管还很虚弱，不能胜任头部忽然的大量供血。她用恳求的眼光看着她母亲时，脸色又变得苍白。我微笑着点点头，同时把手指放到嘴上。她叹了一口气，慢慢地睡了。

过了几小时，范·黑尔辛回来了，他对我说："现在，你回家去吧，吃饱喝足，恢复体力。我今晚在这亲自守护露茜小姐。我们一定要保守秘密，不能让别人知道。这中间有非常重要的原因。不，别问。你怎么想都可以，别害怕思考，即使是最不可能的事。晚安。"

大厅里，有两个佣人走过来，恳求我同意让她们晚上照顾露茜。我跟她们说，范·黑尔辛医生希望由他或者我照顾露茜。但佣人们还是努力哀求让我去跟那个"外国先生"说情。我为她们的善良所感动。她们或许是看到我目前的身体状况很糟糕，或许是因为露茜，她们的愿望很强烈。我又见证了女人们都有的仁爱之心。晚上，我及时回去吃了晚餐，四周巡查一遍，一切平安。

九月十一日

今天下午，我到了希林汉姆。范·黑尔辛显得兴致很高，露茜也大有好转。我到后不久,教授收到一个从国外寄来的大包裹。范·黑尔辛装作很吃惊的样子打开包裹,从里面拿出一大束白色的鲜花。

"这是给你的,露茜小姐。"他说。

"给我的?啊,范·黑尔辛医生!"

"是的,亲爱的,但不是给你玩的。这是药。"

露茜扮了个鬼脸。

"别这样。它们并不是拿来熬着吃的药,你用不着皱起你漂亮的鼻子。不然我要告诉亚瑟,假如他看到他爱的美人这种模样,肯定会很伤心哦。哈,漂亮的姑娘,不用再皱鼻子了。这些花是有治疗作用的,你不知道怎么使用它。我把它们摆在窗台上,还要为你做个漂亮的花环挂在你的脖子上,那样你就可以睡得安稳了。啊,是的,它们跟莲花一样,能让你忘记烦恼。它们闻上去带有'忘情水'的味道,又像西班牙征服者们在佛罗里达州找到的青春泉的味道。"

他说话时,露茜拿起花仔细地看了看,又闻了闻。她放下花,用一种哭笑不得的语气跟教授说:"啊,教授,你是在跟我开玩笑吧。哎呀,这些不过就是普通的大蒜嘛。"

让我吃惊的是,范·黑尔辛站起来,下巴僵硬,眉头紧蹙,神情非常认真。他说:"别把我的话当儿戏!我从不开玩笑!我所做的一切都是有目的的。告诉你,千万别违背我说的话。你要注意,即使不为自己,也要为别人着想。"

看到露茜惊恐的样子,她可能真的被吓住了,范·黑尔辛态度缓和了一些,他继续说:"啊,小姑娘,亲爱的,别害怕,这全是为了你好,这些看似普通的花其实对你很有帮助。好吧,我把它们放进你房间,让我来做个花环吧。但是,嘘——别告诉其他人,他们会有很多奇怪的问题。我们要服从,沉默也代表服从的一部分,服从会带给你力量与好运,让你重回到你期待着的爱人的怀抱。现在,安静坐一会儿吧。约翰过来,你帮我用这些大蒜来布置房间。这是从哈勒姆寄来的,我朋友范·德普尔常年在温室里种植草药。昨天我给他发了电报,否则今天可收不到它们。"

我们拿着花走进了露茜的房间。教授的行为的确有些奇怪,我从未在任何药典中见过这种用法。他把窗户紧闭,并上紧了插销。接着他拿起了一捧花,将它们撒在窗户格上,仿佛要让每一丝漏进来的空气都带上大蒜的味道一样。然后他又拿起一些花把它们撒在门框四周,在壁炉的周围也撒了些。

我觉得很奇怪,过了一会儿,我对他说:"教授,我了解你做任何事都有你的道理,但这事实在让我疑惑。还好没有无神论者在这里,否则,你可能会被指责用符咒驱妖赶魔。"

"我也许正是这样!"他一面平静地回答,一面开始做花环给露茜戴。我们等露茜梳洗完毕,回到床上的时候,范·黑尔辛把做好的花环给她戴在脖子上,最后他对露茜说:"小心,不要将花环弄坏了,即使觉得房间很闷,也不要去开窗或者开门。"

"我保证,"露茜说,"再一次感谢两位给我的帮助! 啊,我真的很庆幸能有你们这么好的朋友!"

我们坐上已在等候的马车离开了露茜的家,范·黑尔辛跟我说:"今晚可以放心地睡个觉了,我太想睡了,这两个晚上都在往返奔波,白天在查阅资料,再就是整天的焦虑和整晚的守夜,眼睛都没合一下。明早你早点叫我,我们一起去看漂亮的露茜小姐,我要看看在那些'符咒'的陪伴下她是不是变得更强健了。哈哈!"

他看上去非常自信,让我想起两天前我是那样自信,但后来的结果几乎是毁灭性的,此后我一直有些提心吊胆,感觉有一种莫名的恐惧。也许由于自身的懦弱,我一直不敢把这些感受告诉朋友,但这样更加深了自己的痛苦——仿佛强忍眼泪般的痛苦。

第十一章

露茜·韦斯特拉的日记

九月十二日

他们对我那样好。我很喜欢亲爱的范·黑尔辛医生。但我不明白他为什么对那些花这么在意。他真的把我吓坏了，他那时很凶。但他肯定是正确的，因为从那时开始我心里就感到非常安定。无论如何，我今晚不害怕一个人待着，我可以放心睡觉了，不用担心窗户外的拍打声。啊，我最近与睡眠做了太多的抵制和抗争，我感到不眠之夜的痛苦，梦里感到恐惧带来的折磨，还有未知的恐怖！

那些没有惊惧、没有担心、每晚能享受愉快睡眠的人们是多么的幸福啊。今晚，我也期待能够睡个好觉，就像莎翁话剧人物奥菲利娅那样躺着，"周围洒满了花瓣"。我以前从不喜欢大蒜，但今晚它们令人感到舒畅！它的味道使人安宁。我觉得睡意渐浓了，晚安，各位朋友。

谢瓦尔德医生的日记

九月十三日

我到伯克利与范·黑尔辛碰面，和平时一样，我们很准时。向旅馆订的马车已经在等着我们了。教授背上他的袋子,他现在一直将它随身带着。

早上八点左右我们到达希林汉姆。这是一个美好的早晨。明媚的阳光和初秋的新鲜空气预示自然界一年的循环将结束。色彩斑斓的树叶还没有从树上飘落。

我们进门的时候正好碰到韦斯特拉夫人从晨间起居室出来。她总是早起。夫人热情地向我们打招呼:"你们肯定很愿意听到露茜好转的消息。孩子现在还在睡觉,我没进去,从门外往里看过,我担心吵醒她。"教授笑了,喜上眉梢。他搓着双手,说:"哈哈!我想我的诊断正确,我的治疗见效了。"

夫人接过话:"医生,你不能把一切都归功于你,露茜的好转还有我的一份功劳呢。"

"你是什么意思?夫人。"教授问道。

"是这样,我昨晚一直很为孩子担心,所以我去了她的房间。她睡得很好,我进房时她都没有醒来。屋里闷极了,到处都散发着难闻而刺鼻的气味,而且她脖子上还戴着一只花环。我担心强烈的气味对孩子虚弱的身体不好,所以,我把那些花撤走了,并且将窗户打开一点点,让新鲜空气进来。我保证,你见到她一定会很高兴。"说完,她便转身回了自己屋里,她经常很早的时候在那里进早餐。

她说话的时候,我注意到教授的脸,他的脸色越来越阴冷。可怜的夫人在场时,他努力克制着,他明白目前夫人的身体状况,也明白如果告诉她真相后可能产生严重后果。事实上,他甚至还微笑着为夫人开门。可是,夫人一走,他就将我一把拖进了饭厅,关上了门。

我生平头一次看到范·黑尔辛精神崩溃。他绝望地将手举过头顶,无助地双手相击。接着,他坐到椅子上捂着脸大声干嚎起来,这是发自肺腑的强烈的嚎声。不久,他又举起双手,好像向全世界恳求。"天哪,天哪,天哪!"他说,"我们这是做了什么?这可怜的人都做了什么?难道这是命吗?难道一切注定要以这种方式发生吗?那位可怜的母亲,因为不了解真相,因为她的良好愿望,却干了一件足以扼杀她女儿性命及灵魂的错事。而且,我们还不能告诉她,甚至连告诫都不能,否则她会死,而且两个人都会死。啊,我们的处境是何等的艰难啊!那丑恶的力量是如何对付我们的啊!"

突然,他从椅子上弹了起来。"来,"他说,"来,我们要随机应变,无论是不是魔鬼在作祟,即使所有的魔鬼一起来,我们都要与从前一样,斗争到底。"他到大厅取了医疗袋,然后我们直奔楼上露茜的房间。

我又一次拉起窗帘,范·黑尔辛则走到床前。这一次,当他看见那张同上次一样骇人惨白的脸时,他没有惊叫,而是面露哀怜。"不出所料。"他自言自语道,他哽咽的样子已经说明了一切。他一言不发地把门关上,然后把包里的仪器拿出来放到桌上。我已做好了再次输血的准备,于是开始脱下外套,但他用手势阻止我。"不!"他说,"今天你来主持手术,我来输血,你已经很虚弱了。"他边说边脱下外套,卷起了衣袖。

同样的步骤,同样打了麻药,然后露茜苍白的脸上又出现了一点血色,呼吸逐渐平稳,转入沉睡状态。这一次我照看露茜,范·黑尔辛去休息,恢复体力。后来他找了个机会告诉韦斯特拉夫人,没有他的同意任何人不能碰露茜房间的任何东西。他告诉她这些花是用来治疗的,它的气味也是用于治疗的。然后,他把我换下来,他说今明两个晚上他亲自看护露茜,需要我时他再叫我。

一小时过后,露茜醒了,看上去精神不错,她目前的身体状况还不算太糟糕。这是怎么回事?

我想,也许是与精神病人长期打交道的缘故,养成了我对任何事都心有怀疑的思维习惯。

露茜·韦斯特拉的日记

九月十七日

过去的四个昼夜都安然无事。我完全恢复了活力，都有点认不出自己了。就像刚从漫长的噩梦中醒来一样，看到美丽的彩霞，还有早晨清新的空气包围着我。我经历了一段昏昏沉沉、似梦似醒的漫长时间，多可怕呀。我似乎能回忆起长时间在焦虑和恐惧中等待，在黑暗中看不到半点改变现状的希望。现在，经过长时间的忍耐，我的生命终于有了转机，就像潜水员终于冲破巨大压力，浮出水面一样。

自从范·黑尔辛来到我身边，所有的噩梦仿佛全结束了。那些吓得我魂飞魄散的刺耳声音和翅膀拍打窗户的声音，忽远忽近的讲话声，还有不知从哪儿传来的命令我做一些奇怪事情的声音完全没有了。现在，我对睡眠没有一丝恐惧，我也用不着努力保持清醒，并且我现在喜欢上大蒜了，每天都有从哈勒姆寄来的一盒新鲜的花。今晚，范·黑尔辛医生将要离开，他要去阿姆斯特丹一天。但我已经不需要照护了，我一个人可以过得很好。母亲、亲爱的亚瑟还有所有的朋友都对我那么好，为了他们，感谢上帝！今晚和昨晚不会有什么不一样。昨晚范·黑尔辛医生在椅子里睡着了，我两次醒来时都看见他睡得很香，但我并不怕入睡，虽然外面的树枝或者蝙蝠或其他什么几乎是愤怒地拍打着窗户。

《帕尔摩尔公报》九月十八日专题报道:《逃亡之狼历险记——动物园饲养员专访》

尽管多次请求屡遭拒绝，但我最终还是以《帕尔摩尔公报》的名义找到了动物园的一个分区看管,狼区也属于他的管辖范围。托马斯·比尔德尔住在大象馆后面被篱笆围住的农舍中,当我找到他时,他正在喝茶。托马斯夫妇很好客,他们年事已高,但没有孩子,假若他们用来招待我的食品对他们来说是家常便饭的话,那他们的日子过得相当不错。

看管开始不愿谈到"正题",直到我们吃罢晚饭,饭吃得很好。收拾好餐桌之后,他点燃了烟斗,说:"现在,先生,你可以问你想了解的问题了。请原谅我在用餐前不想谈及专业的话题。我在问我辖区的狼、豺、鬣狗们问题之前都会让它们吃好喝好的。"

"问它们问题? 是什么意思?"我问,我想引他打开话匣子。

"用竿子敲它们的头是一种方法,当那些家伙在异性面前脉脉含情卖弄风骚时,轻轻抚摸它们的耳朵是另外一种方法。在一般情况下,我不急于看到结果,我只是在用竿子敲它们的脑袋之前摸摸它们,给它们一点好吃的。等到它们吃饱喝足了后我才与它们对话,而之前我只会抚摩它们的耳朵。知道吗?"

他还带有哲理地补充道:"其实,人与动物之间有许多相通的共性。今天,你来到这里想了解一些关于我的事情,看你那么性急,我自然有些不高兴,于是我故意等到你急不可耐的时候再考虑要不要回答你的问题。甚至你轻蔑地讥讽我时,我也不回答你的问题,我会让你去问主管。假如你没有冒犯我,我会叫你下地狱吗?"

"你说的似乎有些道理。"

"我不想和你争执。我是俗人,需要觅食,像狼、狮子和老虎一样。现在,夫人为我准备好了蛋糕,沏好了茶,我感到很满足。因此,你可以为你的需要来抚摸我的耳朵,但请不要在我面前吼叫。提出你的问题吧。我知道你为什么来,是关于那头逃跑的狼,对吧?"

"是的,我想知道你的看法,告诉我事情是怎么发生的,在我了解整个事情的经过之后，我想请你谈谈事情发生的原因是什么，你觉得结果又会如何。"

"好吧，阁下。我给你讲讲事情的经过。那匹狼叫波斯克尔，是从挪威运到加穆拉克的，共三匹灰狼，它是其中的一匹，我们四年前买下了它。这是一匹老实的狼，它从不惹是生非。出逃的是它而不是别的动物让我感到很吃惊。但是不能真的相信狼，对吗？就像不能相信女人一样。"

"别听他说的，先生！"托马斯夫人笑着打断他，"他如果不是自己也像狼一样的话，怎么会长时间和动物混在一起。不过他倒不会伤人。"

"第一次发生情况是在昨天喂食后的两个小时，那时，我正在猴房那边给一只带病的小美洲豹铺窝，突然我听到一阵哀嚎，就立刻赶了过去。是波斯克尔，它正在笼子里嚎叫，好像很想出来。那天游人很少，附近只有一个高个子男人，他尖下巴、鹰钩鼻、翘胡须，胡子有一点发白。他表情冷酷阴森，两眼闪着红光。我很不喜欢他，我认为是他惹怒了狼。

"他戴着白色手套，用手指着那些狼说：'管理员，这些狼好像不开心啊？'

"'也许是因为你。'我说，我不喜欢他那种腔调。希望他会生气，但他没有。他只是轻蔑地笑了笑，露出尖锐的白牙说：'哦，它们不会不喜欢我。'

"'哦，会的，它们会喜欢你的，'我模仿着他的腔调说，'它们喝下午茶的时候总是很想要两根骨头来磨磨牙，你不是刚好有很多嘛。'

"但奇怪的是，在我们讲话的时候，那些动物都匍匐在地。我走近波斯克尔，像往常一样，它让我抚摸它的耳朵，但那个该死的人走了过来，他居然也伸手进去抚摸狼的耳朵。

"'当心！'我说，'波斯克尔的动作很快。'

"'没关系，'他说，'我对它们很习惯！'

"'你也是干这一行的？'我问，同时向他脱帽致意。对我来说，从事狼、狗生意的人都是朋友。

"'不，'他说，'不完全是。但我养了一些当宠物。'他像个领地的主人一般优雅地摘下帽子向我行了个礼，就离开了。老波斯克尔一直看着他的背影直到消失，之后它走开趴到一个角落里，一个傍晚怎么都不愿再走到笼子出口处了。

"昨晚，月亮刚出来，这里的狼就开始集体嚎叫起来，不知道什么原因使它们这样，附近没有任何人，只有在公园后面的小道上传来一个人唤狗的声音。我出去看过两次，看是不是有什么情况，但没有发现异常，后来狼群的叫声停止了。将近十二点的时候，我临睡前最后巡视了一遍，一切正常，但当我来到老波斯克尔笼子的对面时，看见笼子的栏杆被扭断了，笼子里是空的。这就是我所了解的事情真相。"

"有其他人发现什么情况吗？"

"后来，我们这里有个园艺工，他说昨晚他听完音乐会回家时看见一只大灰狗从公园的篱笆里跑出去了。他是这样说的，但我不完全相信，因为，他回家之后并没有提到关于那匹失踪的狼的只言片语，而是在狼逃跑了这件事人人皆知，我们已经在公园里整整搜寻了一个晚上后，他才想起来看见什么。我想他是听音乐会听昏了头。"

"现在，比尔德尔先生，可否谈一谈你对这次逃跑事件的看法？"

"嗯，先生，"他的语气客气得有点不真实，"我想没问题，但我不知道你是否会对我的观点感到满意。"

"当然满意，假若像你这样了解动物的人都不能做出合理的推测，那谁还敢推测？"

"那好吧，先生，我是这样想的。我觉得很简单，它之所以会逃跑——就是因为它想出来。"

跟着夫妇二人爆发出会心的大笑，不难看出，这已经是老套了，全部解释只不过是一次精心设计的表演而已。我无法应对托马斯先生的要弄，但是，我想我可以用一种行之有效的办法来使他说出实话，于是我说："好吧，你前面说的可以使你得到半块英镑，现在，另外半块英镑也在等着你拿，只要你能告诉我你认为还会发生什么。"

"非常好，先生，"他好像来了精神，"我知道，你会原谅我开的玩笑。你看，我的夫人还在向我使眼色呢，意思是让我继续。"

"才没有呢！"老妇人说。

"我是这样想的，那匹狼肯定是躲在某个地方。那个园艺工说他看见狼飞快地往北面跑了，跑的速度比马还快，我不相信，因为，狼或者狗不可能跑得比马更快，它们的身体构造不同。小说里的狼总是以捕猎能手的形象出现，它们成群结队，追杀捕捉比它们强大的对手，然后把它撕碎。但现实生活中，狼其实是一种低能动物，它们没有良种狗一半聪明或者勇敢。这匹逃走的狼从来不好斗，连自卫的能力都有限。我想它一定是躲在公园附近的某个角落里发抖吧！它现在所想的可能就是能在哪里吃上一顿。或者，它也许跑到某个煤窑里躲藏了起来。当某个厨子夜里看见它那发着绿光的眼睛正盯着自己的时候肯定会大吃一惊。如果它没吃东西，它会到处寻找，希望它能及时找到一家肉店，如果没有找到，那么，婴儿就有危险了。当照看婴儿的女佣不在身边或者巡逻人员走开的时候，这样的婴儿就可能成为狼的口中美食了，到时，在调查人口时如果发现少了某个婴儿也不算什么怪事了。就这些。"

我递给他另外半块金币，这时，好像有什么东西在窗外出现，比尔德尔满脸吃惊的样子，脸都扭曲了。

"我的天!"他说,"不会是老波斯克尔自己跑回来了吧?"

他走过去把门打开,开始我认为完全没必要这样。我一直认为野生动物和人离开一段时间之后是不会太友善的,而且,我个人的经验更加强了这种看法。

但是,看来我的担心是多余的,因为,不管是比尔德尔还是他的太太都没在意那么多。

那匹老狼生性温和,举止驯服,就像童话中的群狼之父,也就是骗取了小红帽信任和友谊的狼。整个场面显得温馨感人。过去的半天,这匹狼让伦敦所有人都提心吊胆,城里的孩子们都被吓得发抖,现在,它却像一个忏悔者一样回到我们面前,像回头的浪子重返亲人的怀抱。

比尔德尔很仔细地对它进行检查,他后悔不已地对我说:"我就知道这个老家伙遇到麻烦了。我不是一直这样说吗?你看它的头伤痕累累,里面还有许多碎玻璃碴,可能是在墙上或者别的东西上撞的。法律允许人们在墙头上安置玻璃碎碴,真是可耻啊! 他们是罪魁祸首。过来,波斯克尔。"他把它带回去关进了笼子,随后放了一大块肉在笼子里,一块足够令它满足的牛腱肉。然后他到动物园报告情况去了。我也该离开了,去做有关动物园里神秘失踪的狼的独家新闻报道。

谢瓦尔德医生的日记

九月十七日

晚饭过后,我正在忙于记录我的研究心得,这件事因别的工作及多次探访露茜而被耽搁了下来。这时,门突然打开,我的病人闯了进来,他非常冲动。我猛吃一惊,因为从来没听说过有哪个病人会擅自闯进他主治医生的办公室。他毫不犹豫地向我冲过来,手里拿着一把餐刀。我见势不妙,想将桌子挡在我们之间。但他的力量和速度都大于我,我猝不及防,他已经刺了过来,在我的左腕上重重地划了一刀。当他向我刺第二刀时,我腾出右手将他仰面摔倒在地。

我手腕上的血流得像喷出来一样,一会儿便将地毯染红了一片。不过,我看到病人似乎并没有进一步攻击的打算,于是赶紧一面给自己包扎伤口,一面提防地上躺着的那个家伙。当看护人员赶到,我们想要制服这个家伙时,他的举动让我非常恶心。他整个人趴在地上像狗一样用舌头去舔地板上的血。我们毫不费力地制服了他。奇怪的是,他很顺从地跟着看护人员走了,嘴里反反复复地说:"血就是命,血就是命!"

我现在不能再失血了。最近我失血太多,对身体不利。露茜的病情和可怕的症状也是我心头的压力。我过度紧张,筋疲力尽,我需要休息,休息,休息!好在此时范·黑尔辛还没通知我,因此我不需要熬夜。今天晚上我一定要美美地睡上一觉。

安特卫普的范·黑尔辛致卡尔法克斯的谢瓦尔德的电报
(送至苏塞克斯郡的卡尔法克斯,因为没有标明郡名,
所以延误了二十二个小时)

九月十七日——今晚必须赶到希林汉姆。即使不能整夜守护,也要经常去房间察看,检查布置的那些花是否安好,这非常重要,切记。我到达后尽快与你见面。

谢瓦尔德医生的日记

九月十八日

刚下火车来到伦敦，范·黑尔辛的电报又使我高度紧张起来。我们漏掉了一个晚上，根据过去惨痛经历，我明白晚上可能会发生什么事情。当然，也可能一切顺利，但会不会发生什么事呢？我们最近运气不佳，无论做什么，都可能发生种种意料不到的事情。我应该把磁碟带上，这样的话，我就能用露茜的留声机继续记录我的日记了。

露茜留下的便笺

九月十七日，晚上

我把这些写下来，希望有人看到，这样就不会有人因为我而产生什么麻烦。这是今晚事情的真实记录。我觉得虚弱得快不行了，几乎连写字的力气都没有了，但就算死，我也要把一切记下来。

我与往常一样上床睡觉，检查了那些花是不是放在范·黑尔辛指定的位置，没多久我便睡着了。我是被什么东西拍打窗户的声音吵醒的，这个声音从我上次梦游到怀特白的悬崖上又被米娜救回来那次就开始出现了，现在，我对它已经非常熟悉。

我并不感到惧怕，但我真的希望谢瓦尔德医生此刻就在隔壁，因为范·黑尔辛医生说过他会在的，如果真是这样的话，我就能叫他了。我想睡一会，但睡不着，随后，以前的那种恐惧又袭上心头，于是，我打算就这样醒着，但睡意还是在我不想入睡时强行袭来。一个人单独入睡让我恐惧，我打开门大声呼叫："外面有人吗？"没有人回答。我怕吵醒母亲,所以又关上了门。

这时,我听见外面的树丛中传来像狗叫的声音,但是声音更凶狠低沉。我走到窗口往外张望,什么也没看到,只有一只大蝙蝠正用它的翅膀拍打着窗户。我又回到床上,但不打算再睡了。不久门开了,是妈妈来看我,她见我辗转反侧不能入睡,便过来坐在我床边。她用比平时更亲切的口吻说:"亲爱的,我很担心你,所以过来看看你。"

我怕妈妈坐着会受凉,于是让她上床跟我一起睡。她上床没脱睡袍躺在我旁边,她说只待一会儿,马上就回自己的房间去睡。我们彼此亲热地紧挨着,窗外传来阵阵翅膀拍打和振动的声音。她很吃惊和害怕,大声说:"那是什么?"我不停地安慰她,她逐渐平静下来,但我仍然能听到她剧烈的心跳。

不久,远处树丛中又传来了狗叫声,接着是什么东西撞碎了窗户的玻璃,玻璃碴散落一地。灌进来的风将窗帘吹得飘动起来,向窗格外看去,我看见一只神情疲惫的大灰狼的脑袋。妈妈尖叫一声,吓得一下子坐了起来,她不顾一切地乱抓身边所有能够抓到的东西。后来,她抓到了范·黑尔辛医生坚持让我戴在脖子上的花环,一把扯了过去。她坐着用手指着那只狼,喉咙里发出一阵骇人而古怪的咕噜声。最后,她像被闪电击中一样,倒了下来,她的头撞到我的额头上,撞得我头晕眼花,房子都好像转了起来。

我的视线一直没有离开窗户,这时狼的脑袋缩了回去,跟着无数的小点从窗外飞了进来,它们在空中飞舞盘旋,就像探险者笔下所描绘的沙漠中狂沙飞舞的情景。我试图挣扎,但仿佛被魔法固定住一样动弹不得,我可怜的妈妈,她的身体正慢慢僵硬下来,因为她的心脏已经停止了跳动。她把我压在下面,不久我便什么都不知道了。

时间仿佛过得不久,我感到非常痛苦。我苏醒过来了,听到某个地方正在敲着丧钟,附近的狗都在狂吠。我们窗外的树木丛中,有一只夜莺在歌唱。这时,我虽然头昏脑胀,痛苦恐惧,身心疲倦,但听到这只夜莺的声音,觉得好像我那离开人世的母亲又回来安慰我一样。

声音似乎惊动了那些女仆,我听到她们光着脚在门外跑动的声音。我呼唤她们,她们进来见到眼前的一切,看到我的母亲压在我身上时,吓得惊叫起来。风从窗口吹进来,门被风一吹,砰的一声关上了。她们把我母亲从我身上抬下来,平放在床上,并给她盖上了床单。

她们惊魂未定,于是我让她们到饭厅去喝点酒压惊。她们离开后门再一次关上了。我将自己的花放在母亲的胸口,后来,我想起范·黑尔辛医生给我的忠告,但我并不打算拿开它们,而且现在佣人可以帮助我。但是,让我震惊的是,佣人们没有再回来,我呼唤她们,没有应答,于是,我只好自己去饭厅里找她们。

眼前的场景让我的心沉入谷底,她们四人全都无力地躺倒在地,呼吸粗重。桌上有半瓶葡萄酒,但是瓶子里散发出一种奇怪的酸味。我疑惑地拿起酒闻了闻,闻到一股鸦片酊的气味。我望了望餐柜,看见以前医生开给母亲的鸦片酊药瓶,哦!的确是用了它,瓶子已经空了。

我该怎么办?怎么办?我要回去守在妈妈身边,我不能离开她。我现在是孤身只影,除了几个昏迷的佣人外,我现在只有一个人,和死去的妈妈在一起!我不敢出去,因为,我仍然能听见那只狼的低叫声从窗户传进来。

空气中充满了小斑点,它们随着气流从窗口进入,不停地盘旋飞舞,灯光越来越昏暗。我该怎么办?求主保佑我今晚脱离险境!我把这片纸藏在胸口,这样,当人们抬我时就能够看到它。妈妈已经走了!现在又轮到我了!再见,亲爱的亚瑟——如果我活不过今晚的话。上帝保佑你,亲爱的,上帝救救我!

第十二章

谢瓦尔德医生的日记

九月十八日

我立刻驾着马车奔向希林汉姆,很早我就赶到了那里。我将马车停在门口,自己沿着林荫道往里走去。我轻轻地敲了敲门,并轻轻地按了门铃,因为我担心惊动露茜和她的母亲,我只希望一个仆人把门打开就行了。

过了许久,里面没有反应。我又敲了门和按了门铃,还是没人来开门。我心里暗骂那些懒惰的佣人,她们也许现在还在睡觉,已经十点钟了。我继续敲门和按门铃,越来越急躁。但里面仍然没有丝毫动静。一种恐怖的感觉向我袭来。难道说寂静预示着可怕的命运?难道我面对的是一栋死亡之屋?已经太迟了吗?我明白,一分钟,哪怕是一秒钟的耽搁都可能使露茜丧命,假如她再一次出现可怕的昏迷怎么办?

我只好围着房子转圈,看是不是能找到入口。我没找到任何可以进入的地方。每扇门窗都紧锁着,我垂头丧气地回到门口。这时,林荫道上传来了急促的马蹄声,马蹄声在大门口止住了。几秒钟后,范·黑尔辛跑了进来。他一见我就气喘吁吁地问:"怎么是你,你怎么才到！她怎么样了？是不是我们太晚了？你没收到我的电报吗？"

我努力简洁准确地向他解释，我今天早上刚收到他的电报，便立刻马不停蹄地赶到这里，但不管怎么敲门，里面都没有回应。他沉默良久，摘下帽子，难过地说："估计我们来晚了。上帝已经做出了安排！"

但他很快又恢复了往日的斗志，说："来，如果没有门进去，那我们只有自己开辟一条路进去。现在，时间就是生命。"

我们绕到房子的背面，那里有一扇通向厨房的窗户。教授从他的器械包里拿出一把小手术锯递给我，并指了指窗户上的铁条。我马上动手锯那些铁条，很快锯断了三根。接着我们用一把小长刀拨开了插销，打开窗户。

我帮助教授先爬进去，接着自己也钻了进去。厨房及隔壁的佣人房间空无一人，我们一间间地查看了所有的房间。在饭厅，透过百叶窗的昏暗光线，我们看见四个佣人躺在地上。她们没有死，因为我们能听到她们很响的呼吸声，屋内鸦片酊的酸味则说明了这一切。

眼前的一切让我们目瞪口呆，他说："我们一会再帮助她们。"于是，我们上楼直奔露茜的房间。我们先在门口侧耳细听了一下，没有任何声音。我们把门慢慢推开，手不住地颤抖。

不知怎样形容眼前所看到的一切，床上躺着两个女人，露茜和她的母亲。后者躺在外侧，身上盖着白色的床单，床单边缘被风吹得翻卷起来，一张惨白的脸露了出来，脸上布满了惊恐。露茜躺在旁边，她的脸色也惨白得可怕，而且面孔拉得很长。原本应该挂在露茜脖子上的花环放在了她妈妈的胸口。露茜的脖子裸露着，上面有我们以前就注意到的两个小伤口，伤口呈白色，磨损得很厉害。

教授二话不说走上前去弯下腰，把头几乎贴到露茜的胸口。他侧过头仔细倾听，接着跳了起来，对我大叫："还不算太晚！快！快！快！把白兰地拿来！"

我冲到楼下拿了一瓶白兰地酒。自己先闻了一闻，又尝了一尝，以防这瓶酒与桌子上的那瓶葡萄酒一样有药。女佣们仍然在打呼噜，而且越来越短促，我想药性可能在慢慢地消退。我没空查看她们，马上跑上楼把酒递给范·黑尔辛。

　　他用手沾上白兰地，像以前一样，在露茜的嘴唇、牙龈、手腕及掌心处涂抹。他对我说："现在，我们能做的只有这些。你去叫醒那些佣人，用湿毛巾给她们擦脸，要用劲擦。之后，让她们把火生起来，烧一盆热水。现在可怜的露茜的体温几乎跟她母亲身体一样。在采取其他行动之前，我们首先要让她的身子暖和过来。"

　　我立即照办，发现有三个佣人很容易就醒来了，第四个年轻姑娘的药性最强，我只好把她抬到了沙发上，让她继续睡。

　　佣人们刚醒来时意识都不清楚，但当她们恢复记忆后，便开始情绪激动地哭喊起来。但我对她们很严厉，为的是使她们安静下来。我说就要出人命了，如果再耽误时间，她们的露茜小姐就没命了。

　　于是，她们衣衫不整地哭泣着跑去生火烧水了。好在厨房里的火还是点着的，热水也有不少。我们在浴盆里加了一盆热水，然后让露茜进入盆中。当我们忙于给她温暖四肢的时候，大厅里传来敲门声。一个女佣披上衣服跑去开门。不久，她回来小声地告诉我，说有位先生带来了霍尔姆伍德先生的口信。我叫女佣请他稍候，现在我们没有空见他。她遵嘱去办之后又接着工作。后来，我便把那个人忘得一干二净。

　　我从来没见过教授如此竭尽全力地进行抢救。我明白这是场殊死的较量，我想他一定是这么想的。我在他稍有空闲时告诉他我的想法，但他的回答让我听得不明不白。他很严肃地说："如果仅仅如此，我也会就此放弃，让她安静地离去，因为到现在为止她还没有丝毫好转的迹象。"说完，他又更加努力、更加投入地继续他的抢救工作。

不久，我俩都能感到，热水的效用已经开始显现出来。听诊器已能听到露茜微弱的心跳了，她的肺开始能够自主呼吸。范·黑尔辛的脸上露出了一丝微笑。我们将露茜从澡盆中抬出来，用热毛巾为她擦干了全身。

教授对我说："第一步我们已经取得胜利！下一步我们还要攻关！"

我们把露茜抬进一间准备好的屋内，让她睡到床上，并将白兰地抹在她的脖子上。我看到范·黑尔辛在露茜的脖子上系了一条丝巾。她还在昏迷之中，情形同前几次见到的样子差不多，假如不是更糟的话。

范·黑尔辛叫一个女佣守在露茜身边，叮嘱她一分钟也不能离开，等我们回来。随后他示意我一起走了出来。

"我们必须商量下一步的对策。"下楼时他对我说。

到了大厅，他拉开餐厅门，我们走进去，又小心地把门关上。百叶窗开着，但窗帘已经放了下来，这是家里有人去世时，英国下层妇女都会严格遵守的一种礼节。

房间光线非常阴暗，但是在这里说话却没有问题。范·黑尔辛脸上的表情由冷峻变成了沉思。他明显在为某件事伤脑筋，我等待他开口，他说道："现在我们该怎么办？我们找谁来帮忙？必须再给她输血，越快越好，不然那可怜的女孩就性命不保了。你我已经耗尽体力，但我不太相信那些女佣，就算她们有这种勇气。我们怎样才能找到一个愿意为露茜献血的人呢？"

"这事跟我有什么关联？"声音是从屋子另一端的沙发上传来的，说话的语气让我心头一喜，那是昆西·莫里斯的声音。

范·黑尔辛刚开始有点生气，但他听我大叫一声"莫里斯！"并立即张开双臂跑过去时,他的表情放松下来,也变得高兴了。

"你怎么会在这?"握手时我都激动得哭了。

"是因为亚瑟吧。"

他递给我一封电报。电报上写着:"已三天没有谢瓦尔德的消息,我万分着急,但脱不开身,父亲病情无转机。请写信告诉我露茜的情况,万勿耽搁!霍尔姆伍德。"

"我想我可能来得及时,你尽管告诉我该怎么做。"

范·黑尔辛上前一把握住了他的手,恳切地看着他的眼睛,说:"当一个女人危难之时,勇敢男人的鲜血就成了最珍贵的东西。毋庸置疑你是个男子汉。恶魔在和我们作对,然而上帝却在我们最需要男人的时候把你送到了我们面前。"

接着,我们又开始进行可怕的手术。我已不再有心情描述整个过程。露茜因遭受过度惊吓,所以这次的情况比以往更加严重,虽然有大量血液输入她的身体,但效果不像以前那样明显。她和死神的抗争是多么的激烈。

露茜的心肺功能还是有缓慢的恢复,范·黑尔辛给她注射了一针吗啡,像以往一样,吗啡快速发挥作用。她沉沉地入睡了。

我同莫里斯一起走下楼,教授留下来观察。我们让女仆付给一直在门外等候的马车夫车费。然后我给昆西喝了一杯白酒,让他躺下休息,并让厨子去准备早餐。

我想起一件事情,要回到露茜的房间。当我轻手轻脚走进屋里时,范·黑尔辛手里正拿着两张纸片,显然他已经看过了,他正用手支撑着额头坐在那里沉思。后来他脸上露出了释然的神情,好像什么谜团被解开了一样。

他把纸递给我,只简单地说:"这是在抬露茜去浴盆时,从她身上掉下来的。"

我看了一遍,抬头看着教授:"上帝啊,这是什么意思?难道她疯了? 多么恐怖的事情啊!"我糊里糊涂,简直不知纸片上所云为何。

范·黑尔辛把那纸拿了过去,说道:"现在不想它了,暂时把它忘掉。在一定的时候你会明白一切的,那些是以后的事。哦,你找我是想说什么?"他的话提醒了我,我想起来找他的目的。

"我想起关于死亡证明的事,假如处理不当,会引来警方调查,刚才那纸条也要呈交上去。我们不希望会有什么调查,那会危及露茜的性命。你、我还有她母亲的医生都很清楚,韦斯特拉夫人患的是心脏病,我们能证明她死于心脏病。我们应该马上填好死亡证明,然后我亲自把它交给有关部门。"

"非常好,我的朋友!你想得很周到! 如果说露茜该为她所经受的苦难而悲伤,那她也该为那些爱她的朋友而感到一丝快慰。一个、两个、三个都无私地为她奉献自己的鲜血,另外还加上一个老人。啊,我明白,朋友,我不是盲人! 我更爱你了! 赶紧去吧!"

在大厅里,我看到昆西·莫里斯,他正准备给亚瑟拍电报,把韦斯特拉夫人去世、露茜病倒了但已有转机、我和范·黑尔辛在照顾她等情况告诉他。

我告诉他我要去什么地方,他叫我快去,在我走前,他说:"约翰,你回来后我俩谈点事情好吗?"我点点头,离开了。

登记没碰到什么问题,并且,我与当地的殡仪馆已经谈妥。他们迟一点会来丈量制作棺材的尺寸,安排一些葬礼方面的事情。

我回来时,昆西在等我。我让他稍坐片刻,说去看看露茜马上回来。我立即上了楼。露茜仍然沉睡不醒,教授还在露茜旁边看护着她。教授用手指轻点自己嘴唇,看那样子,他既想露茜快点醒来,又担心操之过急。

于是,我下楼找到昆西,带他走进早餐间,这里的窗帘没有被拉下来,与其他房间相比要明亮一些。屋里只有我们两人。昆西说:"约翰·谢瓦尔德,其实我并不想介入与我无关的事情,但是,这件事情不是小事。你了解,我爱那个女孩,并且曾经打算娶她。虽然这已是过去的事情,但我还是不能不为她担心。到底发生了什么事情?看得出来那个荷兰人是个好人,你们俩进屋的时候,说必须再为她输血一次,还说你们两人都已经因此而耗尽心血。我知道这是你们两个医生在私下商谈事情,我并不是有意想打听私事,只是现在情况特殊,而且,无论如何,现在也有我的一份参与了,对吗?"

我说:"是的。"

他又说:"我认为在我今天给露茜输血之前,你们两个都已经给她输过了血,是这样吗?"

"是这样。"

"我猜想亚瑟也献过血。因为,我前几天看到他的时候,他一副无精打采的样子。过去我在彭巴斯草原喂养母马的时候总喜欢在夜晚放马出去吃草。有一次,一只大蝙蝠——人们称它为吸血鬼——攻击了它。母马的喉咙被撕开,血管破裂。母马最终因失血过多无法拯救了,我只好用子弹结束了它的生命。以后我再也没见过一个生命以如此快的速度衰败下来。约翰,如果你不违背什么诺言又愿意告诉我的话,亚瑟应该是首先献血的人,是这样吗?"

他讲话的时候非常焦躁。自己心爱的女人所遭受的事情正折磨着他,而对此事毫不知情使他更加痛苦。他的心在流血,即便他是个充满英雄豪气的人,也似乎沉不住气了。

我无语,我觉得不应该泄露秘密,教授一再嘱咐过我。但他已经了解了这么多,也猜到了许多,我再隐瞒下去似乎没有必要,所以我诚实地回答:"是的。"

"这事有多长时间了?"

"十天左右。"

"十天了！谢瓦尔德，就是说我们都爱着的那个可怜的美人在几天时间里一共输进了四个强壮男人的血液。见鬼，她的身体不可能容纳这么多的血液。"他凑近我，压低嗓门说，"她的血都到哪里去了？"

我摇摇头说："这就是问题的疑难所在，范·黑尔辛医生几乎要发疯了，我也已无计可施，我怎么都猜不出结果来。近段时间，仿佛总有一些琐碎的杂事来打乱我们。但这些都不会再发生了。现在，我们无论如何都要守在她身边！"

昆西伸出手。"算上我，"他说，"你和那个荷兰人叫我干什么，我就干什么。"

一直到下午，露茜才醒来，她醒来后的第一件事就是摸一摸自己的胸口，令人奇怪的是，她竟然取出了范·黑尔辛曾经给我读过的那些纸条。看来细心的教授把它们又放回了原处，以免她醒来的时候感到吃惊。

露茜看到了范·黑尔辛和我，非常高兴，接着又环视了四周，明白过来自己的处境，又陷入恐惧之中。她用手捂住脸大哭起来。我们明白她的意识已经完全清楚地记起她母亲的离去。

我们尽量安慰她，虽然大家的同情能让她好受一点，但她的情绪还是很低沉。她无声虚弱地抽泣了好长时间。我们向她保证，从现在开始，我们两人当中至少有一个人会一直守在她身边，这才稍稍让她安下心来。

将近黄昏时刻，她睡着了。这时，发生了一件奇怪的事情。熟睡中的露茜从胸前拿出那些纸张并把它们撕成两半。范·黑尔辛走上前去，将纸片从她手里拿走。但她的手还在不停重复着撕纸片的动作，仿佛纸还在她手里一样。最后她将手一挥好像是把碎纸片撒掉。范·黑尔辛显得很吃惊，他眉头紧锁、一言不发地陷入了沉思。

九月十九日

她睡觉整晚都时断时续,因为她还是害怕进入睡眠,每次醒来都显得更虚弱。教授和我轮流看护她,我们片刻也没离开她。昆西·莫里斯没说他用意如何,但我知道,他整晚都在屋子的周围巡视。

天亮时,露茜显得更憔悴了。她几乎连头都动弹不了。看来,她吃的补品对身体没起什么作用。我和范·黑尔辛都留意到她睡着的时候和醒来时的差别。在睡着的时候,她看上去要更强壮甚至更凶狠一些,呼吸也较平和。她微微张开的嘴里露出已经萎缩并且丧失血色的牙龈,以至牙齿比平时显得更长、更锋利。醒来的时候,她那温柔的眼神改变了她的面貌,这时的她更像平常的自己,虽然已是病入膏肓。下午她问起亚瑟,于是,我们电报通知了亚瑟。然后,昆西去车站接他了。

亚瑟到的时候已是晚上六点钟左右了,夕阳暖暖的,阳光照进窗户,给露茜脸上增添了一点红色。亚瑟见到露茜的时候,已经泣不成声,在场的所有人都沉默无语。

过去的几个小时里,露茜惊醒的频率越来越高,也许是麻醉药效力逐渐消散的缘故,我们的谈话也因此常常中断。随着亚瑟的到来,露茜就像被注入了兴奋剂,她的精神为之振奋,而且和亚瑟说话的时候也要更加开朗一些。亚瑟也尽量显得愉快地以轻松的语气和露茜交谈。

已经将近子夜一点了,亚瑟和范·黑尔辛还守护在露茜身边。我准备再过一刻钟去换他们的班。我在露茜的录音机上留下了以上这段录音。他们可以休息到早上六点。我担心露茜到不了明天,她受到了太大的打击,使她很难承受。求上帝帮助我们!

米娜·哈克尔给露茜·韦斯特拉的信(露茜未拆封)

我最亲爱的露茜:

自从收到你上次的来信,或者说自从我上次给你写信以来,好像过了很长时间了。我相信,在你了解我的计划和安排之后,你会原谅我的过错。我已和丈夫平安返回。我们刚到埃克塞特,已有马车在那里等候我们,霍金斯先生坐在马车里面,虽然他刚经历了一场痛风。

他带我们来到他的寓所,为我们安排了宽大而舒适的房间,我们共进了晚餐。用餐后,霍金斯先生对我们说:"亲爱的朋友,为你们的健康和幸福干杯,并诚挚地为你们祝福。当你们还是儿童的时候我就认识了你们,我满怀关爱和喜悦之情看着你们成长。现在,我希望你们把这当成自己的家,我身边既没宠物也没孩子,一无所有,我在遗嘱里把一切都留给了你们。"

亲爱的露茜,当乔纳森和老人紧紧握手的时候,我禁不住哭了。多么温馨的夜晚啊!现在,我们就住在这所漂亮的旧式房子里,无论从卧室还是客厅,都能看到附近大教堂的榆树,它们在教堂古老黄色石墙的衬托下投射出粗大挺立的阴影,我能整日听到乌鸦在头顶叽叽喳喳叫个不停,还有喧闹的人群。

不说你也知道,我忙忙碌碌,整天都在忙家务。乔纳森和霍金斯先生每天也都很忙,乔纳森现在是霍金斯的合伙人,霍金斯想把所有客户方面的事情都交给他。

你母亲怎么样?我很想抽出一两天时间进城去看你,但是,要做的事情这么多,我不敢走开,乔纳森还需要照顾。虽然他现在稍胖了一点,但由于长时间病魔缠身,他仍然很虚弱。时至今日,他有时还会从梦中突然惊醒,浑身颤抖,我要安抚他的情绪直到平静为止。

感谢上帝,随着时间的推移,他这样发作的次数越来越少了,我相信,总有一天他会完全复原的。我的近况就是这些,现在要问你的近况怎样。你确定哪天结婚?婚礼在哪里举行?谁是司仪?你穿什么样的礼服?婚礼是公开的还是私下小型的?告诉我,亲爱的,告诉我一切,因为,凡是你所关心的东西没有我不关心的。

乔纳森让我转达他"诚挚的敬意",但我认为身为知名霍金斯及哈克尔事务所的年轻合伙人,他这样说不够好。既然你爱我,他也爱我,而我任何时候都爱你,所以,不如直接代他献上他的"爱"。再见,亲爱的露茜,愿上帝保佑你。

你的米娜·哈克尔

九月十七日

医学专家帕特里克致约翰·谢瓦尔德医生的报告

亲爱的先生:

根据您的要求,随信附上一份本人详细的工作报告。

关于病人伦菲尔德,我还有补充。他的病最近又发作了一次,差点酿成严重后果。不过最终还算幸运。今天下午,两个男人驾着运货的马车到我们隔壁那栋闲置的空屋,你应该还记得,那个病人曾经两次跑到那个空屋的门口去。两位男士向我们这里的门卫打听去那栋房子的路,看得出他们是初次造访的陌生人。

那时,我已吃过晚饭,正在窗口抽着香烟往外观望。这时,我看见其中的一个人向我们走近,当他经过伦菲尔德的窗户时,我听到里面的病人用最狠毒的语言咒骂他。虽然这个男人有足够的斯文,但也忍不住回敬:"住口,你这个满嘴肮脏的乞丐!"

之后病人说这个男人企图抢劫谋杀他,他不会让他的阴谋得逞云云。我打开窗户,向那男子示意,让他不要去理会他,他环顾这所房子,明白了自己是处在什么地方。

他说:"上帝保佑你,先生,我并不在意疯人院里的病人对我说些什么。但你和这里的工作人员居然要和那样野蛮的家伙同住在一所房子里,我真的非常同情。"然后,他十分有礼地向我问路,我将那栋房子大门的位置告诉了他。他就在那个病人恶毒的恫吓和谩骂声中离开了。

我想下去看看病人究竟为什么这样疯狂。他除了偶尔疯病发作之外,平常的行为还算是规矩的,以前也没有发生过类似的情况。但让我感到惊讶的是,他变得非常安静温和。我想让他讲刚才的事情,但他只是轻声问我什么意思。我只能断定他已经把刚才的事情全忘了。

但现在我只能遗憾地说,他只不过在装傻。因为,在接下来的时间里,我又听到了他不绝于耳的谩骂声。而且他居然破窗而出,顺着林荫道跑了。我马上叫上看护人员与我一起追了上去,我怕他惹出乱子。结果不出我所料。当时,我看到刚见过的那辆装着一些大木箱的马车驶了过来。

驾车的男子正在擦着汗,满脸通红,好像干了重体力活。我没来得及抓住病人,他已经冲向马车,将其中一个人拖了下来,抓住他的脑袋往地上撞,如果不是我及时拉住,他可能会把那人置于死地。

另一个男子跳下车,用鞭子的手柄去打病人的头,虽然打的力量很大,但病人似乎没有感觉,一把又把这个男人抓住,就这样他和我们三个人扭在了一起,我们像小猫一样被他拉来拉去。

你清楚,我体重不轻,而那两个男人的身材也相当魁伟,刚开始他无声地扭打,当我们逐渐制服他,给他穿上束缚背心后,他便开始大喊:"我要制止他们!我绝不让他们劫持我,也绝不让他们伤害我!我要为上帝和主人而战!"他就这样一直嚷叫着说着胡话,我们费了九牛二虎之力才把他带回去,关进了禁闭室。看护人员哈尔蒂的手指折断了。不过,我已处理妥当,现在他的情况良好。

开始,两个运货的男人威胁我们,要为他们受到的伤害讨个公道,还要运用法律手段让我们得到惩罚。在他们的恐吓中还夹杂着一些对自己难堪的辩解,为什么他们两个大男人连个疯子都对付不了。他们说如果不是因为搬这些沉重的箱子耗尽了体力,他们非得给他一点颜色看看,还说他们因为经过长时间的远途跋涉已经变得疲惫不堪。

我十分理解他们的感受。于是,我请他们喝酒,一杯杯的烈酒喝下去,加上我给了他们每人一英镑金币,他们的态度不但有了很大的转变,而且还信誓旦旦地说,下次他们愿意碰到一个更疯狂的病人,假如能碰到像我这样的热心人的话。

我留下了他们的姓名和地址,以备后用。他们是:住在大沃尔沃斯乔治王路达丁公寓的杰克·斯莫里特,住在伯特纳格林彼德·法利区盖德院的托马斯·斯耐林。他们都是位于伦敦梭霍地区奥伦奇马斯特货场哈里斯父子运输公司的雇员。

我将随时把这里最新的动态向您汇报,一旦有重要的事情,我会给您发电报。请相信我,尊敬的先生。

您忠诚的帕特里克
九月二十日

米娜·哈克尔给露茜的信(没有启封)

我最亲爱的露茜:

最近,我们受到了巨大的打击。霍金斯先生突然辞世。也许有人认为这对我们不是件伤心的事情,但我们的确非常难过,就像失去亲生父亲一样。我从小就不知道父母亲是谁,所以,老人家的去世对我来说是个沉重的打击。

乔纳森也正陷于极度的悲伤之中。这种深深的悲伤一方面是由于这位尊敬的老人一生都把他当成朋友,并且在人生的最后时期把他当成亲生儿子，为他留下了一笔我们这种贫苦人家出身的孩子做梦都不敢想的财富；另一方面是由于其他的原因，他说他为所担负的责任感到忧虑不安，他开始怀疑自己的能力。

我一直在鼓励他，我觉得我的信任对他恢复信心有帮助。现在，他在这个沉重的打击下沉沦下去不能振作。这个打击太猛烈了，他这样一个谦和、正直、斯文、健壮的男人在朋友的帮助下，只用了短短的几年时间，由一名小小员工变成公司主管，如今的状况就如同遭遇釜底抽薪一般令他感到受伤。

亲爱的，如果这些不幸的事情影响了你愉快的心情，原谅我。因为，亲爱的露茜，我需要向朋友倾诉，在乔纳森面前我始终装出很勇敢很愉快的样子，我很累，在这里我找不到一个可以倾诉的对象。

后天，我们就要去伦敦，霍金斯先生在遗嘱里表示希望和他的父亲葬在一起。由于霍金斯先生没有什么亲人或朋友，所以整个葬礼都要由乔纳森负责操办。亲爱的露茜，我想我会抽空去你那里一趟，哪怕几分钟也行。原谅我让你操心了，呈上所有的祝福。

你爱的米娜·哈克尔

九月十八日

谢瓦尔德医生的日记

九月二十日

恐怕今晚只有靠坚强的意志和长期的习惯才能使我走进病房。我太难受，太沮丧了，对世界、对一切我都已感到非常厌倦。如果现在死神拍打着翅膀来召唤我，我也不在乎。反正最近他已经接连不断地把露茜的母亲、亚瑟的父亲召唤走了。现在又……我还是工作吧。

我接替了范·黑尔辛。我们也让亚瑟去休息一下。起初他不肯，后来我跟他讲，白天他还要给我们帮忙，我们不能全都累垮了，那样对露茜不利，他才同意了我的建议。

范·黑尔辛非常温和地说："来吧，我的孩子，"他说，"跟我来，现在你身体虚弱，情绪低落，我们明白你心里的负担很重。你不要一个人待着，那样会让你更加惧怕和不安。我们到客厅去吧，那里有温暖的火炉，还有两个沙发，你睡一个，我睡一个，这样我们能够彼此安慰对方，哪怕不说话，甚至睡着的时候。"亚瑟跟他走了，走时还恋恋不舍地回头张望露茜那白得发青的脸。

露茜躺在床上纹丝不动，我环视了室内一遍，看到一切都布置停当。教授在屋里放好了大蒜，就像在原来那间屋里一样。整个窗格上都放满了大蒜，露茜的脖子周围都是，范·黑尔辛要求露茜始终戴着上面扎满了大蒜花的丝巾。

露茜发出细细的鼾声，她的面孔全无血色，张开的嘴里露出的牙龈已完全变成白色，牙齿在微弱的灯光下比早晨更显得又长又尖利。特别是犬齿，在飘忽不定的光线下，显得更尖更长。

我静静地坐在她身边。不久，她开始不安地扭动身体，这时，窗外隐约传来翅膀的拍打声。我轻轻地走过去，透过窗帘边上的缝隙往外张望。外面月明星稀，我发现声音来自一只巨型蝙蝠，它正在窗前盘旋，翅膀不时拍打着窗户。它显然是被灯光吸引来的，尽管灯光很暗淡。

我回到座位上时，发现露茜已挪动了一点，脖子上的花环也被她扯了下来。我尽可能地重新把花环放好，然后坐下来继续观察她。

过了一会，她醒来了，我喂她吃了一点东西，这都是范·黑尔辛事先交代的事。她很费力地吃了一点点。我现在从她身上看不到潜意识中的那种求生欲和抵抗病痛的能力。但让我惊奇的是，她恢复意识的时候,会把大蒜花环抓得更牢。

这一点真是很奇怪。她在昏迷熟睡状态时,总是试图把大蒜花环从身上拿掉,而当她醒来时,又把它抓得更紧。这不会错,因为在接下来的几个小时里,她多次在醒来和睡着的过程中不断重复这两种动作。

清晨六点左右,范·黑尔辛来换班。亚瑟睡得很沉,他不忍心叫醒他。当范·黑尔辛看到露茜的脸时我听到他吸了一口冷气。他低声说:"快把窗帘打开,我需要一些亮光!"

他弯下腰,脸几乎要碰到露茜的脸。他仔细地对她进行检查,然后把露茜脖子上的花环和丝巾都拿了下来。突然,他退了回来,惊叹道:"我的天哪!"这声音仿佛从喉咙深处发出。我弯腰看了看露茜,顿时感到浑身凉透了。

露茜脖子上的伤口完全没有了!整整有五分钟,范·黑尔辛一动不动地凝视着露茜,他的神情严峻至极。之后,他转身平静地说:"她快要死了,不会有太久时间。听着!她是醒着的时候死,还是睡着的时候死将会有很大的不同。快去叫醒可怜的亚瑟,让他来见最后一面。他相信我们,我们也答应过他。"

于是,我跑到饭厅把亚瑟叫醒。他迷糊了一会,当看到阳光透过百叶窗照进来时,他意识到自己睡过头了,他露出担心的样子。我跟他讲露茜还在睡觉,我以尽量温和的口气对他说,范·黑尔辛和我都担心露茜可能支持不住了。

亚瑟用双手捂住了脸,一下子顺着沙发滑到地上,他跪着埋头不断地祷告,同时肩膀也悲痛地抽动起来。过了一分钟左右,我拉着他的手扶起了他。"来,"我说,"我的朋友,鼓起勇气,只有这样对露茜才会好一些,她才会放松。"

我们来到露茜的房内,我发现范·黑尔辛一向很有预见。他已把周围布置得很好,而且看上去让人觉得心情愉快一些。他甚至为露茜梳好了头发,头发在枕头上面形成了漂亮的波浪。

我们进屋的时候,露茜睁开了双眼,看到亚瑟,她轻声说:"哦,亚瑟,我的爱人,你来了我真高兴!"亚瑟弯下腰想吻她,但被范·黑尔辛阻止了,"不,"他说,"现在不要这样! 握住她的手,这样她会更舒服一些。"

亚瑟握着露茜的手,跪在她旁边,她看起来精神还可以,柔和的阳光映衬着她天使般的双眸。然后,她慢慢地合上眼睛,又一次昏睡过去。她的胸部轻轻地起伏,像一个疲惫的孩子在呼吸。

不久,睡着的露茜又发生了我夜里看到的变化。她开始打鼾,张着嘴巴,露出苍白萎缩的牙龈,牙齿又尖又长。随后,她在一种意识模糊仿佛梦游状态之中睁开眼睛,表情呆板僵硬。这时,一种我从没听过的娇媚而肉麻的声音从露茜的喉咙里发出:"哦,亚瑟,我的爱人,你来了我很高兴! 吻我吧!"

亚瑟急切地弯腰去吻她。就在这一瞬间,我和范·黑尔辛从被奇怪声音惊呆的状态中猛醒,同时伸手抓住他的衣领把他拉了起来。没想到我们用力过猛,差一点把亚瑟拽到了房间的另一端。

"为了你的生命安全不能这样!"他说,"为了你以及她还活着的灵魂,不要这么做!"范·黑尔辛挡在亚瑟和露茜之间,像一头背水一战的狮子。

亚瑟被甩到后面,一时不知所措。在他还没有由于激动而发作之前,显然已经意识到自己的处境。他安静地站在那里,等待着。

我紧紧地盯着露茜,范·黑尔辛也是。这时,她的脸开始微微地抽动起来,尖尖的牙齿紧紧咬合。然后,她闭上眼,呼吸变得急促起来。

接着,她又慢慢地睁开双眼,目光柔和。她伸出苍白虚弱而无力的手,把范·黑尔辛那古铜色的大手拉过来吻了一下。"你是我真正的朋友。"她虚弱地说,语气中隐含着悲伤,"你是我真正的朋友,也是他真正的朋友!嗯,请保护好他,让我去吧!"

"我发誓!"教授庄重地说,他跪在露茜旁边,把她的手举起,像宣誓似的。接着他转向亚瑟说:"来吧,孩子,握着她的手,并亲吻她的前额,只能亲一下。"

他们久久地凝视,直到永别。露茜又一次闭上了眼睛。

一直在观察的范·黑尔辛拉住亚瑟的胳膊,把他拉到旁边。露茜的呼吸沉重起来,但骤然停了。

"结束了,"范·黑尔辛说,"她去世了!"

我扶着亚瑟来到客厅。他瘫软在沙发上,双手捂住脸悲痛地抽泣,那声音简直让我心碎。

我重回到房间,范·黑尔辛还在看着可怜的露茜,他的神情比刚才更加严肃。露茜的身体似乎有了一些变化,死亡使她美丽的部分重新显露出来。她的眉头和面孔舒展开来,嘴唇上那种惨白也不明显,仿佛血液摆脱了心脏的重负重新回到了脸上,从而让死亡更显得安静祥和。

"我们觉得她是在睡着的时候死去了,在死去的时候睡着了。"

我在范·黑尔辛旁边,自言自语道:"可怜的女孩,总算安静地离去了,一切都结束了!"

教授转过身,神色严峻地说:"还没有,哦,还没有,一切才刚刚开始!"

我问他什么意思,他只是摇摇头,说:"我们现在什么都做不了。只有等着瞧吧!"

第十三章

谢瓦尔德医生的日记（续）

葬礼安排在第二天，这样，露茜就可以与她的母亲安葬在一起。我参加了葬礼的全过程。那个葬礼的主持人总是摆出一副谦恭有礼的样子。连他的职员也染上了这个特性。那个为遗体美容的女人从灵堂出来时，用一种神秘而又专业的口吻对我说："她的遗体美容做得好极了，先生。能够为她美容真是很荣幸。可以毫不夸张地说，她能为我们带来声誉。"

我看到范·黑尔辛一直在这里寸步不离，也许因为这里的琐事太多太乱。露茜在这里没有什么亲戚，而亚瑟第二天要赶回去参加他父亲的葬礼。我们没办法通知那些应该到场的人。在这种情形下，范·黑尔辛和我只好亲自办理诸如确认法律文件之类的事情。他坚持要亲自阅读露茜的文件信函。我问他什么原因，我担心他一个外国人不熟悉英国相关法律，这样可能会遇到一些不必要的麻烦。

他回答说："我知道，我知道。不过，你别忘了，我不仅是医生，也是一名律师。你要了解，你想避免验尸的事情，而我要避免更多的事情发生。她的屋里可能有更多像这样的文字。"说着，他从自己的小本里拿出那张在露茜胸口发现的信笺，露茜曾经在睡着的时候要把它撕碎。

"如果你找到已故韦斯特拉夫人律师的任何联系方法，赶紧通知他,同时把她所有的资料都封存好。而我会整晚在这里把露茜小姐以前的房间检查一遍,看看会不会还有什么。假若让她的思想流落到陌生人手里就不好了。"

遵照他的安排,过了半小时,我找到了韦斯特拉夫人律师的名字和地址,给他写了信,告诉他我已把她所有的文件都整理好了,还把墓地的详细地址告诉了他。

当我要把信封起来时,范·黑尔辛进来了,对我说:"需要我帮忙吗,朋友? 我现在有空,如果需要的话,我愿意为你效劳。"

"你找到你想要的东西了吗?"我问。

他说:"没有什么特别的东西。我找到了一些信、备忘录,还有这本没写几页的日记。它们都在这,但我们现在最好别提它。明晚,我去见那个可怜的男人。经他同意后,我要用到这些东西。"

我们完成了手头的工作之后,他对我说:"现在,约翰,我们该睡觉了。我们都需要好好睡上一觉,只有休息好了才能恢复体力。明天还有许多事情要做,今晚已经用不着我们了。"

睡觉之前,我们去看了可怜的露茜。丧葬人员把一切都安排得很妥当,露茜的房间已布置成一间小型的灵堂。屋里装点了许多雪白的花朵,仿佛令死亡也不那么可憎了。床单的一端盖住了死者的脸。教授弯腰将床单轻轻揭开一点,我们都为眼前的美人感到震惊。

烛光明亮,一切都看得很清楚。死后的露茜恢复了昔日的可爱容颜,虽然她咽气已有一定的时间,但这并没有损坏她的形象,反而恢复了她生前的美丽,以至我难以相信眼前的美人是一具冰冷的尸体。

教授显得神情肃穆。他没有像我那样爱过她,他不会为她流泪。他对我说:"在这儿等我回来。"说完便走出了房间。不久,他把大厅盒子里放的野大蒜拿来了一把,那盒子以前从未打开过。教授把大蒜花和别的花一起放在床上及床的周围,然后,将自己脖子上缀有小十字架的金项链取下,放在露茜的嘴唇上,接着他把床单重新给露茜盖好,我们走了出来。

回到房间,我正准备脱衣睡觉的时候,听见了敲门声,教授匆匆进来,对我说:"明天,天黑以前你给我带一套手术刀具过来。"

"我们要进行尸体解剖吗?"我问。

"可以说是,也可以说不是。我确实要动手术,但与你想的不同。告诉你吧,但不能对别人说。我想将她的头部割下,心脏挖出来。啊!看你这个外科医生,还吓成这样!我见过你手不颤抖心不慌乱地为许多死人及活人做手术,而其他学生都吓得发抖。嗯,我当然不会忘记,亲爱的朋友,你爱过她,正因为这样,我才决定亲自操刀,你只要协助我就行了。本来想今晚就办,但是为了亚瑟,我不能这么做。明天他父亲的葬礼结束后就会有时间,他一定会要再看看她——看它。那么,等明天她被装殓进棺材后,我们在深夜无人时再来,我们打开棺材盖子,进行手术,再把它安放好,这样除了你和我,就没有任何人知道了。"

"可是,为什么要这样?这女孩已经死了。我们为什么还要无故地毁坏她的身体?假若没有必要,没有目的的话,这对她、对我们、对科学、对人类常识都是一种伤害。为什么要这么做?而且,这本身就是很荒诞的事情。"

他把手放到我的肩上,十分温和地对我说:

"朋友,我明白你的心在流血,我对此也非常同情,我愿意用更多的爱心来抚慰你内心的创痛。如果可能的话,我愿意为你承担所有的折磨。但事实上,有些情况你并不太清楚。你应该明白。感谢上帝,我弄清了这些事情,尽管它们不是令人愉快的事情。约翰,我的孩子,我们已是多年的老朋友了。你几时见我毫无缘故地做过什么事情？我也许会出错，因为我也是一个凡人。但我相信我所做的一切。难道不正是因为这些原因，你才在困难的时候向我求助，对吗？毫无疑问！当我制止亚瑟亲吻垂死的露茜，并用尽全力把他拉开时，你既不觉得惊讶也不感到惧怕，对吗？毫无疑问！而且，你也看到，露茜临死前是怎样用她温暖的目光和真诚的语言来感谢我，你看到她亲吻我粗糙的手为我祝福的情形，对吗？毫无疑问！难道你没看到我向她保证之后，她安心地闭上眼睛的神情？当然看到了。

"对于我要做的事情，我都有充分的理由。你多年来一直都很信任我。过去的数周内，发生了一些让你感到困惑的离奇的事情，你相信了我。那么就请再相信我一次，朋友，如果你不相信，我就不得不把我的想法告诉你，但这也许并不好。凡是我要做的事情，无论别人相不相信，我都会去做的。但是，如果失去朋友的信赖，我会带着沉重的心情去办这件事情。在我需要协助和勇气的时候，我会感到非常的孤独！"他停了一下，又继续严肃地说，"约翰，我的朋友，未来还会有更奇怪和恐怖的事情在等待我们，让我们团结起来，合二为一，共同争取圆满的结果。难道你对我没信心吗？"

我握住他的手，发誓我完全相信他。他离开了房间，我打开门一直目送他走回他的房间关上门。我还在原地没动，这时我看见一个女佣默默地走过，她背对着我，没有看到我，她走进了露茜的房间。我感动了——这么忠诚的人已不多见了，我们感激那些不被要求却主动奉献爱心的人。这时，一个弱小女子把对死亡天生的恐惧放在一边，独自为自己热爱的女主人守灵，为了让她的主人在进入天堂之前多体会一点温暖。

我一定睡了很久，而且睡得很沉。范·黑尔辛走进房间把我叫醒的时候，天都大亮了。

他站在床边说："你不用费事带刀具了，我们不做手术了。"

"为什么?"我问,他昨晚那种庄严肃穆的样子我还记忆犹新。

"因为,"他严肃地说,"已经太晚了,或者太早了。你看!"他拿出了那串小金十字架项链,"昨晚它被偷了。"

"什么! 被偷了?"我奇怪地问,"它现在不是在你手上吗?"

"我是从那个不知羞耻的偷项链的人手里拿回来的,这个女人死人活人的东西都偷。她肯定会遭到报应的,但不是我来惩罚她。她不明白她到底干了什么,也正因为无知,她才会去偷它。等着看吧。"

说完他就走开了,留下我在那里听得一头雾水,摸不着头脑。

一上午都很烦闷,中午律师马奎安德先生到了。他很热情,对我们所做的一切表示称赞与佩服。于是,我们把一些待处理的杂事都交给了他。午饭时,他告诉我们韦斯特拉夫人以前就担心会因心脏病猝死,因此,她已经把后事安排得井然有序。他还通知我们,露茜父亲的财产中有部分遗产是限定性的,将传给家族的远房亲戚,除此之外的所有财产,包括动产和不动产,全由亚瑟·霍尔姆伍德继承。

他又说:"坦白地讲,我们曾努力防止这种遗产继承纠纷的发生。以前,我们曾预料这样的事情可能随时发生,而这种突发事件可能会令她的女儿得不到任何财产,或者根据相关的婚姻法,她女儿的权益可能会受到损害。事实上,因为我经常向她提及这个问题,我们之间差点发生矛盾,她质问我们究竟愿不愿履行她的意愿。当然,我们除了接受以外别无选择。一般来说我们多数是对的,一百次里有九十九次都能证明我们的判断是正确的。当然,坦白说,我必须承认,在这个案子里,任何其他的分配方法都不可能令她完全满意,因为,只要她比她的女儿先死,那她的女儿就自动继承她的财产,假若事先没有遗嘱的话,实际上像这种案子也不太可能有遗嘱,只要女儿比她母亲多活五分钟,那她的财产就只能按照未留遗嘱的死亡来处理。也就是说，戈德明庄主，虽然他是非常亲密的朋友，也无权拥有她的财产。而她的远房亲戚，对这位完全是陌生人的先生毫无感情，他们应该不会放弃自己有权继承的那部分财产。告诉你吧，亲爱的先生，我对此结果感到满意，非常地满意。"

他是好人，但是，他在这件事上表现出来的喜悦——这也是他真正感兴趣的东西——和整个这么大的悲剧相比，只能说明他是没有同情心的典型。

他没待多久，但他说今天晚一些时候再来看看戈德明庄主。他的到来也给我们带来了些许安慰，因为，我们从此就不用担心我们所做的事情会招来非议。

估计亚瑟五点钟回来，所以，我们又去灵堂看了一遍。发现母亲跟女儿停放在了一起。丧葬人员确实手艺非凡，他们已经把一切都布置得非常妥当，房间里庄严肃穆的氛围让我们的心情立刻陷入哀思。

范·黑尔辛要求丧葬人员按以前的样子摆放，他解释说，戈德明庄主马上就要到了，将他的未婚妻单独安放会让他感觉好受一些。对于他们的过失，丧葬人员显得有些慌乱，他们保证会马上将一切复原成头一天晚上的样子。这样，我们就能避免亚瑟到的时候感到吃惊。

可怜的亚瑟！他看上去绝望又悲伤。他那男子气概也因精神的过度疲惫而有所消退。我清楚，他与父亲的感情特别好，在这个时候失去父亲，对他是个沉重的打击。他对我跟以前一样热情，对范·黑尔辛则是温和的礼貌。我一眼看出了他的忧愁苦闷，教授也看到了这一点，他示意要我带他到楼上去。

我照做了，把他带到门口并想让他一个人留下，我觉得他可能更愿意和她单独在一起。但他抓住我的手，把我拉进了房间，并急切地对我说:"你也爱过她,老朋友,她告诉了我一切,在她心里,没有比你更亲密的朋友了。我不知该怎样感谢你对她所做的一切。我不敢想象……"

突然,他崩溃了,双手搂着我的肩,靠在我胸前痛哭起来:"啊,约翰,约翰!我怎么办?我的生活顷刻间倒塌了,我已经没有值得活下去的理由了!"

我竭尽全力安抚他。在这种情况下,男人无须太多的语言。一双紧握的手,一个有力的拥抱,一滴悲痛的泪水,都是深切同情的表白。我安静地站在那儿,直到他逐渐停止哭泣。然后我轻轻对他说:"来看看她吧。"

我们走到床前,我把她脸上盖的细麻布揭了下来。天哪!她是那么的美丽。好像每过一段时间,她的姿色就会增色不少。这让我有点又惊又怕。亚瑟也是这样,浑身不停地战栗,他困惑地摇着头,沉默了很长时间之后,他无力地问我:"约翰,她真的死了吗?"

我难过地点点头,解释说人死后经常会出现面孔变得更加娇嫩,甚至重返青春的现象,特别是临死前受到过度刺激,或经受长期折磨的情况下更为多见。我之所以这样说,是因为我觉得应该尽快打消亚瑟对露茜死亡的怀疑,结果,我的话似乎起到了作用。

他跪在遗体旁边,深情地注视着他的爱人,过了很长的时间,他才转过头。我跟他说这是见最后一面了,因为马上要入殓。他又回去握住了露茜的手,并且亲吻它,又俯身吻了她的额头。走的时候,他还不断地回头痴情地张望他的爱人。

我让亚瑟留在客厅,自己去告诉范·黑尔辛,亚瑟已经跟遗体告别了。于是,范·黑尔辛去厨房通知丧葬人员做入殓准备,并把棺材钉上。他回来后,我把亚瑟的困惑告诉了他,他回答说:"这不奇怪,我刚才也疑惑了好久!"

后来,我们一起用餐。看得出可怜的亚瑟想尽量使气氛活跃一些,而范·黑尔辛却始终默默不语,直到吃完饭大家点上了雪茄之后,他才说:"戈德明庄主……"

亚瑟打断他:"不,不,看在上帝的分上,别那样称呼我!请原谅,先生,我无意冒犯,只是最近我失去太多的亲人。"

教授温和地说:"我那样称呼,是因为我在犹豫不定,不知该如何称呼你。我不想叫你'某某先生',而且,亲爱的孩子,我愈来愈喜欢你,是把你当作亚瑟来喜欢的。"

亚瑟热情地握住老人的手。"您想怎么称呼就怎么称呼,"他说,"我只希望您能永远把我当作朋友,现在,我不知怎样表达对您的感激之情,感谢您为我最爱的人所做的一切。"

他停了一下,又说:"我想她比我更了解您的善良,假如我曾经有什么失礼的地方,或过于急……当时您表现的非常……您清楚的……"教授点了点头,"……您一定要原谅我。"

教授郑重又和蔼地说:"我知道,眼前让你完全相信我很难,因为,只有当你明白了原因才会理解我当时为什么要用力拉开你。我认为你现在还不能相信我,因为你还不明白内情。也许以后还会有很多时候,我需要你的信任,但你却不能、不愿,或不必明白事情的真相。但时机成熟的时候,你会完全相信我,那时一切会真相大白。那时你就会由衷地感谢我。因为,我所做的一切都是为了你,为了他人,为了我发誓要保护的亲爱的露茜小姐。"

"事实上,事实上,先生,"亚瑟温和地说,"我应该完全相信你。我知道,也相信你拥有高尚的心灵,你是约翰的朋友,也是她的朋友。你可以尽量去做你想做的事情。"

教授重复地清嗓子,像有什么话要说,最后他说:"我能问你一些事情吗?"

"当然。"

"你知道韦斯特拉夫人把所有的遗产都留给你了吗?"

"不知道。可怜的夫人。我从来没有想到。"

"现在,这里的一切都属于你,你有权任意处置。我希望你同意我阅读露茜小姐所有的文件和信函。相信我,这不是空虚无聊的好奇。我之所以这样做是有原因的,我想露茜小姐也会愿意我这样办。现在,这些东西就在这。我拿到它们时并不知道它将属于你,没有其他人碰过它们,没有任何陌生的眼睛通过这些文字窥探她的心灵。我想暂时保存这些文字,如果可能的话,你现在最好不要读它,我会将它们妥善保管,不会丢失任何文字。时机成熟的时候,我会把这些全部归还给你。我的要求有点接近荒唐,但你会同意的,不是吗?看在露茜的份上。"

亚瑟像平常一样真诚地说:"范·黑尔辛医生,您尽可以按您的意愿来行事。我觉得如果她活着也一定同意我的做法。在您所说的时机成熟之前,我不会向您提出有关问题。"

老教授站起来,审慎严肃地说:"说得好。大家都将经受痛苦,但不会全是痛苦,更不会永远痛苦。我们,还有你,特别是你,我亲爱的孩子,将会苦尽甘来。我们一定要无所畏惧,尽心尽力,一切肯定会好起来!"

晚上,我睡在亚瑟房间的沙发上。范·黑尔辛一夜没睡,他来回踱步,好似在巡逻,他的眼睛始终没有离开停放露茜棺材的房间。从那个房间散发出来的百合和玫瑰的清香中,夹杂着野大蒜花浓重难闻的味道。

米娜·哈克尔的日记

九月二十二日

现在,我正在开往埃克塞特的火车上。乔纳森睡着了。

感觉好像昨天才写过日记,而事实上自上次在怀特白写日记到今天已经很长时间了。当时乔纳森不在我身边,而且杳无音讯。现在我已嫁给了他,他也从一个律师成为合伙人,又变成了业主,他现在很富有,霍金斯先生去世了,我们安葬了他,现在乔纳森可能要面对的是另外的危险。

也许将来,他会问起这些事情,我要把发生的一切都记下来。我的速记现在有点生疏了,我要重新开始练习,或许它能为我们带来意外的收获。

葬礼办得简单而又严肃。在场的人有我们两个和主持人,一两个从埃克塞特来的老朋友,他的伦敦代理人,还有一位是律师协会的主席约翰·帕克斯顿先生的代表。乔纳森和我手拉手站在一起,我们感到最亲密、最好的朋友离我们而去……

葬礼结束后我们坐上了一辆开往海德公园角的公共汽车,平静地回到城里。乔纳森觉得我可能会对公园的演讲感兴趣,所以,我们找了个地方坐下来。那里的人很少,很多位子空着,显得很冷清,这让我们想起了自己家中的空椅子。于是,我们起身离开了那里,沿着皮卡迪利大街散步。

乔纳森用胳膊搂着我,像我去学校任职以前他常做的那样。我觉得这样有点不好,因为我在学校里教女学生道德礼仪,我不能自己带头违背这些礼仪。但是,搂着我的人是乔纳森,我的丈夫,何况这里没人会认识我们，就算认识，我们也不在乎他们的想法，于是我们就一直走着。

我看到一个非常漂亮的小姐，戴着大檐圆帽，坐在圭里亚诺店铺外的一辆遮篷马车上。这时，乔纳森忽然使劲掐我的手臂，掐得我很疼，我听见他倒抽了一口凉气："老天！"

我原本还在为乔纳森担心，我怕紧张的情绪再次折磨他。所以，我马上转身问他什么事。他脸色苍白，双目圆睁，惊恐地盯着一个又瘦又高的男人，他长着鹰钩鼻，留着又黑又浓的络腮胡。那人也在看着那个漂亮小姐，他看得全神贯注，完全没有注意到我们，因此我仔细地把他打量了一番。

他的面相凶狠，表情僵硬、冷酷，还透着一种肉欲。他鲜红嘴唇衬托下的牙齿显得非常白，并且像野兽的牙齿一样龇露出来。

乔纳森一直盯着那个人看，我很害怕那人会发现他。我怕这人性情狂暴，因为看上去他凶暴强悍又污秽不堪。我问乔纳森怎么了，他说："你看出他是谁了吗？"他显然觉得我跟他知道得一样多。

"不，亲爱的，"我说，"我不认识他，他是谁？"

他说："就是他本人呀！"他的回答让我感到很害怕，因为，听上去他仿佛不在跟我——米娜讲话一样。

可怜的乔纳森肯定是被什么吓坏了，而且是很严重的惊吓。我相信如果不是我在旁边支撑着他，他也许早已瘫倒在地了。

他仍然死盯住那个人。这时，一个男人拿着一小包东西从商店里出来，把东西递给了那位小姐。那小姐离开了。黑衣人的目光一直不离那位小姐，接着他也朝同样的方向沿着皮卡迪利大街走去。

乔纳森望着那个人的背影，仿佛在自言自语："我肯定那就是伯爵，他变得年轻了。我的天，假如是真的！啊，老天，老天！我要知道就好了！我要知道就好了！"

看上去他的情绪特别低落,我担心再问下去会让他总是想着这事,因此,我一直默默无语地牵引着他,他拉住我的手,顺从地跟着我走。

我们又走了一阵,到了格林公园里。虽然已是秋天,但还是很热,我们找了一处阴凉舒适的位置坐下来。乔纳森呆坐了一会,后来他闭上眼,靠在我肩上睡着了。我觉得这最好,所以没有惊动他。

过了二十分钟左右他醒来了,心情愉快地说:"哎呀,米娜,我竟然睡着了!啊,请原谅我。走,我们找个地方去喝茶吧。"

看来他已经把那个陌生人完全忘了。像他以前生病时那样,他完全把刚才那件事及种种回忆忘掉了。我不喜欢这种瞬间失忆,因为这可能会对大脑造成损伤。我又不能问他,我担心会带来不利。但我有必要对他在国外的那段经历进行了解。我想现在应该是时候了,我要打开那个包裹,了解笔记本里面写了什么东西。啊,乔纳森,我相信,假若我有什么做得不对,你一定会原谅我的,我做的一切都是为了你。

后来

回到家里感觉很糟糕,对我们那样好的老人已经不在了。乔纳森面色苍白,昏昏沉沉,看起来他的老毛病又有复发的迹象。同时,我接到范·黑尔辛拍来的电报,说:"我沉痛地告知您,韦斯特拉夫人已于五天前去世,露茜小姐也于前天去世,她们已于今日一起安葬。"

啊,寥寥数语带来了无限的悲痛!可怜的韦斯特拉夫人,可怜的露茜!去世了,去世了,就这样一去不复返了!可怜的亚瑟啊,突然失去了生命中最亲密的爱人!上帝啊,帮助我们承受这一切痛苦吧!

谢瓦尔德医生的日记

九月二十二日

一切都结束了。亚瑟带着昆西·莫里斯一起回陵城去了,昆西是个多好的人啊!我相信露茜的死对他也是同样沉重的打击,但他像侠客一样支撑了下来。美国若能够继续培育像他这样的男人,那美国定为世界强国。

范·黑尔辛正在躺着休息,他这是为旅行做准备。今晚他要去阿姆斯特丹,他说明晚就返回,他要去那儿安排一些事情,这事必须由他亲自办理。然后,如果可能的话,他再和我碰面。他说要在伦敦办一些事情,可能会花一定的时间。

可怜的老人!经过一周高强度的工作,恐怕他那钢铁般坚强的意志都快崩溃了吧。看得出,整个葬礼期间他的神经都高度紧张。

当葬礼结束时,大家都陪在亚瑟身边。可怜的亚瑟讲述着自己给露茜输血的事情,我看到范·黑尔辛脸上白一阵红一阵。亚瑟说从那以后,他感觉和露茜好像结婚了一样,在上帝眼里,她已经成为他的妻子。

我们没人向他说起另外的输血手术,以后也不会说。之后亚瑟和昆西一同去车站,我和范·黑尔辛则往这边来。当我们两人单独坐进马车时,他变得情绪失控起来。他后来否认那是情绪失控,坚持说是一种不合时宜的幽默。

他先是大笑,接着又大哭,我只好把车子窗帘放下,以免别人看到产生误会。他后来又笑起来,再后来又哭又笑,像女人一样。我尝试在他面前装出严肃的样子,就像同样情况下我对女人的态度一样,但没用。男人和女人发泄情绪的表达方式是多么的不同啊！

在他恢复严肃的神情时，我问他为什么笑，为什么在这种时候！他的回答富有他一贯的风格——逻辑性强，有力，而且神秘。

他说："哦，你不会理解的，约翰。尽管我在笑，但别认为我不难受。你看，我甚至在笑得喘不过气的时候哭泣。但也不要认为我哭的时候就完全是因为难过，笑也是一样。你永远记住，事先有准备的笑，它好像先敲敲你的门，然后说'我能进来吗？'一样，它不是由衷的笑。不！笑是国王，什么时候笑、怎么笑都是由它说了算。它不管你是谁，也不管合不合时宜，它想笑就笑了。

"看，我从心里为那个年轻温柔的女孩感到悲伤。我为她献出了鲜血，尽管我又老又累。我还奉献了我的时间、经验和睡眠。这些东西我原本应该给予别的患者，但我都给了她。

"但是，我仍然能在她的墓旁微笑，当一铲一铲的泥土撒上她的棺木，就好似锤子'砰砰'敲在我心上时，我仍在笑，直到我面目回复自然。我的心为那个可怜的孩子淌血，那个可爱的亚瑟，与我的孩子——我真希望他还活着——同龄，而且眼睛头发看上去都很像。现在，你清楚我为什么这样疼爱他了吧。

"他说话的时候，我心里就有一种想全力帮助他的冲动，而且会有给予他父爱的渴望，这种感觉对任何人都没有过，包括你，约翰，因为，我们之间有一种超越父子关系的平等。此时，有一种笑的冲动，我的耳边有个声音在大叫：'笑吧，快笑吧！'它让我笑得血脉偾张，脸色通红。啊，约翰，我的朋友，多么神奇的世界，一个悲哀的世界，充满着苦难、悲伤与艰辛。但一旦笑意袭来，它会使所有的情感舞动。流血的心灵、墓中的枯骨、伤心的泪水，都会随着嘴角的笑意轻快地跳舞。相信我，朋友，笑是美好和仁爱的。我们人类，无论男女，都希望有一条绳索拉着我们前行，于是眼泪随之而来，它浸透于绳索之中,牢牢地禁锢我们,直到我们把它挣断。那笑如同阳光般翩然而至,它解开了我们身上的绳索,使我们继续自由地向前奋进。这就是笑的真谛。"

我不想显露出不明白的样子使他受到伤害,但我确实不懂他笑的原因,便继续追问他。他的脸色阴沉下来,用一种截然不同的语气说:"整件事情显得很有讽刺性,这个可爱的女孩周围围绕着鲜花,好像活着一样娇美动人,以至于所有人都怀疑她是否真的死了。她躺在精巧的大理石墓中,周围安葬的都是她的家眷亲戚,其中还包括爱她的和她爱的母亲。一声声丧钟在空中回荡,那样缓慢凄凉。那些围着雪白围巾的神职人员,装作在读圣经,但实际上他们的眼睛始终没看到书上。而我们所有人都低头肃立。为什么呢? 她死了。因此,不是吗?"

"在我看来,教授,"我说,"我丝毫不觉得这里有什么好笑的东西。你越说我越不懂了。就算葬礼本身有些滑稽,但那可怜的亚瑟境况怎么样? 他的心都破碎了。"

"是的,他不是说他给她输血了,她就成为他真正的新娘了吗?"

"嗯,这种甜蜜的想法对他是很好的安慰。"

"的确是这样,但存在一些问题,约翰。如果那样的话,别的人怎么解释? 嘿嘿! 如此这个可爱的少女不就成了一妻多夫了? 而我,尽管我的妻子早已去世,但根据教义她还活着,虽然她已没有思想。所以,尽管我对已不存在的前妻那么忠实,但是现在,我也变成了一名重婚者。"

"我同样看不出这有什么可以开玩笑的!"我说,我对他这种说笑并不太感兴趣。

他把手放在我的肩上,说:"约翰,朋友,假如我让你不快,请原谅。如果我觉得会产生误解,我不会跟其他任何人分享我的感受,但唯有你,我的老朋友,我相信你。假如当我想笑时你能看透我的内心,假如你曾经想笑就笑出来,假如你现在还能笑的话,你应该懂得我的感受。我已经太久太久没笑过了,笑已经离我很遥远。可能所有人中只有你会同情我。"

我为他诚挚的语言打动,问他为什么这么说。

"因为我知道!"

现在,我们几个都各自忙碌,我又将长时间与寂寞做伴。露茜安葬在家族的墓地,那是一座单独优雅的坟墓,远离喧嚣嘈杂的伦敦,有着清新的空气。太阳从汉普斯特山顶升上来,各种各样的野花自然绽放。

这本日记该结束了,只有上帝知道我会不会再写下一本日记。就算我真的再写一本日记,或者续写这本日记,那写的也是别的人和事了。现在告一段落吧,这里面抒写着我的爱情。在我回去继续我的工作之前,我再次悲伤绝望地说:"结束了。"

《威斯敏斯特公报》九月二十五日——《汉普斯特神秘事件》

汉普斯特区域最近发生了一系列的奇怪事件,这些事件与大家以前熟知的那类新闻——"肯辛顿恐怖事件""带短刀的女人""黑衣女人"之类的极为相似。

过去的两三天里,这一带发生了一系列小孩从家里或者游乐场所失踪的案子。这些案子里孩子的年龄都很小,以至于不能正确完整地讲述事情发生的经过,但他们都一致提到当时和一个"布拉福夫人"在一起。

他们失踪的时间都在深夜,有两宗案子中的小孩直到第二天凌晨才被找到。该地区的人们认为,第一个失踪男孩被找到后,他说是一位"布拉福夫人"带他去散步了,所以其他孩子就都按照这种说法。

这样解释非常自然,因为现在,当地孩童中流行一种利用计谋拐骗对方的游戏。有一记者报道说他曾经看见一些小孩在兴致勃勃地玩扮演"布拉福夫人"的游戏。

这位记者建议漫画家吸取教训,他们所创造的稀奇古怪的人物让孩子把现实世界和虚构人物混淆起来。在孩子们的室外游戏中,正是因为"布拉福夫人"符合人性的普遍性才让她广受欢迎。我们的记者甚至还率直地说,就连大明星埃伦·特里都远远不如幼稚的小孩子装得那么逼真。

但事情并不那样简单,因为其中有的小孩,准确地说是所有晚上失踪的小孩,他们的颈部都有细小的伤口。那伤口看起来像是老鼠或小狗咬的。虽然这些事情单独来看不显得特别严重,但是,这件事说明不管是什么动物伤害了他们,这种动物都是用一种固定的手法伤人的。该区的警方提醒大家,要特别留意离群的小孩,尤其是汉普斯特一带的幼童,以及周边地区所有流窜的狗。

《威斯敏斯特公报》九月二十五日特别报道
——《汉普斯特恐怖事件追踪》

又一小孩受到"布拉福夫人"的伤害。刚刚收到消息,又有一名小孩于昨晚失踪,今日清晨在汉普斯特的舒特尔山旁树林中找到。与其他地区相比,这类事件很少在该片区发生。同以往一样,这个儿童的喉部也有伤口。孩子看起来极度虚弱。在恢复意识后,他讲的情况说明他也是遭到"布拉福夫人"的诱骗。

第十四章

米娜·哈克尔的日记

九月二十三日

昨晚乔纳森状况不佳,但今天好了很多。我很高兴看到他有很多事情需要处理,这样能分散他的注意力,不去想那些不快的事情。此外,他没被他的新工作压垮也让我感到欣慰。我了解乔纳森是一个对自己负责的人,看到他不断进步,能游刃有余地应对各种事务,我真的很为他骄傲。

他说今天要外出,会回来晚一些,中午不在家吃饭。现在,我做完了家务,所以,我能待在房间里读一读乔纳森的日记了……

九月二十四日

昨晚,我没法写日记。乔纳森日记里所写的那些恐怖的事情让我难以承受。可怜的人儿!不管这些是真实还是虚幻,他的精神一定遭到了巨大的磨难。我真的很想知道那些究竟是不是真的。是不是他头脑发昏才写了这些离奇的文字?抑或是事出有因呢?也许我永远都无法明白,因为我根本不能跟他去谈论这件事。

此外,昨天我们看到的那个男人,好像乔纳森的确认识他一样,可怜的爱人！我想会不会是因为葬礼令他情绪低落，让他记起了以前的事情。他本人确信这些事的真实性。我记得我们结婚那天他说："除非，有什么圣职降临，使我不得不重新面对那段痛苦的经历。无论我是醒着还是睡着，是疯狂还是清醒……"

看起来这件事还没结束，当时那个可怖的伯爵正准备到伦敦来，如果真是那样，他到伦敦，带着数百万的……可能我们真有神圣的职责需要履行。果真如此的话，我们绝不退缩。

我要有所准备。我拿出打字机，将速记符号写的日记转换成正常的文字。如果必要的话，别人也能读懂。而且我可以替他发言，这样可怜的乔纳森就不用卷入这种烦恼之中，也不会感觉过于难受了。等到乔纳森哪天摆脱了焦虑，他可能会告诉我一切。那我就能向他提问，了解事情真相，并且能安慰他了。

范·黑尔辛给哈克尔夫人的信（机密）

亲爱的女士：

我请求您原谅我上次电报的冒失，因为，我跟您关系的密切程度不足以达到向您通报露茜·韦斯特拉小姐去世消息的资格。

善良的戈德明庄主同意我阅读露茜小姐的信函和文件，因为我对一些极其重要的事情非常关注。这些信件当中，我看到了一些您写给她的信。信中可以看出您是她亲密的朋友，您非常地爱她。

基于您的爱，米娜女士，我恳求得到您的帮助。我是为了他人的幸福向您发出请求的，为了弘扬正义，拯救危难，这事比您想象的要重要得多。

我能见您一面吗？您可以完全相信我，我是谢瓦尔德医生的朋友，也是戈德明庄主——也就是露茜小姐的亚瑟——的朋友。眼前我必须对此事保密。如果我有这个荣幸，您能告诉我见面的地点和时间的话,我想马上就赶到埃克塞特去见您。

请您原谅,女士,我已经阅读了您写给露茜的信,信中我了解到您是个非常善良的人,还有您的丈夫曾经遭受了很大的苦难。请您不要跟您的丈夫提起这事,以防伤害到他。再一次请求您的谅解。

范·黑尔辛

九月二十四日

哈克尔夫人给范·黑尔辛的电报

九月二十五日——如果来得及,请乘今晚十点一刻的火车。我随时恭候您的光临。米娜·哈克尔

米娜·哈克尔的日记

九月二十五日

离范·黑尔辛医生来访的时间越来越近了,我感到非常激动,我希望他的到访能给乔纳森的痛苦经历带来一丝光明。而且露茜弥留之际范·黑尔辛一直在照顾她,他能告诉我一些事情。

他来的原因应该是和露茜及她的梦游有关,而不是为了乔纳森,那样我永远无法知道真相了!我真傻!那些可怕的日记充满了我的脑海,以致把什么事情都跟它联系起来。

当然医生是为了露茜来访。她梦游的老毛病又犯了,那次梦游到悬崖的骇人经历引发了她的病情。最近一段时间,我由于事务缠身,几乎忘了她的病情状况。露茜一定已把梦游悬崖的事告诉了他,也告诉过他我对此事知情。现在,他来向我了解事情的缘由,这样就能明白病因了。

希望我没向韦斯特拉夫人透露这事是正确的。假若因为我的过失而令可怜的露茜曾经受到伤害的话,我将永远不能原谅自己。我也不希望范·黑尔辛医生责备我。最近我经受了接二连三的打击和磨难,我已很难再承受了。

我想偶尔痛哭一场也会有好处,就像雨过天晴一样能令心情得到改善。可能昨天读了那些日记所以心情烦闷。今天乔纳森一早就出了门,他要在外面一整天,这是我们结婚以来第一次长时间地分开。但愿我的爱人能很好地照顾自己,不要遇上什么不顺心的事情。

现在已是两点,医生快要到了。除非他提到,否则我不会说起乔纳森日记里的事情。我很高兴我以前写的日记已经改写好了,这样要是医生问起我有关露茜的病情,我就能直接将日记给他,这样很省事。

后来

医生来过了,现在已经走了。多么不寻常的会面啊,我已被弄得糊里糊涂分不清方向,像在做梦一样。难道一切都是真的,或者部分是真的? 要不是我读过了乔纳森的日记,我是绝对不会相信的。可怜的乔纳森,他承受了多么大的磨难啊! 上帝,请不要再让他为此事而痛苦。我要把他拯救出来。

假如让他知道他那些所见、所闻、所想的东西全是真切的事实(尽管这些事实非常骇人听闻,情况严重),也许对他来说反而是一种解脱和帮助。也许正因为这些疑虑本身在折磨他,当这些疑虑消除后,不管用怎样的方式证实了事情的真实性,不论他是在梦里,还是醒着,他都会觉得更舒畅,从而能更好地面对挫折。

范·黑尔辛医生如果是作为亚瑟及谢瓦尔德医生的好朋友,被他们从遥远的荷兰请到这里来帮助露茜的话,那他肯定是个具备善良和智慧的好人。见到他本人后,我感到他的确是个既和善又高尚的人。他明天再来时,我要向他请教一些有关乔纳森的问题。然后,上帝保佑,请让所有事情都能化忧为喜,否极泰来。

过去,我常想自己是不是应该学习采访,乔纳森在《埃克塞特新闻报》的朋友向他透露采访的要旨在于记忆力,就是要能几乎一字不差地记下每一句话,就算最后需要重新修改一遍。以下就是这次奇特的谈话,我努力一字一句地把它记录下来。

两点半左右,敲门声从大厅传来。我鼓足勇气等在里面。玛丽去开了门,几分钟后,她回来向我说:"范·黑尔辛医生来了。"

我起身向他微微欠身,他向我走了过来。这个男人中等身材,体格强健,肩膀平直,胸膛厚实,脖子粗壮。他头的形状让人感觉到他的智慧与力量。他的脑袋后部饱满,脸部线条有力,下颌方正,嘴唇轮廓分明,鼻梁挺直,鼻子大小适中,鼻翼十分灵敏,当他眉头皱蹙、牙关紧咬时,那对鼻翼就会张大。他天庭饱满,下部线条笔直,往上部逐渐倾斜,最后沿着额角分开。头发很难遮住这样的额头,因此,他略带红色的头发自然地向后分开。一对深邃的蓝色大眼距离较远,并且随着情绪的变化而变化,时而从容,时而温和,时而严肃。

他对我说:"是哈克尔太太吧?"

我弯腰行礼以示肯定。

"以前是米娜·莫利小姐?"

我再一次点点头。

"您就是我要找的人,是可怜的孩子露茜的朋友。米娜女士,我是为死者来的。"

"先生,"我说,"我想您称呼自己为露茜的朋友和恩人才是最恰当的。"我伸出了手。

他握住我的手，温和地说："啊，米娜女士，我相信那个可怜姑娘的朋友一定是好人，但是我还是想了解一些……"他停住了，很礼貌地行了个鞠躬礼。

我问他究竟是什么原因要来见我，他立即回答说："我读过你给露茜小姐的信。请原谅我这样做。我需要做一些调查，又不知道该向谁了解。我知道你曾经和她同住在怀特白。她偶尔写一点日记，请别感到惊讶，米娜女士，她是在跟你分开后才开始写的，是向你学习。她的日记中提到一次梦游的经历，是你救了她。我感到很疑惑，就找你来了，我希望你能把记住的一切都无保留地告诉我。"

"范·黑尔辛医生，我想，我可以告诉您一切。"

"啊，那你的记忆力很好，能记得所有的细节。这不是所有年轻女人能做到的。"

"不是这样的，医生。但我当时把一切都写下来了。如果您愿意，我可以拿给您看。"

"啊，米娜女士，我太感谢你了，你真是帮了大忙。"

但我还是忍不住卖了个关子，我觉得最原始的东西给人印象更深刻，于是，我便将那本用速记符号写的日记拿给了他。

他激动地行了个礼："我能读它吗？"

"只要你愿意。"我故意郑重其事地说。

他打开日记，脸色立刻沉了下来，他起身行了个礼。"啊，您是多么聪慧的女人！"他说，"很久以前我就了解乔纳森先生是个值得尊重的人，你看，他的妻子还这么能干呢。那么，能不能请您帮个忙，帮我念一下这本日记呢？唉！我看不懂速记符号。"

这时，我结束了玩笑。我几乎感到有些羞愧。于是，我从文件匣里拿出打字机打的日记给了他。

"请原谅我，"我说，"我禁不住想开个玩笑。我想，您想了解露茜的事情，而您也许不能久留，不是我不想留您，而是您的时间肯定很珍贵，所以我为您打印了一份。"

他接过稿子，眼睛一亮。"您太好了，"他说，"我现在能看吗？看完之后我也许有问题要问您。"

"没有一点问题，"我说，"您可以在我准备午饭的时间读它，然后，在吃饭的时候可以问我问题。"他行了个礼，挑了个光线好的椅子坐下，全神贯注地读起那些日记来。我不想影响他，就亲自去安排午餐。

当我回来时，见他正在屋里来回踱步，满脸兴奋。一看到我，他就马上过来握住我的双手。"哦，米娜女士，"他说，"您真是帮了大忙！这本日记就像阳光，为我打开了大门。我被如此强烈的光线照得头晕目眩了。但是，晴天里常会有乌云翻转。您现在不能理解。啊，但我还是非常感谢您，您真是个聪明的女人。"

他接着严肃地说："夫人，假若有什么需要我为您或您丈夫效劳的话，请尽量开口。能够像朋友那样为您服务是件荣幸的事，我会竭尽全力报答您及您所爱的人。生活中有阴暗，也有光明。您就是光明。您将会有幸福美满的生活，而您的丈夫也会因您而得到祝福。"

"但是，医生，您过奖了，您其实不了解我。"

"我不了解你？我人生阅历丰富，一生都在研究男人和女人。我的特长就是研究人的大脑、大脑的组成以及大脑思维。我读过您专门为我打印的日记，字里行间显示着真理。我也读过您给露茜关于您的婚姻以及您对丈夫信任的甜蜜书信，您能说我不了解你？

"哦，米娜女士，好女人一生——每天、每时、每分都在讲述连天使都想知道的事情。那些想看懂女人的男人，则需要有天使般的双眼。您的丈夫品格高尚，您也一样，这都源自您对他的信赖，这种信赖绝不会出现在人品低下的人身上。告诉我,您的丈夫,他的情况怎样?经历那场病痛后,他恢复得怎样了?烧退了吗?他变得健康坚强了吗?"

终于有机会可以问乔纳森的事情了。于是,我说:"他已基本康复了,但是,霍金斯先生的去世使他受到沉重的打击。"

他打断了我:"啊,是的,我知道,知道,我看过你写的最近的两封信。"

我继续说:"我之所以这样想,是因为上星期四我们在城里时,他好像又受到了刺激。"

"刺激?这么快又受了刺激,看来情况不佳,是怎样的刺激呢?"

"他感到碰到了一个人,这个人使他联想起一些恐怖的事情,正是因为那些事情使他发烧生病。"说到这里,我激动得有些不能自持。对乔纳森的同情,他经历的那些磨难,他日记里写的骇人的神秘事情,还有看了以后内心的恐惧等,所有的情感都汇集到一起爆发出来。

我想我是彻底崩溃了,我一下跪倒在他面前,伸出双手,恳求他一定要治好我丈夫的病。他拉住我的手,把我扶起,用一种非常温和的语调说:"我的生活非常孤单,我每天专注于工作,失去了与朋友交往的机会。但是,自从约翰·谢瓦尔德医生叫我来到这里后,我认识了很多好人,体验到了从未感受到的崇高品格,但这也增加了我的孤独感。相信我,我是怀着敬意来到你这里的,你给了我希望,但不是我正在寻求的希望,而是这个世界上,还有好的女人能给生活带来快乐。那些好女人,她们的生活及信仰都能引导未来的孩子,教育他们该做什么样的人。

"我真的很欣慰,或许我的到来能给你带来一点帮助,你丈夫所遭受的精神上的疾苦,正是我研究的范围。我保证,我将竭尽所能帮助你的丈夫，让他恢复坚强，让你的生活更幸福。现在，你要吃点东西，你已经过度疲劳，或许是过度忧虑。你丈夫乔纳森要是看到你苍白的样子是会伤心的，如果他爱的人变得憔悴，对他也没有好处。所以，为了他，你也应该吃点东西，并保持愉快。

"你已经把露茜的事情都告诉我，现在，我们不谈她了，以免让你难受。今晚我会住在埃克塞特，我要冷静思考一下你提供的那些情况，如果需要的话，我可能还有一些问题要问你。等一会，你可以把你丈夫面对的麻烦尽可能详尽地告诉我，但不是现在。现在你要做的就是吃饭，然后，再告诉我一切。"

午饭后，我们再回到客厅，他说："现在，请告诉我关于他的所有情况。"

当我要向这个充满智慧的学者讲述乔纳森的事情时，我有些担心他是不是会认为我是个傻子，而乔纳森是个疯子。日记上的那些事情实在太离奇了，我在犹豫要不要说下去。但他显得那样和蔼可亲，既然他已经答应要帮助我，我也要相信他。

于是，我说："范·黑尔辛医生，我要给你讲的是非常离奇古怪的事情，所以，请不要取笑我和我的丈夫。从昨天开始，我就一直处在矛盾之中。希望你对我能宽容一些，别因为我对那些事情半信半疑就觉得我是个傻瓜。"

他再一次非常礼貌地说："啊，亲爱的，假如你知道我来这里是为了多么离奇的事情，可能是你要笑话我了。我已经学会了客观看待别人相信的事情，无论它多么古怪，我都能保持开放的思维，去看待生活中的奇异事物，那些奇特的、超常的、令人怀疑自己是疯子的事情。"

"感谢，感谢你，万分感谢！你的话让我打消了顾虑。如果愿意的话，我给你看一份记录。内容较多，但我已经打印好了。它记载了我的困惑和乔纳森遇到的麻烦。这是他在国外写的日记的副本。现在我什么都不敢说，你先看看再做判断。我们再一次见面的时候，你就能告诉我你的看法。"

"我保证，"我把稿纸递给他时，他说，"如果可能的话，我争取明天上午来见你及你的丈夫。"

"乔纳森约十一点半左右回来，你一定要与我们共进午餐，之后再和他谈话，那样的话，你可以赶三点三十四的快车，八点之前就能抵达帕丁顿。"

他对我能随口报出火车时刻感到吃惊，他不知道我能背下所有进出埃克塞特的列车时刻，只有这样，当乔纳森遇到紧急情况的时候我才能帮助他。

他带着那些稿纸走了，而我则坐下来胡思乱想。

范·黑尔辛写给哈克尔夫人的亲笔信

亲爱的米娜女士：

我已经读完了你丈夫写的那些日记。你现在可以放心睡觉了。虽然那些事情怪诞和恐怖，但都是真实的！我可以用性命担保。对别人来说，知道真相可能不是件好事，但是，对于他和你没那么糟糕。他是个品德高尚的人，以我男人的经验告诉你吧，一个能两次沿着墙爬进那个屋里去的男人，不会因为一次惊吓造成长久的伤害。虽然我还没见到他，但我发誓，他的头脑和心脏都很正常，因此请放宽心。我还有许多事情要问他。今天早上见到你真是我的幸运，让我了解了很多信息，以致我头脑有点混乱了。我需要好好梳理一下。

你最忠诚的范·黑尔辛

九月二十五日，下午六点

哈克尔夫人写给范·黑尔辛的信

亲爱的范·黑尔辛医生：

　　非常感谢你热情洋溢的来信，真的使我轻松了许多。假若事情是真的，那这个世界上怎么会有这样恐怖的事情呀！假若那个男人、那个魔鬼真的在伦敦，那是多么可怕的事情！我真的不能想象。我在给您写这封信的时候，收到乔纳森发来的电报，他说他今晚六点二十五分从劳恩塞斯顿出发，晚上十点十八分左右回到家里，所以，今晚我不会害怕了。我们原来约好共进午餐，现在，改到早上八点你到我家来共进早餐吧，假如你不觉得太早的话。要是你急着走的话，你可以乘十点三十分的火车，下午两点三十五分就能抵达帕丁顿。不必回信，我没有接到回信的话，就说明你会按时到达与我们共进早餐。

　　相信我，满怀感谢的！

你忠诚的朋友米娜·哈克尔

九月二十五日，下午六点三十

乔纳森·哈克尔的日记

九月二十六日

　　我以为自己再也不会写这本日记了，但现在是适当的时候了。昨晚我回到家，米娜已准备了晚餐。吃饭时，她告诉我范·黑尔辛到访的事，并且，她说把两本日记的副本都给了医生，她一直在为我担心。

　　她把医生的来信给我看了，信里说我日记里记的东西都是真的。

这对我来说几乎是一次新生。长久以来，那些事情的真实性一直在困扰着我。我觉得疑虑、茫然、不相信自己。但是，今天我知道了真相，我并不害怕了，就算那就是伯爵本人。

看来他最终还是成功地抵达了伦敦，我看到的人就是他！他变年轻了，怎么变的？假如范·黑尔辛真是米娜说的那样，那他一定能够揭穿伯爵的罪恶面目，并逮住他。晚上我和米娜谈到很晚，一直都在谈论这件事。现在米娜正在梳妆，我等一下就去旅社接医生过来。

我感到他见到我时有些意外。当我到他房间介绍自己时，他搂住我的肩，让我面向灯光，非常仔细地打量着我，说："米娜女士告诉我你病了，你受到了惊吓。"

听到这位和蔼而爽朗的老人称我妻子为"米娜女士"，我觉得挺有趣。我笑着说："我确实生过病，也受过惊吓，但你已经把我医治好了。"

"怎么回事？"

"功劳全在于您昨晚给米娜的信啊。这件事一直让我疑心不定、困惑不解，导致我对所有的事物都疑神疑鬼，分不清真伪，不知道该相信什么，哪怕是自己亲眼所见、亲耳所闻的事，所以，我只好埋头工作。工作已成了我的生活基调，这对我并没什么好处，我不敢相信我自己。医生，您不能体会怀疑一切甚至怀疑自己的滋味。有着像您这种眉毛的人是不会懂的。"

他看起来很高兴，边说边笑："看来你是个相面先生啊！在这里，随时都可以学到新的东西。我很高兴能与你共进早餐。啊，先生，请接受一个老头对你妻子的赞美，有这样的妻子真是你的福气啊。"

就算他夸奖米娜一整天，我都会百听不厌。我轻轻地点了点头，安静地听他说。

"她是天使般的女人。上帝塑造了她,以此向男人和其他女人显示天堂里的人是什么模样,天堂之光能够照遍大地。她多么诚恳、温柔、高尚与无私。我跟你说,像她这样的年轻人大多是空虚又自私的。另外,先生……我读过她写给露茜小姐的信,有的地方谈到了你,因此,我是前几天通过第三者知道你的。但是,昨晚我看到了你真实的自我。你会帮助我,对吗?让我们做一辈子的朋友吧。"

我们的手握在了一起,他如此热情与善良,我被感动得有些抽泣了。

"现在,"他说,"你能帮我一点忙吗?我要实施一个重要的计划,先要了解一些情况,你一定能帮我。你能告诉我去特兰西瓦尼亚之前的情况吗?以后我还会请你帮一些忙,是别的事情。现在这样就行了。"

"先生,"我说,"你要做的事情是和伯爵有关吗?"

"是的。"他严肃地回答。

"我会全力支持你。因为你可能要乘十点半的火车,所以你来不及阅读这些资料,我会把它们整理好,让你带到火车上去看。"

吃完饭,我送他去车站。分手的时候,他对我说:"如果可能的话,我也许会请你到城里去一趟,和米娜女士一道。"

"只要你需要,我们就会来。"我说。

我为他买了早报和前一天晚上出版的伦敦报纸。我们隔着窗子讲话,等待火车启动。他翻了一下报纸,突然,他的目光停在一页上,我通过报纸的颜色断定那是《威斯敏斯特公报》。他的脸一下子变白了,他仔细阅读一段新闻,并自言自语:"上帝啊!太快了,太快了!"

我想此刻的他可能把我忘了。这时,汽笛响了,火车慢慢开动。他这才回过神来,上半身探出窗外,挥着手大声喊道:"向米娜女士致意。我会尽快给你们写信的。"

谢瓦尔德医生的日记

九月二十六日

事情总是不能完结。一周前我刚说"结束了",现在,我恢复了精神,又开始继续写这本日记。

直至今天下午,我才开始回忆近期所做的事情。伦菲尔德——现在从各方面观察结果来看,他的状态稳定。他不但在熟练地饲养苍蝇,而且又开始养蜘蛛了,他目前没给我添什么乱子。

我收到亚瑟星期天写来的信,看来他恢复得可以。昆西·莫里斯和他在一起,这对亚瑟很好,因为昆西是个乐天派。昆西也写了一封短信给我,从他的信中了解到亚瑟正在恢复往昔的开朗情绪。这样我就放心了。

我自己又拿出往日的热情全身心投入工作之中。可怜的露茜给我留下的伤口正在愈合。

可是现在,旧事又重提,只有上帝明白什么时候才是尽头。

我感到范·黑尔辛似乎能将一切都置于他的掌控之中。但他每次只说一点,简直是吊人胃口。

昨天,他去了埃克塞特,在那里住了一晚。今天回来了。大约五点半,他几乎是闯进了我的房里,把昨晚的《威斯敏斯特公报》塞到我手中。

"你是怎么看的?"他后退一步,双手在胸前交叉。

我看了一下报纸,不懂他指的究竟是什么。他拿过我手中的报纸,指着中间的一段让我看,那是有关汉普斯特小孩失踪的报道。

开始时我还是没弄明白,到后来看到报道说那些小孩的喉部都有小孔形状的伤口。我心中一惊,抬头看着他。

"怎么样?"他问。

"与露茜的伤口很像。"

"你是怎样判断的?"

"这些事有共同的原因,无论究竟是什么事,但伤害露茜与伤害小孩的方法是相同的。"

然而他接下来的话更让我不明就里,他说:"这只是间接原因,并不是直接原因。"

"那你的意思呢,教授?"我问。其实,我并不想把这事弄得太清楚。毕竟,我通过四天的调养,没有了压力和焦虑,已经再次回复了轻松的心情。但是,一看到他的脸,我又不由自主地严肃起来,我从没见过他如此沉重的样子,甚至当我们在为可怜的露茜感到绝望时他都没有像现在这样。

"告诉我吧!"我说,"我真是一点概念都没有,我甚至不知道该往哪方面想。我没有丝毫线索,所以没办法做假设。"

"约翰,你的意思是说,你到现在为止对露茜的死没有产生过一丝一毫的怀疑,对吗?你已经掌握了那么多的线索。你看一看这些案子,我给过你很多提示。"

"她死于大量失血后的体能衰竭。"

"那么,血都到哪儿去了呢?"

我费解地摇摇头。

他走过来坐在我身边,说:"约翰,你很聪明,善于逻辑思维,头脑灵活且不怕困难,但是,你看问题太主观了。你对有些东西视而不见,充耳不闻。与你生活无关的事情你就毫不关心。难道你不认为这世上有的事情你搞不懂?而且在这个世界上有的人能洞悉的事情,别的人却弄不懂?但是从古至今,这个世上确实存在一些人类未能认知的事情，因为，人们只相信别人讲授的理论。这是科学的失误，它总觉得自己能解释一切，当出现科学无法解释的现象时，科学就干脆说这种现象是假的。但你看我们身边每天出现多少新的理念？人们以为这是新的概念，实际上都是旧的，只不过是新瓶装旧酒罢了。我估计你不会相信轮回，是吗？不会相信鬼魂附体，或者灵体，是吗？你也不相信测心术，还有催眠术？"

"我相信催眠，"我说，"这一点已经被医学家查尔科特很好地证明了。"

他笑了笑继续说："所以，你就仅限于满足这个理论了，是吗？当然，你了解他理论的操作方法，然后你就照着伟大的查尔科特——现在他可不再伟大了——的思路去了解受他理论影响的病人心理，是吗？约翰，如果这样，我觉得你只是简单地接受了他的结论，而得到结论之前的论证过程对你来说就算是一片空白，你也满足，对吗？那好，那你告诉我你是怎样接受催眠术而否定测心术的？还是我来告诉你吧，朋友。当代电力学所研究的一些事会被以前发明电的科学家认定是邪恶的东西，而以前发明电的科学家在当时却被当作巫师活活烧死。生命中永远存在玄妙的事情。为什么玛士撒拉能活到九百岁，老帕尔活到一百六十九岁，而可怜的露茜，即使输进了四个男人的血液也不能多活一天？如果她能多活一天，我们也有挽救她的机会。

"你懂得关于生与死的所有奥秘吗？你掌握了比较解剖学的所有理论吗？你能告诉我为什么有的人天生就野蛮而残忍，而有的人却相反？你能告诉我为什么一般的蜘蛛个头又小、寿命又短，而在西班牙某个老教堂尖塔里的一只大蜘蛛寿命能达到好几个世纪，并且越长越大，以至倒挂下来时能把教堂里所有灯里的油都喝光？你能告诉我，为什么在彭巴斯草原或其他地方有一些蝙蝠在晚上会咬开牛马的血管,把它们的血喝光?为什么西海岸有些岛屿上的蝙蝠整天倒悬在树上?还有一些蝙蝠只有坚果或者豆粒那么大,而当天热水手在甲板上睡觉时,它们会飞到他们身上吸完他们的血,第二天早上,甲板上只剩下像露茜那样的苍白的尸体,为什么?"

"天哪,教授!"我震惊得站起来,"你是想告诉我露茜是被这种蝙蝠将血吸光而死的吗?这样的事情竟然会发生在十九世纪的伦敦?"

他示意我冷静,继续说:"你能告诉我为什么乌龟的寿命比人的寿命长几倍?为什么大象能活到经历几个朝代?为什么鹦鹉被猫或者狗咬过之后还可能存活下来?为什么世代都有人相信长生不老的人是存在的,有的人想死都死不了?我们知道,因为科学已经证实,几千年前,甚至在地球形成之初,一些蟾蜍就被封闭在了只能容身的岩石孔洞里。你能不能告诉我,为什么印度苦行僧能自己圆寂,然后让别人把他埋起来,在坟上种上玉米种子,等到玉米成熟收割了,再播种,再收割的时候,人们再打开坟墓里的棺材盖子,而躺在里面的苦行僧并没有死,而是站起来,像以前一样重新回到人群当中?"

这时,我打断了他的话,我越听越迷糊。他一下子在我的脑袋里装满了许多自然界的超常事物,我的想象力到了极限。我仿佛感到他在给我灌输新的东西,就像以前在阿姆斯特丹他给我上课时那样。但那时他是把他的理论先告诉我,这样我在头脑中能始终保持连贯的思维。可是现在他没有告诉我任何结论。我尽量想跟上他的思路,于是我说:"教授,让我再做一次你喜爱的学生吧。把你的理论先告诉我,那样你讲的时候我能跟上你。现在我满脑子东一块西一块的,杂乱无绪,像疯子一样。我感觉自己似乎深陷泥潭,盲目地在泥潭里踩来踩去,自己完全没有方向。"

"比喻得很好啊,"他说,"那好吧,我应该告诉你。我的理论就是:我要让你相信。"

"相信什么?"

"相信那些你不信的事情。我来说明一下吧。我曾听一个美国人给信念下这样的定义:信念就是一种能力,它能使人相信那些被公认为是不可能的事情。我赞同他的观点。他的意思是说我们应该开放思维,不要用小的真理去检验大的真理,就像用一块小石头去阻拦一列火车一样。我们已经掌握了小部分的真理,很好! 我们把它记住,看重它,但我们不能就此认为这是宇宙中的所有真理。"

"那么,你是想让我在面对奇异事物的时候,不要被固有的观念束缚自己对事情的判断,我说得对吗?"

"啊,看来你依然是我最喜爱的学生。很值得向你传授。你现在已开始主动理解,并且迈出了第一步。那么,你认为那些小孩颈部的小洞与露茜颈部的小洞是出自同一原因?"

"我想是的。"

他站起来,非常严肃地说:"那你就错了。啊,如果这样还好一点。但实际上不是的,是更糟糕,糟糕透了。"

"看在上帝的分上,范·黑尔辛教授,请告诉我你是什么意思?"我叫道。

他绝望地跌坐在椅子上,胳膊支撑着桌子,双手捂住了脸,说:"那都是露茜小姐所为!"

第十五章

谢瓦尔德医生的日记（续）

我一听就发起火来。假如露茜还活着的话这话简直就像当面给她一耳光。我狠狠一捶桌子，站了起来："范·黑尔辛医生，你疯了吗？"

他抬头看着我。不知怎么回事，他脸上平和的神情让我一下冷静下来。

"假若必须承受这样的事实，"他说，"我宁愿自己是疯子。啊，我的朋友，你不想一下，为什么我这样长篇大论？为什么我拐弯抹角告诉你这么简单的事情？是我现在恨你还是以前一直对你怀恨在心？是因为我故意让你痛苦，还是因为你在生死关头救了我的命，而我要报复你呢？啊，不！"

"原谅我。"我说。

他继续说："我的朋友，是因为我不想让你觉得太突然，因为，我了解你曾深爱过那个温柔的女人。所以，即便是现在我也不指望你会相信。要很快接受一个抽象的事情是十分困难的，特别是一直对它持否定的态度的话，你就更加怀疑它的真实性。而要去接受一件如此残酷而又具体的现实，像露茜小姐这件事，就更难了。我今晚就要去证实这件事，你敢不敢跟我一起去？"

我在犹豫。没人愿意去证实这样的事情，就像拜伦在他的诗歌

《嫉妒》中写的:"去证明一桩让他最恐惧的事情。"

他看出我在犹豫,说:"逻辑非常简单。这并不是没有条理的疯子逻辑。假若不是真的,那结果会让我们轻松许多,最少没有坏处。假若是真的,啊,那就很可怕了。但是,每个可怕的事实对我的理论都有帮助,因为,我需要一些信心。来吧,我把计划告诉你:首先,我们立即去'北方医院'探望受伤的小孩。那里的文森特医生是我的朋友,我想你在阿姆斯特丹念书时他也是你的朋友。也许他不会让两个朋友查看这个病例,但他一定会让两个同行查看的。我们什么也不要告诉他,只跟他说我们想学习学习,然后⋯⋯"

"然后呢?"

他从口袋里拿出一把钥匙举起来:"然后,整个晚上,你和我,都待在露茜的墓室里。这是打开墓门的钥匙。我本来是从棺材商那里拿来要交给亚瑟的。"

我的心沉了下去,感到我们要面临一场既恐惧又严峻的考验。但我没有办法,只好打起精神说我们抓紧一点,因为,现在已经是下午了。

到了医院,我们看到那个孩子醒着。他已经睡过一觉,吃了些东西,因此情况还算不错。文森特医生把孩子喉部的绷带解了下来,指着那小孔给我们看。没错,这伤口跟露茜的伤口很像,只不过它们小一点,伤口边缘显得更新,如此而已。

我们问文森特的看法,他说也许是动物咬伤的,可能是老鼠,他个人的意见更倾向于是蝙蝠,这种蝙蝠在伦敦北部高地有许多。

"除了一些无害的动物,"他说,"可能还有一种南方更凶恶的蝙蝠。有可能被哪个水手带了过来,之后又逃走了。动物园养的小蝙蝠也有可能逃出来。或者是吸血蝙蝠的幼子。因为这些事情确实发生过。十天前就曾经逃出来一条狼,我相信它的行踪就在这个区域。

一星期后,这里又发生了'布拉福夫人'的恐怖事件。以前希斯及附近各个山区附近的孩子只有'躲猫猫'游戏可以玩,现在好像孩子们有盛会了。就连这个可怜的小孩子今天醒来后都在问护士他能不能回家。护士问他为什么想回家时,他说想跟'布拉福夫人'一起玩。"

"我希望,"范·黑尔辛说,"在你把这个小孩送回家的时候,一定要告诉他的家长,要他们严格看管孩子。一个人外出是最危险的,假若这个孩子再次深夜不回家,那他可能会有生命危险。但我想你这几天不会让他出院对吧?"

"当然不会,最少要待一个星期,假如伤口愈合不好的话,可能会待更长时间。"

我们待在医院的时间比预计的要久,出来的时候太阳已经下山了。范·黑尔辛看了一下天色,转身对我说:"不用急,现在比我预料的要迟,走,我们先找个地方吃点东西,然后再出发。"

我们在"杰克斯佐城堡"吃晚餐,餐馆里还有一些自行车手和其他客人,很热闹。晚上十点钟左右,我们从饭馆出来。当时,天已经漆黑。当我们在黑暗中行走的时候,远方的点点灯火使夜显得更加黑了。很明显教授认识路,因为他毫不迟疑地往前走,但我在此地却有点分不清方向。我们走得越远,碰到的人就越少。后来,没想到竟然还遇到了在郊区巡逻的骑警。

最后,我们终于来到墓地的围墙外面。我们越过围墙,但一片漆黑的夜里,我们对墓地又不熟悉,因此费了不少时间才找到韦斯特拉家族的墓地。

教授拿出钥匙,将那个开启时吱吱作响的门打开。接着,他很有礼貌地后退一步,习惯性地让我先走。他这个下意识的动作真可谓绝妙的讽刺,请我优先步入一个如此恐怖的地方。

他紧跟着我进入墓室,在确定门锁是机械锁而不是弹簧锁之后,才小心地把门关上。如果我们被弹簧锁反锁在里面的话，那可就惨了。之后，他从随身带着的袋子里掏出一盒火柴和一根蜡烛，点亮蜡烛在前面带路。

墓室在白天布满鲜花的时候都显得阴森肃穆，现在过了几天，鲜花已枯萎，花瓣腐烂，绿叶成了褐色，蜘蛛与小虫到处乱爬。在摇曳的烛光下，被腐蚀的石头、布满灰尘的石灰墙、锈迹斑斑的铁器和暗淡无光的银器使这个地方显得比想象中更污秽凄惨。这说明了一个道理，不只是人类和动物的生命会随着时间的流逝而老化，世间万物都会随着时间的推移而腐朽风化。

范·黑尔辛开始有条不紊地实施他的计划。他举起蜡烛，尝试着辨认棺材上面的名字。熔化的蜡烛滴在金属上，凝成白色的斑点，终于他认出了露茜的棺材。于是他从袋子里找出了螺丝刀。

"你想做什么？"我问。

"打开棺材盖子，这样你就会信了。"说完，他开始拧那些螺丝，然后打开盖子，露出下面的铅皮罩子。这个场景对我刺激太大了，这对死者是莫大的侮辱，这跟在露茜生前趁她睡着的时候剥光她的衣服没有什么区别。

我抓住他的手想制止他。他说："你会明白的。"说完，又从包里拿出一把小号的钢锯条。他用螺丝刀迅速往铅皮罩子上用力一戳，戳出一个小洞，把我吓了一跳。钢锯条刚好能从这个小洞里伸进去。

我想经过一个星期尸体的腐臭味很快会散发出来。作为医生，我们必须学习面对可能面临的危险，因此，我下意识地朝门的方向退了几步。但教授没有停顿，他顺着铅皮罩子的边沿锯了几英寸，再换一个角度沿铅罩的另一边锯了一阵子。最后他锯开了铅罩的一角，把铅皮向下翻，把蜡烛伸进铅罩里边，示意我过来看。

我上前去一瞧，棺材里面是空的！

我绝对没想到会是这样，简直大惊失色。但范·黑尔辛却不动声色。他比以前显得更有信心了，勇气十足地继续他的行动。"现在你满意吗，我的朋友？"他问。

他的话激发了我生性中的逆反心理，我回答说："露茜的尸体不在棺材里面我很满意，但是这只说明了一件事情。"

"什么事情呢，约翰？"

"那就是露茜不在里面。"

"很好的逻辑，到现在为止。"他说，"但她不在里面你做何解释呢？"

"可能是盗墓贼，"我说，"也可能是丧葬人员把尸体偷走了。"我明白我的话说得很没底气，可这是我唯一能给出的理由。

教授叹息一声。"好吧！"他说，"我们还需要再找一些证据。跟我来。"他把棺材盖子盖上，将所有的工具收进袋子里，熄灭了蜡烛，把它也放进袋里。

我们把墓室的门打开，走了出来，他再把门锁上，并且把钥匙递给我，说："你愿不愿保管它呢？这样你能更放心一些。"

我笑了，但这可不是愉快的笑，我示意还是由他保管。"一把钥匙不说明什么，"我说，"它可以配有很多备用钥匙，而且无论怎样，要撬开这种锁并不困难。"

他一言不发地把钥匙放回自己的袋中。他让我守在墓地的一侧，他自己守在墓地的另一侧。我躲在一棵紫杉树后面，看到他的影子在移动，然后藏在墓碑和树丛中不见了。

这种守候真的寂寞难耐。当我刚刚站定位置的时候，远处敲响了十二点的钟声，随着时间的推移，又传来了一点、两点的钟声。我又寒冷又焦躁，心里不免怨恨教授让我干这个苦差，同时又为自己居然会跟他来而气恼。又冷又倦，我根本不能集中注意力，但现在要睡也睡不成。总之,时间对我来讲真是无比无聊而难挨。

突然,在我转身时,我看见距离露茜墓室最远的墓地旁有一个白色的影子在两棵紫杉树之间移动。与此同时,一个黑影从教授藏身的地方窜了出来,快速向白色影子靠近。于是,我也追了过去。但我需要绕过碑林和许多带围栏的坟墓,所以我跑起来跌跌撞撞。天上乌云密布,远处已有公鸡开始报晓了。我跑了一段距离,走上通往教堂的小道,见到那个白色影子迅速向坟墓的方向飘移。因为坟墓给树木挡住了,因此,我没有看清白色影子究竟在哪里消失了。我最初看到那个白色影子的时候,还能听见它移动时发出的声音。

这时,教授跑了过来,手里抱着一个孩子。他把孩子给我看,问:"现在满意了吗?"

"不。"我说,语气有点冲。

"你看不见这个孩子吗?"

"是,这是个孩子,但谁把他带来的? 他伤着了吗?"我问。

"我们来看看。"教授说。我们立即离开了墓地。他抱着那个沉睡的孩子。我们走了一段距离后,进入一个树林。教授点燃火柴,观察小孩的喉部。上面没有一点抓伤或痕迹。

"我说是吧?"我得意了。

"我们来得很及时。"教授激动地说。

现在,我们要决定将这孩子怎么处置,我们商量了一下。假如把他交给警察,那么我们必须要对我们昨晚的行动向警察做出解释。最少我们得编一个如何碰巧撞到这个孩子的合理故事。因此,最后我们决定把他送到希斯去,如果路上能见到警察,我们就把孩子放在警察必定能看到的地方。这样我们就可以很快回家了。

一切顺利。在快到达希斯的时候,我们听到了远处有警察沉重的脚步声。于是,我们赶紧将孩子放到路边,然后躲在一旁观察。那个手拿提灯照来照去的警察很快就看到了小孩。我们听见他吃惊地叫出声来,于是,我们就轻轻地离开了。我们在"西班尼亚兹"附近很幸运地遇到一辆马车,直接回到了城里。

我仍然不能入眠,因此写下了这些东西。但我必须睡上几个小时,因为,范·黑尔辛中午还会来找我,他坚持让我跟他去进行另一次冒险。

九月二十七日

直到两点钟左右我们才等到行动的机会。那时我们躲在墓地的椐木丛后面往外观察,中午举行的葬礼已经全部结束了,最后一批悼念者也已依依不舍地离去,教堂的管理人员锁上了墓地的门。

只要我们愿意,从现在起到明天早上的这段时间,我们都是安全无事的。但教授讲我们最多只需一个小时。我再次感觉恐怖的现实是超乎任何想象力的。我本能地觉得我们的举动有触犯法律的危险,并且我觉得没有任何价值。打开棺材去检查一周前死去的女人是不是真的死了,多么粗鲁的行为!而且,我们也亲眼看见了棺材是空的,现在却要再一次把它打开,岂不是荒谬到极点了吗?

我耸了耸肩,一言不发,因为我明白范·黑尔辛已铁了心肠,反对也是枉然。他取出钥匙把墓室的门打开,然后,再一次礼貌地请我先行。墓室里没有昨天晚上那么阴森可怖,但是,当阳光照进来,眼前的一切显得多么破落不堪啊!范·黑尔辛向露茜的棺材走去,我跟在后面。他弯腰将那块铅皮再一次向上掀开。眼前的一切,惊得我目瞪口呆!

露茜在里面躺着,看起来跟下葬前的容颜一个模样。而且,实际上她比以前更显迷人，以致我几乎无法相信她是死的。她的嘴唇红润，较以往更有血色，她的脸上还泛着迷人的红晕。

"这是变魔术吗？"我对他说。

"现在相信了吗？"教授一边说一边伸手进去，拨开死人的嘴巴，露出里面白色的牙齿。他的动作让我鸡皮疙瘩都起来了。

"看，"他说，"它们要比以前更加锋利，看看这颗，还有这一颗，"他碰了碰当中的一颗犬齿和旁边的另一颗牙齿，"那些小孩就是被这些牙齿咬伤的。你现在相信了吗，约翰？"

这时，我的逆反心理又上来了，我不能接受他说的这种令人窒息的事实。于是，我狡辩说："她也许是昨晚被人放回来的。"其实连我自己也觉得理亏。

"真的吗？真这样的话，谁干的呢？"

"我不知道，反正是有人干的。"

"但是，她已经去世一个星期了，一般人在死了一星期后看起来不可能是这样的啊。"

这次我无言以对，只好沉默。范·黑尔辛好像并没有在意我的沉默，他既不恼怒也不自得，而是在专注地查看露茜的脸。他翻开她的眼皮，观察她的眼睛，又一次拨开她的嘴唇，检查里面的牙齿。

之后，他转过身来对我说："有一种物种不同于其他所有的生命：这是一种异乎寻常的双重生命。她处在迷糊状态——也就是梦游状态中，被吸血鬼吸过血。啊，你非常吃惊，你还不明白这回事，但你以后会全明白的。在迷糊状态中，血容易被吸走更多。她死于迷糊状态，在这种状态中，她是活死人，这就是她不同于常人的地方。一般当活死人睡在家里时，"他边说边用手在棺材上比画着，告诉我什么是活死人的"家"，"他们的脸最能说明问题。这张脸实在太迷人了，这就是她处于活死人状态的脸，跟一般的死人没什么不同。这张脸上没有丝毫的邪恶,因此,很难在她睡觉的时候把她杀死。"

这些话使我的血液都要凝固了,我开始慢慢接受范·黑尔辛的理论了。但是,假若她是真的死了的话,杀死她有什么可怕呢?

他抬起头看着我,觉察到我神情的变化,他用几乎带着喜悦的语气对我说:"啊,现在你信了?"

我回答说:"别突然给我太大的压力。我愿意接受你的观点。你计划怎样进行你的血腥的行动?"

"我要把她的头割下,用大蒜塞满她的嘴,再用一根木桩刺穿她的身体。"一想到要如此残暴地侵犯我深爱过的女人的身体,我不禁浑身发抖。

但是,这种战栗没有我想象的那么强烈。事实上,我倒是对这种特殊物种的存在更感到震颤——范·黑尔辛称其为活死人,并开始厌恶它了。爱,有没有可能完全是主观的,或完全是客观的呢?

我等了很久,但范·黑尔辛迟迟没有动手,他在那里站着,好像在盘算。最后他还是"砰"地扣上袋子的扣子,说:"我想了想,已经想好要怎样做才最稳妥。如果只是简单地按照我的想法去做的话,我会现在动手。但是,假若这样的话,会有很多麻烦随之而来,我们要应对比我们了解的要复杂得多的事情。道理十分简单。她现在是死亡状态,虽然只是一段时间,假若现在动手的确可以一劳永逸。但是,想想以后我们可能需要亚瑟帮助,我们怎么向他解释这件事情?

"你看到过露茜脖子上的伤口,也看过医院里的孩子颈上有相同的伤口,昨晚你看见了这个空着的棺材,今天却又装着人,一个人在死了一个星期后不但一点没变,反而更加美丽更加娇媚动人了。你不仅了解这些,还了解昨晚有个白色影子带了一个小孩到墓地来。这些全是你目睹的事实,那么假如连你都很难相信这个事情,又怎能指望亚瑟,一个没有见证过一切的人去相信这些事情呢?

"露茜在快死的时候,我曾制止他和露茜吻别,他有些不信我。我知道他已原谅了我,但心中还怀有我不让他与露茜告别的错误想法。他也可能还会产生更错误的思想,认为露茜是被活埋的。最坏的是,他也许还会认为是我们杀害了露茜。到那时他会谴责我们,说这两个坏人杀死了露茜。这样他会永远陷入哀痛之中。假若他永远都不相信的话,那将是最糟糕的事情。他会经常认为别人将他的爱人活埋了,而他的爱人遭受的恐怖和磨难会在他的梦里出现。但他最终会认为我们的观点可能是对的,那就是他的爱人曾是'活死人'。不!我以前跟他讲过一次,自那以后我掌握了更多的情况。现在,我清楚一切都是真的。所以,我愈来愈觉得他必须先经历痛苦,之后才能得到幸福。这可怜的人啊,他必须亲眼看见这天使般的面孔是如何在他面前腐朽的,他才能彻底安宁。

"我想好了,咱们走!今天晚上,今天晚上你回你的医院,而我会整夜待在这个墓地里。明晚十点钟,你到伯克利旅馆去等我。到那时,我会让亚瑟一起过来,还有那个曾经献过血的善良的美国青年。我们还有许多事情要办。现在,我和你到皮卡迪利大街去吃晚饭,太阳落山之前我一定要赶回来。"

于是,我们锁上墓室的门,翻过墓地的围墙,离开了。

伯克利旅馆,范·黑尔辛留在皮箱里给约翰·谢瓦尔德的便条(尚未送出)

约翰朋友:

我写这个字条以防意外。我要独自去墓地查看了。假如上帝保佑,露茜今晚应该离开不了,那样,到明天晚上她会更加狂躁。到时,我会把一些她忌讳的东西,比如大蒜和十字架之类在墓室内布置好,这样就能把墓室的门封锁起来。她是新的活死人,对这些东西肯定很敏感。另外,这些只是为了防止她出来,但也可能使得她不能进去。那时活死人会非常绝望,并且会拼命寻找救命稻草,不管是什么。

日落以后,我会一直守在那里直到天亮,这样我就不会漏过任何痕迹与线索。我并不害怕露茜小姐本人,但是,有个令露茜变成活死人的人,他有能力找到她的墓穴并且隐藏起来。他非常狡猾,我是从乔纳森那里得知这些的。还有,在与我们争夺露茜生命的过程中,他使了许多花样来与我们对抗,最后我们输了。在许多地方,活死人具有超常的能力。它的力量抵得上二十个男人。而我们四个人都给露茜输过血,因此,他也吸去了我们的力量。另外,他还能召唤狼或其他什么动物。

假如他今晚也去墓地的话,就会发现我。我可能会有生命危险。但也有可能他今晚根本不来。因为,他没有理由非要来,他有比墓地更好的狩猎场所。

我之所以写下这些,是万一有意外发生的话,你们就把这些稿纸拿走,那是哈克尔写的日记和别的东西。你们阅读一下,再去找到那个最大的活死人,将他的脑袋割下,烧掉他的心脏,或者用木桩穿透他的心脏,这个世界就太平了。

如果真有意外发生,那永别了。

范·黑尔辛
九月二十七日

谢瓦尔德医生的日记

九月二十八日

足足地睡上一晚,对我真是大有裨益。昨天,我几乎相信了范·黑尔辛的那些怪诞的理论。现在看来,它们简直就是危言耸听、奇谈怪论,根本不合常理。他对自己的判断深信不疑,我怀疑他的头脑是不是有点不正常了。当然这些神秘的事情似乎也有一点合理的地方。是不是教授自己所为? 以他超常的智慧,假如他失去理智的话,他完全有能力用巧妙的方法来达到他的目的。我很厌恶这样的设想,要证实范·黑尔辛疯了简直不太可能。不管怎样,我要仔细地观察。或许我能自己揭开这个谜团。

九月二十九日

昨晚,将近十点钟,亚瑟和昆西到了范·黑尔辛的房间。教授毫不保留地向我们说了他想做什么,他主要是针对亚瑟说的,仿佛我们所有人的意愿都要由亚瑟决定。

他说希望我们都能和他一起,"因为,"他说,"我们要去执行一个非常庄严的任务。很明显,你对我的来信感到非常吃惊,对吧?"这个问题他是针对亚瑟问的。

"是的,而且让我特别难过。我们家里最近发生了许多事情,我几乎应付不了。对你所说的事情,我一直很好奇。我和昆西谈过这件事,但我们越来越糊涂,到现在为止,可以说我还是不知进退,不明就里。"

"我也是。"昆西附和道。

"嗯,"教授说,"跟约翰朋友相比,你们更接近真相。他走了很大一段弯路,现在又回到起点了。"很明显,尽管我没有说话,他已经看出我又回到原来的怀疑主义思维模式中去了。

他转身面对他们两个,郑重地说:"我请求你们同意我在今天晚上从事我认为正确的事情。我明白,这是个很过分的要求;但当你们知道我要做的是什么时,你们就能理解我的过分要求。因此,我请求你们是否能私下向我保证,这样的话,尽管你们也许会对我发脾气,我不能隐瞒有这种情况发生的可能性,但你们也不用为任何事情而自责了。"

"这话很直率,"昆西插话,"我愿意响应教授,尽管我不清楚他的动机,但我敢保证,他是个真诚的人,这对我来说已经足够了。"

"谢谢你,先生。"范·黑尔辛自豪地说,"有你这样值得信赖的朋友我很荣幸,你的认可对我来说很亲切。"他向昆西伸出手,昆西握住了它。

亚瑟说道:"范·黑尔辛医生,我做事不喜欢像苏格兰人所说的'买装在袋子里的猪',假如这将有损我绅士的声誉,或者作为基督徒的信仰,我就不能发这个誓。假如你能让我相信你要做的不违背这两条原则的话,我马上同意你的要求。到现在我还不清楚你的意图为何。"

"我接受你的条件,"范·黑尔辛说,"我向你请求的全部内容就是,当你觉得要谴责我的任何举动时,请先仔细考虑一下,然后,我会使你了解这并没有违背你的约定。"

"同意!"亚瑟说,"这样很公平。现在我们已经达成协议,我能问你我们要做什么吗?"

"我要你们跟我一道,秘密地到金斯泰德的墓地去。"

亚瑟脸色一沉,吃惊地说:"就是安葬露茜的地方?"

教授欠身以示肯定。亚瑟继续问道："到了那里之后呢？"

"进入墓室！"

亚瑟站了起来。"教授，你是认真的，还是开恐怖玩笑？请原谅，看得出来你是认真的。"他又坐下来。但我看出来他坐的姿势稳当而高傲，尽量保持尊严的样子。

沉默一阵之后，他又问："进入墓室之后呢？"

"打开棺材。"

"太过分了！"他说，同时恼火地站了起来，"我愿意对所有合理的事物保持耐心，但这，这是对坟墓的亵渎，里面是我的……"他已经恼怒得说不出话来。教授怜爱地看着他。

"我真心希望能分担你的痛苦，我可怜的朋友，"他说，"上帝明白我是愿意的。但是，今晚我们的双脚必须走上一条铺满荆棘的道路，否则今后乃至永远，你爱人的双脚都将在炼狱的火焰中备受煎熬。"

亚瑟抬起头，脸色发白，他呢喃地说："克制点，先生，克制点！"

"为什么不听听我还有什么要说呢？"范·黑尔辛说，"最起码你能了解我的目的究竟是什么。我能继续吗？"

"这很公平。"昆西插话道。

停了一会，范·黑尔辛振作一下，继续说："露茜小姐死了，不是吗？是的！那她没什么不对。但假若她没死……"

亚瑟跳了起来，"上帝啊！"他大叫，"你什么意思？发生了什么问题吗？她被活埋了吗？"他愤怒地吼叫着，根本无法自制。

"我没有说她还活着，我的孩子。我不是这样认为。我只是说她也许已经变成了活死人。"

"活死人？不是活着？你是什么意思？难道这是一场噩梦？究竟是什么？"

"人类世世代代都在尝试解开一些谜团,但实际上人类只弄清了一部分。相信我,我们很快就要解开一个谜了。但我还没有行动。我能割下死去的露茜的头吗?"

"天啊,不行!"亚瑟终于爆发了,"我不允许世界上的任何人损坏她的身体!范·黑尔辛医生,你逼我逼得太甚了!我究竟对你做了什么,使你如此折磨我?那可怜的姑娘又做了什么,你要如此玷污她的坟墓?你疯了吗,说出这种话来?还是我疯了,竟会听你的这些话?不要再妄想这些乱七八糟的事情了。我不会同意你做任何事情。我有责任保护她的坟墓不遭侵犯和损害,我向上帝发誓,我要这么做!"

这时,一直坐着的范·黑尔辛站了起来,他庄严而坚定地说:"戈德明庄主,我也肩负着责任,这种责任与他人有关,与你有关,与死者有关,我向上帝发誓,我要这样做!我现在向你请求的全部就是跟我一起去那里,你亲自见证,等到我再提出以上的要求时,你不要比我更着急去完成这件事情就好了。我会履行我的责任,然后我会按照你的意愿在任何时候、任何地点为你详细解释这件事情。"

他停了一下,又以同情的语调接着道:"但是,我恳求你,别对我心怀怨恨。我这一生所做的事情里,有许多事都是不怎么令人愉快的,有的甚至让人很悲伤,但我还从来没有实施过这么重大的计划。请相信我,假若有一天你能改变对我的看法,你的一个眼神就能将这些痛苦的时光一扫而空,因为我将全力救你脱离苦难。我怀着良好的愿望从我的祖国来到这里,最初只是为了让我的朋友约翰开心,后来是想帮助那个温柔的姑娘,而且,我也慢慢爱上了她。为了她,很不好意思我说这些,但我说这些完全出于善意,我也曾经和你一样献出了血液。我,与你不同,你是她的爱人,我仅仅是她的医生与朋友。我日日夜夜地守护着她,无论在她生前还是死后。假若我的死对她有好处，当她成了死的活死人以后，她随时可以取走我的性命。"

他说这些话时严肃而骄傲，亚瑟也被深深打动了。他握住老人的手，哽咽地说："哎，真没有想到，我也没法理解，但起码我应该跟你一起去看看。"

第十六章

谢瓦尔德医生的日记(续)

当我们翻过围墙进入墓地的时候,刚好十二点差一刻。天空漆黑,月亮在乌云之间穿行,偶尔洒下一丝微弱的光亮。

我们相互离得很近,范·黑尔辛在前面带路。我们快到墓穴时,我注意看了看亚瑟,我怕这个充满悲痛记忆的地方会让亚瑟伤心。但他看起来还好。我想也许因为我们此次行动的神秘氛围在某种程度上分散了他的注意力。

教授开了门。他看到我们几个犹豫的样子,干脆自己先走了进去,我们跟了进去。教授关上门,点亮一盏提灯,然后,指向露茜的棺材。亚瑟迟疑地往前走。

范·黑尔辛问我:"你昨晚和我在一起。露茜的尸体有没有在棺材里面?"

"在。"

教授转向他们,说:"你们听到了,现在没有人不相信我吧。"

他拿出螺丝刀,又将棺材盖子打开。亚瑟在一旁观看,脸色煞白,但他没说话。当棺材盖子打开的时候,他走上前。他明显不知道里面还有一个铅罩,或者说没有想到。他看到铅罩上有锯开的口子时,立刻热血上涌,脸唰地一下变得通红。但血色又立即消退,脸色变得惨白。他还是没发话。

范·黑尔辛把锯开的铅皮罩子扳了下去，我们一起往里看，都猛然一惊。

棺材里面是空的！

几分钟没人讲话。最后，昆西打破了沉默："教授，我说一句话。我只需要你的一个回答。我一般不会问这样的问题，我并不想对你失礼，或怀疑你。但是这件事太蹊跷了，不是尊不尊重的问题。因此请问，这是你干的吗？"

"我以所有神圣的名义向你起誓，我绝对没有将尸体移走，碰都没有碰过。情况是这样的：两天前，我和谢瓦尔德到了这里，请相信我，我们毫无恶意。我把棺材打开，锯开了铅皮罩子，看到里面是空的，就像你们现在看到的情况一样。我们在墓地里观察，后来看见有个白色影子在树丛中移动。第二天白天我们又来了，她却躺在里面。是这样吗，约翰？"

"是的。"

"那天夜里我们来得很及时。又失踪了一个小孩，我们发现了他，感谢上帝，他没有受到伤害。昨天，在太阳下山之前，我就到了这里，因为活死人只有等太阳下山以后才能出来活动。我整个晚上都守在这里，直到太阳出来的时候，但我什么也没看见。很可能是因为我放了一些大蒜在门的钩子上。活死人最厌恶大蒜。另外，我还放了一些其他她所惧怕的东西。因此昨天晚上没有发生什么奇怪的事情。"

"今天太阳下山之前，我拿开了大蒜和其他东西，所以现在这个棺材又空了。请再容忍我一下，还会有许多古怪的事情的。现在，你们和我一起去外面，不要被人发现了，等一阵还有更离奇的事情。"

"好吧，"他放下提灯黑色的罩子遮住灯光，"我们现在去外面。"他打开门，我们鱼贯而出，他走在最后，接着把墓室的门锁上。

啊！从骇人的墓室里出来，我不禁感到夜里的空气是那么清新纯洁。夜空浮云飘动，月亮在云中穿行，洒下明暗不定的月光，让人心旷神怡。月光的明暗好似人生起伏，能呼吸到没有死亡和腐败气息的新鲜空气多好啊！小山后面的天空映着红光，还有远方传来隐隐约约的城市喧哗，让我感受到生活的温暖。

我们都很严肃，情绪低沉。亚瑟沉默不语，看得出他内心正在挣扎着想解开谜团。我耐着性子，又开始摒弃怀疑，倾向于接受范·黑尔辛的理论。昆西·莫里斯则始终坦然地面对一切，充分表现出男子汉临危不乱的成熟与冷静。因为不可以抽烟，他捏了一点烟草放进嘴里咀嚼。

范·黑尔辛看上去早有准备。他从袋里拿出一大堆薄饼，有点像华夫饼干，用一块白色餐巾很细腻地将这些饼干包着。他又拿出两条白棒一样的东西，像面团或泥灰。他将饼干揉搓成粉，再把饼干末和那团东西揉捏在一起。最后他把它们搓成细细的长条，再把这长条东西塞进墓室门的缝隙里。

我觉得奇怪，就走过去问他在做什么。亚瑟和昆西也好奇地凑了上来。

他说："我要将墓室密封起来，这样活死人就进不去了。"

"就凭你放在那里的东西？"昆西说，"我的天，是在开玩笑吧？"

"是的。"

"你用的究竟是什么东西？"这次是亚瑟问。

范·黑尔辛虔诚地举起帽子，说："圣饼。我是从阿姆斯特丹带来的，我得到特别恩惠。"

这个回答立即消除了我们心中的疑云，教授竟然如此急切地实施他的计划，而且还用了最神圣的东西，那他不可能是骗人的。

我们怀着敬意，默默地听从教授的安排，分布在墓室四周，藏在别人看不见的地方。我很同情我的两位朋友，特别是亚瑟。因为我曾经体验过这种守候工作多么恐怖，并且一小时前又看到露茜的棺材是空的，所以我感到我的心一直往下沉。

墓地从没像现在这样惨淡，柏树、紫杉树斑驳的月影将墓地衬托得无比凄惨；冷风吹拂，树叶和小草发出诡异的沙沙声，树枝噼啪的响声显得阴森恐怖，远方传来狗的哀叫声划破夜空，更增加了恐怖的氛围。

有很长一阵子，大家默不出声，我们在寂静难熬的等待中百无聊赖。忽然，教授嘴里发出"嘘——"的声音。沿着他手指的方向，我们见到远处紫杉林中有个白色影子慢慢走过来。那个朦胧的影子怀里抱着一个黑色的东西。接着，影子停住了。就在此时，一束月光穿过云朵照射下来，我们清楚地看见一个身着尸衣的黑发女人。

我们看不清她的面孔，因为她正低头伏在一个金发孩子身上。片刻之后，我们听见她怀里传来尖细的叫声，像是孩子在梦魇时发出的叫声，又像狗在睡梦里发出的呜咽声。

我们想上前，但教授在一棵紫杉树后面向我们摇手，让我们别动。我们看见白色影子又向前走过来，现在她离我们已经非常近了，在明亮的月色下，我感觉心都要结冰了，我也听到亚瑟受惊的喘气声，因为我们分明看出，那就是露茜·韦斯特拉。

露茜·韦斯特拉！她的变化太大了。原来的温柔甜蜜已变成冷酷暴虐，天真无瑕已被骄横放荡所取代。

范·黑尔辛走了出来，我们也跟着走了出来，我们四个人在墓室门前一字排开。教授拉开灯罩举起提灯，灯光把露茜的脸照亮。她嘴上沾满鲜血，血滴顺着下巴往下流，把她身上白色的尸衣弄得血迹斑斑。

我们吓得浑身颤抖。随着飘忽的灯光，我看到甚至连范·黑尔辛钢铁般的意志也几乎要被摧毁了。亚瑟就在我旁边，假若不是我及时抓住并支撑着他的话，他就瘫倒在地上了。

当露茜——我之所以称它露茜，是因为它盗用了露茜的身体——看到我们的时候，她猛然怒吼着向后退去，像一只受惊吓的猫。她死死盯着我们，那双眼睛的形状和颜色还是跟露茜的眼睛一样，但现在这对眼睛目光混浊，燃烧着地狱般的怒火，已不是我们熟悉的那种透明温柔的眼神。刹那间，我残存的一丝爱意也变成了厌恶和痛恨，假如要将她杀死的话，我会非常乐意并亲自动手。

她望着我们，眼里放射出邪恶的光芒，脸上露出暧昧与淫荡的笑容。啊，天哪，我看着禁不住浑身发抖！

这时，她不小心一个趔趄，摔到地上，发出魔鬼般的嘶叫。那个一直被她搂在怀里的孩子摔了出来，她向着小孩怒吼，就像对着骨头狂吠的狗。小孩尖叫一声，躺在那里无助地啼哭。

看到露茜残忍的举动，亚瑟禁不住发出一声呻吟。露茜向亚瑟伸出双臂走了过来，脸上带着放荡的笑容。亚瑟向后跌坐在地，将脸埋在双手中。

露茜继续向亚瑟走来，用娇媚淫荡的声调说："来吧，亚瑟。离开他们来我这里。我渴望你投入我的怀抱。来吧，我们双宿双飞。来吧，我的丈夫，来！"

她的音调中带着邪恶的甜蜜，就像敲击玻璃杯发出来的那种清脆的声音，尽管她没有对我们说，但是，我们都感到她的声音在脑子里嗡嗡回荡。

亚瑟仿佛被下了符咒，将手从脸上移开，并且大大地张开了双臂。露茜朝亚瑟一跃而上，就在刹那间，范·黑尔辛冲向他们，手中拿着一个小的金十字架拦在他们中间。

露茜猛然一退，躲过十字架。她面色骤变，满脸怒气，迅速向教授身边冲了过去,像要冲进墓室。

但是,在离墓门一两步远时,她停住了,像被一种无形的力量挡住。跟着她转过身,整张脸在月色与灯光的照耀下清晰可辨,但这张脸已经不能使范·黑尔辛的意志动摇了。

我从没见过如此邪恶的脸,永远都不想再让这种狠毒的目光逼视自己。她眼睛原本美丽的颜色现在闪着青紫色的光芒,仿佛要喷射出地狱里的火焰;她那紧蹙的眉头就像希腊女妖美杜莎饲养的蜷曲的蛇;那原本可爱的嘴唇沾满血迹,张得很大,好像希腊人和日本人做的面具。假若一张脸能代表死亡,假若一种眼神能夺人性命,那么现在,我们都看到了。

这个举动持续了半分钟,我们却感觉那么漫长。她就这样站在高举的十字架与被圣物封锁的墓室之间。范·黑尔辛打破沉默,问亚瑟:"回答我,我的朋友!我能继续我的行动吗?"

亚瑟跪倒在地,双手捂着脸说:"你尽管做吧,朋友,尽管去做吧。不要再让这种恐怖继续下去了。"说完,他便痛苦地哭了起来。

我和昆西一起过去把他搀扶起来。我们听到范·黑尔辛把提灯放到地上发出的声音,之后他走到墓室门前,把塞在门缝里的圣物拿了出来。此时,我们都亲眼见证了令人震惊的可怕一幕,就在教授往后退时,那个与我们的躯体同样真实的身体忽然从连刀子都不能插进去的门缝中钻了进去。我们看到教授又把圣物塞进了门缝,这时我们都如释重负。

之后,教授抱起那个小孩说:"来吧,朋友们,天亮之前,我们没什么需要做的了。明天中午这里会举行葬礼,因此,我们那个时候都到这里来。死者的亲友两点钟之前应该都会离开墓地,之后教堂管理人员会将门锁起来。我们要继续留在这里。还有一些事情需要做,但跟今晚不同。至于这个小孩,他伤得不重,明晚就没事了。我们把他放到容易被警察看到的地方，就像上次那样，然后我们再回家。"

他又走到亚瑟身边，对他说："朋友，你经历了一场严峻的考验，但当你以后再回首看今天发生过的一切，你会了解这是你必须走过的一步。我的孩子，你正处在苦海之中，但是，上帝保佑，等明天这个时候，你就能跨越苦海，品尝甘甜的蜜汁。所以，请不要太悲伤。不然我要祈求你的谅解。"

亚瑟、昆西决定一起去我家。路上，我们试图相互安慰。我们把小孩放到了安全的地方。我们都已经很疲劳，一到家便呼呼大睡。

九月二十九日，夜晚

将近中午十二点，我们三人，亚瑟、昆西和我一起去找教授。很奇怪，我们都不约而同地穿上了黑色的衣服。当然，亚瑟穿黑色的衣服是因为他内心正处于深深的悲痛之中，而我们两人穿黑色是出于本能。

我们大约在下午一点半到了墓地，然后四处转悠，并避开工作人员的巡视。当掘墓者收工离开后，墓地管理者认为人都走完了，便锁上了墓地的大门，这样整个墓地只剩下我们几个人了。

范·黑尔辛这次带的不是小黑包，而换成了一个长长的皮包，看上去就像板球袋，好像很重的样子。

当园子里都安静下来，附近路上的脚步声渐渐远去，我们便默默地跟着教授朝墓室走去。他打开墓室的门，大家都进去之后，他跟着把门关上。然后，他从袋子里把灯拿出来点亮，又拿出两根蜡烛，也点亮了，再用熔化的烛油将它们固定在另外的棺材上。这样，我们有了充足的光源。

很快，他打开了露茜的棺材盖子，大家往里看，亚瑟浑身哆嗦，我们看到那个躯体躺在里面。但是，我的心里已没有了爱怜，只有对那个盗取露茜躯壳的邪恶东西的憎恨。

我看到甚至连亚瑟的表情也逐渐变得僵硬。他问范·黑尔辛："这真的是露茜的尸体吗？还是披着露茜躯壳的魔鬼？"

"这是她的尸体，但现在还不是。过一会儿你就能看到真的露茜的尸体了。"

躺在里面的身体就像露茜的梦魇，她的獠牙突出，贪婪的大嘴沾满血污，整张脸呆板僵硬、没有生气，这真是对温柔纯洁的露茜的无情嘲讽。

范·黑尔辛像以前那样井井有条地从包里取出各种备用物品。他先拿出烙铁和焊条，再是一盏小油灯，这盏灯被安放在墓室的一角，冒着蓝色火焰，烧得很旺，然后是手术刀，他将它们放在了手边。他又拿出一个圆形木桩，有二点五到三英寸厚，三英尺长。木棍的一端在火上烤过，变得坚硬，它被削得很尖。和木桩一起拿出来的还有一只大铁锤，就是一般家庭在地下室里用来锤煤炭的锤子。

我对一个医生所有为工作所做的准备感到刺激和兴奋，但这些东西对亚瑟和昆西来说确实有些令人诧异。然而他们都保持沉稳，冷静而坦然地面对这一切。

准备就绪之后，范·黑尔辛说："在我们行动之前，让我向你们说明，我们所做的事情是前所未有的，前人有关活死人的经验都不能解决今天的问题。一旦人变成了活死人，就等于套上了罪恶的符咒，他们不会死亡，但会给这个世界添加许许多多受害者，而且使邪恶不断增加，凡是被活死人吸血而死的人都会变成活死人，再去残害别的人。因此，活死人的范围会越变越大，就像石头丢到水里激起的水波。

"亚瑟，知道吗？假若在露茜临死前你吻了她，或者昨天晚上你和她拥抱的话，那么等你死后，你就会变成东欧人所称的诺斯费拉图吸血鬼。然后你也会不断制造许多活死人，使这个世界充满恐怖。这个可怜姑娘的罪恶才刚刚开始。那些小孩被她吸走的血还不是太多，因此不算太严重。但假如她继续存在，她就会继续吸孩子们的鲜血，这样她就能慢慢控制住那些孩子，那些孩子就会归附她，最后也变成活死人。但是只要她真的死去，一切就会停止。小孩喉部的小伤口会愈合，他们能重新回到伙伴中去，忘记发生过的一切。

"最重要的是，这个活死人一旦真的死了，那么我们深爱的可怜露茜的灵魂就能获得自由。她再也不用在夜晚凶恶地残害别人，在白天消化那些血液而变得更加卑鄙。她应该进天堂，与其他天使在一起。所以，朋友，我们果决的行动是帮助她的灵魂重新获得自由，是向她赐福。当然，我很愿意办这件事情，但这里有没有比我更适合的人选呢？假若在今后的不眠之夜有人能这样想：'是我亲自把她送进了天堂，这双手是最爱她的手，也是她自己选定的一双手。'难道这不是一件愉快的事情吗？因此，请告诉我，我们当中有没有比我更好的人选？"

我们都望着亚瑟。亚瑟明白了，我们也明白了，教授的话是出于无限的善意，是建议由他来把露茜还原成留给我们圣洁回忆的那个人。虽然他的手在发抖，脸像雪一样惨白，但他还是上前，勇敢地说："我真正的朋友，我发自内心地感谢你，告诉我该怎么做，我不会有一丝犹豫！"

范·黑尔辛把手放在他肩上说："勇敢的年轻人！只要一鼓作气就可以完成。这根树桩必须从她的身体里穿过去，听起来很吓人，但不要被此掩盖了真相，这只是片刻的工夫，之后就能体会到比痛苦多得多的快慰。从这个墓室出去后，你会感到身轻如燕。但是，你一旦开始了，就不能退缩。你只要记住有我们，你真正的朋友，都在你身边,都在这里为你祈祷。"

"接着说,"亚瑟的嗓子有些沙哑,"告诉我该怎么做。"

"左手拿起那根木桩,把尖利的一端对准她的心脏,右手拿锤子将木桩锤下去。而后,我们开始为死者祷告,我带头念,我带来了圣经,其他的人跟我念,以上帝的名义锤下去,这样,我们心爱的人就获得了永远的宁静,她身上的活死人就会消失。"

亚瑟拿起木桩和锤子,自从他下定了决心,他的手就没有再颤抖过。这时,范·黑尔辛翻开了《福音书》开始念起来,昆西和我都跟着念。亚瑟把木桩的尖端对准了她的心脏,我看到木桩的尖端在肉上压出一道凹痕。接着,他使出了全身的力气用锤子锤下去。

棺材里的躯体动了一下。同时,她那张开的血盆大口发出骇人而狰狞的尖叫。她的整个身体疯狂地挣扎和颤动着,她尖锐的牙齿咬得咯咯响,把嘴唇都咬破了,嘴里满是黑红色的泡沫。但亚瑟没有犹豫,他就像雷神托尔,稳健的手臂一起一落,木桩越插越深,被刺穿的胸膛涌出了鲜血,喷射出来。亚瑟表情冷静,脸上呈现出神圣的光泽,他的行为鼓舞了我们,我们的祈祷声在墓室里回荡不绝。

尸体的挣扎和抖动慢慢微弱下来,她的牙齿还在咯咯作响,脸上仍然有些抽搐。最后,尸体终于安静不动,恐怖的任务结束了。

亚瑟手中的锤子滑落下来,假若不是我们搀扶住,他也许就倒在地上了。大颗的汗珠从他额头淌下来,他呼吸急促,大声喘着粗气。这对他来说确实是很大的挑战,如果不是一种远胜过个人情感的伟大力量支持着他的话,他根本无法闯过这一关。

后来的几分钟,我们都在关心着亚瑟,没有去留意棺材里的情况。但当我们再次朝棺材里看的时候,都被眼前的情景惊得叫起来。看到我们这样望着棺材,亚瑟也从地上爬起来往里看。之后他的脸上现出一种欣慰而轻松的表情,将悲伤和恐惧一扫而光。

棺材里面躺着的已经不是我们所恐惧和厌恶的魔鬼，我们把它除掉了。在我们眼前的是那个熟悉的露茜，她脸上表现出无可比拟的温良与纯洁。当然，在这张脸上我们也看到像她生前我们看到的那种关怀、痛苦和憔悴的神色。这些神情对我们来说非常亲切，它说明眼前这个人才是我们认识的真正的露茜。她脸上显出圣洁的宁静，就像阳光洒在这张饱受磨难的脸上。容颜只是表面，这种安详才是永恒持久的象征。

范·黑尔辛过来，手搭在亚瑟的肩膀上，说："我的朋友，可爱的年轻人，现在可以原谅我了吗？"

亚瑟像触电一样回过神来，他握住老人的手把它举到唇边，轻吻一下，说："早就原谅您了！上帝保佑您，您帮我找回了爱人的灵魂，同时也给了我安宁。"他双手搭在教授的肩头，靠在老人胸前，无声地哭了起来，我们默默地站在一旁。

当他抬起头时，范·黑尔辛对他说："现在，我的孩子，你可以吻她了，如果你愿意，你可以吻她的嘴唇，因为她曾经希望你这样。她现在已不是狰狞的恶魔了，永远不再是污秽的生灵。她再也不是活死人了，她真正地荣归了上帝，灵魂与上帝同在。"

亚瑟弯腰吻了她。然后，我们让他和昆西在外面等着。我和教授将露茜身体外面部分的木桩锯掉，里面的部分继续留在她身体里。我们把她的头切下来，在嘴里塞满了大蒜，再用烙铁焊上了铅罩，将棺材盖子上的螺丝拧紧，收好东西，走了出来。教授把门锁上，把钥匙交给了亚瑟。

外面空气新鲜，阳光灿烂，鸟儿欢唱，大地瞬间好像变了一番景象，到处充满了欢乐与祥和。那是源于我们心头的大石头终于落了地，所以我们很愉快，虽然只是短暂的愉快。

离开之前，范·黑尔辛对我们说："现在，朋友们，我们的任务已完成了一步，也是最艰难的一步。但是，还有一个更大的任务，那就是找出这一切灾难与不幸的元凶。我已掌握了一些线索了。你们所有人，都相信我说的，不是吗？既然这样，我们可以回避自己的责任吗？不能！难道我们不需要起誓一起走到痛苦的尽头吗？"

我们大家都转身握住他的手，并许下诺言。我们边走，教授边说："两天后的晚上七点钟，你们和约翰来找我共进晚餐。我将邀请两个你们不认识的人，到时我将准备好计划，并将它们和盘托出。约翰，你现在跟我回家，我有许多事情和你商量，你能帮我。我今晚将回阿姆斯特丹，明晚回来。然后，我们就开始履行神圣的职责。我事先会将一些事情告诉你们，这样你们就会对以后要做的事情有心理准备。那时，我们彼此要重新发誓，因为，有一个艰巨的任务等待着我们，一旦我们跨出了前进的脚步，就不能后退。"

第十七章

谢瓦尔德医生的日记（续）

我们到达伯克利旅馆时，范·黑尔辛接到一封电报："我马上乘火车来。乔纳森在怀特白。有重要消息。米娜·哈克尔。"

教授很高兴。"啊，是杰出的米娜女士发来的，"他说，"真是个女中豪杰！她要过来，但我快要出发了。约翰朋友，她只能到你家去了，你去车站接她。我马上给她电报，让她有所准备。"

发完电报，教授喝了杯茶。他跟我说有一本乔纳森·哈克尔在国外写的日记，并把打字机打的副本给了我，其中一部分是哈克尔夫人在怀特白时写的日记。

"你带回去，"他说，"仔细研究一下，这样我回来时，你对所有的事情都应该了解清楚了，那样有利于我们的侦察。这些东西你要妥善保管，里面的内容非常有价值。虽然今天你经历了一切，但你还需要加强信念。"说着，他郑重地拍了拍那叠日记。"这里面所讲的，也许意味着你、我还有其他人末日的来临，但也可能是敲响在地球上横行霸道的活死人的丧钟。我请求你，思维放开一些，从头至尾把它们读一遍。假如你有任何新的线索，就补充进去，因为任何细节都很关键。你一直在用录音机记录日记，已经记录了种种奇怪的现象，不是吗？那么，等我们再见面时，我们应该再重新整理一遍。"

之后，他开始做出发前的准备，跟着立即驱车前往利物浦大街。

而我直奔帕丁顿。在我到达十五分钟后,火车进站了。

当站台出口拥挤的人群散去之后,我开始感到不安,害怕错过我的客人。这时一个长得甜美秀气的女子向我走来。她很快地看了我一眼,问:"是谢瓦尔德医生吗?"

"你就是哈克尔太太吧?"我马上应道。

她伸出手:"我是听可怜的露茜对你的描述才认出你的。但是……"她停住了,脸上现出一抹红晕。

不知为什么,我脸上也有点发烫,这反而使我们轻松了,彼此心照不宣。我为她拿行李,行李中还有一台打字机。我给管家发了一封电报让他马上为哈克尔夫人收拾好起居室和卧室。之后,我们坐地铁到芬森其大街。我们顺利到达我的医院。当然,她知道这个地方是精神病院,但当我们进去时,她还是禁不住战栗了一下。

她跟我说很快会来书房找我,她有许多事情要告诉我。因此,我正在等她,同时在录音机上做录音记录。到现在为止,我还没空看范·黑尔辛给我的日记,虽然它们现在就放在我面前。我要为她找一点感兴趣的事情去做,这样我就有时间看那些日记了。她也许并不清楚,时间对我来说是多么珍贵。她也许更不了解,我们面临的是一项怎样的任务。我要小心点,别吓坏了她。她来了!

米娜·哈克尔的日记

九月二十九日

我一番梳洗之后,就下楼去书房找谢瓦尔德医生。进门之前我停了下来,因为我好像听见他在跟谁说话。但他曾表示让我尽快过去,于是我敲了门。

"进来。"他在里面说。我走了进去。

令我惊讶的是,屋里没有别人,他一个人坐在那里。他的桌子上,放着一样东西,看它那样子,我立即判断出是一台录音机。我还没见过录音机呢,因此对它很感兴趣。

"希望没让你久等。"我说,"因为,我在外面听到你在讲话,我还以为有人跟你在一起呢。"

"哦,"他笑了笑说,"我在录日记。"

"你的日记?"我吃惊地问。

"是的,"他回答,"我把日记录到这里面了。"

我高兴地冲口而出:"哎呀,比速记还要快呢!能放给我听吗?"

"当然可以,"他非常爽快地回答。他马上站起来,准备播放。忽然,他停住了,面有难色。

"事实上,"他有点尴尬地说,"这里面录的全是日记,这些日记全是……几乎全是我自己的事情,恐怕会有点尴尬,这个,我的意思是……"他说不下去了。

我想让他摆脱窘迫,于是说:"你一直都在忙于照顾可怜的露茜,直到她生命的最后时刻。让我听一下她去世的情况。我会很感激,她是我最最亲近的朋友。"

令我意外的是,他现出惊惧的表情,说:"告诉你她死的情况?绝对不行!"

"为什么不可以?"我认真地问,心里很不舒服。他又停了一下,看得出来,他正在想找个借口。后来,他喃喃地说:"你看,我不知道怎样把其中的某个具体片段放给你听。"

他想骗人都骗得不像,理由不充分,语气也变了,后来还像小孩一样天真地说:"真的,我以自己的名义保证,以诚实的印第安人的名义向你保证。"

我忍俊不禁。他扮了个鬼脸。"我把自己暴露了!"

"你知道吗,虽然我过去几个月都在录日记,但我从没想过万一我要查找某一部分日记的时候,怎么搜索。"

这时,我想到这个医生一直在照顾露茜,他的日记也许有关于那个可怕的魔鬼的信息,于是我语气坚定地说:"谢瓦尔德医生,你最好让我用打字机将你的日记打一份出来。"

他的脸一下子变白了,说:"不!不!不!以上帝的名义,我不能让你知道那些可怕的事情!"

真的有恐怖的事情发生,我的直觉没有出错!有那么一阵子,我在考虑,眼睛扫视了一遍室内,下意识想找点什么支持自己,最后我的视线落到桌上一叠打印的稿子上。

他的眼睛注视着我的变化,也跟随着我的视线移动,看见我在看着那些稿子时,他知道了我的意思。

"你还不了解我,"我说,"等你看完这些日记,我亲自打出来的我和我丈夫的日记以后,你会对我更了解。对于这件事情,我毫不犹豫将自己内心的全部想法与别人分享。当然,你现在对我还不了解,所以,现在我不指望你能非常信任我。"

他确实是个高尚的人,这点露茜没有看错。他站起来,打开一个大抽屉,里面整齐地摆放着许多涂了黑蜡的空心柱体金属。

他说:"你说得很对。刚才我不太信任你,因为我对你还不够了解,但现在我知道了,我想说,我在很早前就应该了解你。我知道露茜向你说起过我,她也跟我说起过你。我可以弥补刚才的失礼吗?这些录音柱你拿去听吧,前半部分是关于我个人的一些内容,它们不会让你受惊吓,听过后,你会对我更加了解。那时候,晚餐也差不多备好了。在你听录音的时候,我会阅读那些日记。这样,我就能清楚地了解很多事情。"

他把录音机亲自搬到了我的起居室，并调试好。现在，我相信自己能够了解一些令人愉悦的事情了，因为，这些录音柱将告诉我一个爱情故事的一部分，而我从露茜口里已经知道了另外一部分……

谢瓦尔德医生的日记

九月二十九日

乔纳森和他妻子奇特的日记深深吸引了我，时间不知不觉地过去了。

当女仆通知晚餐已经备好的时候，哈克尔夫人还没下楼，于是，我对仆人说："晚餐推迟一个小时吧，她也许还很累。"

之后，我又接着读那些日记。我正好读完哈克尔夫人写的那些日记时，她走了进来。她看上去妩媚动人，但神情却感伤而沮丧，她眼中带着泪光。她的样子很让我感动。上帝清楚，最近有太多理由足以令我流泪，但我却始终在克制着自己。现在，看到那对美丽的双眸闪动着晶莹泪花，真让我心底泛起一阵酸楚。

于是，我尽量温和地说："我真的非常担心，我让你感到难过了。"

"啊，不，我没感到难过。"她说，"但是，对你的哀伤，我内心的感动无法用语言来形容。这个机器虽然很好，但播出的内容却是残酷的事实。它向我叙述了你内心的伤痛，就像一个灵魂在向上帝哭诉。不要再让别人听到这种痛苦的声音了。看，我在努力帮忙，我已经把它们用打字机都打了出来。这样别人就不会听到你内心的悲声了。"

"没有人需要知道，也不应该知道。"我低声说。她把手放到我手上，认真地说："啊，但是，他们必须知道！"

"必须？为什么？"我问。

"因为,这是那个可怕故事中的一部分,讲的是可怜的露茜的死以及造成她死亡的原因。我们面临的这场斗争是要消灭这个恐怖的恶魔,因此我们需要了解一切,并尽可能地获得帮助。我认为,你给我的这些录音柱中,除了你想让我了解的内容之外,还有许多别的信息。我知道你的日记里有许多线索可以帮助揭开这个谜团。你会让我协助的,对吗?虽然你给我的录音只到九月七号,但我已经猜到,可怜的露茜是怎么死的,她可怕的宿命是由什么造成的。自从范·黑尔辛与我和乔纳森见面以后,我们已经开始日夜工作。他现在已经去怀特白搜集更多的信息,明天会来这里帮助我们。我们之间不应该再有什么秘密,我们应该携手合作,彼此完全信任。如果我们能共享所有信息,一定要比还不明真相的人要强有力得多。"

她恳切地望着我,眼里流露出决心与勇气,我马上被她的信念所折服。

"你可以,"我说,"做你任何想做的事情!上帝宽恕我,假如我做错了什么!还有很多恐怖事情的真相需要我们去了解。既然你已经开始了解露茜的死亡经过,那我知道你一定不愿意就此陷于谜团之中。露茜的最终结果应该可以给你带来一丝宁静。来吧,晚餐已准备好了。为了这场战斗,我们必须有强健的身体,还有艰巨而残酷的任务在等待着我们。饭后,你可以把其余部分听完,你有任何疑问,我都会回答你。"

米娜·哈克尔的日记

九月二十九日

晚饭后,我随谢瓦尔德医生到他的书房。他从我的起居室将录音机搬了回来,我带上打字机。他为我找了张舒适的椅子,调好录音机,这样我就用不着起来播放它了。他告诉我需要休息的话,怎样暂停。然后他细心地挑了一张背朝我的椅子坐下来看日记,这样我就更轻松了。我把金属音叉戴在耳朵上,开始听录音。

当我听完露茜的死,以及以后发生的那些惊骇恐怖的事情后,我瘫软在椅子上,差点晕过去。谢瓦尔德医生看到我这样,吓得从椅子上跳起。他立即从壁橱里取来一瓶白兰地让我喝。几分钟过后,我才缓过来。

我感觉天旋地转,满脑子都是那些恐怖的画面,只有可怜的露茜最终得到了安息让我感觉一丝欣慰,不然我根本无法接受这种事实,我肯定会发疯的。这一切都太凶残、太离奇、太诡秘,若不是我知道乔纳森在特兰西瓦尼亚的经历,我绝不会相信这些。

我心乱如麻,需要做点别的事情。于是,我打开打字机的盖子,跟谢瓦尔德医生说:“我把这些打出来吧,范·黑尔辛医生回来之前,我们有必要准备好这些材料。我给乔纳森拍了电报,让他从怀特白回伦敦后直接赶到这里。在这件事上,时间就是一切。我想,假如我们将所有的资料备好,并按照时间顺序排列起来,那我们会有很多事情需要做。你讲过,亚瑟和莫里斯先生都会来,等他们到的时候,我们应该将这些情况都跟他们讲。”

谢瓦尔德医生将录音机的速度调慢了一些。之后,我从第七个录音柱开始打印。像以前一样,我采用复写纸,那样可以同时打出三份。当我开始打字的时候,已经很晚了,谢瓦尔德医生去了一次病房,巡视和探望病人。回来后他又坐在我旁边看日记,这样我工作时就不会感到太孤单。多么体贴细心的人啊,看来这个世上到处都是好人,虽然中间混杂着一些恶魔。

我离开之前,想起乔纳森在日记里写道,范·黑尔辛教授在埃克塞特火车站看一份晚报时,神情十分反常。我见到谢瓦尔德医生保存着那些报纸,就跟他借了《威斯敏斯特公报》和《帕尔摩尔公报》,拿回房间去看。

我记得以前在《每日电讯报》和《怀特白公报》上载有相关报道,我把这些都剪下来了,这对帮助我们了解德拉库拉伯爵在到达怀特白时出现的恐怖事件很有用。从现在开始,我要每天看晚报,说不定还会找到新线索。现在我还不想睡,工作让我变得很清醒。

谢瓦尔德医生的日记

九月三十日

九点钟,哈克尔先生到了,他出发前接到他妻子的电报。从长相来看,他是个非常聪明的人,并且精力旺盛。假如他的日记是真的——以一个经验丰富人的眼光看,必定是真的,他也是个胆识过人的人。二度进入那可怕城堡的地下室确实需要相当的胆量。读过他的日记,我还以为他是个长得非常阳刚的人,没想到,实际上他却是一个温文尔雅商人模样的绅士。

后来

午饭后,哈克尔和他的妻子去了他们的房间。我走过他们的门口时,听见里面传出打字声。看来,他们还在工作。哈克尔夫人说要把手头的资料都按时间顺序排好。哈克尔先生收集到一些书信,是怀特白负责箱子运输的委托人和伦敦的运输代理人之间的来往书信。他现在正阅读他太太打出来的我的日记。我想了解他们能从中得到什么信息。

下面就是他们的发现——

真稀奇，我从没想过我隔壁的那幢房子也许就是伯爵的藏身之地！苍天作证，我们从病人伦菲尔德的种种行为中得到许多线索！那栋房屋买卖的相关信件现在和我的打印出来的日记都放在一起了。

啊，如果我们早一点清楚这些情况的话，我们也许能救回露茜的性命！停，那样想下去我就要疯啦！

哈克尔已回房间继续整理资料去了。他说晚餐时他们就能对事件做个总体的描述。他觉得我同时该去看一下伦菲尔德，因为他的变化可以作为向我们通报伯爵行踪的信号。

我现在还不能理解这一点，但我想假如我把他的行为和日期联系起来看以后，我可能就清楚了。哈克尔夫人将我口述的日记打出来，这真是做了件大好事啊！不然我们永远也难以发现关于日期的秘密。

我看到伦菲尔德老老实实地坐在屋里，双手相握，微笑安详。此时，他看起来与任何正常人没有区别。我坐下来和他谈了许多事情，他都应答自如。后来，他主动提出想回家，他来这里后从没提过这个要求。事实上，他语调相当坚定地要求马上解除对他的看护。我相信，假如没有和哈克尔谈过，没有看过那些资料，没有注意他的发病日期的话，可能经过短时期的观察后，我就会考虑并签字同意让他回家。

但现在，我很怀疑，他病情的发作在某种方式上跟伯爵在附近的出现相关。那么，他现在这种满足的样子代表什么意思呢？是不是他本能地对吸血鬼取得胜利感到满足？稍等，他本人是个生食主义者，在他疯病发作时说到过"主人"这个词。这些看来都验证了我们的猜想。过了一会我就离开了，因为，他目前太正常了，假如我问一些深入的问题,也许会引起他的警觉。他可能会思考,然后……所以我离开了。我不相信这种表面的安静,因此我要求看护人员严格监视他,并把束缚背心准备好,以防万一。

乔纳森·哈克尔的日记

九月二十九日,去伦敦的火车上

我收到了比尔林顿先生的信,在信中他客气地说愿意在力所能及的范围内为我提供任何信息。我觉得最好去一次怀特白,当面向他咨询一些情况。我现在的主要目的是追踪伯爵那些可怕的箱子被送往伦敦何处。以后,我们也许需要这些信息。

比尔林顿的儿子,一个很好的年轻人,来车站接我,把我带到他父亲那里,父子俩坚持邀我在那里过夜。他们热情好客,是那种真正约克郡式的好客:他们总是全力为客人提供方便,并且让客人感到轻松愉快。

他们知道我很忙,不能久留,比尔林顿先生早已把箱子托运的相关文件在他的办公室里准备好了。我差点就能又看到我曾在伯爵桌上看到的那封信了,那时我还不清楚他的罪恶计划。

伯爵将所有事情都计划得很周全,他的计划系统精确地得到了执行。他几乎对所有可能出现的问题都事先做好了准备。用美国的俗话说,他"绝不依靠侥幸取胜",现在事情衔接的准确程度都是他运筹帷幄的必然结果。

我看了发货清单,并且都记了下来,"五十箱普通泥土,用于实验"。还有给卡特尔一帕特森公司的一封信的副本,以及他们的回复,这些我都拿到了副本。比尔林顿先生能够提供给我的就这么多。

之后，我又到港口走访了海岸警员、海关官员和港务局长。他们跟我讲了一些关于这艘货船进港时的奇特状况，这件事在当地曾造成轰动。但没有人能对"五十箱普通泥土"做进一步解释。

之后，我又走访了火车站站长，他友好地让我去见收发箱子的工作人员。他们的登记跟清单一样，他们也是说这些箱子是"五十箱普通泥土"，另外，他们还说箱子"又大又沉"，搬运它们非常艰难。

其中有个人补充说，他们很遗憾以前从没有"像我这样的绅士"对他们的劳动善意地表示过一丁点谢意。另一个说他们非常渴望得到这样的认可，虽然很长时间过去了，但这种渴望却完全没有减少。

我离开之前将这些都记录了下来，这方面的相关信息已经够了，没有什么需要补充的。

九月三十日

火车站站长真是好人，他把他的同事金斯克罗斯火车站站长介绍给我。因此，我早上到达那里时，就能向他查询有关箱子到货的情况。他立刻将我介绍给具体负责人员，我看到他们的记录与原始发货清单完全相符。

但是，在这里还不能完全解开我的疑问，于是，我来到卡特尔－帕特森公司的总部。我在那里受到了最高礼遇。他们帮我查阅了工作日志和信函文档中相关的交易记录，并且立即给位于金斯克罗斯的分部打电话询问了更多的细节。

很幸运，当时负责运货的工人刚好在工休时间，办事人员叫他们立即过来，并让他们带上那些箱子到达卡尔法克斯的所有货运记录及文件清单。我看到他们的记录和发货清单也完全相符。那些货运工人提供了一些比简单的书面文字更具体的详情。

我马上就发现，这完全与搬运工作又脏又累的性质分不开，在搬运工人心里都有一种渴望，希望得到别人的关心和认可。我给了他们一些钱，他们开心了许多。一会，有个人告诉我："先生，那栋建筑是我到过的最古怪的建筑。相信我，在我看来那里至少一百年没人住过，里面的尘土很厚，躺上去能当床，不会硌着骨头。在这个长期闲置的屋里，甚至能闻到耶路撒冷膏油的气味，只有老教堂才会发出这样的味道！我和同事当时只想赶快离开那个地方。主啊，我们更不愿晚上待在那里哪怕一会儿。"

他去过那所房子，所以我很相信他。但假如他了解的事情跟我一样多，我估计他会开更高的价码去搬运那些箱子。

有一件事我感到满意，就是所有从瓦尔纳发出的箱子全部安放在位于卡尔法克斯的老教堂里。一共应该是五十只，除非有的被挪走了，就像谢瓦尔德医生日记里写的那样。

后来

米娜和我工作了一天，我们把全部资料都按顺序排好了。

米娜·哈克尔的日记

九月三十日

我太亢奋了，简直难以自制。我想我的这种心理主要源于我对这个恐怖事件难以释怀的担心，害怕再一次揭开乔纳森的旧创会给他带来不利影响。

我尽力显出很有勇气的样子送他去怀特白，实际上我心里非常担忧。不过此行对他很有益处。他从没像现在这样果敢、坚韧、充满斗志。就像亲爱的范·黑尔辛教授说的:他确实顽强,能够顺应艰苦环境,换个意志薄弱的,早就垮了。他回来后,浑身散发着活力、希望和奋斗的决心。

我们今晚把所有资料都按顺序整理好了。我内心感到有种难以压制的兴奋。我感觉所有人都会同情像伯爵那样被我们追杀的人。但事实是这样的:这个家伙根本不是人,禽兽不如。无论是谁,只要看过谢瓦尔德医生关于露茜的死的日记,还有以后的事情,都会从心底里摒除对伯爵的怜悯心理。

后来

戈德明庄主和莫里斯先生来得比我们估计的早一些。谢瓦尔德医生出去办事,而且还跟乔纳森一起,因此我只好去接待他们。这对于我是一次痛苦的会面,这使我想起仅仅几个月前露茜的所有憧憬。

毫无疑问,露茜跟他们谈到过我,而且,范·黑尔辛医生对我也是"赞美不绝"——后来莫里斯这样形容说。

这些可怜的人,他们不清楚露茜把他们向她求婚的事都跟我说了。因此他们也不知道该说什么,做些什么,也不清楚我对整件事情了解多少。所以他们一直谈一些中性的话题。

但我想了一想,觉得还是应该把话题引到目前的事情上来。从谢瓦尔德医生的日记里我了解到,露茜去世时,她真正去世的时候,他们都在现场,因此我用不着担心泄露什么秘密。

于是,我详尽地告诉他们,我已阅读了所有的材料和日记,我和丈夫已把它们打印出来,并按时间顺序把它们整理好。我给他们每人一份副本,让他们到书房去看。亚瑟接过那一叠厚厚的材料翻了翻,问道:"哈克尔夫人,这都是你打出来的吗?"

我点点头,他继续说:"虽然我还不知道里面的内容,但你们都是那么善良,你们这样热情、精神饱满地工作着,而我能做到的就是无条件地接受你们的想法,协助你们。我已学会怎样接受一个让我在生命终止时想起来都会发抖的事实。另外,我了解你非常爱我亲爱的露茜……"

讲到这里,他转过身,双手捂住了脸,我听得出他的声音带着哭腔。莫里斯先生表现出天生的细心,他把手放在亚瑟的肩上,然后默默走出房间。

我感到女人天性中有一种成分,能让男人在她面前意志崩溃,自然地表现出他们软弱、感性的一面,而这种发泄不会有损男子汉的形象。当亚瑟看到屋里只有我和他两个人时,便坐到沙发上,然后完全无法自控了。我在他身边坐下,握住他的手。希望他不要觉得我太唐突,事后想起也不要这样觉得。是我把他估计错了,我明白他绝对不会这样想。他是个真正的绅士。

我能看出他的心都碎了,我说:"我爱露茜,我清楚她对你意味着什么,也了解你对她意味着什么。我与她情同姐妹,现在她离我们而去。在你心绪烦乱,陷入苦恼的时候,为什么不把我当作你的姐妹呢?我了解你承受的苦楚,尽管我无法知道它到底有多深。假若你感到别人的同情和关怀能使你好过些,那为什么不让我来帮助你呢,就算看在露茜的份上。"

这一瞬间,这个可怜人的痛苦完全爆发出来。看上去,就像长期承受和积累的所有痛苦都在瞬间找到了宣泄的闸门。他歇斯底里地举起双手舞动着,两只手痛苦地相互击打。他站起又坐下,泪水如注顺着脸颊流下来。我对他真的是满怀同情,于是,我张开双臂不假思索地抱住了他。他"哇"地一声,将头靠在我肩上,像个孩子一样号啕大哭起来,身体也随之动情地起伏。

女人天生就有一种母性，这种母性如果被激发出来，就能够坚定地应对许多困难。现在这个伤痛的男人将头靠在我肩上，我感觉好像将来有一天我也会这样抱着自己的孩子。我轻轻地抚摸他的头发，好像他是我的孩子一样。我从没想过当时这个举动有多奇怪。

　　过了一会，他停止了哭泣，并为他刚才的举动向我道歉，但他并不试图掩饰自己的真实情感。他跟我说，在过去的许多日子里，在那些疲惫不堪的白天和彻夜难眠的夜里，他无法向任何人倾诉，而男人也有需要诉说悲伤的时候。以前没有任何女人能给予他关怀，或者说，因为他深陷可怕的境况，他找不到任何可以倾诉的女人。

　　"现在我知道自己承受了多少，"他说着擦干了眼泪，"但我却不知道，也不可能有别人知道，你今天给予的温柔怜悯对我来说意味着什么，但以后我会深刻地领悟；相信我，并不是我现在不感激你，但我的感激之情一定会与日俱增。你会愿意让我一生像兄长一样待你，对吗？看在露茜的分上。"

　　"看在露茜的分上。"我说，之后我们互相击掌。

　　"也为了你自己，"他补充说，"假若一个男人的尊严和感激值得争取的话，你今天已经得到了它们。倘若将来某个时候你需要帮助的话，请相信，我一定在所不辞。上帝已经应诺你生命的阳光不会被阴霾遮挡，但如果你真的遇到了什么麻烦，请答应一定要告诉我。"

　　他如此真诚，他的悲情这样真实。我说："我保证。"我认为这样能令他好受些。

　　我来到走廊时，看见莫里斯先生正在窗前向外观望。他听到我的脚步声便转头问："亚瑟怎么样了？"

　　他看到我眼睛红红的，又继续说："啊，我见到你一直在安慰他。可怜的人，他需要别人的关怀。男人在内心痛苦的时候，只有女人才能让他得到安抚。此前没人能够安慰他。"

见到他这样坚强地忍受自己内心的痛楚，我的心在为他流血。他手里拿着那些稿子，我知道等他看完以后，他就清楚我了解了多少真相。于是，我跟他讲："我希望我能令所有内心受伤的人得到安慰。你愿意让我成为你的朋友吗？当你需要安慰的时候，你愿意找我吗？以后，你会明白我为什么这样说。"

他看到了我的真诚，弯腰拿起我的手放到唇边吻了一下。看来，我的话语感动了那无畏的灵魂。我有点冲动地俯身吻了他。

他眼眶湿润，有一会哽咽了。后来他平静地说："小姑娘，只要你活着，永远别忘却真诚的善良。"说完他就朝朋友的书房走去了。

"小姑娘！"这是他曾经对露茜的称呼。啊，他已经承认了他是我的朋友！

第十八章

谢瓦尔德医生的日记

九月三十日

我五点钟回到家,看到亚瑟和莫里斯不但来了,而且还把哈克尔先生和他能干的太太打印整理好的日记和信件的副本都看过了。

哈克尔先生去寻访那些搬运工还没有回来,就是帕特里克医生给我的信中提到的搬运工。哈克尔夫人为我们沏好了茶。老实说,自从住在这里以来,我第一次感到这个房子像个家了。

我们喝完茶后,哈克尔夫人说:"谢瓦尔德医生,可以帮我一个忙吗?我想见一见你的病人伦菲尔德。请一定让我见他。我对你日记中讲到的关于他的事情很感兴趣。"看着她动人的样子,我无法拒绝她,也没拒绝她的必要。因此我带她一起去见伦菲尔德。

我进了伦菲尔德屋里,跟他说有位女士想要见他,他只是简单地问道:"为什么?"

"她在参观这栋房子,因此想见一见里面的每一个人。"我回答。

"嗯,那很好,"他说,"让她一定要来,但请稍等一会,让我先收拾一下这里。"他收拾房间的方式非常特别,当我想到要阻止他时,他已经把盒子里所有的苍蝇和蜘蛛全部吞下去了。很明显,他担心或者非常提防外界的干涉。

他做完了那件恶心的事情后,才开心地说:"让女士进来吧。"之后,他便低着头坐到床边,但眼睛却始终抬着,这样就能够看见她进来。

有一刻,我担心他会有暴力倾向;我记得很清楚,他在冲进书房袭击我之前有多么安静。因此,我选了一个最佳位置站着,如果他对哈克尔夫人有什么举动,我就能立即抓住他。

哈克尔夫人非常轻松愉快地走了进来,这种神情会很快赢得精神病人的好感,因为轻松是精神病人最喜欢的气质了。

她带着愉快的微笑走到伦菲尔德前面,伸出自己的手。"晚上好,伦菲尔德先生。"她说,"我知道你,因为谢瓦尔德医生跟我提到过你。"

他没有马上回应,而是皱着眉头仔细端详着她,流露出好奇和疑惑的表情。之后,让我意外的是,他说:"你不是医生想娶的那个小姐,对吗?不可能是,你懂吗?她已经死了。"

哈克尔夫人温和地笑着说:"啊,我不是!我已经有丈夫了,在我见到谢瓦尔德医生之前,就嫁人了,我是哈克尔夫人。"

"那你来这里干什么?"

"我和我的丈夫来拜访谢瓦尔德医生。"

"那就别待在这里了。"

"但是,为什么?"

我认为哈克尔夫人不会喜欢这样的谈话,我听了都很不舒服。于是,我插话:"我想要娶什么人你怎么知道?"

他停了一会,把目光从哈克尔夫人身上转到我身上,之后又移回去,非常轻蔑地说:"多么愚蠢的问题!"

"我一点都不这样认为,伦菲尔德先生。"哈克尔夫人马上为我说话。

伦菲尔德对我说话的态度有多蔑视,在回答哈克尔夫人时就有多礼貌和敬重。他说:"当然,你会弄清楚的,哈克尔夫人。当某个人——像我们的院长,一旦受人拥戴与敬重,那与他有关的一切都会在我们这个小圈子里引起广泛的关注。谢瓦尔德医生不仅被他的家人和朋友所爱戴,还被他的病人爱戴。要明白,这些病人没有思维协调能力,常会把原因和结果混为一谈。自从我住进这家精神病院成为一名病人后,我就发现这里有些病人具有那种顽固的错误思维方式,他们常常倾向于缺少逻辑以及毫无依据的诡辩。"

他的这些话让我听得目瞪口呆。我这位特殊的病人正在高谈他的哲学道理,且说话的风格颇具绅士风度,这是他表现出来的许多特点中最突出的一种。我猜是不是因为哈克尔夫人的出现触动了他记忆深处的某个地方。假若这种新现象是自然产生的,或者是由于某种潜意识的作用,那他一定具有某种少有的才能或本领。

我们又谈了一会儿,哈克尔太太见伦菲尔德很理智,一面询问式地看看我,一面将话题引到他最喜欢的事情上。让我再次意外的是,伦菲尔德回答这些问题时都表现得很有理智,在谈到某些事物时,他甚至拿自己举例。

"某些人有着奇特的信仰,就像我自己。真的,我的一些朋友都对我抱有戒心,要求把我监管起来,这也不足为奇。我曾经幻想生命是积极永存的,而且,只要你不断地吞吃别的生命,无论这种生命的形式多么低下,你的生命就会无限延长。有时,这种想法会变得异常的强烈,我甚至连吃人的想法都有过。这位医生能作证,我曾妄图杀他,目的就是吸食他的血液来增加我的生命和力量。这些是源于圣经中的'血液就是生命'。但有的人把这句箴言庸俗化了,导致它受人蔑视,不对吗,医生?"

我点头表示同意,因为我太惊讶,以至不知该说什么好。真的难以想象,五分钟以前,我还亲眼看见他吞掉那些蜘蛛和苍蝇。

我看一下表,该去车站接范·黑尔辛了。于是,我跟哈克尔夫人说该离开了。哈克尔夫人轻快地对伦菲尔德先生说:"再见,假如你愿意的话,我希望能经常见到你。"

但他的话却让人吃惊:"再见,亲爱的,请求上帝不要让我再看到你甜蜜的面容。愿上帝祝福保佑你!"

我独自去火车站接范·黑尔辛,没带别人。亚瑟的情绪处于自露茜生病以来的最好状态。昆西也比上午刚来的时候更表现出他乐观开朗的性格。

范·黑尔辛从车里下来时,动作跟年轻人一样敏捷。他很快就看到我,跑到我跟前,说:"啊,约翰,情况怎样?都好吗?这期间我一直在忙,到处奔走。我把事都办好了,有很多话要说。米娜女士与你一起吗?一起啊。她的好丈夫呢?还有亚瑟和我的朋友昆西,他们也在你那里吗?很好!"

回去的路上,我告诉他最近的一些情况,还告诉他在哈克尔夫人的建议下,我的日记也利用上了。

这时,教授打断我:"哦,米娜夫人真的不错!她具有男人的头脑,一个很有天赋的男人的头脑,同时拥有女人的善良。这是上帝的安排,请相信,是上帝创造出这种完美的组合。但是,约翰,现在我们已幸运地得到那位女士的协助,但过了今晚就不该让她参与这件恐怖的事情了。让她太冒险不好。我们男人要除掉这个恶魔,我们发过誓,是吗?但这不关女人的事。就算伤不着她,她也要面对很多恐惧,可能会令她以后备受折磨,她醒着时会神经紧张,睡着时会做噩梦。此外,她还年轻,新婚不久,还要考虑一些别的事情。你说她把所有的稿子都打印出来了,那她肯定会和我们讨论一下。但从明天开始,她就不要再为这事操心了,我们自己干。"

我完全赞同他的说法,我又告诉他,他不在时,我们了解到德拉库拉买的房子就跟我的精神病院相邻。他很惊讶,好像很担心。

"啊,如果以前知道就好了!"他说,"那样我们就能及时找到他,而且能救回露茜的生命。但是,如你所说,'事已至此,无力回天',不再想它了,还是把自己的事情进行到底。"以后,他没再讲话,直到我们进门。

我们准备去吃晚餐之前,他对哈克尔夫人说:"米娜女士,我的朋友约翰跟我说,你和你丈夫已经把到现在为止所有资料按时间顺序排好了,对吗?"

"不是到现在为止,是到今天早上为止,教授。"她很快回答。

"但为什么不是到现在为止呢?我们清楚,一些小线索也能提供很多帮助。我们都公开了自己的秘密,因此没什么需要隐瞒的了。"

哈克尔夫人脸红了,她从口袋里拿出了一页纸,说:"范·黑尔辛医生,你看看这个,要不要把这些加进去。这是我今天记录下来的。我觉得现在起应该把发生的每件事都记录下来,尽管有些繁琐。不过,这里记的除了我的私事外,没什么别的事情。一定要把它加进去吗?"

教授仔细地把那张稿纸从头至尾看了一遍,又把它还回去,说:"假若你不希望,就不要加进去,但我希望能把它加进去。它只会使你丈夫更加爱你,而我们,你的朋友,都会更加以你为荣,对你怀有更多的尊敬和爱。"哈克尔太太脸红着把纸拿回去,脸上露出开心的笑容。

现在,直到目前为止,我们全部记录都已完成,并按顺序排好。晚餐后,教授拿了一份副本到他屋里去了,我们约定晚上九点碰面。我们其他人都看过了资料,因此,在书房碰面时我们大家对所有的事实都清楚了。跟着我们就要制订出一个对付那个可怕的诡秘魔头的行动计划。

米娜·哈克尔的日记

九月三十日

晚上六点钟,我们吃好了晚餐,两小时多后,我们在谢瓦尔德医生的书房里会合。我们无形中结成了类似学术会或委员会的团体。范·黑尔辛教授进来时,谢瓦尔德医生示意他在主席的位子上就座。教授让我坐在他的右边,担任秘书的角色。乔纳森靠近我坐着。我们的对面是亚瑟、谢瓦尔德医生和莫里斯先生。亚瑟挨着教授,谢瓦尔德坐在中间的位置。

教授开始讲话:"我想,我们应该都知道了文件上记录的全部事实。"我们都点头,他说:"那好,我现在就给你们讲一下我们这个对手的一些情况。以下是我掌握的关于这个人的历史,你们听过后,我们就可以讨论怎样行动,采取合适的对策。"

"这个世上吸血鬼的确存在,我们当中有人亲眼见过。即便拿不出证据来证明我们痛苦的经历,但历史上有许多记载足够向理智的人们证明这一点。我承认,开始我也很怀疑。如果不是多年来我已把头脑训练成开放式的话,恐怕我都不会相信,直到这次残酷的事实在我耳边雷鸣'看! 看! 是真的! 是真的!'

"唉,假若一开始我就了解这些情况,哪怕只是猜到一点的话,那我们一条至爱而珍贵的生命就可能被挽回。但现在已无可挽救了。我们要继续努力,这样才能拯救其他无辜的生命。吸血鬼不像蜜蜂那样蛰一次人以后就死掉了,他会变得愈来愈强大,以后又会有更大的能量继续其罪恶行径。我们面对的这个吸血鬼力量非常强大,能抵二十个以上的男人。他比人类更狡诈,他的狡猾随着年代的增长而加强。而且他还有妖术相助，根据他自己的词汇，这叫作死亡占卜。此外，所有他能接近的死人都接受他的驱使。

"他非常残酷，并且比残酷更加邪恶，准确地说，他是冷血无情的恶魔，没心没肺。他能在一定范围内呼风唤雨，控制雷电；他还能驱使所有低等动物，如老鼠、猫头鹰、蝙蝠、飞蛾、狐狸或豺狼等；他随意变幻模样，来无影，去无踪。

"那么，我们怎么开始剿灭行动呢？我们如何才能找到他的行踪？找到后，又该怎么除掉他呢？朋友们，我们肩负着非常艰巨而恐怖的任务，而且后果可能让最勇敢的人都不寒而栗。因为假如我们在这场战斗中失败了，我们的命运将会怎样呢？我的命算不了什么，我毫不在意。但假如我们失败，这不仅仅是生死的问题，而是我们可能变成像他一样在夜间出没的肮脏魔鬼，没有良心，没有情感，去践踏我们最爱的人的身体与灵魂。那时，天堂之门将永远对我们关闭，有谁会为我们将它重新打开呢？于是，我们将永远被人们鄙弃，成为玷污上帝圣明的污点，变成射向人类的利器。

"但是，我们一定要承担起这个责任，我们能在这种情况下退缩吗？对我自己来说，我会回答，不会！但我老了，生命不长了，也没多少阳光、美景、鸟语、音乐和爱。但你们还年轻，虽然有的人经历了苦痛，但还有幸福的光阴在等着你们。你们将怎样回答？"

教授在讲话时，乔纳森握住了我的手。他伸出手的那一刻，我真的很担心他被面对的困难压倒。但是，当他握住我的手时，我感到一种生命的力量——坚定的信心和决心。一个勇敢男人的手可以说明全部，哪怕是无关的女人也能理解其中的含意。

教授讲完后，我丈夫凝望着我的眼睛，我也凝望着他，这时语言已是多余。

"我代表米娜和我自己响应你。"他说。

"算上我,教授。"昆西·莫里斯先生像往常一样干脆地说。

"我与你站在一起。"亚瑟说,"如果不是为别的,至少是为了露茜。"

谢瓦尔德医生简单地点了点头。

教授站起来,把他的金十字架放在桌上,伸出双手。我握住他的右手,亚瑟握住他的左手,乔纳森的左手握住我的右手,另一只手握住莫里斯先生的手。这样,我们所有人的手都连在一起,结成了一个神圣同盟。我感到我的心是寒冷的,但我从没想要退缩。我们又坐下来,范·黑尔辛医生神情激昂,因为,这意味着严肃的工作开始了。这个行动如此庄重,就像立下生死契约一样郑重。

"很好,你们都清楚我们的敌人是谁,但我们并不是没有力量。我们也有凝结起来的力量,能克制吸血鬼的能量。我们有科学为武器,我们能自由地思考和行动,我们有同等长度的白天和黑夜。其实,只要我们发展自己的能力,我们的力量是无边的,并且能够运用自如。我们已经投入这件事情之中,我们的目的是无私的。这些都有重大的意义。

"现在,我们来看看敌人的哪些方面我们可以控制,而哪些少数地方我们不能控制。确切地讲,就是先分析一下吸血鬼的共同弱点,再具体分析一下这个魔鬼。

"我们只能从传说和迷信入手。表面上看它们似乎没什么用处,特别是当我们面临生死关头,或者比生死更重要的问题的时候。但是,现在我们也该满足于此,因为我们别无选择,第一我们没有其他信息来源,第二毕竟这些传说和迷信是我们能获取的全部信息了。

"我们能指望别人相信有吸血鬼吗?就看看我们自己好了,一年前,我们当中谁会相信在我们这个科学的、对一切怀疑的、只相信事实的十九世纪会有这样的事情发生?我们甚至会对我们眼前业经证明的事实都冷笑讥讽。因此,相信吸血鬼是有弱点的、是可以对付的，与相信吸血鬼是不是存在是一个道理。

"我告诉你们，只要有人的地方，人们都知道它。它在古希腊、古罗马、德国、法国、印度以及中国等地方恣意横行，那里的人们直到今天都很害怕它。它跟随着勇猛的冰岛人、匈奴人、斯洛伐克人、撒克逊人及马扎尔人的足迹。

"现在，我们已经得到了大量的信息资料，足以采取相应的行动了。我们亲身的经历已经验证了过去的传闻。吸血鬼长生不老，不会因为时间的流逝而死亡。它依靠喝人的鲜血不断补充自己的能量。就像我们中有人看见的那样，它会变得更年轻，生命力变得更强。也就是说，只要它不断地吸食血液，就能不断恢复活力。

"但是，假若它不喝血，它就得不到能量。它的饮食与人类不同。乔纳森曾和它相处了几个星期，却从没见它吃过任何东西，从来没有！乔纳森还注意到，它没影子，照镜子也照不出形象。它手的力量很大，乔纳森亲眼见它力大无穷地把狼群关在门外，阻止它们进入。它拉乔纳森上马车时也显出强大的手劲。它能变成一只狼，这一点我们从关于在怀特白登陆的船的报道中了解到了。报道中还讲到一只狗被它咬得皮开肉绽。它可以变成蝙蝠，米娜女士在怀特白时曾见它站在窗上。约翰也曾看到它从旁边的那幢房子飞走，昆西也在露茜小姐的窗口见到过它。

"它能制造大雾，在雾中出没，这一点在那个令人敬佩的已故船长的航海日志中能得到证实。但我们知道，它造雾的范围很有限，只能在周围制造一些雾气。

"它能化作粉尘，在月色中来往，乔纳森在德拉库拉城堡里遇到的女魔就是这样出没的。它能变得很小，我们亲眼见到露茜小姐在安息前夕从细如发丝的门缝中穿过去。只要是它想到的地方，无论门关得多严，哪怕用封条密封，它也能来去自如。它能在夜里洞察秋毫,这在有一半时间是黑暗的世界里,并不是一个普通的本事。

"但是,请继续听下去,尽管它有这么多本事,但它并不自由。事实上,它所拥有的自由比关在船舱里的奴隶或病房里的精神病人更少。有的地方它不能去。尽管它不是自然界正常产生的物种,但它也遵循某些自然法则,虽然我们还不清楚原因。除非屋里的人先请它进来,否则它自己不能先进入。但是,只要它进来过一次以后,就能随心所欲地出入。它与其他鬼魂一样,魔力在黎明时分就会消失。

"它只有在特定时限之内,才拥有自由。假若它身处自己的势力范围之外,就只能在正午或正好在日出或日落的时候变化形状。我们说的这些事情,还有日记中记载的事,都能在其他地方找到证据。但是,它在自己势力范围之内时,就能为所欲为了,如它睡觉的泥土、棺材和坟墓等污秽的地方。我们从它藏在怀特白那个自杀者的墓穴里的情况看得出来。还有在其他某种情况下,它也只能根据时刻来变化形状。比如说它只能在涨潮或者退潮时才可以穿过水流。

"此外,有些物件它非常害怕,这些物件能令它丧失威力。如我们知道的大蒜,还有宗教圣物,如我的十字架,现在它就在我们中间保护着我们。只要这些东西在面前,它什么办法也没有。有这些物件存在的地方,它都会躲得远远的。另外还有一些东西,我也要告诉你们,或许日后我们能用得上。

"将野玫瑰的枝条放到它的棺材上面,能阻止它出来。它躺在棺材里时,神圣的子弹射向它,也能让它真正地死亡。另外,就是用木桩穿过它的身体,我们已见证了这样做的效果。或割下它的头颅也能使它永远安息。这些我们也都亲眼见证过。

"所以,如果根据我们掌握的信息,只要我们找到这个曾经是人的东西的藏身处,我们就能把它困在棺材里,然后毁灭它。但它异常狡猾。我让在布达佩斯大学的朋友阿米纽斯通过各种途径查阅了所有的文献资料,后来他告诉我这个吸血鬼的前身是谁。实际上,这个吸血鬼前身就是曾率军横渡土耳其边境大河,与土耳其人奋勇作战,最终赢得封号的德拉库拉总督。果真如此的话,那他可不是个平凡的人。因为自那时起,乃至此后的几个世纪里,他都作为最有智慧、最具谋略、最勇猛的'森林大地之子'在世间广为传诵。

"它睿智的头脑和钢铁般的意志都跟随它进了坟墓,现在它们正在跟我们作对。阿米纽斯还讲,德拉库拉家族曾是一个庞大的贵族家庭,但是与他们同时代的人都觉得他们是与魔鬼打交道的人。那些人是在斯科罗曼斯了解这些秘密的。斯科罗曼斯位于赫尔曼斯塔德湖上方的群山之中。听说就在这里,魔鬼宣布了第十代继承人。在有关记载中能看到这些字眼:巫术、撒旦和地狱。在一份稿纸里,这一代德拉库拉被描绘成'吸血鬼',我们太清楚其间的含义了。在德拉库拉的后代中,有许多正直善良的男女,他们对这个恶魔可能到过的墓穴都举行了圣礼进行净化,因为被这个魔鬼玷污过的墓穴是最恐怖的地方。而在经过圣礼净化的地方它根本无法待下去。"

大家讨论时,莫里斯先生却一直盯着窗户。这时,他轻轻站起来,走了出去。

大家停了一下,之后,教授继续说:"现在,我们要决定做什么。我们手上掌握了很多资料,我们需要做出战斗部署。从乔纳森的调查中得知,城堡里有五十箱泥土运往怀特白,它们是由卡尔法克斯发出去的。我们也了解到有一些箱子从那道墙后面的屋子里运走了。我个人认为,我们第一步要做的就是确认剩下的箱子是不是还在那里,还有没有别的箱子被运走了。假若是后者,我们必须追查⋯⋯"

这时,屋外突然传来一声枪响,打断了我们的谈话。同时,房间的玻璃窗户被子弹打碎,子弹斜穿过来击中了对面的墙壁。我想我内心深处是个胆小鬼,因为我被吓得缩成一团。

男人们全都蹦了起来，亚瑟蹿到窗边把窗户支起来。这时，我们听到莫里斯的声音从窗外传来："对不起，我可能把你们吓着了，我进来跟你们说是什么事情。"

片刻，他进来说："刚才我办了件傻事，请你们谅解，尤其要真诚地请哈克尔夫人原谅，我想一定把你吓着了。情况是这样的，教授说话的时候，我看到一只很大的蝙蝠飞来停在窗台上。近期发生的一系列恐怖事情使我心生畏惧，因此我真是无法容忍，就走出去向它开了一枪。现在只要在傍晚的时候，我看见蝙蝠就用枪射击它。亚瑟过去还取笑过我呢。"

"你打中了吗？"范·黑尔辛医生问。

"不清楚，我猜没有，因为它朝树林里飞去了。"昆西·莫里斯没再说什么，重回到自己的位子上。

于是，教授接着前面的话题往下说："我们一定要追踪每一个箱子的去向。全部准备工作做好以后，我们把它困在墓穴里，要么活捉它，要么杀死它。或者我们把五十箱泥土全部消毒一次，让它再没有藏身之所。这样的话，我们有可能最终会在正午到日落这段时间找到变成人形的它。在这个时间段里它的力量最薄弱，我们就可以捕捉到它。

"对于你，米娜女士，今晚以后你就不要参与了。你对我们来说很重要，我们不能冒失去你的危险。我们今晚散会后，你就不要再过问这件事了，我们在恰当的时候会将一切事实都告诉你。我们是男人，能经受磨难。但你是我们的明珠与希望，假若你不参与冒险行动的话，我们就更能放开手脚。"

其他男人包括乔纳森都显得松了一口气。但我的感觉却不好，因为他们可能会很冒险，而且因为要保护我而削减他们的力量，现在力量就是最大的安全。然而，虽然我不满意这个安排，但既然他们已经做了决定，我也不再说什么，只好接受他们的照顾。

莫里斯先生说："我们不能耽搁时间。我提议，现在就去查看那栋屋子。和他战斗，时间就是生命。假若我们迅速行动的话就有可能拯救另一个受害者。"

行动的时间愈临近，我的心就愈紧张，但我什么也没说。因为我更担心假如我变成他们的拖累或工作障碍的话，他们甚至可能不让我参加他们的讨论会。他们现在就去卡尔法克斯，到那栋房子勘查究竟了。

他们真是大男子主义，竟让我上床睡觉，仿佛一个女人当她所爱的人们濒临险境时还能睡得着一样！或许我该躺下来，假装睡觉，以免乔纳森回来时会更加担心。

谢瓦尔德医生的日记

十月一日，凌晨四点

正当我们准备出发时，有人来紧急报告，说伦菲尔德要立刻见到我，他有非常重要的事情跟我说。我跟送信的人说，现在没时间，天亮后去看他。

看护人员说："看上去这回真的很紧迫，先生，我从没见他这样焦急，假如你不立即去的话，我估计他又要发作了。"

我明白看护人员不会无缘无故地这样说。于是，我说："那好，我现在就过去。"接着，我叫他们等我一会，我去看一下我的病人。

"让我一起去，朋友。"教授说，"我对你日记里写到的那个人很有兴趣，并且他经常跟我们的事情有联系。我很想见一见他，特别是当他情绪烦躁的时候。"

"我可以去吗?"亚瑟问。

"我呢?"莫里斯问。

"我能去吗?"哈克尔说。

我点点头,于是,我们一起下了楼。

我们看到他的情绪很激动,但他的举止比我以前看到的要更理性。他显得异乎寻常的通情达理,在精神病院里我还从没见过这种情况。他甚至还异想天开地想利用他的理论影响我们这些正常人的思维。

我们五个人一同走进他的屋子,但谁也没先开口。他要我马上放他回家,他的理由就是他已经完全恢复健康了,还以他自己现在的理智为例。

"我会向你的朋友求助,"他说,"他们也许不会介意为我的病情做出判断。顺便说一下,你还没有向他们介绍我呢。"我真的感到非常惊讶,因为,在精神病院没有介绍病人我一点不感到奇怪,另外,这个男人的举止中还流露出一种尊严。

我一贯注重平等,因此我马上介绍说:"戈德明庄主;范·黑尔辛教授;昆西·莫里斯先生,来自得克萨斯;乔纳森·哈克尔先生。这位是伦菲尔德先生。"

他依次与每个人握手,并跟他们说:"戈德明庄主,我非常荣幸地在温德汉追随过你的父亲。我难过地知道你父亲已经过世,因为你已继承了你父亲的头衔。所有与你父亲相识的人都很尊重和爱戴他。我听说,他年轻时还发明了烈性朗姆酒勾兑的鸡尾酒,这种酒在德比地区的晚宴上很受欢迎。

"莫里斯先生,你该为你伟大的家乡感到自豪,它开创先河率先加入美国联邦,并且因此产生深远的影响。其他地区都会纷纷效仿归顺到星条旗的麾下。当门罗主义作为政治纲领取得真正地位时,联邦的力量会掀起大规模扩张的浪潮。

"我怎样表达见到范·黑尔辛的喜悦心情呢？先生，我就不为因省略了您的头衔而向您道歉了。当一个人通过不断地对大脑进行研究，发明了颠覆性的新治疗方法时，任何传统的称谓都不恰当，因为它都会将您局限在某一个范围之中。

"你们，先生们，无论从民族、传统，还是从天生秉性来看，都将在这个日益发展的社会中占据重要地位。我想请你们见证我与绝大多数行动自由的人有着同样清醒的头脑。

"我敢断定，您，谢瓦尔德医生，一个人道主义者、医学权威及科学家，一定会把我当作特例来对待，我想您会认可这是您的道德责任。"他说最后这番话的语气表现出很强的煽动性，更别说这些话语本身也相当有魅力。

我想我们所有人都十分吃惊，至少我差不多已被他阐述的理由说服了。虽然我对这人的性格与历史已了如指掌，但我几乎有种强烈的冲动想告诉他，我对他的理智感到很满意，并且愿意明天早上为他办理出院手续。但是，我感到在做出如此重大的决定前，还是再等等为好。因为从以往的经验得知，这个特殊病人会有突然发病的可能，因此，我只做了个概括性的讲话，说他看上去好得非常快，我会在明天上午再跟他进行一次谈话，之后再决定是否满足他的要求。

但他很不满意，很快就说："但是恐怕，谢瓦尔德医生，你并没弄清我的意思。如果可以，我想立即走，现在，此时，此刻。时间非常紧迫，而且我们的协议里有记载，我只要恢复理智就能够出院。我相信只要向你这位有声望的专家提出这个简单而重要的请求，您一定会履行协议。"

他恳切地望着我，当看到我脸上否定的表情时，他又去看其他人。

在没有取得丝毫积极的响应之后，他说："难道我的想法错了吗？"

"是的。"我直接地说，同时又感到这样说很残酷。

大家沉默了许久。然后，他慢慢地说："那样，我只好修改一下我提出要求的理由。我想请你做一点让步，行个方便，给我一个特赦，随你怎么说都行。我提出这个请求，并不是因为自身的原因，而是为了别人。我现在不适合把所有的情况都向你解释。但我保证，我这些理由是善良的、充分的，并且是无私的，是源于最崇高的职责。先生，假若你能看见我的内心，您一定会与我的感情产生共鸣，而且你会把我当成你最要好、最信赖的朋友之一。"

他又一次热切地望着所有的人。而我也逐步确信，他整个思维方式的突变其实是另一种形式的疯狂。因此，我决定让他接着表现。根据经验，他会像所有的精神病人一样，最后变得疯狂。

范·黑尔辛在仔细观察这个病人，眉头拧得要碰到一块了。他对伦菲尔德说话的语调很平等。我现在回想起来的时候，对他这种口吻就觉得一点不奇怪了。

他说："难道你不可以坦率地跟我们说，你今晚为什么想离开吗？我保证，只要你的理由能让我这个没有成见、思维开阔的外国人信服，谢瓦尔德医生就会满足你的愿望，即便他要为这件事情承担风险和责任。"

他难过地摇摇头，脸上显出遗憾的痛苦表情。

教授又说："先生，好好思考一下。你想向我们证明你已完全康复，因此把你的理由描绘得很高尚。你目前的表现，有可能是药物的作用，我们有理由怀疑你理性的程度。假若你不愿意配合我们找到最适合你的治疗方法，我们又怎样尽我们的职责呢？明智一些，协助我们，这样我们才能帮你实现你自己的愿望。"

他仍然摇头，说："范·黑尔辛医生，你的道理很充分，我无言以对。假若我能畅所欲言的话，我会毫不犹豫。但这件事，我不能做主。我只能请求你相信我。如果我被拒绝，那责任不在我身上。"

我认为这种滑稽的严肃场面该告一段落了，于是我朝门边走去，简单地说："来吧，朋友们，我们还有事情要做。晚安。"

但就在我快到门口时，病人的情况发生了突变。他异常敏捷地逼近我，以致我以为他又要对我进行攻击。但我的担心是错的，他只是举起双手不停地向我哀求，看着真让人心软。尽管他清楚过分的情绪化对他很不利，因为这会让我们恢复到以前对他的看法上，但他还是变得愈来愈冲动。

我看了范·黑尔辛一眼，我的果断得到了他的赞许，于是，我变得更坚定，或者说是更严厉了。我跟他讲这样没用。以前当他向我强烈要求得到某种东西时，也曾见他表现出类似的激动情绪，比如向我要猫的时候。而且我估计他被拒绝之后，会同样陷入闷闷不乐的情绪之中。

但我猜错了。当他看到自己的请求没有成功时，他变得异常焦躁。他一下跪到地上，双手伸出扭在一起，呼天抢地向我哭求，泪水顺着脸颊流下，脸上是极度悲伤的表情。

"我求您了，谢瓦尔德医生，啊，我乞求您，让我马上离开这里吧。您想将我送往哪里都行，怎样送走随您的意愿。您可以派看守人员带上鞭子和铁链跟随我，您让他们给我穿束缚背心、戴上手铐脚链，甚至关在囚笼里都可以，只求您让我离开这个地方。您不清楚将我关在这里意味着什么。我现在和您说的都是肺腑之言！您不清楚您正在伤害谁，是怎么伤害的，我不能说。我真是不幸啊！我不能说啊。看在神灵的份上，看在您至爱的人的份上，看在你失去的爱情的份上，看在您的希望的份上，看在全能的上帝的份上，让我离开吧，把我的灵魂从罪恶中解救出来吧！您难道听不见吗？您难道不清楚吗？您难道从来不学习吗？您难道不了解我非常清醒而诚恳吗？我不再是一个疯子，是一个理智的男人在为他的灵魂而战斗！啊，您听见了吗？听见了吗？让我走，让我走，让我走！"

我想如果再继续下去，他会变得更加疯狂，最后也许会导致他的大发作，于是我拉住他的手扶他起来。"来，"我严厉地说，"别这样了，我们已经看够了。回到床上去，安静下来！"

他突然停住，盯着我望了好一阵。之后，他默默无言地站起来走开，坐到自己的床边。他的情绪与上次一样崩溃了，我早就估计到的。

我最后一个走出他房间。当我快要出来时，他以非常冷静、平和的声调说："我相信，谢瓦尔德医生，您将来会给我一个公正的评判：今晚我已经尽力让您相信我了。"

第十九章

乔纳森·哈克尔的日记

十月一日,早上五点

我带着轻松的心情和大家一起开始调查,因为,我从没见过米娜这样强健结实。她答应退出真的令我很高兴,让我们男人继续去工作吧。我曾经一想到要把她卷入这个可怕的事情就忐忑不安。好在目前她的任务完成了。正因为她的体力、头脑及见识,整件事情才得以完整地拼凑起来。她也应该感到自己的工作完成了,安心地把剩下的事情让我们去做。

同时,我们大家都为伦菲尔德的事情感到有些难过。我们离开他的房间后一直没讲话。直到回到书房,莫里斯先生才对谢瓦尔德先生说:"我说,约翰,假若那人不是伪装的话,他可算是我见到的最正常的精神病人了。我不敢肯定,但我确信他有非常重要的原因,假若是真的话,那我们不给他机会好像有点不合情理。"

戈德明庄主和我都保持沉默,但范·黑尔辛医生说:"约翰,我很高兴你在精神病方面比我懂得多。因为,如果换成是我,可能还没等他最后歇斯底里地发作,就让他走了。但是我们要不断吸取经验,对现在这个任务,我们不能怀有侥幸心理,我想我的朋友昆西也是这种想法。"

谢瓦尔德医生则有点神志恍惚，像是同时回答两个人："我不太清楚，但我同意你的观点。假若那个人仅是普通的精神病人，我宁可冒险信他一次。但是他与伯爵在某些方面纠缠不清，我担心自己做错什么决定从而助长他的疯狂。我不曾忘记他为了要一只猫也表现出同样的狂热，后来又差一点用牙齿撕开我的喉咙。此外，他称呼伯爵为'领主'和'主人'，他也许想出去助纣为虐。那魔鬼既然能驱使狼群、蝙蝠或别的东西来帮助自己，那么，我认为他也有可能会利用某个精神病人。但这个病人看起来的确很真诚。我希望我们刚才所做的事是最妥当的。凡是与目前这件疯狂的工作相关的事情，都让人心智极度疲倦。"

教授走过来，把手放到他的肩上，严肃而和蔼地说："约翰，不要担心。我们是想在一件可怕的工作中尽到我们的责任，我们只能做自己认为最恰当的事情。除了上帝的怜悯以外，我们还能苛求什么呢？"

戈德明庄主中途出去了一下，现在回来了。他手里拿着一只小小的银哨子，说："那个旧屋子也许到处是老鼠，我可以用这个来吓走它们。"

我们翻过围墙，朝那栋房子走去。月亮露出云层时，我们就到树荫里面隐蔽起来。当我们走到门边，教授打开他的包，从里面拿出一些东西放到台阶上，并把它们平均分成四份，每人一份。

他对我们说道："朋友们，我们马上就要进入危险的境地，因此，我们需要武装起来。我们的敌人不是虚幻的。要记住，他的能量超过二十个男人。我们的脖子和气管都是普通材料构成的，很容易被折断或撕裂。但是，对付他并不是仅仅靠力量就行的。当然，假若一个人比他更强大，或者一群人合力，也有可能抓到他，但却无法伤害到他,反而会被他所害。因此,我们一定要保护好自己,别让他碰到我们。把这些放在靠近心脏的地方。"

教授边说边递给我一个小银十字架,因我离他最近。"把这个花环戴在脖子上,"他又把大蒜花环给了我,"对付普通的敌人,用左轮枪和匕首就足够了,还有这些电光珠,把它们捆在你的胸口。最后这个东西最重要,只有在最关键的时刻才能用它。"那是一小块圣饼,他将它装在信封里递给了我。其他每个人都得到了一份相同的东西。

"现在,"他说,"约翰,万能钥匙在吗?如果有了它,就能把这扇门打开,而不用像上次进入露茜家时候一样要破窗而入了。"

谢瓦尔德医生用一两把万能钥匙试探,他那外科医生的灵活技巧在这里派上了用场。没过多久,他就成功地确定了其中一把,经过一阵探索后,"咔嗒"一声,锁打开了。我们推门,门轴"咯吱咯吱"一阵响,门慢慢地打开了。

我脑海中突然闪过谢瓦尔德医生日记里描写的打开韦斯特拉小姐坟墓时的情景,我猜他们可能都想到了,因为所有人都同时往后退了一步。

教授率先向前迈进那扇大门,说:"主啊,我将自己托付于你!"在跨进门槛的同时,他画了个十字。我们都进来后便把门关上,以免我们把灯点亮以后,引起路人注意。

教授细心地试了试门锁,以防遇到紧急情况逃生时从里面打不开门。然后,我们都把灯点亮,开始向前搜寻。

若明若暗的灯光照射着我们,令我们的影子交织在一起组成各种怪异的图案。我总感觉有人潜伏在我们之中,这种想法挥之不去。我想可能是我产生了联想,眼前的情景突然让我想起在特兰西瓦尼亚的恐怖经历。我想他们都有这种感觉,因为,我看到大家都跟我一样,一有任何动静或看到一个新的影子,就马上东张西望。

所有地方都被厚厚的积尘覆盖。地面的尘土看上去有几英寸厚，上面有新近的脚印。我把灯向下照，脚印里平头钉的印子清晰可辨。墙上也有厚厚的灰尘，墙角布满了蜘蛛网，上面的灰尘把蜘蛛网都压破了，看起来就像破烂的衣服。

大厅的桌子上放着一大串钥匙，每把钥匙上都贴着发黄的标签。看来曾有人用过它几次，因为教授拿起钥匙时，灰尘上留下了一道痕迹，而桌上还有几道类似的痕迹。

教授转过身对我说："你应该知道这个地方，乔纳森，你曾经复印过房间的图纸，你至少比我们知道得多。哪一条是通往房子附属的小教堂的路呢？"

我模糊记得怎样走，虽然上次我也是私闯进来的。于是，我在前面带路，但还是转错了几个地方，后来我发现到了一扇低矮的橡木拱门前面，门的周边包着铁皮。

"就是这里。"教授一面用灯观看手里的小地图一面说，那张地图是他从我办理房屋买卖的文件中复制的。我们费了一些工夫，从一大串钥匙里找到了这扇门的钥匙，开了门。

尽管我们已有心理准备，因为在开门的时候，我们就已经闻到从门缝里散发出来的淡淡臭气，但我们还是没想到打开门以后，扑面而来的臭气是那样的强烈而恶心。

除了我以外，其他人都没近距离接触过伯爵。而我以前看到的也是他没吸血时在自己屋里的模样，或是他吸饱血以后满脸浮肿地在他空旷的旧建筑里的样子。这里又狭窄又封闭，长期的闲置使里面的空气异常污浊，散发出泥土和瘴气混合的气味。至于这种恶臭本身，怎样来形容呢？是一种混杂的臭味，夹杂着尸体腐烂的血腥味，是极度腐烂的味道。啊呸！想起来就要呕吐，仿佛那个怪物呼出的每一口气都汇集在这里，使人愈加恶心。

一般情况下，这样的恶臭很快会让我们打退堂鼓。但现在不同，这个伟大的使命激发出我们超常的力量，去克服肉体的痛苦。除了刚闻到这种臭气时，我们都身不由己地后退以外，之后我们全都全身心投入工作，好像身处玫瑰园一般。

我们对这里进行了仔细的搜查。教授在开始时说："第一件事情就是查看剩下多少只箱子，之后我们再仔细检查每一个角落、小孔和裂缝，看能不能找到什么线索，查出剩下箱子的去向。"

只需扫一眼就能数出剩下箱子的数量，因为箱子体积那么大，没有可能会数错。五十个箱子只剩下二十九个！

我曾受过一次惊吓，当我看见戈德明庄主突然转身，朝漆黑的走廊望过去时，我也往那边张望。一瞬间，我的心几乎停止了跳动。因为透过黑暗，我好像模糊看见伯爵那张狰狞的面孔，鹰钩鼻、红眼睛、红嘴唇和恐怖惨白的脸。但这仅是一刹那。戈德明庄主说："我以为我看见了一张脸，但其实可能是影子。"说完他又继续搜索起来。我把灯转向那个方向，并走进走廊，走廊里没有任何人，而且那里没有墙角，没有门，没有任何小缝隙，只有厚厚的墙壁，即便是它也无处藏身。我想可能是自己因为恐惧产生的幻觉，因此没说什么话。

几分钟后，我见莫里斯突然从他正在检查的角落里退了出来，我们都朝他那里看过去，毋庸置疑，大家的情绪立即紧张起来。接着我们看到一大片的磷光，像繁星一样闪烁。我们本能地后退。顿时，整个地方变成了老鼠的海洋。

我们都傻愣在那里，除了戈德明庄主，他仿佛准备好应对这种紧急场面。他迅速冲到谢瓦尔德医生提到过的那扇巨大的铁皮橡木门前——我曾见过这扇门——把钥匙插进去，拔开大门闩，打开门，再从口袋里取出银口哨吹出尖锐的哨音。这时，从谢瓦尔德医生家的屋后传来了狗叫声。片刻，三条狗从房子拐角处冲了过来。

这时,我们都下意识地往门口跑去。跑的时候,我留意到地面上的灰尘有拖拉的印迹,看得出箱子是从这里拖走的。就在过去的一分钟里,老鼠的数量突然激增,仿佛一下就充满了全屋。灯光照着它们跑动的黑影,它们充满恶毒的眼睛闪闪发亮,整个地方看起来像是飞舞着萤火虫的泥潭。

狗向着房子冲过来。但它们跑到门槛的时候,突然停住了,并开始狂吠。后来,它们把鼻子竖起,朝着屋子里痛苦地哀号。屋里的老鼠已经成千上万,我们全部跑了出来。

戈德明庄主捉住一只狗,将它抱进屋里,放到地上。那只狗的脚一落地,好像马上恢复了勇气,它向着天生的敌人冲了过去。但老鼠逃得非常神速,狗还没捕捉到几只,老鼠已经退去了大半。等其他的狗都被抱进来后,屋里就没剩下几只老鼠了。

老鼠逃走后,整个房子诡异的气氛好像减少了许多。那些狗在屋子里乱蹦乱窜,一边追捕惊慌失措的老鼠,一边兴奋地叫着,把老鼠往空中抛。我们也精神大振。不知道是因为我们开了小教堂的门,里面污浊的空气都排出去了,还是我们现在是站在屋外的空地上,但可以确定的是,我们心头狰狞的阴影像脱掉袍子那样容易地消失了,因此我们这次的冒险行动也少了一些恐怖的气氛。但我们仍然不敢有丝毫懈怠。

然后,我们又关上大门,插上门闩,并且上了锁,带着那些狗继续搜索。除了大量的尘土,我们没有在屋里找到任何别的东西。除了我自己第一次来留下的足迹,一切都保持原来的样子。狗也没有丝毫不安的表现。甚至在我们又回到小教堂里以后,它们还是欢蹦乱跳的,仿佛像在夏日树林里捕食兔子一样兴奋。

当我们从前大门出来的时候,东方已经破晓了。范·黑尔辛教授把大厅门的钥匙从那串钥匙上取了下来，把门锁上，再把钥匙放进了自己的口袋。

"到现在为止，"他说，"我们今晚的行动是很成功的。我担心的伤害并没有发生，我们也已经知道有多少箱子不见了。最令我高兴的是，我们的第一步可能也是最困难、最危险的一步已经圆满完成，而且没有把我们最可爱的米娜女士牵涉进来。因此，她也无须因那些永远不能忘掉的可怕的场景、声音及气味而彻夜难眠了。

"并且今天我们还学到一课，那就是：伯爵驱使的那些动物并不受他的精神控制。你们看，比如那些老鼠听从他的召唤，就像以前你要离开古堡时，伯爵把狼群招来一样，还有露茜可怜的母亲也碰到过这种情况。但这些老鼠尽管响应伯爵的召唤，最后却被亚瑟的几只小狗追得到处乱窜。我们还有许多问题要面对，还有别的危险、恐怖和怪物，他的邪恶伎俩并不是只在今晚使用一次。所以，他现在到其他地方去了，很好！我们在这场为人类灵魂作战的竞赛中，有机会将他的军了。现在我们回去吧，天很快就要亮了。我们应该为今晚的初战告捷感到满意。以后可能还要面临许多恐怖的日日夜夜，但我们要勇敢向前，不能在任何危难面前退缩。"

我们到家的时候，屋里静悄悄的，只听到远方某处传来一些动物的哀叫声，还有伦菲尔德房间里传出来的一声叹息。那个可怜的家伙在病情发作后，无疑又在用没有必要的痛苦想法折磨自己。

我轻手轻脚回到自己的屋里，看见米娜睡着了。她的呼吸那么轻柔，以至于需要俯身贴耳才能听到。我希望今晚的讨论会没使她难过。我也非常感谢她不参与我们今后的行动甚至讨论。这不是女人所能承受的压力。刚开始我还不觉得，但现在我非常清楚了，因此这样安排让我很高兴。

有些事情假如跟她说，也许会吓着她。但如果她已经产生怀疑，刻意隐瞒的结果也可能更糟。因此我们的工作一定要对她严格保密，直至将这个恶魔从世界上消灭掉，等到整个行动结束时，再将事情的真相告诉她。我敢说在我们这样无话不谈之后，想再保持沉默必定很困难。但是我一定要坚定些，明天我要对今晚发生的事情绝口不提。为了不影响她，我在沙发上躺下来休息。

后来

我想我们都睡过头了，这是件很正常的事情，白天忙碌了一天，晚上又没有睡觉。就连米娜也显得非常疲乏，因为，虽然我起床时太阳已经升得老高了，但她却还没醒来。并且在我叫了她两三次以后，她才醒过来。

她睡得很沉，以至于刚睁眼的头几秒钟她几乎连我都没认出来，她以茫然惊恐的眼光望着我，仿佛刚从噩梦中醒来。她说觉得还很累，于是我让她继续睡到下午。

现在我们知道已有二十一个箱子被转移了，假若能知道其中几个箱子的去处，就有可能找到所有的箱子。当然，我们的工作就能轻松许多。事情要解决得越快越好。今天，我应该去拜访托马斯·斯耐林先生。

谢瓦尔德医生的日记

十月一日

教授走进来时把我惊醒了，已经快到中午了。他显得比以往更精神，很明显昨晚的行动减轻了他的思想负担。

我们回忆了一番昨晚的冒险行动，然后他突然说："你的那个病人我很感兴趣。上午，我们能不能一起去看看他？如果你很忙，我可以自己去，假如可以的话。我是头一次见到精神病人讨论哲学，并且论证充分。"

我因有其他事情要办，所以告诉他，只要他愿意可以单独去，这样就不用浪费时间等我了。我叫来一个看护人员，向他做了必要的交代。教授离开之前，我提醒他别被病人的伪装所蒙骗。

"但是，"他回答，"我想让他讲讲他自己以及他食用活物的理论，我读你昨天的日记知道他跟米娜女士说过他的这种信仰。你笑什么，约翰？"

"对不起，"我说，"但答案就在这里面。"我把手放在打印的稿子上。"当那个多智博学的精神病人阐述他是如何食用生命体的时候，他嘴里散发出苍蝇和蜘蛛的臭气，那是哈克尔夫人进去之前他吃掉的。"

范·黑尔辛也笑了。"很好！"他说，"约翰，你记得没错。我也是记得的。而且正是这种变态的逻辑思想，使精神病研究变得非常有意思。也许我从疯子的荒唐逻辑中学到的东西要比从智者身上学到的知识更多。谁知道呢！"

教授走了以后，我继续手头的工作，很快就都做好了。感觉好像时间很短，这时教授已回到了书房。

"打扰你吗？"他在门口礼貌地问。

"一点都不会，"我说，"请进，我的工作已经完成，现在有空了，能和你一起去，假若你愿意的话。"

"不用了。我已经见过他了！"

"怎么样？"

"可能他对我的印象不好。我们见面时间很短。我进去的时候，看到他坐在屋中间的凳子上，双肘支撑着膝盖，满脸郁闷不乐的样子。我尽量尊重他,并且以非常愉快的口气跟他讲话,他根本不搭理我。'你不认识我吗?'我问。他的回答让我很没趣。'当然认识你,你是老笨蛋范·黑尔辛。我希望你到其他地方去宣扬你的傻瓜理论。让所有的荷兰白痴都见鬼去吧!'然后就再也不发一言,只管旁若无人地坐在凳子上继续生闷气。

"于是,我向这位聪明的精神病人学习的机会就成泡影了。所以,假若可以的话,我想去温柔的米娜女士那里聊一会,好让自己高兴一点。约翰,看到她摆脱痛苦,不再为那些恐怖的事情操心,我真是高兴得无法形容。虽然有时我们很需要她的帮助,但还是这样好。"

"我完全同意。"我由衷地说,我不想让他对这事有一点犹疑,"哈克尔夫人最好别参与此事。这事本身对我们来说已经够糟糕了,但是女人千万不能卷进来。假若她还陷在里面,早晚是要受到伤害的。"

于是,范·黑尔辛告别我去跟哈克尔太太谈心,哈克尔、昆西及亚瑟都出去寻找箱子的下落了。我要完成自己的工作,晚上和大家碰面。

米娜·哈克尔的日记

十月一日

今天,我蒙在鼓里一整天,一无所知,这种感觉很奇怪。多年来,乔纳森一直对我非常信赖,但现在,他却刻意在回避一些事情,而且是最重要的事情。

今天上午,我起得很晚,因为昨天太累了。虽然乔纳森也起得晚,但比我要早一些。临出门前他和我说了一会话,语气非常温柔甜蜜,但却只字未提昨晚他们进入伯爵屋里的情况。他肯定了解我多么焦虑不安。可怜的人啊!我想那些事情也许使他比我更难受吧。他们都一致赞同不让我再介入这件可怕的工作,我也默认了。但一想到他所有的事情都瞒着我,我就很难过!当我想到这是丈夫出于对我的爱,还有那些勇敢男人的美好心愿时,我就像个傻瓜一样哭了起来。

他这样是为我好。终有一天乔纳森会告诉我一切真相。为了不使他觉得我有什么心事隐瞒他,我还一如既往地写我的日记。那样,在他担心我对他失去信任时,我就把日记拿给他看,把我内心的思想都摆在他面前。我今天感觉莫名的伤感和低沉。我估计可能是情绪过分激动之后的一种反应吧。

昨晚,他们离开以后,我便上了床,只因为他们要我这样做。我当时并不想睡,也不觉得很焦虑。我不断回忆自从乔纳森到伦敦来看我之后的种种事情,看上去就像是一场恐怖的悲剧,被命运毫不留情地推向注定的结局。

人们做过的每件事情,不管当时看上去多么正确,似乎都是为了引出一个让人后悔的结果。假若当初我没去怀特白,可怜的露茜可能现在就和我们在一起。在我去之前,从没人带她去过墓地。假如她白天没有和我一同去墓地,那天晚上她不可能梦游。如果她晚上没有梦游到那里的话,那个魔鬼就不可能毁了她。啊,我为什么要去怀特白啊?

看,我又哭了!我不知道今天是为什么。我不能让乔纳森看到我这个样子,如果让他知道我早上已经哭了两次的话,他肯定也会心碎的。因为我从没为自己的事情哭过,他也从不让我哭泣。我应该掩盖好自己的感情,即便真的想哭,也不能被他看见。我认为这是我们可怜的女人一定要学会的事情……

我记不清我是怎么睡着的，只记得突然听到远处传来的狗叫声，还有别的奇怪的响动，有点像是楼下伦菲尔德房间里发出的激动的祷告声。之后，一切都恢复了平静，一种让人恐惧的寂静，我忍不住起来透过窗户往外张望。外面静悄悄的，漆黑一片，月色下的阴影仿佛充满着诡异。窗外没有丝毫动静，一切都若隐若现，死一样的寂静。

这时一条带状的白雾以非常缓慢的速度穿过草地向房子飘过来，它似乎有意识和生命。我想刚才放松了一会思绪对我有些帮助，因为，当我重新上床以后，感觉到全身困乏无力。我躺了一下，但并不能完全睡着，所以我又起床走到窗前。

那团雾气还在向这边扩散，现在已经靠近房子了，我能看到它在墙壁上聚集起来，好像在慢慢向窗口移动。伦菲尔德的声音更响了，但我听不清他在喊些什么，只感到他的语气是哀求的音调。接着，有搏击的声音，我清楚那是看护人员在制服他。

我惧怕极了，马上爬到了床上，用衣服蒙住自己的脑袋，手指堵住了耳朵。当时我一点都不想睡，我认为是这样的。但我最后肯定是睡着了，因为，我只知道做了许多梦，后来就什么都不记得了，直到第二天早上乔纳森叫醒我。我感到我费了很大工夫才意识到自己在哪里，并认出了是乔纳森弯着腰在叫我。

那个梦很奇怪，是典型的梦境与现实交错的梦。我想我当时是睡着了，而且在等乔纳森回来。我很担心他，又感到全身无力。我的脚、头还有意识都是麻木的，一点也无法动弹。我睡得很不安稳，满脑子都在想着什么事情。

之后，我慢慢感到周围的空气又重又阴冷。我把蒙在头上的衣服拿了下来，吃惊地发现周围全是雾蒙蒙的。我为乔纳森留的煤气灯也被关小了，只剩下微弱的红色火苗在雾里摇曳。雾明显地越积越浓,而且都涌进房间。我记得上床之前已经把窗户关上了。我本来要起来确认一下,但四肢像灌了铅一样,而且我的意识也好像不由自己控制了。于是,我只好一动不动地躺着、忍耐着。

我闭着眼睛,但仍然能透过眼皮向外窥望——这是一种多奇特的做梦方法,想起来也非常方便。雾愈来愈浓,现在我能看清它是怎样涌进来的。它们看起来像烟雾或是沸水形成的水蒸气。它不是从窗户涌进来的,而是从门缝里渗入的。这些雾气在屋中聚集,越来越浓,最后形成一个柱状的云团,透过云柱的顶部,我看见红色的东西在发光,像红色的眼睛。

云柱开始在屋里旋转,我的头脑也开始天旋地转起来,只有一句圣经里的话在耳边环绕:"白天云柱,夜晚火柱。"难道真是上帝在梦中给我启示吗?但这个柱子是云柱与火柱的组合体,因为我突发奇想觉得那个红眼睛一样的红光像火一样。

看着看着,红光分开了,仿佛两只红眼睛透过浓雾盯着我,它使我想起露茜以前告诉我的情景,她在悬崖上发呆时,看到夕阳余晖在圣玛丽教堂玻璃窗上的反光。突然我又想到一个场景,这把我吓坏了,我想起乔纳森见过的那三个可怕的女魔在月下尘土中现身的事情!

我想我肯定是在梦里昏过去了,因为一切突然变成漆黑一片。我最后的意识是看到一张铁青色的脸透过浓雾向我逼近。我一定要小心这种梦,如果这种梦过多的话,会令我的理智受损。我要找范·黑尔辛医生或谢瓦尔德医生开一点药,让我能安稳睡觉,但我又怕惊扰他们,让他们为我操心。今晚我还是争取自然入睡,如果还不行,明晚再找他们要点安眠药片。偶尔吃一次没什么副作用,而且催眠的效果也很好。我昨晚虽然睡着了,但比没有睡觉更感到疲劳。

十月二日,晚上十点

昨晚我睡着了,而且没有做梦。我一定睡得很香,因为乔纳森上床我都没有觉出。但是睡眠并没有使我恢复精力,因为,我今天感到非常虚弱和萎靡。昨天一整天我都在试着看书或躺着打瞌睡。下午,伦菲尔德先生要求见我。可怜的人,他的确很友善,而且当我走的时候,他亲吻了我的手,并请求上帝保佑我。这真的让我有些感动。现在我想起他来,忍不住哭了。

这是软弱的另一种表现,我要小心才对。要是乔纳森知道我这两天总在哭的话,肯定会很难过。他和另外的人一起出去了,晚餐时才会回来。他们回来时都满脸疲惫。我努力想办法使气氛活跃一些,这样对我自己也有好处,我可以暂时忘掉自己的疲惫。

晚饭后,他们要我上床睡觉,跟我说他们要出去抽烟,但我明白其实他们是去交流白天所做的事情。我从乔纳森的神情举止中看出来,他有非常重要的情况要说。我并不想睡,因此,他们出门前,我请谢瓦尔德医生为我开一点镇静剂,因为前一晚我睡得很不好。他很和气地马上给我开了一剂安眠药。他跟我说这些药物没有副作用,因为药性很温和……

我已经吃了药,就等着入睡,但是现在睡意还不浓。我希望我没有什么地方出错。因为睡意终于来临的时候,我产生了另一种恐惧:我感到剥夺自己保持清醒的能力是干了件蠢事。我也许需要保持清醒。

我就要入睡了。晚安。

第二十章

乔纳森·哈克尔的日记

十月一日,傍晚

我找到了托马斯,他家住在贝斯诺格林。但不幸的是,在当时的状态下他已记不起任何东西了。为了招待我,他特地准备了酒,结果把自己喝醉了。

但我还是从他妻子——一个看起来很正直的女人——那里了解到,他只是斯莫里特的助手,而斯莫里特才是两个具体的经手人之一。

于是,我驱马车赶往沃尔沃斯,在约瑟夫·斯莫里特先生的家里找到了他,他穿着短袖衫正在吃夜宵。

斯莫里特是个外表体面的聪明人,也是个友善可信的工人,戴着自己做的帽子。他记得关于那些箱子的全部事情。当时,他从裤子后兜里掏出一个边角卷曲的笔记本,上面用粗黑的铅笔写了一些文字符号,字迹已经有些模糊了。他从本子里找到了这些箱子的去处。

他说曾用马车将六个箱子从卡尔法克斯运到麦尔恩德镇齐克桑德街一九七号,另外六个箱子则被运到贝尔蒙德西的牙买加路。

假如伯爵想在伦敦多处进行恐怖活动的话,在箱子运出之前他肯定要选好地方,以后他肯定还会把更多的箱子运到别处。从伯爵系统性的行为方式来看,他不会将自己的势力范围局限在伦敦的两翼。现在,他已经在泰晤士河南岸和北岸的东部及南方分别选定了地方,而在他罪恶的计划里,一定不会漏掉北部和西部,更不用说市内及西南和西部的商业中心了。

我再问斯莫里特是否知道有别的箱子从卡尔法克斯运来。他说:"先生,你对我太慷慨了。"我已给他半英镑金币。"因此只要我知道的都会告诉你。四天前,我听一个名叫伯勒克桑的人在位于平彻巷的一家'野兔与猎犬'酒家说,他和同事曾在位于普尔弗利特的老屋里干过一桩少见的肮脏活。这么脏的活在这里是很少遇见的。所以,我想山姆·伯勒克桑也许能告诉你详细情况。"

我告诉他,假若他能提供那人的地址给我,我可以再给他半镑金币。他把剩下的茶一口喝光,然后站起来说,他马上去查。

走到门口,他停了下来,说:"你看,先生,现在留您在这里意义也不大。我也许能很快找到山姆,也许不能。但无论如何,他今晚也不太可能和您对话,他酗酒的程度是少见的。假如你能给我一个贴好邮票、写上你的地址的信封,我今晚就把山姆住的地址寄给你。你最好一大早去找他,不然他就离开了。因为无论他头天晚上喝了多少酒,第二天一早总是很早出门。"

这主意听起来不错。于是,我给了他的孩子一便士,让她去买信封和纸,零钱留着自己花。她回来时,我在信封上写好地址,贴上邮票。斯莫里特再次郑重地保证,只要找到他,就把地址寄给我。之后我就回家了。

无论如何,事情已开始进入轨道。今晚我已很疲劳,很想睡觉。米娜显得很困倦,而且看起来面色苍白。她的眼睛像哭过似的。可怜的人,瞒着她所有事情都一定让她很难过,而且,可能会令她更加为我和大家担心。

但这已是最好的局面了。尽管她现在会觉得失落和担心，但总比历经恐怖最后精神崩溃要好。

医生们最初要她脱离这件骇人的工作是多么正确的做法。我必须要坚定，坚持沉默也有压力，而我宁愿承受这种压力。在任何情况下我都绝不能向她谈及此事。但这也许并不是难事，因为她本人对这事也是不闻不问。自从我们跟她说了这个决定以后，她就再没谈过伯爵和其他相关的事情。

十月二日，傍晚

这是漫长而令人振奋的一天。

第一班邮车就送来了我的信——那封我自己写好地址的信。里面一张很脏的纸片上有木工铅笔写的一行潦草字迹："山姆·伯勒克桑:沃尔沃丝,巴特尔街,科克兰丝,伯特街四号。到了之后问迪派特。"

信到的时候，我还在床上。我没把米娜吵醒，自己起床了。看她正昏睡不醒，面色苍白，状态非常不好，我决定不把她叫醒。待我把这件事调查完回来，就安排她回埃克塞特去。我估计她在自己的家会愉快些，每天能做些有兴趣的事情，比在这里什么都不知道好多了。

我跟谢瓦尔德医生说了一会话，告诉他我的去向，并且答应说只要找到线索，就马上回来告诉其他人。

然后我驱车前往沃尔沃丝，费了一些周折才找到伯特街。斯莫里特先生的拼写错误使我产生偏差，他漏掉了一个字母。

但我找到伯特街后，轻易地就找到了科克兰丝出租屋。我向开门的人打听"迪派特"这个人时,他却摇头说:"我不认识他,这里没有这个人,我也从来没听说过有这个人。"

我拿出斯莫里特的信又看了一遍。我担心还有拼写错误。

"你是干什么的?"我问。

"我是门卫。"他回答。

我马上明白,我猜对了。"迪派特"和"门卫"两个词只差一个字母,我又被误导了。我给了那人一些小费,他立即对我所有的问题都耐心回答。他跟我说伯勒克桑昨晚在科克兰丝喝醉了,今早五点钟就去波普拉的工地上班了。他讲不清详细地址,只是一个模糊的印象说是个新仓库。

于是,我带着这个模糊的线索前往波普拉。到中午十二点,我还没找到有关这个建筑的有价值的线索,之后,我来到一个咖啡馆,里面有一些正在用餐的工人。其中有个工人说克罗丝安吉尔街正在建一个"冷库",这也许就是那个人所说的新仓库。

我立即赶过去。那里的门卫很无礼,工头比他的态度更恶劣。但当我给了他们一些小费后,他们的态度大为改观,马上带着我去找伯勒克桑。

我对工头说他若是同意我向伯勒克桑提一些私人问题,我愿意付给他相当于伯勒克桑一天的工钱。而伯勒克桑也是个精明的家伙,虽然行为举止粗俗。我承诺他只要告诉我相关信息,我就付给他钱,还预付了一部分钱给他。他后来告诉我,他曾在卡尔法克斯到皮卡迪利大街的一所房子跑过两次差,运了九个大箱子到那幢房子里。当时他雇了一辆大马车才把那些"很重很重的家伙"从卡尔法克斯运到那幢屋子里去。

我请他告诉我那幢房子的门牌号码,他说:"先生,我忘记了门牌号。但它与那栋白色的大教堂或类似教堂的新建不久的建筑只隔了几个门牌号。那是一栋满是灰尘的老屋,但与卡尔法克斯那幢房里的灰尘比还是差远了。"

"既然两幢房子都没人,那你怎么进去的呢?"

"有个老头在普尔弗利特的屋里等着我们,他还帮助我将箱子搬到马车上。真难为情,但他是我见过的力气最大的人。他是个老东西,留白胡子,很瘦,看上去连茅草都拿不动。"

这话让我直打冷战!

"嗨,他提住箱子的一端好像提几磅茶叶似的,而我抬着另一端累得直喘气。我的力气其实不小。"

"那你是怎么进皮卡迪利的那幢屋子里的呢?"我问。

"他也在那里,我按响门铃的时候,他本人来为我开门,之后又帮我把箱子搬到大厅里。他肯定是从卡尔法克斯出发,赶在我前面先到了那里。"

"总共九个箱子?"我问。

"是的,第一趟拉五个,第二趟拉四个。真是个费力的差事,我累得都忘了是怎么回家的了。"

我打断他:"这些箱子就放在大厅里吗?"

"是的,大厅非常大,里面什么东西也没有。"

我进一步问他:"你没有什么钥匙吗?"

"从没用过钥匙这些东西,都是那个老人为我开门,我的车走后他又自己关上了门。最后一次的情况我记不清了,因为我喝了酒。"

"你真的不记得门牌号码了?"

"不记得了,先生。但你无须费劲就可以找到它。房子很高,门前有块石头,上面有一张弓,门口有很高的台阶。我对那台阶印象很深,因为我不得不叫三个想赚钱的流浪汉帮我搬箱子。那老人付了几先令给他们，但他们得寸进尺，想要更多。那老头抓住一个的肩膀就要把他扔下台阶，最后三个人骂骂咧咧地走了。"

估计根据这些描述，我能找到那幢房子。于是我付给这位老兄一些钱，然后前往皮卡迪利大街。

这可真是令人头疼的线索啊。因为，很明显也许是伯爵亲自处理的那些泥土箱子。假如这样，时间真的非常紧迫，因为他现在已经把一些箱子分散到别处。接下来他就会选定时间，偷偷实施他的计划。

在皮卡迪利大街的环形广场我下了车，之后朝西走。在下议院后面，我找到了伯勒克桑所说的那所房子。我很兴奋，因为找到了德拉库拉安排的另一个窝点。

那所房子看来闲置了许久，窗户上积满了灰尘，百叶窗开着。全部窗框都因岁月侵蚀而变得发黑，铁框的涂料都剥落了。

最显眼的是前不久，在阳台前面挂了个大告示牌，但现在已破烂了，只剩下上面一点还贴在墙上。在阳台围栏后一些木板散落在地，木板的毛边都显得发白了。

我愿意付出大代价，只希望能完整地看清那张告示，或许能从中得到一些房屋所有权的信息。

我回忆起调查和购买卡尔法克丝那幢房子的情形。我想只要找到这栋房子的前主人，就能找到进去的办法。

现在，在皮卡迪利大街的街面已找不到什么线索，并且也没什么可做。于是我绕到房后，看能不能有新发现。

这个地段比较热闹，这里的大部分房子都住着人。我向旁边的马车夫打探这栋空房子的情况。其中一个车夫说他听说这栋房子最近刚出手，但他不知道是谁卖的。

他跟我说，那张"房屋出售"的广告是不久前贴出来的，可能米切尔·森甘迪公司,就是房产中介公司,能给我一些线索,因为,他记得好像在那张告示上见过这家公司的名字。

我不想让别人觉察到自己很急切,免得他们猜疑,所以,我装作漫不经心地向他道谢后才离开。

天色渐晚,秋天天黑得早,我一刻也没耽误。当我从《伯克利名录》上查到这家公司的地址后,便直接赶到该公司位于萨克威利大街的办事处。

出来接待的先生文雅有礼,但同样话不多。他只告诉我那所他称为"宅邸"的房子已经出售了。

当我问及谁是买主时,他睁大眼睛,犹豫了一会,说:"已经出售了,先生。"

"请原谅,"我同样有礼地说,"但是,我有特殊原因,希望了解房子的买主。"

这一次,他沉默了更长时间,眉毛抬得更高了。

"已经出售了,先生。"他照样简单地回答。

"我相信,"我说,"你不会介意让我了解多一点情况吧。"

"但我确实介意,"他说,"米切尔·森甘迪公司的客户资料都受到严格保密。"

很明显,他是个顽固的人,再追问下去也无用,因此,我想最好换个角度和他讲话。于是我说:"先生,你们的客户对你们严格地保守他们的秘密一定感到欣慰。我本人也是个专业人士。"

我把名片递给他:"我问您并不是出于好奇。我现正为戈德明庄主办事,他希望了解这房子的所有权情况,他知道这幢房子最近被出售了。"

这番话马上收到了不同的效果。

"哈克尔先生,假如可以的话,我很乐意为您效劳,尤其乐意为庄主效劳。我们曾为庄主处理过一些小的房屋租赁方面的事宜,那还是他获得封号以前的事情。如果你愿意将庄主的联系地址告诉我,我会马上与公司商量这事。并且不管怎样,我都会在今天晚上将结果寄给你们。即使我们违背公司原则,但能向庄主提供他需要的信息,是我们的荣幸。"

正所谓"多交朋友,少结冤家",因此我向他致谢,然后将谢瓦尔德医生家的地址给了他,就离开了。

天色已黑,又累又饿。于是我在"松软面包店"喝了杯茶,然后坐下一班火车回到普尔弗利特。

他们都在家。米娜看上去又疲乏又苍白,但她在努力装作轻松愉快。一想到自己向她隐瞒所有情况令她惶惶不安,我就很心疼。

感谢上帝,这将是她最后一晚旁观我们研究对策,也是最后一次忍耐将她排除在外的痛苦。我是鼓足了勇气才坚持住没跟她讲任何关于可怕行动的内容。她似乎对这种安排也很顺从,也许她对这个话题已经厌倦了,因为哪怕无意中提到这件事情,她都会发抖。

很高兴我们及时做出决定。假如现在她都会这样的话,那随着行动深入,了解的消息愈来愈恐怖,对她将是更大的折磨。

因为米娜在场,所以我不能告诉大家今天的发现。晚饭后,我们放了些音乐以便放松一下心情,之后我把米娜送回房间,让她上床休息。

亲爱的米娜比以往更显柔情,她搂住我,好像不想我离开。但我有许多重要的情况要说,于是我还是离开了。感谢上帝,我们的感情并没有因我的刻意隐瞒有丝毫改变。

当我再次到楼下时,我看到大家都围坐在书房的火炉边。在火车上的时候,我就把之前的事情写在了日记里,现在只需把它念出来,这是让他们了解所有信息的最佳办法。

当我念完时,范·黑尔辛说:"乔纳森,今天干得很不错。毫无疑问,我们就快找到失踪的箱子了。假如那些箱子全在那栋房子里,那我们的任务就快完成了。但假如还有一些没有在的话,我们还要继续搜查,直到找到为止。然后,我们采取最后的打击,将那个魔鬼置于死地!"

大家沉默了一阵子,之后莫里斯突然讲话了:"我说,到底该怎样进入那座屋子呢?"

"我们如法炮制。"戈德明庄主很快地回答。

"但是,亚瑟,这次不一样。我们在卡尔法克斯撬门进去,是因为有黑夜和围墙的遮掩。但在皮卡迪利这种闹市区,无论白天还是夜晚,想要潜入屋里似乎都有难度。我承认我想不到该怎样进去,除非那个房产中介能给我们弄到钥匙什么的。也许明天上午你收到他的信以后,我们才知道。"

戈德明庄主眉头紧锁。他站起来,在屋里来回踱步。过了片刻,他停下来说:"昆西想得很周到。这次要是还硬闯进去,后果就会比较严重。我们上次是侥幸,但这次很麻烦。除非我们可以找到伯爵的钥匙圈。"

明天上午之前我们都没什么可做的事情,至少要等到戈德明庄主收到米切尔公司的消息后才能决定,因此,大家决定在明天早餐前不采取行动。此后很长一阵子,我们都坐在那里,一边抽烟一边从各个角度讨论这件事情。我趁此机会把日记续写到现在时刻。我很困倦,该上床睡了……

再说一句。米娜睡得很香,呼吸很有规律。她的眉头稍微皱起来,仿佛睡着了还在考虑问题。她依然很苍白,但不像早上那样吓人。我希望她明天就能恢复过来。她将回到埃克塞特自己的家里。

啊,真的很累!

谢瓦尔德医生的日记

十月一日

伦菲尔德再一次让我琢磨不透。他喜怒无常，变化之快，令人很难捉摸。并且他的情绪往往暗示着另外很多事情，因此研究他不单是缘于兴趣。

他上次曾奚落了范·黑尔辛一番，我决定今天上午去探视他。他的举止仿佛他能掌握命运一样。其实，他只是主观地在掌握命运。

他对尘世的一切都满不在乎，他仿佛站在云端高高地俯视芸芸众生的弱点和欲望。

我想制造机会套出一点信息，便问："那些苍蝇怎么样了？"

他傲慢地笑笑，回答说："亲爱的先生，苍蝇有个显著的特点，它的翅膀是精神世界中飞行能力的典型标志。我们的祖先将灵魂巧妙地比喻成蝴蝶，真的不错。"

我想按照他的逻辑继续推理下去，于是立即说："啊，那这就是你目前追求的一种灵魂，对吗？"

但他的疯狂挫败了他的理智。他立时满脸迷惑，又异常坚定地摇摇头，我真的很少见他这种模样。

他说："啊，不，不，不！我不需要灵魂，我只要生命。"之后他又变得精神焕发起来，"我现在真的不关心灵魂，有生命就行了。我已拥有了一切。医生，你若是想研究食肉病理学，你还是另找他人吧。"

这话让我有点不懂，于是我继续引导他。"那你可以操纵生命，因此，我估计你是上帝，对不对？"

他的笑容中带有一种难以描述的优越感。"啊，不！我可不想将自己抬得像上帝一样高，我甚至不关心那些精神上的事情。假若要为我的精神境界定位的话，眼前我仅关心纯粹世俗的东西，因此我跟伊诺克的位置有点相似。"

这个可让我为难了。因为我一时想不起关于伊诺克的典故，所以只好问了他一个简单的问题，虽然我感到这样会让自己降到与精神病人同一层次："为什么说像伊诺克呢？"

"因为他与上帝平起平坐。"我看不出中间的因果，又不想承认这一点，所以，我又绕回他已否定的话题。"因此你不关心生命，也不需要灵魂。为什么？"

我问得很急，语气凌厉，想故意难为他一下。效果很好，因为他马上本能地恢复了原态，在我面前放缓和了，甚至有点讨好："我不需要任何灵魂！真的，真的！我不要。就算有，我也不懂该怎么利用它们。它们对我没有用处，既不能吃，又不能……"

他突然打住了，仿佛微风吹皱一泓湖水，他的脸上荡漾着熟悉而狡猾的表情。"医生，说到了生命，它到底是什么呢？当你得到了你想要的东西，而且懂得什么是你永远无法得到的，这就是生命。我有朋友，非常好的朋友，例如你，谢瓦尔德医生。"他说这话时语气里流露着无以名状的狡猾，"我了解我的生活永远不会没有意义。"

我感到虽然他思维混乱、意识不清，但是他终究还是能感到我在暗暗和他较劲，因为他立即用沉默来保护自己。

过了一阵，他板着脸一语不发，我知道再跟他说什么都没有用处，只好离开了。

但后来，他又想要见我。一般来说假如没有特殊理由，我是不会去的。但现在我对他很感兴趣，所以想再争取一下。另外，我也可以借此消磨时间。

哈克尔出去找线索了，戈德明庄主和昆西也外出了。范·黑尔辛在我的书房里仔细阅读哈克尔搜集的材料,他或许觉得准确地熟知一切细节,就可能发现一些线索。现在他并不想被别人打搅。

我本来想和他一起去见病人,但猜想经过上次的碰壁,他也许没兴趣见他了。当然,还有另一个原因,假如有第三者在场,病人也许不能像我们两人在一起时那样畅所欲言。

我见他坐在屋子中间的凳子上,一看他的姿势就明白他的脑子正在做思想斗争。

我一进门,他马上问:"你认为灵魂是怎样一回事?"好像早就等着问这个问题。

看来我的猜测是对的。潜意识思维对精神病人也能起作用。

我打算将这个问题挑明:"你自己认为灵魂怎么样?"

他没有立即作答,而是上下打量着四周的环境,好像想从中找出某种灵感。

"我不需要任何灵魂!"他带着无力和忏悔的语气说,仿佛这个问题一直折磨着他。我打算痛下针砭,再逼进一步。

于是我问:"你喜欢生命,而且想得到生命?"

"啊,是的! 但这个没关系,你不要为这个担心!"

"但是,"我问,"我们怎样才能得到生命,而摒除它的灵魂呢?"

他看来有些疑惑,我继续说:"有那么一天,在一个美好的时刻,当你飞离人间时,你的身边有成千上万只苍蝇、蜘蛛、鸟和猫的灵魂嗡嗡、吱吱、喵喵地围绕在你身边。你知道,你夺取了它们的生命,就得带着它们的灵魂!"

我的话好像唤起了他的想象力。他马上用手指堵住耳朵,紧紧地闭上眼睛,神情紧张地皱起脸,就像小孩子满脸肥皂泡时的样子。

这种神情让我不禁产生了怜悯,而且我清楚了一点:我眼前的这个人只是个孩子,虽然他的容颜显得苍老,下巴上的胡子都是白色的。

很明显,他正经历一场精神上的斗争,并且他也意识到,根据他以往的逻辑得到的结论正是他反对的东西。

我觉得应该尽量深入了解他的思想。第一步是使他恢复自信,于是,我大声地问,即使他堵住耳朵也能听得见:"你想不想再要一些糖来招引苍蝇呢?"

他好像一下惊醒过来,然后摇了摇头。他笑着回答:"不是太想!毕竟,苍蝇也是可怜的东西!"停顿一会,他补充说:"而且,我也不想让它们的灵魂在我身边嗡嗡地叫。"

"要不弄点蜘蛛?"我继续问。

"去他的蜘蛛! 蜘蛛有什么用? 身上什么都没有,既不能吃,又不能……"他突然停住了,好像想起什么禁忌似的。

"又来了!"我暗想,"这是他第二次在要说'喝'这个词时停下来。为什么呢?"

伦菲尔德好像也感到自己有点语塞,于是,立即接着往下说,似乎想分散我的注意力。

"我对这些东西毫不在乎。就像莎士比亚说的'耗子、老鼠等小生命就像肉柜里的鸡食'。我现在对这些废物已经不感兴趣了。我清楚什么在等着我,因此你想让我对这些低等生命发生兴趣,就像你叫人用筷子去吃分子一样不可能。"

"我知道了,"我说,"你想要一些大的东西,这样才够填你的牙缝对吗? 那你想早餐吃一头大象?"

"你在胡说些什么东西?"他好像越来越戒备,我决定继续逼一下他。"我在想,"我做出思考的样子,"大象的灵魂是什么样子的?"

我达到了期望的效果。他居高临下的心态跌落下来,又变成孩子一样。

"我不要大象的灵魂,什么灵魂都不要!"他说。

他懊丧地坐在那里好几分钟。突然,他跳了起来,眼睛发光,异常兴奋。

"让你和你的那些灵魂都见鬼去吧!"他叫道,"你干嘛总拿灵魂来烦我?难道除了灵魂之外,我就没其他事情要操心、烦恼或注意了吗?"

他看上去满怀敌意,我怕他再对我进行暴力袭击。于是,我吹响了口哨。

我一吹口哨,他就安静下来了,还带着歉意对我说:"请原谅,医生。我有点失态了。你不用叫人。我真的担心自己竟然这样冲动。假如你能了解我现在正面临和试图解决的那种问题的话,你就会同情、包容和谅解我。请别给我穿背心,求求你!我需要思考,但如果将我束缚起来,我根本无法自由思维。我相信你一定了解。"

很明显,他已经很好地控制住自己。因此,当看护人员进来时,我跟他们说没事了。伦菲尔德一直盯着他们的背,直到他们走开。

当关上门时,他很庄重、温和地对我说:"谢瓦尔德医生,你对我真的很体贴,相信我,我真的非常、非常感谢你!"

我觉得还是在他处于这种状态时离开较好。于是,我就离开了。这个病人的头脑里一定在探究什么事情。假若能把一些零碎的发现按适当的顺序排列出来的话,就会发现"实情",就像美国记者说的那样。

我归纳如下:

不愿讲到"喝"。

害怕想到被任何东西的"灵魂"缠住。

不担心将来缺少"生命"。

厌恶一切低等生命,害怕被它们的灵魂所困扰。

从逻辑上推断，所有这些都说明一个要点，那就是：在一定程度上，他相信他将会获得更高级的生命！但他害怕后果——灵魂的负担。那么他要的是人命！

谁使他这样肯定？

慈祥的主啊！原来伯爵在控制他。看来目前又有新的恐怖计划！

后来

回来后，我就去找范·黑尔辛，并把我的猜想告诉他。他觉得这个问题很严重。仔细考虑了一会后，他要求我带他去见伦菲尔德。我便带他去了。

当我们来到伦菲尔德病室门外时，我们听见里面传来病人愉快的歌声，很久以前，他在这个时间也经常这样。

进门以后，我们惊讶地看到，他又像以前一样在撒糖。没过多久，秋天里无精打采的苍蝇们便"嗡嗡"地飞进了房间。我们想尝试着把谈话引到刚才的主题上去，但是他对我们毫不理睬。他继续唱歌，仿佛我们不存在。然后，他把一页小纸片放进了笔记本里。我们只好毫无收获地离开了。

他真是一个古怪的病人，今晚我们一定要盯牢他。

米切尔·森甘迪公司给戈德明庄主的信

尊敬的阁下：

能满足您的愿望我们无比高兴。鉴于哈克尔先生曾代表您向我们提出您的愿望，我们恳请您允许我们为您提供关于皮卡迪利街三四七号房屋的买卖情况。

房子的卖主是老阿其波得·温特苏费尔得先生的法定继承人。

买主是国外贵族，德·威利伯爵。他亲自到本公司进行现金交易，即所谓"一手交钱，一手交房"，请原谅我用如此俗气的说法。除此以外，我们对此人一无所知。

庄主，我们是阁下最谦卑的仆人。

米切尔·森甘迪公司

十月一日

谢瓦尔德医生的日记

十月二日

昨晚，我安排人守候在走廊里，让他实时记录从伦菲尔德房间里传来的所有动静，并要求他，如果有什么可疑的情况立即向我报告。

晚餐过后，我们大家围坐在书房的火炉旁，哈克尔夫人已上去睡觉了，我们交换了白天的行动和见闻。只有哈克尔有些收获，我们都非常希望他得到了重要线索。

睡觉之前，我又去了病人那里。我通过房间的观察孔看了看他，他睡得很好，胸部随着呼吸均匀地起伏。

早晨，我让值班的人向我汇报，他说午夜刚过，病人变得不安起来，而且不停地大声祈祷。

我问他是不是只有这些情况，他说只听到这些。但是，他的神情有点可疑。所以，我直截了当地问他是不是睡过觉。他不承认睡过觉，但承认"打了个盹"。真是太糟糕了，有的人不能信任，只有盯着他。

今天，哈克尔继续外出寻找线索。而亚瑟和昆西则在家照料马匹。亚瑟觉得应该让马随时处于备战状态，只要我们一有线索，就会马上用到它们，这样才不会浪费时间。

我们一定要在日出和日落之间这段时间对箱子里的泥土进行消毒。那样,伯爵就没有藏身之处,我们就能在他最弱的时候捕捉他。

范·黑尔辛去大英博物馆查阅古代医药的权威资料了。古代医生的一些处理方法,后来的医生常不愿接受。教授查找的是女巫和驱邪的相关资料,我们以后或许用得上它们。

有时,我感到我们肯定都疯了,我们只有穿上小背心才能恢复理智。

后来

我们又碰面了。我们的行动看来已经步入正轨,明天的工作可能就是最后行动的开始。

我猜伦菲尔德的平静是不是跟这有关系。他的情绪总是随着伯爵的行动发生改变。或许那个恶魔在被除掉之前,会在病人身上产生微妙的反映。假若我们能得到一些暗示,了解今天我和他谈话及后来他抓苍蝇之间的那段时间,他的脑子里究竟在想什么,那么,就有可能给我们提供可参考的线索。

现在,他表面看起来很平静……那是他的声音吗?好像他的屋里有疯狂的喊声传出。接着看护人员冲了进来,跟我说伦菲尔德出事了。看护人员说他刚开始听到病人在狂呼,他跑进屋里时,看到病人头朝下倒在地上,满身是血。我必须马上过去看。

第二十一章

谢瓦尔德医生的日记

十月三日

只要我记得,就要接着上次的记录,把以后的一切都仔细地记录下来,不能漏掉任何环节。我一定要静下心来。

我来到伦菲尔德房间,看到他脸朝左侧躺在血泊中。我上去翻过他的身体,他明显受到异常严重的伤害,他四肢瘫软,身体各部分都失去知觉,脸上有严重的瘀伤,像是在地板上撞的,地面上的那摊血也是从脸上的伤口流出来的。

我们把他身体翻过来时,跪在他身旁的看护人员说:"我想,先生,他的脊梁骨折断了。你看,他的右手、右腿和整个面部都瘫痪了。"

看护人员怎么也想不通事故是怎么发生的。他紧皱眉头,疑惑不解地说:"有两件事我想不明白。他脸上的伤,像是自己将脑袋往地上碰撞造成的。我在艾瓦丝菲尔得精神病院见到一个女孩在别人拖住她之前也是这样做的。此外,假如伦菲尔德当时处于严重肌肉痉挛的话,他从床上摔下也可能摔断脖子。但是,我想象不到两件事情怎么可能同时发生,因为,如果他脊梁先折断了,那他不能再撞自己的脑袋,而要是他的脸是从床上摔下之前就那样的话,那床上应该有一些痕迹。"

我说："赶快找范·黑尔辛医生，麻烦他马上过来，一刻也不能耽误。"

看护人员匆匆离开。几分钟后，教授穿着睡袍和拖鞋赶到了。他仔细地查看地上的伦菲尔德，之后转过身来看着我。

我猜他肯定能从我的眼中读懂我的想法，所以他用平静而清晰的语气对我说，实际是有意说给看护人员听的："啊，真是一场悲惨的意外！他需要非常细心的看护和照顾。我本来应该和你一起，但我需要回去穿戴整齐。如果你还在这里，我几分钟后就回来。"

病人开始急促地呼吸，很明显，他在承受着剧烈的痛楚。范·黑尔辛很快返回了，还带着一个手术箱。他一定是考虑清楚了，进来后，他悄悄对我耳语："叫看护人员离开，他手术醒来后，我们需要单独和他在一起。"

于是，我对看护说："那这样吧，西蒙斯，我们该做的都做了，你去继续巡视。范·黑尔辛医生要给他做手术。如果发现任何异常情况，马上向我报告。"

看护人员退下了。接着，我们很仔细地为病人进行检查。他脸上的伤只是皮外伤，真正的伤是头骨破裂，位于运动神经附近。

教授思考了片刻，对我说："我们要尽一切力量降低他的颅压，使它恢复正常。脑部出血速度很快，这说明他的伤势很严重，他的整个运动神经受到了压迫。颅压还会继续上升，因此，我们应该马上进行开颅手术，不然就来不及了。"

这时，传来了轻轻的敲门声。我走去开门，看到亚瑟和昆西站在门外走廊里，他们穿着睡衣和拖鞋。

亚瑟说："我听到你派人来叫范·黑尔辛医生，说出事了。因此我叫醒昆西，准确地说是告诉昆西，因为他并未睡着。现在事情变化太快,而且太离谱了,因此我们这些天都睡得不安稳。我还在想明晚这件事情也许会有大的变化呢,我们只能加倍小心才是。能进来吗?"

我点点头,等他们全都进入房间,我又把门关上了。

昆西看见地上躺着的病人,还有地面上的鲜血时,不禁轻声叫了起来:"天啊!究竟发生了什么事情?可怜的家伙!"

我简单地将事情做了说明,并补充说,我们希望他手术后能暂时恢复意识。

昆西马上走开坐到床边,亚瑟在他身边坐下。我们都在一旁耐心地观察。

"我们应该等一等,"范·黑尔辛说,"要找准最好的手术位置再进行锯颅,只有这样,才能又快又好地排除瘀血,很明显,他的颅内还在继续出血。"

等待的时间漫长得可怕,我的心在往下沉。从范·黑尔辛的面部表情看得出来,他也很担心结果会怎样。

我很害怕伦菲尔德醒来后说出的真相。我真的怕去想象。但我确信手术的结果,因为我曾看过专门看护临死病人的医生写的书籍。

伦菲尔德不规律地喘息,每次看他就要睁开眼说话了,但紧接着,他的呼吸变得愈来愈急促,之后整个身体也变得越来越麻木。

尽管长期以来,我早已习惯与病人、死人接触,但我还是觉得越来越焦躁,几乎能听到自己的心跳声,太阳穴上的脉搏也像锤子敲打的声音。这种死寂让人越来越难以忍受。我轮番观察其他同伴,他们都面色通红,眉头深锁,看得出他们都在经受着同样的煎熬。

屋里弥漫着紧张的气氛,好像我们的头顶上悬着可怕的丧钟,它随时可能在我们最没防备时沉重地敲响。

病人的情况继续恶化,随时都可能死去。我抬头看看教授,他也正看着我。他阴沉着脸说:"时间不多了。他的话也许能值好几条人命。我一到这就有这种想法。他已经危在旦夕!我们从耳朵上方开始动刀。"

接着,他马上开始手术。好几次,病人的呼吸都很急促,但终于,病人深深地吸了一口气,仿佛要把胸腔都撑破了一样。

突然,他眼睛睁开了,眼里充满狂乱和无助,他这样不眨眼地瞪着。后来,他的眼神慢慢缓和下来,变成一种喜悦的眼神,嘴角也放松了。

他的身体有点抽搐,同时开口说道:"我能安静下来的,医生。让他们把我的马甲取下来。我刚才做了个噩梦,这个梦使我变得很虚弱,不能动弹。我的脸怎么啦?好像都肿了,痛得很厉害。"

他想转动脑袋,但哪怕轻微的转动,都会令他的眼神变得呆滞。我轻轻地将他的头转回原处。

这时,范·黑尔辛医生认真地对病人说:"跟我们说说你做的梦,伦菲尔德先生。"

听到教授的声音,伦菲尔德破损的脸上现出一丝喜悦,他说:"是范·黑尔辛医生吧,你在这里太好了。给我一点水,我很口渴,之后我会告诉你,我梦到……"他停了下来,像是昏过去了。

我轻轻对昆西说:"白兰地,在我的书房,快!"

昆西急忙跑出去,不一会拿来了一个玻璃杯、一瓶白兰地和一瓶水。我们把病人干裂的嘴唇润湿。很快他就苏醒过来。

看来,虽然他的大脑严重受伤,但还可以间歇地运作。因为,在他基本恢复意识后,他以一种非常痛苦和困惑的眼神看着我,这个眼神我永远不会忘记,他说:"我不应该自欺欺人,那不是噩梦,而是恐怖的现实。"

讲完,他四周看了一下,见到床边坐着的两个人,继续说:"假如刚才我还不能确定的话,看到他们就更清楚我不是在做梦了。"

他眼睛闭上一会儿,那不是疼痛或者困倦的原因,而是下意识的,好像是为了积蓄能量。他再次睁开眼睛时,更加有力量,他急促地说:"快,医生,快,我就要死了! 我感到我只有几分钟,我快死了,或者比死更糟糕! 给我用白兰地再润一润嘴唇。我临死之前,或者在我可怜的大脑死掉以前,有些话我一定要说出来。

"谢谢! 在我请求你让我离开的那个晚上,你走以后,我都说不出话来了,我感到舌头像打了结一样。但除此以外,我的头脑很清醒,像现在一样清醒。你走了以后的很长一段时间,我都处在痛苦与绝望之中,也许过了好几个小时。我终于平静下来,大脑也恢复了冷静,那时我才感觉到自己身在何处。这时,我听到房子后面传来了狗叫声,显然狗离开了它们原来的地方!"

伦菲尔德说话时,范·黑尔辛医生的眼睛一下都不眨。他伸手过来牢牢抓住我的手,脸上却不露什么痕迹,只是轻轻地点点头,低声讲:"继续说。"

伦菲尔德继续说:"他穿过浓雾,来到我窗口,像以前我经常看到的一样。但后来他变得真实起来,不是幽灵了。他眼里冒着凶光,张着血盆大口笑着,他回头朝后面那片传出狗叫声的树丛望去时,尖锐的白牙在月光下面发光。

"开始我并没让他进来,尽管我明白他想进来,他以前就想进我房间。最后,他开始给我许诺,不光说说而已,而是马上行动。"

这时,教授打断他:"怎么做呢?"

"就是兑现。以前在有太阳的日子,他就把苍蝇送进来。都是又大又肥的苍蝇,翅膀像金属一样发亮。到了晚上,他就送来蛾子,背上还有骷髅十字架的图案。"

范·黑尔辛医生点了点头，轻轻对我说："天蛾阿特洛波丝，就是你说过的'骷髅蛾'？"

病人没有停，继续说："之后，他轻声说：'老鼠！老鼠！老鼠！成百上千，成千上万只老鼠。每只老鼠都是一条生命。狗和猫都喜欢吃。全是生命！全是红色的鲜血！血液里包含着各种年龄的生命！不仅仅是嗡嗡叫的苍蝇而已！'

"我嘲笑他，我想看他究竟能做什么。后来，在漆黑树林的另一边，他的屋里传来狗叫。他要我靠近窗口。于是，我踮起脚跟往外张望。他举起手，看上去好像是无声的召唤。一大片黑影在草地上延伸，像火苗的形状朝这边移动。接着他将浓雾向左右分开，我看到成千上万只老鼠，它们的眼睛里发着红光，像他的眼睛一样，只是小一点。

"他举起手，老鼠马上停住了。我觉得他好像说：'我会把这些生命都给你，而且还有更大更多的生命，它们的寿命加起来数都数不清，只要你对我臣服效忠！'之后一片红云，像鲜血一样的红云，向我飘过来蒙住了我的眼睛。在意识到做了什么之前，我发现自己已经打开了窗户，还对他说：'进来吧，我的主人！'

"老鼠全跑了，窗缝很狭窄，只有一英寸，但他一下就从窗缝里钻了进来，像月光经常穿过小缝隙照进房间，又还原成满月那样。"

伦菲尔德的声音变得细微了，我用白兰地润了润他的嘴唇，之后他又讲起来。但是，看上去他的记忆力像是间歇性的，因为他所说的事情是几天前的事。当我打算提醒他跟我们说刚才究竟发生了什么时，范·黑尔辛轻轻对我说："让他继续说，别打断他。他不能再从头思考了，如果你打乱了他的思路，可能就说不下去了。"

伦菲尔德说："我整天都在等他的消息，但他什么也没给我，甚至连一只苍蝇也没有。当月亮升上来时，我已经很生气了。后来，他从窗户钻进来,当时窗户是关的,他甚至连敲都不敲一下,我非常生气。但他却轻蔑地看着我,他那苍白的脸从雾中探出来,红眼睛闪闪发光。他旁若无人地向前走,仿佛整个地盘都是他的一样。他经过我身边时,气味跟以前不同了。我拉不住他。"

"我记起来了,不知怎么,哈克尔夫人进入我的屋里。"

他话音刚落,床边的两个人就站起来,走到病人的后面。这样病人看不见他们,他们却听得更清楚。他们两个都没出声,但教授显然很吃惊,手也在发抖。他的神情变得更严肃了。

伦菲尔德没有注意到这些,他继续说:"哈克尔夫人下午来看我时,和以前有些不一样,就像茶壶里添过水的茶那样。"我们都一震,但没人开口。他接着说:"直到她开始说话,我才感觉到她在这里。她看起来不同了。我不喜欢脸色苍白的人,我喜欢体内多血的人,但她的血好像都流光了。当时我还没认识到这一点,但她离开后,我开始思考,后来我想到原来他正在吸走她的生命,我简直快气疯了。"

我知道,这时别人都跟我一样在发抖,但我们没动。

"所以,今晚他再进来时,我正在等着他了。当我看见那团雾气钻进房间,我就紧紧地抱住他。我听说疯子有超常的力量,而且我有的时候知道我是个疯子。所以我用尽全身的力气。哈!他感觉到了,他从雾中钻出来与我搏斗。我牢牢抓着他,我感到我快要赢了,因为我不希望他把她的生命夺走。当我看到他的眼睛,这对眼睛像熊熊的烈火一样瞪着我,我的力量瞬间变得跟水一样了。

"他挣开我,当我想再次抓住他时,他把我提起来朝下一扔。我眼前出现一片红云,还听见雷鸣般的轰隆声。后来那团雾气从房门下面钻出去了。"

他的声音越来越微弱,呼吸越来越短促。范·黑尔辛医生本能地站起来。"我们清楚最坏的情况出现了,"他说,"他就在这里,我们清楚他的目的。可能还不算太晚,我们武装起来,跟我们那天晚上做的一样,别耽搁时间。一刻都不能耽误。"

用语言已经无法形容我们的恐惧,大家有相同的感受。我们匆匆赶回自己的房间,拿出那些进入伯爵房子时教授给我们的物品。当我们在走廊里碰到教授时,他也带好了同样的东西。教授指着这些东西语重心长地说:"永远随身带着它们,直到恐怖的一切结束。要用智慧,朋友们,我们对付的不是一般的敌人。啊!可怜的米娜受罪了!"他停下来,声音有些哽咽。我不清楚此时我的内心是充满恐惧还是愤怒。

来到哈克尔夫妇的门外,我们停下来。亚瑟和昆西有些迟疑,昆西说:"我们会打扰她吗?"

"必须这样办。"范·黑尔辛认真地说,"假若门是锁住的,就破门而入。"

"那不会吓坏她吗?这样闯进女士的房间好像有些不妥。"

范·黑尔辛庄重地说:"你一直都很正确,但现在是性命攸关的时刻。对医生来说,全部房间都是相同的。就算不同,今晚对我来说也是一样的。约翰,要是我转动把手而门没有开的话,你就用肩膀撞门。还有你也一样,朋友们,现在,开始!"

说着他马上转动门把手,门没有开。于是我们一起朝门上撞去,"砰"的一声,门被撞开了。我们几乎是一头扎了进去。教授跌到了地上。当他手脚并用爬起来时,我越过他的后背往前看,眼前的一切把我惊呆了。我身上的寒毛都直立起来,心脏也好像停止了跳动。

月光很明亮,尽管有暗黄的窗帘挡住,但屋里的光线足以让我们看见一切。靠窗户的一边,乔纳森·哈克尔躺在床上,他满脸涨红,直喘粗气,好像近乎休克了。他的妻子穿着白色睡袍跪在他旁边。

她旁边站着一个瘦长的男人，一身黑袍，额头上有疤痕。从各种特征看，我们马上认出那就是伯爵。

他左手抓住哈克尔夫人的双手，用力向后拽，右手掐住她的后脖颈，将她的脸强压在乔纳森的胸口上。她白色的睡袍上沾满了鲜血。乔纳森的衣服被撕破了，一小股鲜血从他赤裸的胸口流淌下来。那情景就像小孩子掐住小猫的脖子，把它的嘴巴压进牛奶碗里强迫它喝那样。

我们冲进房间时，伯爵转过脸，也许传说中地狱般的脸就是这样子。他的眼中发出邪恶的红光，白色的鹰钩鼻下硕大的鼻孔不停地翕动。他的嘴角挂着鲜血，尖锐而发亮的獠牙龇了出来。它们上下咬住，就像猛兽的牙齿一般。

这时他一甩手，将哈克尔夫人抛到床上，转身面对着我们。这时，教授已经爬起来了，他向前迈进一步，拿出装有圣饼的信封对准伯爵。伯爵突然刹住脚步，倒退了回去。那情形与露茜在墓门口的样子一致。

他一步步后退，而我们都拿着十字架一起向他逼近。这时，突然一大片乌云从空中飘过，挡住了月光。待昆西用火柴点亮汽灯后，我们发现伯爵已经不见了，只留下一团稀薄的雾气。这团雾气朝门口蔓延过去，之后消失在门口。

范·黑尔辛医生、亚瑟和我马上向着哈克尔夫人奔过去。这时哈克尔夫人终于透过气来，随即发出一声狂乱、刺耳、绝望的尖叫，这声尖叫至死都会在我耳边回荡。

几秒钟后她无力地瘫倒在床上。她脸色惨白，嘴唇、脸上还有下巴都沾满了血，她颈部有一小股鲜血正往下流。她满眼惊恐，随后用手捂住了自己的脸，绝望地低声哭泣起来。她的手腕苍白，上面伯爵铁钳般的手指留下的红印清晰可见。

范·黑尔辛医生上前去,轻轻地把床单给她盖在身上。亚瑟悲伤地看了一会哈克尔夫人,便不忍待下去了。范·黑尔辛轻轻对我说:"乔纳森现处于昏迷状态,是吸血鬼搞的鬼。看哈克尔夫人现在的情形,我们暂时做不了什么,只能等她自己慢慢恢复。我需要把乔纳森弄醒。"

他将毛巾的一端用凉水浸湿,在乔纳森脸上轻轻地拍打。而米娜始终蒙着脸伤心地抽泣着,听着让人心碎。我将窗帘拉了起来往外看,外面月色很明亮。我看到昆西跑过草地,又躲在一棵大紫杉树的阴影里。我不知道他想干什么。

这时,我听见哈克尔在恢复部分意识后发出急促的喘息声,便转身回到床头。他脸上布满惊异的神情。愣了几秒后,他仿佛突然清醒过来,一下跳了起来。

他的妻子听到动静,转身向他伸出双手,好像是想拥抱他。但她突然又将双手缩了回去,两肘支撑在床上,手在面前交叉,浑身不住地颤抖着,连床都跟着晃动起来。

"上帝呀,这是怎么回事啊?"哈克尔大叫道,"谢瓦尔德医生,范·黑尔辛医生,怎么回事? 发生了什么事情? 哪里出问题了? 米娜,亲爱的,怎么啦? 这血是怎么回事? 上帝呀,上帝呀! 是从这里流出来的吗?"

他跪下来,双手狂乱地拍打着:"仁爱的上帝啊,帮帮我们! 救救她,啊! 救救她!"之后他迅速从床上跳下,拉扯着自己的衣服,大声质问:"发生了什么事情? 告诉我一切!"

他不停地狂吼:"范·黑尔辛医生,你爱米娜,我清楚。啊,做些什么救救她吧。他应该走得不远,你们守着她,我去找他!"

他妻子,虽然这时无比的恐惧和悲伤,但听他这样说立即想到他会有危险,于是不顾自己的悲痛,牢牢抓住他大声喊道:"不,不! 乔纳森,你不要离开我。我今晚已经经受得够多了,上帝清楚,不能让他再伤害你。你要与我在一起,与这些朋友在一起,他们能够照看你!"

她越说越狂乱,乔纳森弯下腰,哈克尔夫人拖着他,让他坐在床边,紧紧地抱住了他。

范·黑尔辛和我尝试着让他们安静下来。教授拿起金十字架异常冷静地说:"别怕,亲爱的,我们在这里。只要把它随身带着,恶魔就无法近身。你现在是安全的。我们一定要冷静,然后再好好合计一下。"

米娜浑身颤抖,一语不发,头靠在丈夫的胸口。当她抬起头时,乔纳森白色睡衣上便留下了点点血迹,是米娜嘴唇和颈部还在流淌的鲜血沾到了上面。

她一看见就马上将身体缩回去,低声叹息一声,哭泣着细声说:"龌龊,龌龊!我再也不能碰他,也不能亲他了。啊,他现在最可怕的敌人竟然是我,最有理由害怕的人就是我了。"

听米娜这样说,乔纳森坚决地说:"胡说,米娜。你这样讲让我羞愧难当,我再也不想听到你这样讲。让上帝做评判,假若我对你有丝毫这样的想法或行为,就让上帝惩罚我,给我比今晚更痛苦的惩罚!"

他伸出双手把米娜搂在怀里,米娜在乔纳森怀里抽泣。乔纳森满眼泪水望着我们,他鼻翼翕动,嘴角紧紧地抿着。

过了一会,米娜的哭声慢慢缓和。这时,乔纳森努力镇定地说:"现在,谢瓦尔德医生,请将一切告诉我吧。我应该知道所有事实,告诉我到底发生了什么。"

于是,我将事情的经过详细地跟他说了。他表面显得很沉着的样子,但我讲到伯爵是怎样粗暴地抓住米娜,并把她的嘴强按到他的伤口上时,他鼻翼翕动,怒目圆睁。但是,我有趣地发现,即使现在,脸色苍白的哈克尔还在用手不断地温柔地安慰米娜,轻轻抚摸着她的头发。

我刚好把事情经过讲完,昆西和亚瑟敲门了。我们示意他们进来。范·黑尔辛征询地望了望我,我明白他的意图,他想让他们俩进来谈点其他的事情,好分散这对悲伤的夫妻的注意力。

昆西和亚瑟与教授已是熟人了,范·黑尔辛问他俩在外面见到了什么,做了什么没有。亚瑟回答说:"走廊和其他房间都没有见到他。我到了书房,他明显去过那里,他已经走了。但是,他已经……"他突然停下来,望着床上虚弱的米娜。

范·黑尔辛认真地说:"继续,亚瑟,在这里用不着隐瞒什么。我们现在的目的就是了解所有真相。只管说吧!"

于是,亚瑟继续说:"他到过那里,可能只有几秒钟时间,但却弄得乱七八糟。我们的全部资料都被烧毁了,只剩下一堆灰烬,上面还冒着蓝色的火焰。你的录音磁柱也被扔进了火里,磁柱上涂了蜡,因此烧得很旺。"

我打断他:"感谢上帝,还好保险柜里还有一套备份的!"

他脸上一喜,但立即又沉下脸,继续说:"我跑下楼梯,没有看见他的踪影。我到伦菲尔德的房间看了看,也没有他的踪迹,另外……"他又停住了。

"说呀!"哈克尔沙哑着嗓子说。

亚瑟低头把嘴唇润了润,补充道:"那个可怜的家伙已经死了。"

哈克尔夫人抬起头,挨个地看看我们,庄重地说:"这是神的旨意!"

我感到亚瑟的话似乎有所保留,我估计肯定有原因,因此我没说什么。

范·黑尔辛转身问昆西:"你呢?昆西,你有什么要告诉大家的吗?"

"有一点。"他回答,"也许会有更多发现,但现在我还不能断定。

我想可能的话，我们最好能掌握伯爵离开这以后去了哪里。我并没看见他，只看见一只蝙蝠从伦菲尔德的窗口飞出，朝西飞去了。我以为他会飞到卡尔法克斯，但很明显他去了别的窝点。今晚他不会再回来，因为东方已经浮现红色，黎明快到了。我们明天一定要采取行动！"

他最后几个字是咬着牙说出来的。有好几分钟没有人讲话，我感到几乎能听见每个人的心跳声。

范·黑尔辛把手轻轻放在哈克尔夫人的头上，说："现在，米娜女士，可怜的、亲爱的米娜女士，跟我们讲讲究竟发生了什么事。上帝清楚我并不想使你痛苦，但我们有必要了解真相。因为现在我们更要加紧行动，时间非常紧。离结束一切的时间很近了，如果是这样，那我们现在就要获取信息，将来才能得到生存的机会。"

可怜的米娜浑身颤抖，看得出她心里很紧张，她把丈夫抱得更紧，头在丈夫的胸前越埋越低。随后，她忽然高傲地抬起头，向范·黑尔辛伸出手。范·黑尔辛把它握住，俯身亲吻一下，之后牢牢地握在手心。哈克尔握着米娜的另一只手，另一只胳膊紧紧地搂着她。

米娜停了一下，像是在理清思路，随后她开始诉说："我吃了安眠药，但过了很久都没有效果。我反而变得更加清醒了，头脑中不停地浮现各种恐怖的幻象，都是关于死亡与吸血鬼的，充满鲜血、痛苦和焦虑。"

说到这里，米娜的丈夫不禁叹息一声，米娜转过身，怜爱地对他说："亲爱的，不要灰心。一定要勇敢、坚强，帮助我熬过这可怕的一关。假若你了解我需要多大勇气才能将这个恐怖的事情讲出来，你就明白我多么需要你的帮助。

"后来，我感到必须用意念帮助药物发挥效力，假若这样有用的话，于是我强迫自己入睡。很明显我很快就睡着了，因为后来我什么都不知道了。就连乔纳森进来我都没醒，后来我醒来一次，看到他躺在我身边。当时屋里有一些白色的薄雾，像我以前看到的一样。我不清楚你们知不知道这个情况。我在日记里都写下来了，等会我拿给你们看。

"随后，我又感到朦朦胧胧的恐惧，那种恐惧感似曾相识。我想叫醒乔纳森，但他睡得太沉，好像吃安眠药的是他而不是我。我叫了又叫，就是叫不醒他。我愈发害怕了，我惊慌地四下打量。接着，我的心直往下沉，因为，在床边站着一个身穿黑衣的瘦高男子。他仿佛从雾里走出来的，或者更确切地说是雾变成的人，因为，那团雾气后来完全不见了。

"我立刻就从大家以前的描述中认出他来——苍白的脸、高高的鹰钩鼻，月色在他鼻梁上勾画出一条细细的白线。他红色的嘴唇张开，雪白的獠牙龇出，还有红色的眼睛，我曾在日落时分的怀特白圣玛丽教堂的玻璃窗里见过那双红眼睛。我也清楚他额前的那道红色疤痕是乔纳森给砸的。当时，我的心几乎停止了跳动。我本来会尖叫的，但那时我已经瘫软了。

"他指着乔纳森，用尖锐冰冷的音调轻声说：'安静！假若你敢出声，我就将他的脑浆挖出来给你看。'我吓得要命，不知所措，什么也讲不出来。他得意地笑着，一只手牢牢抓住我的肩膀，另一只手撕开我脖子上的衣服，说：'首先，我需要一些鲜血补充体力，你最好别出声。反正这也不是第一、二次用你的鲜血来解渴了！'我感到非常困惑和惊奇，因为当时我并不想去反抗。我估计当他碰到我时，就给我下了咒语，所以才这样。啊，上帝！可怜我吧！他将污秽的嘴唇凑到了我的脖子上！"

这时她丈夫又叹息了一下。米娜把丈夫的手抓得更牢了，怜惜地望着他，就像受伤的是他一样。然后她又说："我感到自己的能量慢慢流失，人处于半昏迷状态。我不清楚这个恐怖的情形持续了多久，但我感觉经过了很漫长的时间，他才将那贪婪可怕的嘴移开。我看到他的嘴角鲜血直流！"

这种恐怖的回忆使她几近崩溃，假若不是她丈夫有力的胳膊支撑住她，她已经瘫软了。她做了很大努力才重新镇定下来，接着说："后来他轻蔑地讲：'你，跟他们一样，想跟我作对！帮着这些人追捕我，还破坏我的计划。你现在明白阻碍我是什么下场了吧。他们也清楚这一点，以后会更清楚。他们本应该把精力放到自己身上，但他们却要跟我要花招。几百年前他们还没出生时，我就统率他们的民族，为他们的民族筹划方略、英勇奋战。现在我要反戈一击。'

"'而你，他们最爱的人，已经和我连为一体。现在你能为我提供我需要的血液，之后，你会成为我的同类和帮手。最后，你会向他们报复，因为他们没有任何人会满足你的需求。但现在，你必须为你的所作所为接受惩罚。你曾协助他们对付我，现在你一定要听从我的召唤。当我在脑子里默默对你说'过来！'时，你必须服从我的调派，就算是隔山隔水、赴汤蹈火也要过来。最后，我要你这样做！'说着，他撕开乔纳森的衣服，用锋利的长指甲在他胸口划了一道口子。当鲜血流出来时，他一只手牢牢抓住我的双手，另一只手抓住我的脖子往伤口上压。当时我要么窒息死亡，要么喝下一些……啊，上帝！我的上帝！我做了什么？我做了什么，会落到如此下场？上帝，可怜我吧！关照一下比死亡更可哀怜的灵魂吧。可怜一下我至爱的人吧！"

这时，她开始用力擦自己的嘴唇，好像要把肮脏的东西都擦掉。东方已经发白，周围的景物逐渐清晰起来。

哈克尔一直纹丝不动，沉默不语，但随着米娜可怕的诉说，他阴暗的脸在晨曦的衬托下越来越深。当黎明的第一道曙光照进房间，他的身体背对亮光，只显出一条发亮的轮廓。

我们打算让一个人留下来看护这对不幸的人，直到下一次碰面，计划采取行动时为止。

我确信一点，今天太阳升起以后，这个屋里不会再有悲剧发生。

第二十二章

乔纳森·哈克尔的日记

十月三日

我一定要做点什么，不然我快要疯了，因此我决定写日记。

现在是六点。半小时以后，我们将在书房会合，一起吃点东西。范·黑尔辛医生和谢瓦尔德医生都觉得，只有吃饱了才能更好地工作。上帝知道，我们最大的愿望就是要在今天结束一切。

只要一闲下来，我就写日记，把所有的大小事情全都写下来，因为，我真的害怕一停下来，就会想到其他事情。而且看上去不起眼的小事也许能为我们提供更多经验。但这些事情，无论大小，都不可能比我和米娜今天承受的事情更糟糕了。

但我们一定要相互信任，满怀希望。可怜的米娜刚才还流着眼泪对我说，正是在苦难和考验中，我们的信念才能够得到锤炼，所以我们一定要有信心，上帝会始终帮助我们！啊，上帝！那结局是怎样的呢？……不想了，继续写！继续写！

之后，范·黑尔辛和谢瓦尔德医生从伦菲尔德那里回来，我们心情凝重地听他们讲述事情的经过。谢瓦尔德医生跟我们说，他开始和范·黑尔辛医生到楼下伦菲尔德房间时，看到他倒在地上一动不动,脸上瘀伤严重,颈骨被折断。

谢瓦尔德问在走廊里值班的看守听到什么动静没有。看守说他一直坐在那,他承认是半睡眠状态,之后他听到伦菲尔德的房间传出很响的声音,接着听见伦菲尔德大叫了几声:"上帝,上帝,上帝!"然后是重物砸下来的声音。等他进到屋里,就看到病人躺在地上,脸朝下,就是两位医生后来看到的样子。

范·黑尔辛问看护听见的是一个人的声音还是几个人的声音,看护说他没把握。好像开始是两人在讲话,但因为屋里没有别人,因此他认为那只是一个人的声音。但他发誓,"上帝!上帝!"一定是病人说的。

当只有我们几个人时,谢瓦尔德医生说他不想将事情搞复杂了。要考虑到警方验尸的问题,我们不能说出真相,因为不会有人相信。他认为依据看护的证词,便能开出"病人从床上意外摔下致死"的死亡证明。假若官方要求验尸调查,那结果也肯定相同。

后来,我们讨论下一步的方案。我们首先做出了完全恢复对米娜信任的决定,就是说,无论多么痛苦的事情,我们都不再隐瞒她。她自己也觉得这是聪明的做法。看到米娜在这么绝望的时候还展现出又勇敢又悲哀的神情,我真是心疼。

"不要再隐瞒事情真相了,"她说,"我已经受够了,而且,这个世上也不会有什么比我现在遭受的更残酷的事情!无论发生什么,对我来说都是新的希望和勇气!"

米娜说话时,范·黑尔辛一直在观察她。突然,他平静地说:"但是,亲爱的米娜,发生了这种事情后,难道你不害怕吗?不是为你自己,而是为别人害怕?"

她的表情凝重起来,但她讲话的时候,眼里闪出牺牲奉献的光亮:"不!我决定好了!"

"决定什么呢?"他温和地问。此时大家都沉默无言,因为,大家似乎都感觉到了她的意思。

她回答得简洁明白,像在讲述一个简单的事实:"我会密切留意我的行为,假如我发现自己有丝毫要加害我爱的人的迹象,我就去死!"

"你不会自杀吧?"范·黑尔辛嗓音沙哑地问。

"我会的。假若让我失去爱我的朋友,那些拯救我于苦难和绝望的朋友,我会这样做的!"她边说边含意深刻地望着教授。

教授本来是坐着的,这时他站起来,走近她,用手轻抚着她的头,认真地说:"我的孩子,假如只有这样才是最好的办法,不,是最安全的办法,我一定会找一种让你毫无痛苦的方法离去。但是,我的孩子……"他哽咽得无法说下去,像在抽泣一样,他强忍住继续说:"我们会阻拦在你和死亡之间保护你。你不能死。我们不会让你死,但最重要的是你不能够自己去死。在辱没你的恶魔真正死亡之前,你绝不能死。因为,只要他还是活死人,那你死后也会像他一样。因此,你一定要活着!一定要为活着而努力奋斗,尽管死去有时是一种最简捷的办法。但不管是白天还是夜晚,安全还是危险,你一定要与死神抗争,无论它带给你的是痛苦还是欢乐。为了你活着的灵魂,我要求你不要死,连这种念头都不能有,直到那个恶魔被彻底消灭。"

可怜的米娜面色像死人般惨白,她不停地发抖,像涨潮时被潮水冲倒的沙堆一样。屋里一片寂静,我们都帮不了她。后来,她冷静了些,转身向教授伸出手,平和而悲伤地说:"我向你保证,亲爱的朋友,假若上帝要我活着,我就坚持下去。直到有一天,所有的恐惧都离我而去。"

她是这样的善良与勇敢,我们都受到很大鼓舞,内心变得更坚强。我们都愿为她承受一切。接着,我们开始研究下一步方案。我跟她讲,保险箱里的所有稿件都由她保管,还有我们以后也许要用的文件、日记和录音材料,像以前她做过的一样。她很高兴地接受了这份工作,假如用"高兴"这个词来形容这样危险的工作也算恰当的话。

范·黑尔辛同往常一样,总是想在别人前面,他已经有了具体的行动部署。

"当初我们做的可能是正确的,"他说,"我们在卡尔法克斯聚集后决定先不动那些箱子。因为,要是我们对那些箱子做了手脚,伯爵就能估计到我们的意图,他一定会提前采取行动,阻止我们找到其他的箱子。但是,他现在不知道我们的用意。另外,他一定不会了解,我们有这种能力,可以净化他的窝点,这样他就永远无法再使用它们了。"

"除此以外,我们还要搞清箱子的具体位置,待我们查看了他位于皮卡迪利大街的那所房子后,也许我们就能找到最后几个箱子。今天,是我们的时间,我们的希望全寄托于今天的行动。尽管这是个伤痛的早晨,但升起的太阳一定会庇护我们。那个魔鬼现在是什么样,在日落以前它还是什么样。他的法力受到局限,不能变成其他形状。他既不能变成空气,也无法从任何缝隙中溜掉。如果他要进门,就一定要像普通人那样打开门才进得去。我们有一整天的时间可以找他所有的泥土箱子,再将它们进行彻底净化。因此,就算今天我们不能捕捉或者除掉他,我们也要把他赶到无路可走的绝境,以便将来把他一举歼灭。"

听到这,我禁不住站了起来,因为时间就是米娜的生命和幸福,我无法忍受宝贵的时间就这样一分一秒地在我们眼皮底下溜走,光说不做没有用!

这时,范·黑尔辛举手做了个警告的示意。"乔纳森,"他说,"你们有句俗话说:'欲速则不达。'一旦时机成熟,我们就会全面出击,并且要以迅雷不及掩耳的速度。但你想想，一切问题的关键很可能就在皮卡迪利的那栋屋里。伯爵也许买了多所房子，应该有一些买卖契约、钥匙或其他东西，还应该有一些文件、支票本之类的东西。他必须有一个地方存放他的财物，因此他何不选在位于中心地带又如此安静的地方呢？他可以随时从前门或后门任意进出。那里虽然是闹市，但不会有人注意他。因此我们应该去那里探查。等摸清里面的情况，再'瓮中捉鳖'——就像狩猎的行话一样。对不对？"

"那我们赶快行动吧。"我大叫，"我们在浪费宝贵的时间！"

教授没动，只是简单地问："那我们怎样进入皮卡迪利的那栋房子呢？"

"无论什么方法！"我叫，"如果需要的话，我们甚至可以破门而入。"

"那你们的警察呢？他们会在哪里？他们会怎么说？"

我无言以对。但我明白，如果教授真的要耽误时间，那他有很充分的理由。于是，我尽量缓和地说："只要不把时间耽搁就好。我想，你一定清楚，我正在承受怎样的折磨。"

"啊，孩子，我明白。我真的不愿增加你的痛苦。但你想想，现在别人都还没出去工作，我们能做什么？行动的时候会来的。我反复思考，觉得最简单的办法就是最好的办法。现在，我们想进入那栋房子，但没有钥匙，是不是？"

我点点头。

"那么，请设想一下，假如你是房子的主人，但没有了钥匙，你想进入自己的住所，你会怎么样？"

"我会请一个信誉好的开锁匠，请他帮我开锁。"

"那警察会不会干涉呢？"

"嗯，不会的。只要他了解开锁匠是被合理雇用的就没问题。"

"那么，"他热切地望着我说，"可能被怀疑的就是雇开锁匠的人的意图，或者说警察觉得雇开锁匠的人会不会心怀不轨。你们的警察一定很忠于职守，并且非常聪明，太聪明了，他们能洞悉别人的内心，而且非常喜欢管闲事。哦，不，乔纳森，你能在伦敦撬开一百所空房子，或者在世界上任何城市都是这样，只要你的方法正确，选对时间，不会有人来管你。"

"我看过一则报道，有人在伦敦拥有一栋豪宅，他决定夏天去瑞士休假几个月。离开之前他仔细地把门锁好。但他走后，一个强盗砸碎房子的后窗玻璃潜入室内，然后打开大门，在警察的眼皮底下从正门大摇大摆地走进走出。后来，他还在屋里搞了一次拍卖会，并贴出了大大的告示，把屋里的东西拍卖一空。最后，他找了一个建筑商，并签订协议，要建筑商把整栋房子在约定时间内拆掉搬运走。而你们的警方与官方机构则尽可能地协助他。等房主休假回来后，发现原来他家的地方现在只是一个大坑。这些全都是在光天化日之下明目张胆地公开完成的。因此，我们要自然大方地做这件事。"

"所以，我们不能太早过去，这样太引人注目，容易引起警方的注意。我们应该十点以后过去，那时人来人往非常热闹拥挤，这时做起来更像房子的主人。"

教授的想法很正确，连米娜脸上恐惧绝望的表情也放松了很多。这次讨论为我们带来了希望。

范·黑尔辛接着说："只要我们在屋里找到更多线索，就让一部分人守住那里，而另外的人就到贝尔蒙德和麦尔恩德去找别的泥土箱子。"

亚瑟站起来。"我能帮一把，"他说，"我可以发电报叫人备好马匹及货车在合适的地方待命。"

"朋友，"昆西说，"准备好马匹以防万一，的确是个好办法。但你难道不觉得时尚花哨的马车在沃尔沃丝或麦尔恩德的小路上奔跑会太招摇吗？我倒是认为，我们要去南面或东面，可以乘出租马车，还可以叫出租马车停在我们要去的地方附近。"

"昆西说得好！"教授说，"他想得很周到，而且切合实际。我们做的事情难度很大，而且我们不想引人注目。"

米娜对大家的讨论愈来愈有兴趣。我很高兴她能借此淡忘昨晚的恐怖经历。她过于苍白，苍白得吓人，而且这样的消瘦，以至嘴唇往两边咧得很宽，牙齿也显得更加突出了。我昨晚没有提到她这种样子，怕引起她不必要的苦恼。但是，一想到伯爵吸完了露茜的血，露茜的悲惨结局时，我浑身的血液都快凝结了。现在她的牙齿还看不出有变尖的迹象，那是因为时间还不长。令人惊恐的事可能还在后边。

我们讨论到行动的具体步骤和人员分配时，大家有些迟疑。最后我们一致同意在前往皮卡迪利以前，先把伯爵附近的老巢处理掉。万一他很快发觉我们的企图，我们还能够赶在他前面将这些箱子毁灭。他处于人形状态时，是他最薄弱的时候，我们可能从中找到新线索。

至于人员分配，教授建议，我们离开卡尔法克斯后，全部都去皮卡迪利的房子，之后我和两位医生留在那里，亚瑟和昆西去寻找他在沃尔沃斯和麦尔恩德的窝点，并捣毁那里的箱子。教授强调，白天伯爵很有可能会在皮卡迪利出现，我们与他在那里会有一番较量。不管怎样，我们都有可能在力量上与他抗衡。

但我坚决反对这样安排，我说要留下保护米娜，我本来已经决定这样。但是，米娜却不赞同我的意见。她说法律方面的问题可能需要我，我在特兰西瓦尼亚的经历，也许能在伯爵的文件、书信中找到一些线索。而且只有大家齐心协力，才可能对付伯爵超常的力量。

我不得不让步,因为米娜说得这样坚决。她说只有团结起来才是她最大的希望。

"至于我,"她说,"没什么再让我害怕了,事情已经到了最差的程度,不管再发生什么,都可能给我带来一丝希望。去吧,我的丈夫!假若上帝愿意,他会保护我和在场的每一个人。"

于是我站了起来,大声说:"那就以上帝的名义让我们立即出发吧,时间正在流逝。伯爵可能会比我们估计的更早到达皮卡迪利。"

"不会那样早!"范·黑尔辛摇手说。

"为什么?"我问。

"你忘了?"他说,脸上还带着微笑,"昨晚他美餐一顿,一定会睡得很晚。"

我忘了?我怎么能忘得了呢!我们中有谁能忘记那恐怖的情景!米娜拼命想装出勇敢的样子,但还是被痛苦击倒了。她捂住脸,呜呜地哭泣起来,身体也在颤抖着。

范·黑尔辛并不希望引起她对可怕经历的记忆,他只是在思考时忘了米娜在场。当他发现自己说错话时,对自己的粗心十分歉疚,并试图安慰米娜。

"啊,米娜女士,"他说,"亲爱的,亲爱的,唉,我和大家一样都非常尊重你,但我却说了很不恰当的话,是我不善言谈,我是有口无心的。但你一定会忘记我刚才说的话,对不对?"他边说边向米娜深深地鞠了一躬。

米娜握住他的手,泪光闪闪地望着他,声音沙哑地说:"不,我不应该忘记,记住它是件好事,因为我会想起与这件事一起的其他美好回忆,这些记忆是分不开的。现在,你们要出发了,早饭已准备好了。大家必须要吃饭,这样才有力量。"

早餐的气氛有些异样。大家都尽量装出心情愉快的样子,好相互鼓励,我们之中米娜显得最轻松活泼。

吃完早餐,范·黑尔辛站起来对大家说:"现在,亲爱的朋友们,我们就要出发了。你们都像我们第一次进入敌人老巢时那样装备起来了吗?这样能抵御敌人的魔法和对身体的袭击。"

我们都向他表示确认。

"很好。现在,米娜女士,从现在开始到太阳下山,你是绝对安全的。太阳下山之前,我们都应该回来了,假如——我们一定会回来!但是,我们出发以前,我会把你武装起来,防备袭击。你下楼时,我已在你的屋里布置了一些我们熟悉的东西,这样他就不能进来了。现在,我要把你本人也武装好。我用这块圣饼点一下你的前额。以圣父圣子的名义,然后……"

这时,一声令人惊悸的尖叫直刺我们的耳膜。教授将圣饼放在米娜前额的刹那,圣饼烙进去了,仿佛炽热的金属片嵌进米娜的肉里。米娜在感到灼痛的同时,立即明白了这事意味着什么。双重的痛苦击倒了我可怜的爱人,她惨烈地尖叫出声。

她的叫声还在空中回荡的时候,她痛苦地跪在地上,将她漂亮的长发拉到前面遮住面孔,好像戴斗篷的麻风病人,她哀嚎着:"肮脏!肮脏!全能的上帝也嫌弃我被玷污的肉体!直到最终的审判到来之前,我都要带着额头这个羞耻的记号。"

其他人都愣住了。我悲痛欲绝地扑倒在她身边,紧紧地把她搂住。两颗悲痛的心在一起跳动。别的朋友都不忍心看下去,掉过脸无声地流泪。

范·黑尔辛转过身,仿佛受神灵的点化一般,非常神圣地对我们说:"最终审判的日子来临之时,上帝定会铲除地球上一切的邪恶,纠正他所有子民的过失。而米娜女士,在上帝认为时机成熟之前,你可能不得不忍受这样的烙印。啊,米娜,亲爱的,请允许我们这些爱你

德拉库拉伯爵 |

的人,亲眼见证你红印褪去的时刻,我们将看见你光洁的额头像你的心灵一样洁白无瑕。只要我们活着,就能等到上帝解除我们痛苦和罪过的时刻。而在此以前,我们将背负着十字架,像圣子耶稣遵循上帝的旨意所做的一样。也许我们本来就是上帝的庶民。我们将遵奉上帝的旨意,忍受鞭挞和侮辱的苦难,承受泪水与鲜血的洗礼,经受恐惧与疑虑的折磨,这一切都不是普通人所能承受的!"

他的语言充满希望和抚慰,同时又富有感召力。米娜和我都有同感,因为我们差不多同时握住了老人的手,并俯首亲吻它。随后,大家都心有灵犀地跪下,手牵着手,宣誓要彼此真诚相待。而男人们都发誓要努力为我们所爱的人解除痛苦,同时,我们又祈祷上帝能在目前的艰巨任务中,赐予我们帮助和引导。

到了出发的时间。我和米娜依依惜别,这是我们今生无法忘怀的一刻。我们启程了。

有一件事我已经决定,假如我看到米娜最终不得不变成吸血鬼,我不能让她独自去那个陌生而恐怖的地方。我想,在过去的年代,吸血鬼会聚集在一起。因为,就像污秽的身体在圣土上才能得以安息那样,拥有最圣洁的爱情就能在魔鬼群中高人一等。

我们非常顺利地进入了伯爵位于卡尔法克斯的屋子,一切都像我们上次离开时那样没有改变。在这个无人看管、破落不堪、积满尘土的地方,我们不会像上次那样产生恐惧心理。如果不是我们下定了决心,如果不是那些恐怖的记忆催促着我们,我们几乎无法实施计划。

在屋里我们没有找到任何纸张,也没看到丝毫居住的痕迹。在附属的老教堂里,那些大箱子依然放在原处。范·黑尔辛神色庄严地对我们说:"现在,朋友们,我们要执行我们的天职。我们要对这些从遥远他乡运来的,他用以从事罪恶勾当的泥土进行彻底的净化。他选用这些泥土,是因为它们曾是圣土。我们现在就'以子之矛,攻子之盾'。我们把这些泥土变得更加神圣。原来这些泥土因为供人类使用而变得神圣,现在我们将它净化到只有神灵才能使用。"

他边说边从包里取出螺丝刀和扳手。很快一个箱子的盖子打开了。土里散发出浓浓的霉味,我们毫不顾忌,注意力全部集中在教授身上。

他从盒子里拿出一片圣饼恭敬地放在泥土上面,然后盖上盖子,再将螺丝拧进去,我们在旁边帮忙。

就这样,我们一个接一个地在每个箱子里都安放了圣饼,再把箱子照原来的样子放好。

我们关门离开时,教授认真地说:"我们这里的工作已经处理完毕。如果其他箱子也像这样顺利完成的话,那今晚日落之前,米娜女士的前额就可能恢复得如同象牙般洁白无瑕!"

当我们穿过草地,朝火车站方向去赶火车时,能看到精神病院的正面。我急切地张望着,在我们房间的窗户里,我看到了米娜。我朝她挥手并点头示意,告知我们的工作圆满完成了。她同样点头,表示明白了。我看到她的最后一眼是她不停地向我们挥手告别。

我们怀着沉重的心情赶到火车站,正好赶上一班火车。我们到达站台时,火车正冒着蒸汽准备出发。

我在火车上记录了上面这些文字。

皮卡迪利,十二点三十分

我们快到芬森其大街之际,亚瑟对我说:"昆西和我去找开锁匠。你最好别和我们一道,以防遇到麻烦。这种境况下,我们两个就算闯进一所空屋,也没有什么大问题。但你是律师,律师协会也许会指责你知法犯法。"

我有些犹豫,因为我希望与他们共同承担风险和可能的罪名。

但他又说:"此外,人少点不容易引起别人的注意。而我的名号足够得到开锁匠及巡警的信任。你与约翰和教授最好在格林公园等着,找个看得见房子的地方。你们看见我们把门打开了,开锁匠走远以后,就赶过来。我们为你们望风,再将你们接进来。"

"这个建议非常好!"范·黑尔辛表示赞同。于是,我们也没多说什么。

亚瑟和莫里斯搭了一辆出租马车匆匆走了,我们坐了另一辆马车跟在后面。到阿尔林顿大街转角处时,我们几个驶进了格林公园。

当看到那栋我们寄予厚望的房子时,我的心怦怦直跳。那幢房子虽然处于繁华闹市,但却显得凄凉寂寥。

我们选了一个视线不错的长凳坐下来,点上一支烟,尽量不招人注意。等待的时间显得特别漫长。

终于,我们看到一辆四轮马车驶到房屋门前,跟着亚瑟和莫里斯从马车里悠闲地跳了下来,还有一个背着绒布工具袋的人也跟着下了马车。

莫里斯付了钱,车夫碰一碰帽子行了个礼,就驾车走了,这时,亚瑟和锁匠上了阶梯。亚瑟告诉开锁匠他的目的,锁匠从容地脱下外套,挂在护栏的钉子上,还跟一个路过的警察说话。警察点了点头表示同意。然后,开锁匠把工具袋放在旁边跪下来。

开锁匠在工具袋里找了一下,拿出一整套工具,把它们整齐地排在一旁。之后他站起来,看一看锁孔,往里吹了吹,又面对亚瑟和莫里斯说了些什么。亚瑟笑了一下,接着开锁匠拿出一大串钥匙,选了一把,试探性地往锁孔里插了插,弄了一番以后又试了第二把,再是第三把。最后,他轻轻一推,门被打开了。

他们三人一起进了屋。我们坐着没动。我的雪茄燃得很旺,但范·黑尔辛的已经熄掉了。我们耐心地等待,直到开锁匠拿着工具袋走了出来。他把门半开着,用双膝将门板夹住,再将钥匙插进锁眼,然后把钥匙交给了亚瑟。

亚瑟拿出钱包,给了开锁匠一些东西。锁匠举了举帽子行了礼,之后穿上外衣,背上工具袋走了。从头到尾没有任何人看见。

等到开锁匠完全消失以后,我们三人立即穿过马路来到房子前面,敲了敲门。昆西·莫里斯很快开了门,亚瑟站在一旁,点了一只雪茄。

我们进屋时,亚瑟说:"这里的气味真叫人恶心。"确实,跟卡尔法克斯教堂里的味道一样。

以我们的经验来看,伯爵一直在任意使用这个窝点。我们开始搜查室内,互相紧靠在一起,以防任何袭击。我们明白要对付的是一个异常强大残暴的敌人。而且到现在为止,我们都无法断定伯爵是不是在屋里。

在大厅后面的餐厅里,我们找到了八个泥土箱子。九个箱子我们只找到其中的八个!看来工作还没结束。我们如果找不到剩下的箱子,就永远不能结束。

我们打开了窗户插销。窗口对着一个小院子,院子后面是马棚的一堵光溜溜的墙。墙上没有窗子,因此我们用不着担心有人窥视我们。

我们没有停顿片刻,立即用随身携带的工具把它们打开,之后按照老办法对箱子进行了同样的消毒处理。很明显,伯爵不在屋里。随后,我们继续寻找伯爵在这里的蛛丝马迹。

我们急忙地检查了从地窖到阁楼的所有房间,最后的结论是,餐厅里的东西也许是伯爵的全部东西。

于是我们折回餐厅，对那些东西再仔细地检查。餐厅的大餐桌上，整齐地摆放着捆扎好的房契及贝尔蒙德和贝芒德塞两处房子的房契，还有便笺、信封、钢笔和墨水。为防止灰尘，这些东西上面都盖了一张薄纸。

我们还找到了衣刷、掸子、梳子、水壶和脸盆。脸盆里还有残留的污水，暗红色，像是溶化的血水。

最后，我们又找到一小堆钥匙，各种规格型号都有，可能是别的房子的钥匙。我们检查后，亚瑟和昆西·莫里斯将伦敦东部和南部的两处房屋地址抄了下来，带上那一堆钥匙，到另外两个地方去，把别的泥土箱子都处理掉。

我们其余的人，则尽量耐心地等待他们返回，或者伯爵的到来！

第二十三章

谢瓦尔德医生的日记

十月三日

等待亚瑟和昆西回来的时间显得特别漫长。

教授一直不停地与我们讲话,使我们保持活跃的思维。我们理解教授的良苦用心,因为教授不时地用眼瞟一下旁边的哈克尔。

可怜的哈克尔一直处于悲痛之中,那样子让人不忍目睹。昨晚还是个拥有一头棕发、直率、乐观、健康、充满活力的年轻人,而今天,他仿佛变成了一个干枯、憔悴的老人,目光呆滞,满面愁容,头发也有些发白了。

但是,他的精力依旧旺盛,事实上,他像一团燃烧的火。这次对他来说可能更像是一种拯救,假若一切顺利,他能熬过这段令人绝望的时期,那么,他可能在现实生活中重新振作起来。

可怜的人,我以为自己的处境已经够惨的了,但是他的问题……教授很了解这点,所以一直在努力让他保持活跃的思维。他讲的话,在当时来讲,算是非常有趣的了。

我记得很清楚,下面就是他讲的内容:

"自从我找到与那个魔鬼有关的材料后,就把它一遍又一遍地研究。我越研究，就越感到要彻底消灭他。因为他会不断地进步，不光是他的威力，还包括他的知识。这是我从布达佩斯的朋友阿米纽斯那里知道的。

"伯爵在世时是个很了不起的人物。他曾经是军人、政治家，还是个炼丹师。他的学识达到了那个年代的最高水平。他睿智、学识超群、毫不畏惧、冷酷无情。他甚至还上过通灵学校，在那个时代，没有他不曾涉足的领域。

"现在，虽然他的身体死了，但大脑里的智慧却保留了下来，只是看起来还没有完全恢复记忆，因此他大脑的部分功能还停留在小孩的水平。但他在不断成长，那些一开始幼稚的思想以后会变得成熟起来。他在不停地试验，并且做得不差。如果没有我们挡他的路，或者我们失败了，他就可能成为一种新兴物种的创始人，这类物种最终将通向灭亡，而不是生存。"

哈克尔叹息道："他就这样对我的爱人下毒手！他怎样试验呢？这方面的知识也许能帮助我们打败他。"

"从他到伦敦后，他就逐步尝试自己的能力，让那个处于孩子阶段的大脑发挥作用。是的，对我们来讲，现在他的大脑跟小孩一样。如果不是这样，他从一开始就敢于从事现在所做的事情，那他的能力早就超过了我们。

"但是，他势在必行，他可以有几百年的时间来慢慢等。'来日方长'也许是他遵从的宗旨。"

"我不懂。"乔纳森疲乏地说，"请你说得简单些吧，可能悲伤和困顿让我的大脑生锈了。"

教授用手轻轻扶住他的肩说："啊，孩子，我会说得更通俗些。你没有注意到他最近一直在积累知识吗？他是怎样利用那个吃虫子的病人，最终达到进入约翰家的目的？吸血鬼第一次要进入某所房子，一定要有人请他进去才行，此后，他就能任意进出这所房子了。

"但这并不是他最重要的实验。我们清楚他最初是请别人来搬运大箱子的。因为他那时只懂得这样做。但是，他的头脑在不断成长，他开始思考自己是不是搬得了那些箱子。于是在别人搬运的时候，他开始帮忙。当他发现没问题以后，就完全亲自搬运这些箱子。而且，他更进一步，将这些箱子分散到各处，这样就只有他自己清楚这些箱子藏到哪里了。

"也许他还会想到把这些箱子埋到地下。这样他只能在晚上使用这些箱子，或在他变形时使用，因为所有的箱子用途一样，这样他的藏身之处就无人知晓了！

"但是，孩子，不用绝望，他了解这些已经太晚了！因为除了一个箱子以外，别的箱子应该都被我们消毒净化了，在太阳下山之前，那个箱子应该也是如此。这样他就没有藏身之处了。

"为了保证万无一失，我早上有意延长时间，因为我们面临的危险要比他更多。难道我们不该更谨慎一些吗？我的手表已指到了一点，假若一切顺利，亚瑟和昆西应该在回来的路上。今天是属于我们的，我们必须小心从事，就算慢一点，也不能放过任何机会。看！等他们回来以后，我们就有五个人了。"

正说着，我们被大门传来的敲门声吓了一跳。那是邮差送信时独特的敲门声。

我们同时跳起来向大厅走去，范·黑尔辛摇手示意我们别出声，之后自己走到门口打开门。邮差送来一份电报。

范·黑尔辛朝街上观望了一下，随后把门关上，打开电报大声念起来："小心伯爵！十二点四十五分，他匆忙从卡尔法克斯出发向南边去了。看来是往你们这边来了，也许是想找到你们。米娜。"

有片刻工夫，谁都没讲话，之后乔纳森打破沉静："现在，感谢上帝,终于要碰面了。"

范·黑尔辛立即转过身,对他说:"上帝有一套自己的行事方法。不用害怕,也不要高兴,因为,也许我们的能力还不能达到我们预期的愿望。"

"我现在什么都不顾了,"乔纳森冲动地说,"只要能消灭那个恶魔,我愿意出卖我的灵魂!"

"啊,冷静,冷静,我的孩子!"范·黑尔辛说,"上帝不会用这种方式来收买灵魂。而那个魔鬼可能会,但他却不讲信用。上帝是仁慈公平的,他知道你吃过的苦,还有你对可怜的米娜的奉献。你想一下,假如米娜听到你刚才的那些胡话,她会更加痛苦。不用为我们担心,我们都会全力以赴投身于这件事情之中,今天就会有个了结。行动的时刻要到了。太阳下山之前,这个吸血鬼只能是人形,不能变幻,因此力量有限。他需要花些时间才能够到达这里,看,现在是一点二十分了。他也许还要过一会才能到,他没有那么快。我们现在只希望亚瑟和昆西能早于他到达这里。"

在接到哈克尔夫人电报约半小时后,大厅门传来了几声沉稳、清脆的敲门声。这是普通的敲门声,是大多数绅士敲门时的那种声音,但这还是使我和教授的心猛跳起来。

我们对望了一眼,一起向门口走去。我们已经准备好运用各种武器,左手拿着对付魔鬼的武器,右手握着对付凡人的武器。

范·黑尔辛拔下插销,将门打开一半,向后退了一步,双手做好准备随时采取行动。但我们看到门外台阶上站着的是亚瑟和莫里斯,不禁喜出望外。

他们快速走进来,关上了门。在往大厅走的时候,亚瑟说:"一切顺利,两个地方都找到了。每个地方都有六个箱子,我们已经将它们彻底毁坏了。"

"彻底毁坏了?"教授问。

"是的,对他来说。"

我们静默了片刻。

之后昆西说:"我们现在只能在这里等,但假若过了五点他还不过来,我们就必须离开了。因为,我们不能让哈克尔夫人日落以后孤身待在那里。"

"他不久就要到了,"范·黑尔辛一边翻他的本子一边说,"请留意,米娜女士电报中说他离开卡尔法克斯往南边走了。就是说他需要渡过一条河,涉河只能是在退潮时,就是差不多一点钟的时候。他去南边是有目的的。他现在有些怀疑,所以离开卡尔法克斯后,他会先到一个他觉得风险最小的地方去。你们一定是只比他早一点到达贝尔蒙德。他现在还没赶到这里说明他去了麦尔恩德。这需要花一些时间。因为,他还要横渡那条河。"

"相信我,朋友们,用不了等多久。我们应该先做一个行动计划,这样才不会错过任何机会。安静!我们现在时间不多。拿好你们的武器,准备行动!"他说。突然,他做了个警示的手势。这时我们清晰地听到钥匙轻轻插入锁孔里的声音。

即使在这种危急关头,我都禁不住对教授产生了由衷的敬佩。以前我们在世界各地进行捕猎或冒险行动时,都是昆西·莫里斯负责行动策划,我和亚瑟已经习惯了服从他的安排。而现在,这个习惯仿佛无意识地产生了变化。

范·黑尔辛立即扫视了一眼周围,一言不发,只是用手势给我们安排了进攻的位置,范·黑尔辛、哈克尔和我站在门后,教授负责守门,只要他一进门,我们两个就上前拦在伯爵与门中间;昆西和亚瑟一前一后藏在伯爵的视野之外,随时准备移到窗前。

我们紧张地等待着,感到时间过得特别慢。随后,我们听到大厅里传来慢慢的、小心谨慎的脚步声。看来伯爵也做好了应付任何突然袭击的准备,至少他也害怕。

突然,他在我们没有反应过来之前,一纵身跳进了房间,我们根本无法抓住他。他的动作像豹子一样敏捷,那是人类无法做到的,我们都惊呆了。

哈克尔首先回过神来,他迅速跑到门口将通往大厅的路把住。伯爵一见我们,脸上马上露出狰狞狂怒的表情,长长的犬牙龇出。这种邪恶的表情又马上变成狮子一般的狂傲。

他的表情激起了我们的愤怒,我们一起向他逼近。但是很遗憾,因为事前我们没有很好的行动部署,因此即便到了此刻,我们却不知道下一步该做什么。而且我也不清楚我们这些武器是否能起到一些作用。

哈克尔已经迫不及待地动用武器了,他手持弯曲大刀朝伯爵猛砍过去。这一下非常有力,但伯爵迅速往后一退躲过了这一击。哈克尔又砍下第二刀,这一刀朝伯爵的心脏砍去。刀尖在伯爵的衣服上划了一道大口子,一大把钞票和金币从里面掉了下来。

伯爵又一次露出近乎狂怒的表情,我真为哈克尔担心,这时他又把刀子高高地举起准备再次进攻。我左手拿着十字架和圣饼下意识地向前逼近,想保护他。这时我感到自己的手臂充满了无穷的力量。其他人也跟我一样同时往前逼近他,这个禽兽果然开始后退。

伯爵脸上那种狠毒、仇视、愤怒和狂暴交织在一起的表情,无法用语言来形容。他的红眼睛里几乎要喷出火来,把他那张蜡黄的脸衬托得更加黄绿。他前额那个鲜红的伤疤嵌在没有血色的皮肤上,十分骇人。

哈克尔的手落下的刹那,伯爵身体快速往下一沉,从哈克尔的胳膊下面溜了过去,同时顺势从地上抓了一把金币和纸币,猛然窜过房间,一头朝窗户上撞过去。只听一阵窗户破碎声和玻璃跌落的清脆声,伯爵摔到外面的石板地上。我听到玻璃的破裂声中还夹杂着金币撒落在地的"叮咚"声。

我们跑到窗前一看,正看到伯爵完好无损地从地面一跃而起。他冲上台阶,穿过石板院落,推开马棚的门,转身对我们说:"想与我作对,你们只不过是我案板上的鱼肉。你们一定会后悔的,每一个人都会!你们认为能使我无藏身之处,其实我有很多地方!我的复仇才开始!我已经策划了好几个世纪,时间是在我这一边的。

"你们爱的女人们现在已经是我的啦。通过她们,你们还有别的人也将归属于我,变成我的牲口和走狗,服从我的调派!啊呸!"

说完他轻蔑地一笑,闪进门。随后,我们听到他把门闩住发出的咯嗒声。然后马棚另一端的门被打开,接着又关上了。

我们感到穿过马棚去抓他是非常困难的,于是又返回大厅。

教授首先开口:"我们已经掌握了一些,不,是很多!不要被他的凶话唬住了,其实他害怕我们:他为时间担心,也为他的需要担心!假如不是这样,为什么他要仓皇逃走?要么是他讲话的语气出卖了他,要么是耳朵欺骗了我。他为什么要拿那些钱?你们都很聪明,又是捕猎的好手,一定会知道其中的道理。假如他还会回到这里,我们要确保这里没有任何他能用的东西。"

说着他把剩下的钱装进口袋里,并从一扎票据中拿出房契,把剩下的东西统统扔进火炉,用火柴把它们点着了。

亚瑟和莫里斯冲出门进入后院,哈克尔沿着窗口爬出去追赶伯爵。但伯爵已经锁死马棚的门。等他们把门撞开之后,伯爵早已无影无踪了。范·黑尔辛和我仔细搜查了房子的后面,但马棚里空空如也,没人看到伯爵离开。

已经傍晚时分，太阳就快落山了。我们只好确定今天的行动结束。

虽然我们心情沉重，但都一致赞同教授的话："我们回到米娜女士那里去，可怜的米娜。我们已经努力了，现在返回我们至少能保护米娜。我们不要绝望。只剩一个箱子没找到，我们一定要把它找到。只有这样，一切才能结束。"

看得出，他说得尽量显得信心十足，以安慰哈克尔。可怜的哈克尔情绪低落，不时发出几声叹息，他在想念妻子。

我们难过地回到家，哈克尔夫人正等着我们。她脸上洋溢着愉快的笑容，充分证明她的无畏与无私。但她见到我们的表情后，脸色马上变得苍白起来。她把眼睛闭上一两秒钟，仿佛在默默祈祷。然后她高兴地说："我真的对你们所做的一切非常感激。啊，亲爱的。"

说着，她双手捧住丈夫灰白的头，亲吻了他。"将头靠在这里，休息一会。一切都会好的，亲爱的！假若上帝愿意，他会用自己的方式来保护我们。"哈克尔叹息了几声，他内心的哀痛已不能用语言形容。

我们草草地吃了晚餐，这稍微缓和了一下大家的情绪。自早餐以后我们就没吃过任何食物。也许是因为食物的热量给饥饿的人带来了满足，也许是共患难的友情给大家带来了愉悦。不管怎样，我们已经没那么哀伤，也不觉得明天无望了。

我们信守诺言，将今天发生的一切事情都告诉了哈克尔夫人。她勇敢而平静地听着，当说到她丈夫受到某种威胁时，她面色惨白；而说到她丈夫对她的忠诚时，她又会面色泛红；当说到她丈夫奋不顾身地扑向伯爵时，她紧紧抓住了丈夫的胳膊，好像这样就能保护她丈夫不受伤害一样。

直到讲完了经过,她也没说什么。最后,她站在我们中间,但并没有将丈夫的手松开。啊,我该怎样描绘这样的情景啊!这个特别善良、温柔的女人浑身散发着青春与生气勃勃的魅力;一看到她前额的红色印记,一想到那个罪魁祸首,我们就禁不住咬紧牙根。她的爱心和善良让我们保持着仇视敌人的一腔怒火,她的信念消除了我们一切恐惧与疑虑。从现在的种种迹象看,我们相信她的一切善良、纯洁和信念都是上帝旨意的体现。

"乔纳森,"她的话就像歌声一样动听,充满了无限柔情,"亲爱的乔纳森,还有所有真诚的朋友们,在这个艰难的时期,我希望你们能考虑一些问题。我了解你们必须战斗,必须消灭某些东西,甚至为了使真的露茜得到永生,你们还要除掉假的露茜。但这不是充满仇恨的任务。制造这一切不幸的灵魂才是最可悲的。想一想,假若他邪恶的部分被毁灭了,他真正的灵魂能在精神上长存,那对他来说是多么幸运啊!你们也应该同情他,但是,这不是让你们停止铲除他。"

米娜讲话的时候,我见她丈夫面色铁青,还有些扭曲,好像体内的怒气快要将他烧焦了。他抓住米娜的手不自觉地加大力度,直到关节变白。虽然看得出米娜的手被捏得很疼,但她并没因为疼痛而放弃,反而更热切地望着她的丈夫。

米娜说完以后,哈克尔终于跳了起来。他几乎将自己的手从米娜的手里甩开。他愤怒地说:"求上帝保佑,让他落到我的手里,并有充足的时间让我将那个妖怪从人间彻底消灭,这就是我的目的。除此以外,假若我能将他的灵魂同时送进地狱永远不得翻身,我很愿意去做!"

"啊,冷静,啊,冷静!看在上帝的分上,别这样说。乔纳森,我的丈夫,不然你会让恐惧和忧虑将我压垮的。想想吧,亲爱的……我想了很久,想了一整天……或者……有一天……我,也会需要这样的同情。而别的人也像你一样,他们也出于和你一样的理由,也许会拒绝给我这样的同情!啊,我的丈夫!假若你换一种方式表达你刚才的想法,我会原谅你的。但我请求上帝不要赞同你那些疯狂的话语,只把它当作是一个充满爱心但却遭到打击的可怜人伤心的诉说。啊,上帝,让这些白发作证,说明他遭受了怎样的痛苦吧,他一生都没做过什么坏事,但这么多的悲痛却接踵而至。"

每个男人都热泪盈眶。我们并不想压抑自己的情感,而是任眼泪夺眶而出。她也哭了,那是因为她看到自己温柔的语言感动了大家。哈克尔一下跪倒在她身边,双手抱住她,把头埋在她衣服的皱褶里。

范·黑尔辛对我们做了个手势,于是我们悄悄离开了房间,留下两颗相爱的心与他们的上帝一起相处。

在他们睡觉之前,为了防止吸血鬼来侵扰,让哈克尔夫人安心睡个好觉,教授将他们的房间布置了一遍。米娜尽量显出对这些防御措施很有信心、很满意的样子,那很明显是为了让她丈夫宽心。

我相信她的努力是勇敢的表现,也很有益处。范·黑尔辛为他们在床边放了一个铃铛,只要有紧急情况,他们就可以摇响铃铛。等他们两人进屋休息后,昆西、亚瑟和我决定轮流通宵值班,守护可怜的米娜。

昆西值第一班,其他人就赶紧去休息。亚瑟已经上床睡了,他值第二班。我的日记已经写好,我也上床睡觉了。

乔纳森·哈克尔的日记

十月三至四日,接近午夜

我想昨天的事情还远没有结束。我心里很希望睡上一觉,我甚至还盲目地希望一觉睡醒,事情就有所改观。现在来看,所有变化都只能往好的方向转变。

大家散去之前,我们讨论了下一步的行动计划,但最终没有得出结论。我们都明白还有一个箱子没找到,只有伯爵清楚它在哪里。假若他要这样藏起来,很可能将我们拖上好多年,同时……这种想法太恐怖了,我想都不敢多想。

我只清楚一点:假若在这个世上存在十全十美的女人,我可怜的爱人应该算是一个。她昨晚表现出来的怜悯之心让我千百倍地爱她。她的怜悯之心使我对那个魔鬼的仇恨相形失色。上帝一定不会允许世界上失去这么高尚的人,否则这个世界就更加悲惨了。

这就是我唯一的希望。我们现在好像在暗礁群中漂浮,信念就是唯一的锚。感谢上帝,米娜睡着了,而且睡得很香,没有做梦。我真不知在她有了这些可怕的回忆后,她的梦里会梦到什么。

今天日落到现在,我没见她像现在这样安详过。有一阵子,她脸上的这种恬静就像阳春三月的泉水。我有时会觉得是落日余晖将她的脸晒红了。但现在,我感觉有更深层的意义。我并不想睡,但是我很累……累得要命! 我一定要睡着,因为明天还有事情。而且以后不会有太多时间休息,直到……

后来

我一定是睡着了,因为后来我被米娜弄醒了。她坐在床上,脸上布满惊恐的神色。因为我们在屋里留了一盏灯,所以我很容易看到。

她将手指放在我嘴上做了一个警示的动作,凑到我耳边悄声说:"别讲话!走廊里有一个人!"

我轻手轻脚地爬起来,走到门口,悄悄地将门打开。

门外的地板上铺着垫子,莫里斯先生醒着躺在上面。他做手势示意我不要出声,轻轻说:"嘘!回床上去。没有事。我们会整夜在这里守着,不能放松警惕!"

他的神色和姿势都暗示我别说话,因此我只好回到屋里,跟米娜说了。她松了一口气,苍白的脸上露出一丝微笑。

她搂住我轻声说:"啊,为了这些勇敢的好人,感谢上帝!"她一声轻叹,又重新躺下来睡觉了。

我没有睡意,写下了这些,但我一定要再试着睡一次。

十月四日,早上

夜里我又被米娜弄醒了一次。这回我们都已经好好地睡了一觉,天色已经灰蒙蒙的,把窗口映得发白,汽灯的火苗只剩下微弱的亮点。

米娜急切地对我说:"快去,把教授请来,我想立即见他。"

"为什么?"我问。

"我有个主意,这主意肯定是昨晚在我无意识的情况下钻进我脑子里来的。必须让教授在黎明前对我进行催眠,这样我或许能说出点什么。快去,亲爱的,时间不多了。"

我走到门口，看到谢瓦尔德医生躺在门口垫子上。他一见我，马上爬了起来。

"发生什么事了吗?"他警觉地问。

"没有，"我回答，"但米娜想立刻见到范·黑尔辛医生。"

"我去叫。"说完，他匆忙向教授房间走去。

两三分钟后，范·黑尔辛穿着睡袍到了我们房间。莫里斯、亚瑟和谢瓦尔德都来到门口。

教授一见到米娜，紧张的脸上露出了笑容，一种肯定的笑容。他搓着双手，说:"啊，亲爱的米娜女士，变化太大了。乔纳森，看! 我们从前的那个米娜又回来了!"

随后，他转身对米娜高兴地说:"我能为你做点什么? 我想这个时候叫我，你一定是有事吧。"

"我想叫你为我催眠!"她说，"天亮以前做，因为，我感到那样我能说出一些东西来，尽情痛快地说出来。快点，时间不多了!"

教授没讲话，示意她在床上坐好。教授紧紧盯住米娜，开始用手在米娜的前面比画起来，从头顶向下，左右手轮流动作。米娜专注地看着教授，这几分钟我心里好像有个锤子在敲打，因为，我隐约感到眼前有某种危机存在。

米娜慢慢合上双眼，纹丝不动地端坐在那里，只有胸脯的微微起伏才让人感到她还活着。教授继续比画几下之后停了下来。我看到他的额头冒出大滴大滴的汗珠。

这时，米娜睁开眼，看上去就像变了个人一样。她眼神朦胧，像在眺望远方，发出的声音像是一种陌生而悲哀的梦呓。

教授暗示我别讲话，做了个手势叫我和其他人过来。于是大家轻手轻脚走进屋子，关上门，走到床的末端。米娜好像没有看到我们。

"你在哪里?"这时范·黑尔辛尽量压低声音问,以免打断米娜的思路。

"我不清楚。睡眠无须地址。"

米娜有好几分钟没讲话,仍旧僵直地坐在那里,教授专心地凝视她,而我们所有的人大气都不敢喘。

房间越来越亮了,范·黑尔辛示意我将窗帘拉起来,但眼睛片刻不离米娜。

我照办了。天马上就要大亮了,一抹红色的晨曦照进来,把屋里映成淡淡的粉色。

这时,教授又说话了:"你现在在哪里?"

她的回答似梦似真,但却有明确的意图,好像想要解读什么。我曾听她读自己的速记日记时,也是这种语气。

"我不清楚,全都很陌生!"

"你看见什么了?"

"什么也看不到,一片漆黑。"

"你听见什么了?"我能觉察到教授忍耐着语气里的紧张感。

"水拍打的声音。是哗哗的水声,还有起伏的波浪。我听见这些声音就在外面。"

"那么,你是在船上?"我们面面相觑,仿佛想从彼此的眼里找到一些灵感。我们不敢设想。

"啊,是的!"米娜快速地回答。

"你还听见什么吗?"

"头顶上有人跑动的脚步声,'吱吱嘎嘎'的铁链声,还有起锚机齿轮转动发出的刺耳的声音。"

"你在做什么?"

"我安静地待着,一动不动,像死人一样!"她的声音渐渐减弱,随后变为沉重的呼吸,她睁开的眼睛又一次合上了。

这时,太阳已经升起来,天完全亮了。范·黑尔辛医生扶着米娜的肩膀,轻轻地将她的头放在枕头上。她像孩子一样睡了一会儿,然后长长地叹息一声,醒了过来,并用一种困惑的眼光打量着四周。

"我在梦里说话了吗?"她问了这么一句,她很想知道自己究竟说了什么,但她好像察觉到了什么。

教授将刚才的话重复了一遍。

"那么,我们没时间了,现在可能还不算太晚。"她说。

这时,莫里斯和亚瑟已经转身要往门口跑去,但教授冷静地把他们叫住了。

"等一等,朋友们。那艘船,在她刚才讲话时,正在起锚。但这个时候,伦敦的大港口,一定有许多船只在起锚。你们到底找哪一艘船?感谢上帝,我们又找到了一些线索,尽管我们还无从知道它将把我们引向何方。我们一直有些盲目,这种盲目是人的思维造成的。我们回头看,就会了解我们看到的事物存在的意图,我们就能预测未来,假若我们能了解现在所看到的事物的意图。天哪,这话真是绕口令,不是吗?

"当乔纳森拿着大刀朝伯爵大力砍下去时,他还不忘抓一把钱,现在我们就明白伯爵当时头脑里想的是什么。他想逃,听好了,是逃!当他看到只剩一个泥土箱子,而且许多人像猎狗追狐狸一样追捕他时,他就知道在伦敦已无藏身之地了。现在他已经将最后一个泥土箱子用船运走,他要离开这块土地。他想逃,没门!我们去追他。呵呵!像亚瑟穿上红色猎装狩猎时经常吆喝的那样。这个老谋深算的狐狸,啊,非常的狡猾。因此我们要更聪明一些。

"其实,我不比他差,我早已琢磨过他的想法了。大家可以休息一会,我们现在比较安全。因为他与我们之间有水相隔,他不会渡过来。就算想，也没有办法。除非船只靠岸，而且只有在涨潮或退潮时才可以。看，太阳才升起来，到傍晚以前的整个白天都是我们的。让我们冲个澡，换件衣服，好好地吃顿早餐。我们可以慢慢地享受，现在他并没有与我们同在一片土地上。"

米娜恳切地看着他，说："既然他已经逃走了，为什么还一定要追他呢？"

教授将她的手拉过来轻轻地拍着，说："现在别问我任何问题，吃过早餐后，我会回答你所有的问题。"之后他再不愿多讲话了，于是，大家回到自己的屋里更衣去了。

早餐后，米娜又重复那个问题。教授严肃地看了她一阵子，难过地说："亲爱的米娜，我们哪怕追到天涯海角也在所不辞，因为我们必须要找到他！"

米娜脸色苍白，虚弱地问："为什么？"

"因为，"他认真地回答，"他可以几个世纪地活下去，而你只是一个凡人。自从他咬破你的喉咙以后，时间就变成了一个很可怕的问题。"

在米娜昏倒的一瞬间，我抱住了她。

第二十四章

谢瓦尔德医生的留声机留言,由范·黑尔辛口述

致乔纳森·哈克尔:

你应该陪着你的米娜女士。我们继续去寻找伯爵,实际上我们不是去搜寻,而是已经知道了他的处所,只是去确认而已。但你今天要留下来好好照顾她。这是你最好、也是最神圣的职责。今天他不会来到这里。

下面我将我们已知的几个情况告诉你。他,我们的敌人,已经离开了,他已经向特兰西瓦尼亚的城堡出发了。我已了解得很清楚,就像有人把这事写在墙上一样。

他早已着手准备这件事了——把最后那一箱泥土运到某个地方。所以他才去抓那些钱,才匆忙逃走,以免我们在太阳下山之前抓住他。这是他最后的一线希望,他当然也想到藏到露苪小姐的墓室里去,他觉得露苪可能会喜欢他、欢迎他,但时间来不及了。

他打消这个念头以后,便把希望寄托在最后一箱泥土上了。他很精明,真的很精明!他清楚自己在这里已经要不了什么花样了,于是决定回到老巢去。他找到回程的船只,上了船。现在,我们要去寻找那是什么船,往哪里去,等我们摸清以后,一定回来告诉你。这样,新的希望就能使你和可怜的米娜感到安慰了。

其实只要多思考,就会有希望,我们还没有失败。我们追捕的家

伙，花了好几百年的时间才来到伦敦。而只要有一天，我们知道他具体所在的地点，就能把他赶走。虽然他能制造许多事故，而且不用跟我们一样吃很多苦，但他的能力还是有限的。

我们的力量很强大。而且所有人都很坚强，团结起来力量就更大，因此我们放松心情。战斗已经打响，我们最终必胜，这就像上帝一直在高处眷顾着他的子民那样确信无疑，因此安心地等着我们回来吧。

乔纳森·哈克尔的日记

十月四日

当我将范·黑尔辛在留声机里的留言告诉米娜时，她的精神好了许多。因为现在我们确定伯爵没在英国，这给她很大的安慰，也使她恢复了不少能量。

对我本人而言，尽管伯爵对我们不会再造成直接的威胁了，但我对这一点似乎感到难以置信。现在正值阳光灿烂、秋高气爽的好时节，以致我在德拉库拉城堡里的恐怖经历仿佛成了一个遥远的梦。

但是，当我眼光落到爱人的额上时，我怎能忽视这种危险呢？只要那个疤痕还存在，它就时时刻刻都在清楚地提醒我这种危险的存在。

米娜和我都害怕闲着，因此我们将日记拿出来一遍又一遍地读。不知为什么，我们每读一遍，事实就变得更加令人震撼，但痛苦和恐怖却越来越模糊了。

有种力量一直贯穿始终，使我们感到安慰。米娜说也许归根到底我们都是好人的缘故吧。可能是的！我应该像她一样去思考问题。我们彼此没有谈及对未来的憧憬。我们最好还是等教授他们回来告诉我们调查的结果。

时间比我想象的过得要快，我还以为时间对我来说永远是漫长的煎熬呢。

现在三点钟了。

米娜·哈克尔的日记

十月五日，下午五点

我们开会报告情况。

出席人：范·黑尔辛教授，戈德明庄主，谢瓦尔德医生，昆西·莫里斯先生，乔纳森·哈克尔，米娜·哈克尔。

范·黑尔辛医生先讲述了他们怎样一步步找出那只船的线索。

"因为我明白他要回特兰西瓦尼亚，因此我断定他必将经过多瑙河口，或者经过黑海的某个港口，他来时也是那条线路。开始我们一片茫然，无从着手。我们心神不定地调查昨晚哪些船只驶向黑海。我猜他应该在一条帆船上，因为米娜在催眠状态中讲过起锚的情况。

"要想在《泰晤士报》的航运清单上找到那艘船只不太可能，于是戈德明庄主建议我们去劳埃德公司。这家公司虽然很小，但我们查询了所有出航轮船的记录后，发现只有一艘在涨潮时分出海驶往黑海的船，名字叫凯瑟琳皇后号，它从杜力特勒码头出发，开往瓦尔纳，再从瓦尔纳转往别的港口，驶入多瑙河。

"'哈哈！'我说，'伯爵就在这艘船上。'于是，我们马上赶往杜力特勒码头，在办公室里我们找到了一个管理员，向他询问关于凯瑟琳皇后号出海时的情况。虽然他扯着嗓子、涨红着脸，满嘴脏话，但他人不错。昆西给了他一些钱,他将钱卷起来塞进衣服的一个隐蔽小口袋里以后,态度就好多了,对我们有问必答,并带我们找了一些粗俗但非常热情的人。只要这些人不喝酒,人都很不错。他们说的话里总带有'血'和'开花'的口头禅,我听不明白是什么意思。但是,好在他们告诉了我们所有想要了解的情况。

"他们跟我们讲,昨天下午五点钟左右的时候,有个男人急急忙忙赶来。那人又高又瘦,面色苍白,高鼻梁,牙齿雪白,眼睛像冒火一样,穿一件黑袍,只是戴了一顶很不协调的草帽。他逢人给小费,想得知有哪些船开往黑海方向的目的地。有人将他带到办公室,又带他到船上。他不上船,只是在岸边的跳板处站着,叫船长下船来见他。那人承诺付给船长一大笔钱,因此船长还是下来了。刚开始船长大声叫嚷了一阵,最后还是成交了。

"接着,那个瘦子就走了。有人告诉他在哪里能租到马车和马匹,他就去了那里。不久他又回来了,回来的时候亲自驾着大马车,马车上还装着个大箱子。他自己将箱子卸了下来,随后好几个人才把箱子弄到了船上。他对船长唠唠叨叨,跟船长说箱子该放在什么地方、怎么放等等,船长很不高兴,嘴里嘀嘀咕咕的,对那个人说,如果他愿意,他自己上船来指挥箱子怎么放。但他却说'不'。他说他暂时上不了船,还有很多事情要做。

"船长要他最好快一些,因为船要在退潮前出海。那个瘦子只是微笑着说假若时间适合,他肯定会走,但他显然不是一时半会能弄好的。船长又开始骂骂咧咧,还夹杂着粗话,但是那人只是向他鞠躬道谢,说他争取在起航之前上船。

"船长火气更大了,骂得也更凶,警告他船不会等他的。那人又问附近哪里有船,以及在哪里能买一家船务公司以后,就走了。

"没有人清楚他去了哪里,也没人在意,因为很快有了一点麻烦,凯瑟琳皇后号肯定不能按预期时间起航了。有一团雾气从江面上飘过来,并且越来越浓,最后把船只完全笼罩在里面。船长大骂起来,骂得十分难听,但却没有办法。

"水涨得越来越高,船长害怕错过退潮的时机,情绪非常糟糕。潮水来的时候,那个瘦子又到了跳板边上,要求看一下箱子具体的安放位置。船长诅咒着说要这个人跟他的箱子都见鬼去。但那人并不介意,而是跟着其他船员上了船,看了看箱子摆放的位置。之后他上来站在船舷上,船舷上浓雾弥漫。后来他肯定自己离开了,没人注意他。实际上船员们丝毫没想到他的存在。浓雾不久就散了,能见度恢复了正常。

"我们的酒鬼朋友和粗口朋友在讲到船长大骂的情景时都爆笑起来,他们说船长当时的词汇不仅比平时更丰富,而且更加形象生动。后来,船长问起其他往来船上的船员那场大雾的情况,发现没有几个人看到这场大雾,好像只有船长所在的码头有雾。但船最终还是在退潮时出了港,而且肯定能在早上的时候抵达入海口。他们跟我说,当时这艘船应该进入大海了。

"所以,亲爱的米娜,看来我们能够休息一阵。现在我们能招来雾气的敌人正在海上,向着多瑙河进发。因为,帆船要花许多时间,它的速度不快。而我们从陆路走,比他的速度快,我们可以在前面截住他。我们最好在白天日出后到日落前,他还在箱子里的时候抓住他。因为那时他无法反抗,我们怎么处置他都可以。

"我们拥有几天时间,可以好好制订一个行动计划。我们已经完全掌握了他的行踪,我们见到了那只船的老板,老板给我们查看了所有的运单和有关文件。那个箱子将在瓦尔纳卸船,交由代理接受。当地的一位代理商在那里出具收货证明,属于船老板的这部分业务就完成了。船老板问是不是有什么问题,如果有问题,他可以拍电报到瓦尔纳对箱子进行检查。我们说'不必',因为我们不想惊动警察和海关,我们要用自己的方式来把它处理掉!"

范·黑尔辛医生说完后,我问他能否确定伯爵在船上。

他回答说:"我们有最好的证明:就是今早对你的催眠。"

我又问是否非要去追伯爵不可,因为,啊! 我很害怕乔纳森离开我。我明白假如大家都出发的话,他是一定也要去的。

开始,教授说得还较缓和,但他越说越激动,后来转变成愤怒,并且带有强制性。我们事后都明白他之所以一直是男人们的领袖,其中至少一部分因素是他性格中居高临下的特质。

"是的,这很必要,很必要,非常必要! 首先是为了你,其次是为了全人类。虽然这个魔鬼现在还展不开拳脚,但事实上即使在这么短的时间内,而且他还处于摸索阶段就造成了这么多伤害。所有这些我全都没有告诉别人。我亲爱的米娜,你可以试着从约翰的留声机里或你丈夫的日记里了解这些。

"我还跟他们说,他计划离开自己那块贫瘠的土地,那个人烟稀少的地方,到人口众多的新大陆发展,这已经策划几个世纪了。换一个像他那样的活死人,同样打算做这些事情的话,就算经历几百年的时间,也不一定会有多大作为。

"在自然界,一切神奇、奥妙、超强的力量都能以奇特的形式结合起来。他生存的地方,就是活死人存在了几个世纪之久的地方,那里有许多物理和化学世界中怪异的事情。那里有幽邃诡秘的洞穴、深不见底的山涧,还有延绵的火山,其中有的活火山至今还喷发着成分奇特的液体和剧毒气体。毋庸置疑,在这些神奇的能量组合中,磁力和电力在一个肉体内以神奇的方式发生了作用,所以他的体内吸收了自然界的精华。历经漫长岁月的磨炼,他变得意志更坚定、头脑更灵活、秉性更勇猛,一般凡人无可比拟。

"而且在他身上，有些重要的能力已发展到了极致。随着他身体的日益强大，他的大脑也在逐步成熟。所有这些能量，除邪恶的力量以外，全对他有所裨益，因为邪恶的力量最终要服从正义的力量。他现在对我们来说意味着他已经影响了你——啊，原谅我，我只有这样讲，但我是为了你好。他用这种方法在无形中影响你，就算他什么也不再做了，你照样像从前一样幸福地生活，但是，到最后等你到了生命的尽头，你还是会变得跟他一样。

"绝对不能这样！我们已经发誓不能让这种情况出现，因为，我们秉承了上帝的旨意：在这个世上，圣子为之献身的人类，死后绝不能沦落到魔鬼手中，而魔鬼的存在是对上帝的亵渎。上帝已经授意我们救赎了一个受到玷污的灵魂，而我们还应该救赎更多的灵魂。我们将向着太阳升起的地方前进，假若我们失败，也是为了正义而倒下。"

他停了一下。我对他说："但是，伯爵难道不会吸取教训吗？他已经被人从英国赶了回去，他难道不会避免犯同样的错误吗？就像一只老虎被村民们追捕后它还会去侵犯那个村子吗？"

"哈哈！"他说，"你用老虎打比方，很好，那我就利用这个比喻来做说明好了。老虎，印度人将它称为吃人兽，一旦尝了人血的味道，对其他猎物就不感兴趣，而是不停地追捕人类直到追到为止。我们追的也是一头老虎，一个吃人兽，它永远不会停止捕食。它绝对不是远远地藏起来的那种类型。在伯爵的一生中，在他生前的一生中，他跨过土耳其前线，在自己的疆土上攻打敌人，他是失败了，但你见他按兵不动了吗？不！他会再次发动进攻，接着是第三次、第四次。瞧他那执着和耐力。"

"他头脑还不是太成熟的时候，就已经在谋划怎样到一个大城市去。他是怎样做的呢？他选择了世界上对他来说成功可能性最大的城市。之后精心打造自己,准备实施计划。他耐心摸索自己能力的极限:他学习新的语言、社交礼仪、环境习俗、政治、法律、经济、科学、风土人情,他还学习怎样成为一个全新的人。他所掌握的东西又增强了他的食欲,激发了他的欲望,又促进了他的大脑发展。后来发生的一切也证实了他最初的猜测是正确的,这全是他一人干的,全是他在一个被人遗忘的旧坟墓中谋划实施的!

"当更大的思想之门为他敞开时,他有什么不会做呢?我们清楚,他一点不怕死亡,能在令人致命的疾病中生存发展。啊!假若这种人是奉上帝的旨意而来,而不是恶魔的继承人,那会是多么伟大正义的力量啊!现在我们发誓为世界的自由而战,我们只能在暗中努力。因为,在这个飞速发展的时代,当人们对亲眼所见都不愿相信时,聪明人的多疑就变成了魔鬼最好的保护。尽管我们愿为所爱的人、为人类的正义和上帝的光辉及荣耀去英勇奋战,但人们的怀疑会立即变成恶魔最好的头盔、甲胄和利器,足以将我们摧毁。"

接着大家又进行了一番讨论,决定今晚先不采取行动,大家都认真思考一下这些事情,再试着找出最好的办法。明天早餐的时候,我们再聚会一次,确定一个明确的行动方案。

今晚我感到祥和而安静,脑中杂念全无,可能……

但思维仍没有停止,也不可能停止,因为,当我在镜子里看到自己前额红色的疤痕时,我明白自己仍然不是清白的。

谢瓦尔德医生的日记

十月五日

我们都很早起来了。看来睡眠对每个人都有很大的裨益。当早餐我们聚在一起时,大家都变得比以往更愉快,我们还以为再也体验不到这种轻松愉快的氛围了呢。

　　人的天性中有这种自我恢复功能真的太神奇了。无论什么烦恼与痛苦,就算是死亡,都被我们全部抛开,重新回到充满希望和愉悦的精神状态。当大家在餐桌旁围坐时,我不止一次睁大疑惑的双眼自问,过去那些日子所经历的一切难道都是梦吗?只有看到哈克尔夫人额上的印记,我才被重新拉回现实。

　　现在,尽管我很严肃地参加了这次行动,但我似乎很难相信造成这种痛苦的罪魁祸首仍然存在。连哈克尔夫人都一直沉浸在轻松与满足当中,只有当某些记忆偶尔袭上心头,她才会意识到额头上的那道可恶的疤痕。

　　半小时后,大家将在我的书房集中,制订出最终的行动方案。我只担心一种情况,确切地讲是一种预感:我们本来已经约定好大家必须开诚布公,坦诚相待,但我总是奇怪地觉得到时候哈克尔夫人一定会有所保留。我了解她会有自己的观点和结论,而这些观点和结论往往还非常正确可行,但是她不愿或者说不能将它们完全说出来。

　　我把这种想法告诉了范·黑尔辛,他愿意找个时间单独和我讨论一下这个话题。我担心那些可怕毒素是不是侵入了她的血液,并发挥了某种作用。那时,伯爵在吸米娜血液时肯定有自己的目的,就像范·黑尔辛所说,那是"吸血鬼的鲜血洗礼"。

　　是的,或许有某种毒素在她体内发生了效力,在已经发明了肉毒胺的年代里,我完全有理由相信这种毒素是有可能存在的。有一件事我很明了,倘若我对哈克尔夫人的预测是对的,那我们将可能有很大的麻烦,一种潜在的危险。既然他有能力让她闭嘴,那么他同样有能力让她讲话。我不敢再往下想,因为这样的设想似乎是对一个高尚女人的侮辱。

教授一般会早于别人来到我的书房,到时我会向他阐明我的想法。

后来

教授过来后我们讲了一些事情,我能感到教授有什么想法,他想说出来,但欲言又止。他郑重思考了一番后,说:"约翰,有些事情,不管怎样,我必须先和你单独谈谈,之后再让别人参与讨论。"

他稍停片刻,继续说:"米娜女士,我们可怜的米娜女士正在发生变化。"

最担心的情况发生了,我不禁打了一个寒战。

范·黑尔辛又说:"根据上次在露茜小姐身上发生的惨剧,这次我们不能再让同样的错误重犯。实际上我们的任务遇到了更大的麻烦,时间非常紧迫。现在我已经能从她脸上看到一些吸血鬼的特征,不过这种特征还很轻微,倘若我们不带成见仔细观察的话,就能看到。她的牙齿变尖了,眼神也较以前更凶了一些。但这并不是全部,她现在越来越沉默,像露茜小姐以前所表现出来的一样。她不大说话,甚至她写的东西也不太愿意被人看到。我所担心的事情是:她既然能在我的催眠之下跟我们说伯爵所看到和听到的事情,那么她更有可能先被伯爵催眠过了。而且,只要他愿意,在米娜和伯爵血液互通以后,就完全可能被他所控制。"

我点头同意。他继续说:"那么,现在我们一定要阻止伯爵的这种行为,我们有必要向她隐瞒我们的真实想法,那样的话,她不可能将自己不了解的东西告诉伯爵。这是个很痛苦的事情!痛苦到一想到它就几乎让人心碎,但又不能不想它。今天大家碰面时,我要告诉她,因为某些无法说清的原因,她不能再参加我们的讨论,只接受我们的保护就行了。"

他擦拭着额头上的大颗汗珠，一想到要给饱经磨难的米娜带来更多痛苦，他难过得大汗淋漓。我想，假若我告诉他我的想法与他一致的话，他也许会稍稍好受一点吧，至少这样做能减轻一点他的痛苦。于是我将自己的想法告诉了他，果然收到一些效果。

现在大家已经快到了。范·黑尔辛离开去为会议做准备，对他来说这也是任务中最艰难的部分，我真的希望他能顺利渡过这一关。

后来

会议快开始时，哈克尔转告说，他夫人打算不参加这次会议，她不希望影响大家的自由讨论，带来不必要的干扰。我和范·黑尔辛立即松了一口气。我想，如果哈克尔夫人已经感觉到自己的危险性，那她的内心肯定会更加痛苦。

现在这种状况下，大家得知这个消息后，只是疑惑地交换了一下眼神，并把一个手指放到嘴上表示默认，以后再去弄明白究竟是什么情况。

于是我们马上进入正题，讨论行动方案。

范·黑尔辛先向我们把实情介绍出来："凯瑟琳皇后号昨天早上驶出泰晤士河，就算是全速航驶，至少也需要三个星期才到抵达瓦尔纳，假如我们从陆路过去的话，只需三天就能到达同样地点。现在，我们将帆船的航程时间缩短两天，因为假定伯爵能改变天气影响航速；此外，假如我们因为不可预测的因素在路途上耽搁一天一夜的话，这样算起来，我们有将近两个星期的空余时间。

"所以，为了保险起见，我们最晚十七号一定要从这里出发，这样我们不管怎样都会比帆船提前一天到达瓦尔纳，然后做好准备工作。当然,要对付那个恶魔,我们要全副武装起来,包括精神上和身体上的。"

这时昆西·莫里斯插话:"我了解伯爵来自一个狼群出没的国度,而且,他也有可能比我们早到,因此我建议带一些温切斯特连发步枪,我相信在对付狼群方面它很能发挥效力。你记得吗?亚瑟,当年在托伯尔斯克我们是怎样对付狼群的?为什么我们不给它再次发挥威力的机会呢?"

"很好!"范·黑尔辛说,"应该把温切斯特连发步枪带上,昆西考虑问题总是很周到。但说到捕猎,不恰当的比喻对科学的危害,比狼对人的威胁更大。目前我们在这里也没有事情可做,何况大家对瓦尔纳又不是很熟;那为什么不早点出发呢?反正在这里也是等,在那里也是等。今天晚上和明天我们就可以着手准备,都准备好了的话,我们四人就能立即出发!"

"我们四人?"哈克尔把我们轮流打量了一遍,不解地问。

"是的!"教授马上回答,"你要留下来照顾好你的妻子!"

哈克尔沉默了一会,然后低声说:"这件事情我们今天下午再讨论吧,我想和米娜先商量一下。"我想范·黑尔辛应该告诉哈克尔别把我们的计划告诉米娜,现在正是时候,但他好像没想到。我故意干咳几声,还给他递眼色。而他只是将手指放到自己的嘴上,接着转身走开了。

乔纳森·哈克尔的日记

十月五日,下午

早上的会议结束后,我一直无法思考。最近发生的事情让我的脑子充满了疑问,根本不能积极地思考。米娜坚决不愿参加讨论也让我疑惑,但我不能跟她争吵,只能自己猜测。我也弄不明白为什么其他的人都接受米娜的决定。上次我们讨论时还一致同意,相互之间不能有丝毫隐瞒。

她现在睡着了,安静祥和,像个孩子。她的嘴唇有优美的弧线,脸上荡漾着幸福的微笑。感谢上帝,她还能拥有这样快乐的时刻。

后来

这一切那样奇怪。

我一直陪在米娜身旁,默默地打量着她美丽的睡姿,看着看着,我的心里也变得快乐起来。当夜色降临,夕阳西斜的时候,整个屋子愈来愈变得肃穆起来。

突然,米娜睁开眼睛,温柔地对我说:"乔纳森,我要你对我郑重发誓。让上帝作证,对我发誓绝不毁约,就算以后我跪着哭着求你。快,你必须马上发誓。"

"米娜,"我说,"那样的誓言,我不能立即发。也许我根本无权这样做。"

"但是,亲爱的,"她说,她的眼睛闪闪发亮,像北极星一样,"这是我的想法,但并不是为了我自己,如果你觉得我不对,你可以去问范·黑尔辛医生。假若他不赞同我的说法,那你就按自己的意愿办事。不,还加一条,如果其他人都同意你的看法,那么以后你可以毁约。"

"我发誓!"我说。

这时,她显得特别高兴。但我觉得对她来说把额头上的红印退掉才是最大的幸福。

她说:"你向我发誓,不把关于行动方案的任何内容告诉我。什么话也不要说,引用、暗示都不可以。只要这个还存在,任何时候都不能提!"她指了指额头上的疤痕,显得非常严肃认真。

"我答应!"就在我把这三个字说出以后,便马上感觉有一座无形的墙挡在了我们中间。

午夜

整个晚上,米娜都显得活泼高兴。她的情绪感染了大家,大家都感到充满了信心和勇气。我自己也觉得长期以来压在心头的悲伤情绪减轻了很多。

大家很早就上床睡觉去了,米娜这会正像个婴儿似的睡着。在碰到那么恐怖的事情以后,她还能睡得这样香甜真是太好了。感谢上帝,至少她能暂时忘掉自己的烦恼。也许,她今晚的愉快心情能够影响到我。让我试一试,安安稳稳地睡个好觉。

十月六日,早晨

又有一件令我惊讶的事情。

米娜很早就把我叫醒,也是跟昨天差不多同一时间。她让我把范·黑尔辛医生叫来。我猜她又想让他进行催眠。于是,我没多问就直接去找教授了。

教授好像早就料到会有人要找他一样,早就穿好衣服,半开着门,好听见别的房间开门的动静。他很快跟我来到我们房间。他进来时问米娜要不要叫其他的人一起来。

"不,"她淡淡地说,"不需要,但你可以转告他们,那就是我必须同你们一道去。"

听她这样讲,范·黑尔辛医生和我都感到很意外。

怔了一下,他问:"为什么?"

"你们一定要带我一道去,跟你们一起我会更安全,同时你们也会更安全。"

"但为什么,亲爱的米娜女士? 你清楚,保护你是我们最神圣的责任。但是,我们面临的危险可能对你很不利,因为你比我们所有人都更容易……受环境……影响。"他局促不安地停顿下来。

她用手指了指额头上的疤痕,说:"我明白,这也正是我必须去的原因。让我现在就告诉你吧,可能太阳出来以后就说不出来了。我知道,假如伯爵要用妖术来控制我,让我跟你们去的话,我肯定会按照他说的去做。我还会用种种谎言和手段来欺骗你们,甚至包括乔纳森。"

她说这些话的时候,背朝着我。我相信倘若真有天使旁观的话,一定会永远记录下她正直高尚的品格。

我只能握住她的手,哽咽地说不出话,任由泪水夺眶而出。

她继续说:"你们男人勇敢强健,而且联合起来就会更加强大,能发挥个人力量的极致。此外,我对你们也有用,因为你们能通过对我的催眠得到连我自己都不知道的情况。"

范·黑尔辛医生郑重地说:"米娜夫人,你总是那样聪明睿智。好吧,就跟我们一道去,让我们一起奋战到底。"

后来,很长一段时间,米娜都没有说话。她又重新躺下来,不久就睡着了。她睡得那么沉,以至我把窗帘打开,阳光照进屋里时,她都没有醒来。

这时,范·黑尔辛医生打个手势,示意我悄悄跟他走。我来到了他的屋里,一会儿,戈德明庄主、谢瓦尔德医生和莫里斯先生都来到他的房间。

范·黑尔辛医生将刚才的事情跟他们说了,之后继续说:"我们很快就要动身去瓦尔纳。目前情况临时发生变化,米娜女士也要跟我们一道。米娜是一个真诚坦白的人,她一定经过深思熟虑后才把她心里的真实想法告诉我们。她说得很对,并且及时提醒了我们。我们不能错过任何时机,只要船只一抵达瓦尔纳,我们就迅速采取行动。"

"我们究竟怎么做呢?"莫里斯先生问。

教授稍作停顿,回答道:"首先,我们要登上那艘船,再找到那只箱子,并在箱子上放一枝野玫瑰,把它固定好,这样就不会有人走近它了,这是当地的风俗。我们要首先尊重这种风俗,它代表人们的一种信仰。之后,我们就在一旁等待时机。当看到周围无人时,我们就把箱子打开,然后……然后,所有问题就都解决了。"

"我可没有耐心等待时机。"莫里斯先生说,"一旦我看到那个箱子,我就直接打开它消灭那个魔鬼,就算有一千个人在旁边看着,就算我因此灭亡!"

这时,我情不自禁地握住了莫里斯那双钢铁般坚强的手。我想他可能也了解我此时此刻的心情,但愿如此。

"好孩子,"范·黑尔辛医生说,"勇敢的孩子,你是真正的男子汉!愿上帝保佑你。孩子,请相信,我们中间没有人会因为恐惧而却步或退缩。我只是说我们能够……必须做的事情。但是,事实上,我们还不能确定该做什么,因为许多事情的发展都无法预料,并且,可能会有许多预料不到的事情。因此,我们应该先做好准备。这样,在最后的时刻来临之时,我们的努力才不会白费。

"现在,我们将所有的步骤都按顺序排好,将各种主观、客观因素都考虑进去,我们谁都不清楚最终结果怎样,何时结束,会怎样结束。而我所能做的就是出点主意,除此以外,没有别的可干。我将对整个行程做出安排,包括购买全部车票。"

对所有问题都讨论过以后，大家分开了。我从现在起也要仔细安排一下自己的计划，为即将来临的关键时刻做好充分准备。

后来

一切准备就绪，我写好了遗嘱。假如米娜能幸存下来，她是我唯一的继承人，假如她未能幸免于难，我的财产就将留给对我最好的朋友们。

太阳快下山了，我觉察到米娜开始有些不安。显然，日落对她的情绪产生了一些影响。这也是让我们最伤心的时刻，仿佛每次的日出日落都有可能发生新的危机和痛苦。但我相信，上帝会始终保佑我们，给我们带来幸福平安。

我之所以将这些都记下来，是因为这些话我现在不想对我的爱人说。或许以后她有机会能看到它。

她在叫我了。

第二十五章

谢瓦尔德医生的日记

十月十一日,傍晚

乔纳森·哈克尔让我将以下的事情记录下来,因为他说自己很难办到,但他又想留下详细而完整的材料。

我想,米娜女士让我们在日落前去见她,这并没有使我们感到太奇怪。我们已逐渐了解,日出和日落时分已成为米娜情绪释放的时间,只有在这时,她才能展现真实的自己,没有外力的作用,也没有别的刺激。

米娜这样的情绪或者说状态通常在日出或者日落前半小时开始表现出来,之后持续到太阳高照或者晚霞满天的时候。

开始,她显得有点被动,好像刚松了绑一样,接着会进入一种完全自由释放的状态。但只要这种状态一结束,她就会变得沉默寡言,再过一会,就会很快回复到原来的状态。

今天傍晚,我们见面时,她显得有点不安,像在进行激烈的思想斗争。我记得她开始时试图控制自己的情绪。过不多久,她就完全控制住了自己。

她让丈夫坐在她斜靠着的沙发上,又叫别人搬着椅子坐到他们前面。她握着丈夫的手,说:"我们像现在这样无拘无束地围坐在一起,可能是最后一次了!我相信你会自始至终陪在我身边。"能看出,她这句话是对紧握着她手的丈夫说的。

"明天早上,我们就要启程去完成我们的使命,只有上帝才清楚结局究竟怎样。而你们这样善良,愿意带我前往。我了解,为了一个失去或将要失去灵魂的女人,所有别的英勇的男人能够做的,你们都愿意去做。但是,请你们牢记,我与你们不同。我的血液和灵魂里面带有毒素,它们可能或者一定会将我毁灭,除非我们能找到解救的方法。

"啊,朋友们,你们同我一样明白,我的灵魂正面临着危险。尽管我知道有一个解脱的好办法,但你们和我都不会接受!"她深情的目光在我们每个人脸上依次滑过,从她丈夫开始,最后又落在她丈夫脸上。

"是什么办法呢?"范·黑尔辛沙哑着嗓子问,"什么办法是我们不能也不会去采纳的?"

"那就是马上将我处死!在我体内的魔鬼完全发挥作用之前,由我的丈夫或其他人来执行。你们都清楚,只有真正的死亡才能让我的灵魂完全得到解脱,就像你们对露茜所做的那样。假若死是唯一的办法,那么,能在你们这些爱我的朋友中死去,也没有什么可怕的。但死亡并不是全部,在我们还有希望能够完成使命的时候,我不相信上帝会愿意让我死去。所以,我认为自己应该放弃这个想法,积极地面对世界上或者地狱里那些也许是最黑暗的东西。"

我们都默默无言,她的话好像才刚开始。大家看起来都很严肃,哈克尔面色铁青,或许他比我们更了解他的爱人接下来会说些什么。

不久,米娜又说:"这就是遗产合并的过程中我能付出的部分。"

很奇特,她将一个法律概念用到这样的地方,并且很严肃。"你们能付出什么呢？我清楚，是你们的生命，"她讲话的语速很快，"对勇敢的男人来说，你们能轻松面对这一切，你们为上帝而活，并能将自己完全交到上帝的手中，但你们愿为我献出生命吗？"

说着她又征询地望了望除她丈夫以外的每个人。昆西似乎领悟到了什么，他点点头，这使米娜有些安慰。

"那好，让我坦白地跟你们说我究竟是怎样想的吧。在我们之间不能够有丝毫的猜疑存在，你们要向我保证，所有的人，甚至你，我亲爱的丈夫，一旦时机到了，就要将我杀死。"

"是什么样的时机？"昆西的声音低沉而生硬。

"当你们确定我已经彻底改变时，这也是我生不如死的时候。只要我的肉体已经死亡，那你们一刻也不要延误，即刻割下我的头，用木桩穿过我的身体，或者采取其他措施，只要可以让我得到永久的安息！"

死一般的沉寂以后，昆西首先站了起来，然后跪在米娜的前面，握着她的手庄严地说："我是个莽夫，可能并不具备一个好男人应有的气节，但我最郑重、最庄严地向你发誓，假若真的有那种时刻到来，我绝对不会有丝毫的退缩。同时我发誓，我一定会先把一切都弄清楚才做，避免弄错。"

"你是我忠实的朋友！"她泪流如注，只说出这一句话。她弯下腰，亲吻他的手。

"我同样向你发誓，亲爱的米娜女士！"范·黑尔辛说。

"还有我！"戈德明庄主说，每个人都依次跪在她面前发誓，我也一样。

她丈夫用凄凉的目光望着妻子，在灰色目光的衬托下，他灰白的头发显得暗淡，他问："我也要像他们一样发誓吗？我的妻子？"

"你也是，亲爱的。"米娜说。眼神和声音里饱含着爱怜。

"你不能畏缩,你是我最亲的人,也是我的全部,我们的灵魂早已融合为一体,无论何时何地。试想吧,亲爱的,有不少例子,那些英雄般的男人为了不使心爱的女人沦落到敌人的手中,将她们杀死。他们的手并不因此而颤抖,因为这是他们所爱的人恳请他们这样做的。在这种关键时刻,这也是男人们对他们的爱人应尽的责任!啊,亲爱的,倘若能选择死在谁手里的话,我甘愿死在我最爱的人手上。范·黑尔辛医生,我还记得你是怎样善解人意地让露茜在她心爱的人手中安息。"

说到这里,她脸上荡起了红晕,说话的语调有了变化。"就是把她托付给最有权利给她平安的人手中,假若那个时刻真的来临,我希望你能把这一任务交给我的爱人,让他亲手结束我的恐惧与痛苦,并把这件事情当成一个美好的回忆。"

"我再一次向你起誓!"教授响亮地回答。

哈克尔夫人满意地笑了,她一脸轻松地向后一靠说:"现在再给你们一个忠告,你们一定要时刻牢记在心。那一刻,如果要来可能会来得很快,并且不易察觉,因此你们必须当机立断,别错过机会。因为那一刻到来时,我可能会……应该会跟敌人一起对付你们。"

每个人都接受了她的忠告,但没人讲话,其实此刻没有讲话的必要。

"我想让你来念悼词。"她说。

这时,她丈夫用一声长长的叹息打断了她的话。米娜拉起丈夫的手,放在自己的胸口,继续说道:"必须让你来念悼词,无论发生了什么可怕的事情,这样才能使所有人,包括我感到安定。亲爱的,我之所以想让你来念,是因为,这样的话你的声音会永远留在我的脑海里!"

"但是,我亲爱的,"他恳求地说,"你离死亡还很远。"

"不，"她说，同时做了个警示的手势，"现在我正在死亡深渊的边缘徘徊，这要比我肉体的死亡更接近死亡的本质。"

"啊，我的妻子，我一定要念吗？"他在开始念之前问。

"这样能让我心安，我的丈夫！"她回答，随后将圣经递给了她的丈夫，于是哈克尔开始念起了悼词。

该怎样形容眼前这奇特的场景呢？怎样形容那种庄严、阴沉、忧伤、恐惧和温馨的场面？即便是个桀骜不恭的怀疑论者，当他看到一帮忠诚而深情的朋友跪在一个哀愁忧伤的女士周围时，肯定也会情不自禁地被感动。

米娜的丈夫轻轻地念着悼词，语调中含着令人心碎的悲痛，他不时地抽泣，他选读的是悼词中最简练、最动人的那一部分。

我也……说不出来了，我的声音……完全哽咽了！

但奇怪的是，在大家都深深地被感动的时刻，米娜却表现得泰然自若，也正是因为这样，大家才觉得安慰一些。

后来，米娜又沉默了，看来她精神释放的状态结束了。但大家并没有像我预料的那样陷入绝望之中。

乔纳森·哈克尔的日记

十月十五日，瓦尔纳

我们十二日清晨离开了查尔灵克罗斯，当晚到达巴黎，然后搭乘东方快车。

经过整整一天一夜的奔波，大约五点钟我们到达这里。戈德明庄主去了领事馆，想看看有没有他的电报，其余人都住进了奥德塞斯宾馆。

途中发生过一些小事,但我没有在意它们,我只一心想怎样抓伯爵。在凯瑟琳皇后号靠岸之前,这个世上发生的所有事情都不能引起我的兴趣。

感谢上帝!米娜看起来精神不错,体力也越来越充沛。她脸色红润,并且睡得很好,整个旅途中,她差不多一直在睡。

然而只要接近日出或日落的时候,她就会变得清醒而警觉起来,每当这时,范·黑尔辛对她进行催眠已成了习惯。开始,他要花很大工夫才能达到效果,但现在,她好像很快就能进入睡眠状态,几乎不需要外力的辅助。

在催眠时,他仿佛就是主宰,而她就像是被驯服的仆人。他常问她看到了什么,听到了什么。对于第一个问题,她说:"什么也没有,一片黑暗。"对于第二个问题,她回答:"我听到海浪拍船的声音,还有水哗哗流过的声音。风帆拉得很紧,桅杆和帆架吱吱咯咯作响……风很大,这能从桅索发出的声音判断出来,还有船头劈波斩浪激起的泡沫。"很明显,凯瑟琳皇后号仍然在大海上航行,而且急速朝瓦尔纳前进。

这时,戈德明庄主回来了,他带回四封电报,电报是在我们出发后拍出的,每天一封,写的内容相同,电报中说,凯瑟琳皇后号从起航到现在一直没给劳埃德公司任何消息。戈德明庄主在离开伦敦前,曾让他的代理人每天拍电报报告帆船的情况,就算没有消息也要坚持每天一封,这样他才能时刻掌握所有的动向。

晚饭过后,我们很早就上床休息。我们打算明天去拜访副领事,看能否在轮船靠港的时候安排我们上船。

范·黑尔辛说登船最好的时间是在日出后到日落前。这样的话,就算伯爵变成蝙蝠,也不能按自己的意愿飞过水面,所以他不能离开船只。同时他不敢变成人形引起怀疑,他只能藏在箱子里。

如果我们能在日出以后登船，那他就掌握在我们的手里了。我们能在他醒来前打开箱子确认一下，就像以前我们对可怜的露茜所做的一样。而后面我们怎么处理，就由不得他了。

我估计在海关或船员方面不会遇到太大麻烦。感谢上帝！这个国家只要有钱就能办成一切事情，而我们资金充裕。现在我们唯一要保证的是别让船只天黑以后悄悄地进港。我想，我们的钱包能解决这个问题。

十月十六日

米娜说的话没有什么改变——拍打的波涛和湍急的流水，漆黑的空间和顺行的风向。看来一切顺利，我们已为凯瑟琳皇后号的到来做了充足的准备。船只在入港前必定经过达达尼尔海峡，因此我们一定会提前得到通报。

十月十七日

现在是万事俱备，只等伯爵的船了。

亚瑟已经通知托运商，说他怀疑船上有个箱子装有从他朋友那里偷来的东西，托运商勉强同意他打开那个箱子，但一切后果自负。托运商还给了他一张授权书，他到时候有权对船上的所有货物进行检查，而且，这份授权书也能向瓦尔纳的代理商出示。

我们已与那个代理商见过面，他对亚瑟的绅士风度颇有好感，让人高兴的是，他答应全力协助我们。我们已经准备好在开箱以后做的事情。倘若伯爵在里面，范·黑尔辛和谢瓦尔德就立即割下他的脑袋，再用木桩穿透他的心。莫里斯、亚瑟和我会在旁边守护，防止意外情况的发生，必要时还可以动用随身携带的武器。

教授说假如我们这样做的话,伯爵的身体会在顷刻之间化为灰尘,那样就算有人指控我们杀人,也找不到证据。但话说回来,一旦我们这样做了,肯定要面临一定的风险,将来这些手稿就可能成为谋杀的证据。但对我自己来说,我所想的就是抓住机会消灭他。我们已经买通了一个职员,只要看见那艘船驶入港口,他就派人来向我们通报。

十月二十四日

整整一周的等待,亚瑟每天都收到同样的电报:"还没收到消息。"早上和傍晚米娜在催眠状态时的描述也大同小异:海浪拍打声,湍急的流水声,还有桅杆咯吱作响的声音。

伦敦劳埃德公司的鲁弗斯·史密斯致戈德明庄主的电报(由瓦尔纳的 B. M. 副领事转交)

十月二十四日——据报,凯瑟琳皇后号已经经过达达尼尔海峡。

谢瓦尔德医生的日记

十月二十五日

我多么想念我的留声机啊!我厌烦用笔写日记!但范·黑尔辛说我一定要写下去。

昨晚亚瑟收到那封电报后,大家都异常激动与亢奋。现在我明白,当战斗的号角吹响时,战士的心里是什么感受了。只有哈克尔夫人一副漠不关心的样子,但并不奇怪,因为我们有意没让她知道这件事情,而且当着她的面也没表现出丝毫的激动情怀。

但我想，假若是在过去，不管我们怎么掩饰，她都能留意到我们细小的变化。但是，过去三周时间里，她发生了非常大的变化，她的表情呆板，虽然她的身体状况不差，身体健壮，面色也好了一些，但我和范·黑尔辛并不满意。

我们时常讨论她，但跟其他人从没提过。倘若哈克尔了解我们对这种情况有怀疑，肯定要心碎的。范·黑尔辛跟我说，他在催眠时仔细检查过米娜的牙齿，他说只要她的牙齿还没有变尖，就不会马上有危险，但如果有变化的话，那我们就必须采取一些措施！

我们都明白这个措施是什么，虽然我们谁都没跟对方说过自己的想法。但无论这个措施多么可怕，我们都绝不能退缩。"安乐死"是一个很好的词，听起来让人很安慰，非常感谢发明这个词汇的人。

据凯瑟琳皇后号自伦敦出发后的速度计算，从达达尼尔海峡到这里需要航行二十四小时。这样来看，它会在清早某一时间到达这里。我们早早地上床休息，子夜一点钟起来做准备。

十月二十五日，中午

还没有一点关于轮船到达的消息。哈克尔夫人在早上的催眠中没有说出新内容，看来随时都可能有新的情况。

每个男人都情绪亢奋，只有哈克尔除外，他看起来很冷静，他的双手像寒冰般坚硬，一小时前，我见他在磨随身携带的那把大刀。如果真由这双坚硬冰冷的手拿着这把刀去割伯爵的喉咙，那就有伯爵受的了。

今天范·黑尔辛和我都有些担心哈克尔夫人，大约中午时分，她处于一种让人不安的呆滞状态，虽然我们两人没跟他们提起这个变化，但内心一直感到不踏实。

整个上午她都烦乱不安,因此当听说她睡着了我们还感到挺高兴。但听她丈夫无意中提及她睡得非常沉,怎么吵都不醒来时,我们决定亲自到她屋里去瞧一瞧。

她呼吸正常,看上去宁静祥和,状态不错,我们觉得睡眠对她也许有益。可怜的女孩,她承受了太多负荷,假若睡眠能帮助她忘掉过去的不幸,那就让她睡吧。

后来

我们的看法是对的,因为几小时的睡眠以后,她看起来比过去几天都显得更精神焕发。太阳下山时,范·黑尔辛对她进行催眠,她说伯爵可能正在黑海的某处向目的地快速行进。我相信,他的末日快到了!

十月二十六日

又是新的一天,但还是没有凯瑟琳皇后号的消息,按道理它应该已经到这里了。而根据哈克尔夫人今早日出时催眠中的说法,帆船仍然在某处行驶。有可能因为经常遇到大雾而耽误行程吧。昨天傍晚时分到达的一艘蒸汽轮船曾报告说,在港口附近南北两个方向都出现过大雾。我们必须继续守候,因为这艘船随时有可能出现。

十月二十七日,中午

太离奇了。还是没有一点那艘船只的消息。哈克尔夫人昨晚与今早的报告也跟以前差不多。

"波涛与急流,"她还补充说,"波浪已经小了很多。"

伦敦拍来的电报也如往常一样,"没有进一步的消息"。

范·黑尔辛万分焦急，刚才他跟我说，他很担心伯爵在躲避我们。他还耐人寻味地补充道："我不喜欢米娜夫人那样贪睡。灵魂和记忆在精神恍惚的时候常常会出现奇异的偏差。"

当我正想向他请教更多的问题时，哈克尔走了进来，教授示意我不要再讲。我们一定要在今晚对她进行催眠时，使她说出更多的情况。

伦敦的鲁弗斯·史密斯致戈德明庄主的电报（由瓦尔纳的 B. M. 副领事转交）

十月二十八日——据报，凯瑟琳皇后号于今天一点钟驶入加拉茨。

谢瓦尔德医生的日记

十月二十八日

当得知船只已经到了加拉茨时，我没想到大家会这样震惊。

是的，虽然我们并不清楚这艘船处于什么位置、几时到达等，但我们事先都有预感，觉得会有奇怪的事情发生。船只迟迟未到令大家觉得事情的发展可能并不像我们想象的那样。

但是，无论如何，这消息对于我们来说还是大大出乎意料。自然界的运行就是这样，它不按照人们熟知的或规定的方向发展，而是按照自身的意愿去运行。先验论不过是对天使而言的理论，对人却是荆棘和鞭子。

范·黑尔辛手捏着眉头苦苦思索，仿佛想与全能的上帝对话。亚瑟脸色发白，坐在那儿喘着粗气。我自己愣了半天，困惑地望着其他人。

昆西·莫里斯习惯性地勒了勒自己的腰带。这个动作我很熟悉,过去我们一起狩猎的时候,这个动作就意味着行动。

哈克尔夫人面色白得吓人,将她额头上的疤痕衬得像着火了一样。她温柔地合上自己的双手,望着上方祷告起来。

哈克尔笑了,其实这是绝望的苦笑,他的举动透露出他内心的真实情感,因为,他的双手牢牢握住反刃大刀,不肯撒手。

"最近一班到加拉茨的火车几点出发?"范·黑尔辛问我们。

"明天早上六点三十分!"我们吃了一惊,是哈克尔夫人说出来的。

"你怎么知道?"亚瑟问。

"你可能忘了,或者你不了解,我是列车时刻专家,乔纳森和范·黑尔辛医生都很清楚这一点。在老家埃克塞特,我常为丈夫准备火车时刻表,希望对他有些帮助。我感到火车时刻表有时会很有用,我至今还花一些时间去研究它。我明白,假若发生什么情况,我们有必要去德拉库拉城堡的话,必须经过加拉茨或者布加勒斯特,所以,我就把相关的时刻表都仔细背了下来。不幸的是,好像没有多少火车开往加拉茨,明天出发的那列火车是唯一的一趟。"

"了不起的女人!"教授自言自语道。

"我们能不能坐专列过去呢?"亚瑟问。

范·黑尔辛摇头:"恐怕不行。这里跟你我的家乡都有很大的差别,我们坐专车可能还没有正常的火车快。另外,我们还要做一些准备工作。我们必须好好考虑。现在我们就安排一下。你,亚瑟,去火车站买车票,把行程安排好,保证我们明天早上能顺利出发。

"你,乔纳森,你去找轮船的代理,请他为你出具给加拉茨代理人的授权书,等伯爵的帆船一到,就对船只进行检查。

"昆西·莫里斯,你去拜访副领事,请他给在加拉茨的同事打个招呼,让他们尽量让我们的行程顺利,越过多瑙河时不要浪费太多时间。

"约翰和米娜女士和我一起,我们再商量一些事情,这样就算太阳下山也没有关系,有我陪在米娜身边,能对她进行催眠掌握最新的情况。"

"我,"哈克尔夫人显出难得的生气,这更像从前的她,"我会努力协助你们,像以前那样帮你们记录、思考。我身上某些东西奇怪地消失了,我感到身心比前段时间更自由了!"

米娜的话让在场的三个年轻人不禁喜出望外,他们仿佛感到了其中的含义。范·黑尔辛和我则用怀疑的眼光对视了一眼,但我们什么也没说。

他们三个人出门以后,范·黑尔辛让哈克尔夫人在日记的副本里找出哈克尔在城堡里的那部分。她答应了,并转身回房去查日记。

一关上门,范·黑尔辛马上对我说:"我们有心灵感应!赶快说出来!"

"她的情况出现变化。看来像是有了转机,但是我又颇感不安,因为这也许是一种假象。"

"相当正确。你明白我为什么叫她去拿稿子吗?"

"不明白!"我说,"难道你是想借机与我单独在一起。"

"你说对了一部分,约翰,但只对了一部分。我想跟你说一些情况。啊,我的朋友,我在进行一个大胆的猜测,但我相信是正确的。米娜说那番话,在引起我们注意的那一刻,我产生了一个灵感。三天前米娜的那次沉睡,是伯爵控制了她的灵魂并读出了她脑中的思想,或者他也许能把米娜的灵魂带到船上那个泥土箱里,就是她在日出或日落催眠时所描绘的那种情景。通过这样的控制,伯爵也随时掌握了我们的位置,因为,他能根据她看见的、听见的来了解我们的情况。因此现在他努力想避开我们。现在米娜对他暂时用不着了。

"很明显,他用了一些手段来控制她,但是他又有意断绝跟她的联系,努力将她排除在自己的能量以外,只有这样,她才不会靠近他。人类大脑的进化至今已有很长历史了,而他在自己的坟墓里躺了几百年,大脑发育还处于初级阶段,达不到人类智力的高度,他自私狭隘。我希望我们的智力水平永远走在他前面。

"米娜要来了,我们不能提刚才的事,她自己还不清楚。不然,她会绝望,我们最需要她充足的信心、勇气以及与男人一样的智慧,尽管她是个温柔的女人。她有着伯爵赋予的特殊能力,显然伯爵还没有完全清除她的能力,尽管他自己不这样认为。嘘!我来讲话你听着就行。啊,约翰,我的朋友,我们正在可怕的海面颠簸,我从没像现在这样惧怕过,只有依靠我们仁慈的上帝。安静,她来了!"

我以为教授快要崩溃了,会变得歇斯底里,像露茜去世时他所表现的那样,但是,当米娜走进房间的时候,他已经控制住了自己的情绪,显得很平和。

米娜看上去兴致很高,神色愉悦,仿佛工作让她把所有的伤痛全都忘掉了。她将一大沓打印稿交给范·黑尔辛。于是,范·黑尔辛认真地看起稿子,表情轻松了很多。

教授拿着稿子,说:"约翰,你已经历了许多事情,而你,亲爱的米娜女士,这么年轻,你们现在要多学新知识。千万别怕动脑筋。很久以来,我脑中常有个不太成熟的想法,我担心这种想法会最终夭折。现在,当我掌握了更多的知识以后,再回味这种想法,就意外地发现它已经不再是半成品,而是一套完整的思想,虽然这个思想才成形,还不够力度。就像我朋友安徒生写的'丑小鸭'的故事那样。但是,现在这个思想可不是小鸭子的思想了,而像尊贵的天鹅那样。只待时机成熟，它就会展翅飞翔。现在我给你们念乔纳森写的这一段吧……

"'实际上，正是德拉库拉在一直不断地激励本民族的人民，一次又一次地像他当年一样，打过多瑙河，进驻土耳其国土。而当他每次失败的时候，他都会重新奋起，即使他的士兵全都战死沙场，只剩他独自一人，因为他坚信自己是最终的胜利者。'

"这段话究竟告诉了我们什么？什么也没有吗？不！因为伯爵幼稚的头脑什么都不懂，所以他才这样口无遮拦地说话。你们作为成人的头脑也许没有看出个中问题，我的成人的大脑也没看出问题，直至刚才。不！是刚才有人无心说了一席话，她并不清楚这意味着什么，或可能意味着什么。

"就像宇宙间有些物质，它们原来按自己的轨道和方式运行。后来它们相互碰撞，'砰'的一声，一道巨大的电光划过天边，使其他东西顿时失色、消亡、毁灭。但它们在地球上创造了不同的物种。难道不对吗？

"好的，我会解释。一开始，先问一下你们学过犯罪心理学吗？学过还是没学过？你，约翰，答案是'学过'，因为这是精神病理分析的一门课程。你，米娜女士，答案是'没学过'，因为你还没有被罪恶所侵害，有一次例外。但是，你们的思想过程是实事求是的，不会利用特殊性和普遍性的原理来诡诈。罪犯就不同了，他们的思维模式是一成不变的，以至于不管何时、何地，就连那些不懂心理学的警察也能根据经验了解这一点。

"罪犯总是犯同样的罪，那才是真的罪犯，好像命中注定就要犯这种罪，不会做别的事情。这种罪犯的大脑发育不够健全，尽管他精明狡诈、知识丰富，但他现在还不能达到成年人的水平。他至多是孩子的大脑。现在,我们面对的罪犯是天生要犯罪的那一类,他也只有相当于小孩的头脑,他做的事情也相当于小孩子做的事情。小鸟、小鱼和各种小动物都不是经过教育掌握知识,而是通过自己经验的积累得到知识。

"他也一样,先尝试着去做,然后再来一次,不断实践。阿基米德说过,'如果给我一个支点,我就能撬起整个地球!'实践就是使大脑从孩子发展到成人的支点。而他在打算做其他事情以前,他只会重复做同一件事情,并且每次的方法和以往的一模一样! 啊,亲爱的,你瞪大了双眼,难道对你来说已有一道电光划过你的天空,创造出新的物种了吗?"

他这样讲是因为他看见米娜拍着手,双眼不停眨巴着。教授拉起米娜的手又说:"现在轮到你说了,告诉我们两个无趣的学者,你忽闪的眼睛里究竟看见了什么?"他的食指及大拇指放在米娜的脉搏上,我本能地感到他在测试米娜的脉搏。

这时,米娜说:"伯爵就是罪犯,而且是天生就是罪犯的那一种。奥地利精神病学家诺尔道和意大利精神病学家龙勃罗梭也许会将他归为这一类。他的意识并不健全,他只会依照以往的经验来寻找新的资源。因此,他以往的经历就是线索,日记中记录的这一段,是他亲口述说的,也说明了这个问题。当他身处莫里斯先生所说的'危险地带'时,他就从他入侵的国家撤回自己的领土。但是,他从不放弃,立即又会谋划第二次进攻。而这次他装备得更加精良,他最终胜利了。所以,他来到了伦敦,想侵入一片新的土地,没有想到却让我们击败了。当他看到成功的希望全都破灭了,就连生存也受到很大的威胁时,就只好漂洋过海,逃回自己的老巢。像他从前越过多瑙河,从土耳其撤退的情形一样。"

"说得好,很好! 啊,多么聪明的女人!"范·黑尔辛充满热情地说,并弯腰吻了吻米娜的手。稍后,他转身对我悄声说:"这么激动的状态下,脉搏才七十二次。我很有信心。"他语调平稳,仿佛我们正在讨论病例。

之后,他又朝向米娜,满眼热切的期待:"继续,继续! 如果可以的话请多讲一些,别害怕。我和约翰都能理解,至少我能理解你所说的。如果你说得对,我会告诉你。说吧,别害怕!"

"我尽力而为,倘若我表现得太自私,还请你们原谅。"

"不会的,别担心! 你有必要自私一点,因为我们也都是为你考虑的。"

"那好,我继续讲。由于他是罪犯,因此他很自私。加上他的智力较低,所以,他所有的行为都完全出于自私心,并且目标固定,很难改变。当年他撤回多瑙河对岸时,将他的残兵败将扔在原地,被对方各个击破。所以他现在也是只保证自己的安全,别的所有事情都顾不上了。正是由于他的自私,才使我的灵魂在那天晚上被他完全控制后得到了一些自由。我自己能感觉到! 真的,我能感觉到! 感谢仁慈的上帝! 我的灵魂比前一段时间自由了许多。但唯一让我担心的是他趁我睡觉或者做梦的时候潜入我的大脑,利用我的知识达到他的目的。"

教授站起来,"他正是这样利用了你的思想,所以,才将我们撇在瓦尔纳,而他自己制造浓雾,直驶加拉茨去了。毋庸置疑,他在那里已经做好了逃走的准备。但他不成熟的大脑只能想到这么多。很可能会'机关算尽太聪明,反误了卿卿性命',古语有云:'螳螂捕蝉,黄雀在后。'而他现在自以为已完全摆脱了我们的追捕,将我们甩在后面好几个小时,然后他那个自私的大脑就能美美地睡上一觉了。

"他认为,只要他停止读解你的思想,你也就不能了解他的思维了,这就是他注定要失败的地方!从他与你进行血的交换以后,你就能自由地进入他的灵魂,就像你在日出和日落时能做到的那样。在这个时候,你要服从我的意志引导,而不是他。这一能力对你有益,对他人也有益。你从遭遇的苦难中赢了这一招棋。

"而且,最为重要的是,他并不清楚这一情况。他为了保存自己,连了解我们动态的渠道都自己斩断了。但是,我们不是自私的人,相信上帝会引领我们渡过这段漫长的黑暗时期。我们跟随上帝,绝不退缩,即使冒着变成跟他一样的活死人的风险也在所不辞。约翰,这真是一个伟大的时刻,我们在前进的道路上又迈了一大步。你必须将这些都如实记录下来,这样,当他们回来以后,就能给他们阅读,让他们也像我们一样认识到这一点。"

于是,在等候的时间里,我将刚才的事情记录了下来,哈克尔女士则用打字机将这些记录打印了出来。

第二十六章

谢瓦尔德医生的日记

十月二十九日

以下写于瓦尔纳开往加拉茨的列车上。

昨晚天黑以前,大家聚到了一起。每个人都尽最大努力完成了自己的任务。现在我们从思想上和时间的安排上来看,都为整个旅程还有在卡拉茨的工作做好了准备。

到太阳下山的时候,米娜又开始了例行的催眠报告,这一次,范·黑尔辛花了比平时更多的时间和功夫,才让她慢慢进入催眠状态。

以往教授基本上是暗示米娜讲话,而教授这次是直截了当提问,并且问题明确、坚决,不然我们可能得不到消息。

后来,米娜终于回答问题了。"我什么也看不见。我们停止不动。没有波浪拍打的声音,只有水在缆绳周围流动的声音。还听见有人在讲话,忽远忽近。还有船桨与桨轴转动摩擦发出的声音。不知哪里传来一声枪声,听声音仿佛从很远的地方发出的。我头顶上方有沉重的脚步声,好像有人在前面拉绳子。这是什么?一丝光亮,我感到有清风扑面。"

她停住了,接着在沙发上挺直了腰板,好像受到了某种牵引,抬起了双手,手心向上,像托举一样。我和范·黑尔辛会意地对望了一眼。昆西的眉毛轻轻上扬仔细关注她,而哈克尔下意识地将手靠近腰间的反刃大刀。大家沉默了很久。我们都知道她能讲话的时间已经过去了。但是,我们觉得这时再说什么也没有意义了。

突然,她站起来,睁开温柔的双眼问:"有没有人想喝杯茶? 你们一定很累了吧!"我们唯一能做的就是令她高兴,便默认了她的要求。于是她急忙走了出去。

她走开后,范·黑尔辛说:"朋友们,你们看,他马上靠岸了,他现在已经离开了箱子,他要上岸了。夜晚他也许能藏在一个地方,但是如果没人把他带上岸,或者船只没有靠岸的话,他就上不了岸。但如果是晚上,他能变形跳上岸或飞上岸,就像在怀特白登岸时那样。但是,如果他上岸之前已经天亮了,那么,除非有人将箱子抬上岸,否则他就无法逃脱,如果这时箱子运上岸,那么海关人员很可能会看到箱子里所装的是什么。所以,准确地讲,如果箱子今晚或明日天亮以前没有上岸的话,那他就会耽误一天时间。这样我们也许还能追得上那个箱子,而那时他一定正乖乖地待在箱子里,因为他担心自己的丑恶嘴脸引起别人注意。"

该讲的差不多都讲透了,我们只能耐心地等待日出,我们期望日出的时候能从哈克尔夫人那里得到更多的信息。

今天清晨,我们都揣着不安的心情聆听米娜带来的情报。这次催眠的时间比以往任何一次都要漫长,眼看太阳就要升高了,但她还没有反应,我们有些绝望。范·黑尔辛全情投入,终于在最后时刻,她有了回应:"一片黑暗,我听到与我平行方向有浪花拍打的声音,还有木头之间摩擦的声音。"

她停了下来,这时,一轮红日喷薄而出,跃上地平线。看来,只有等着傍晚时分了。我们满怀希望向着加拉茨进发,估计凌晨两三点钟到达。但是,在经过布加勒斯特时,火车误点三小时,看来日出以前我们无法到达了,这样,我们就有两次为米娜催眠的机会,有可能从中了解到一些最新的事情动态。

后来

日落的时间已经过去了。但幸运的是,当时周围干扰不多。假若我们当时在嘈杂的火车站的话就糟糕了,因为催眠必须有一个安静和隔离的环境。这次对哈克尔夫人的催眠过程比早上还困难,我真的很担心,在我们最需要她的时候,她却丧失了解读伯爵思维的能力。

看来,她开始在自己的讲述里加入了想象的成分,而以往她只有简单的事实描述。如果这样发展下去,我们很可能被误导。

如果催眠失败意味着伯爵对她的控制已经失效了的话,那倒不失为一件让人欣慰的事,但是就怕事实并非如此。

她讲的话让人越来越难以理解:"周围好像发生了什么事情。像一阵清风吹过,我听见远处有令人疑惑的谈话,是奇怪的语言,有湍急的流水冲击声,还有狼群的嚎叫。"

她突然停止,跟着打了个冷战,接着出现了短暂的痉挛和紧张状态,最后,她摇晃着瘫软下来,再也没有讲话,甚至在教授严厉的追问下也没有再开口。后来她清醒了,显得很冷很疲惫的样子,情绪依然非常紧张。她已经忘掉了刚才的一切,她问自己刚才说了什么。我们将刚才的情况告诉她以后,她陷入了深思,很久都不发一言。

十月三十日,早上七点

快到加拉茨了,等一会儿也许就没有机会写日记了。我们每个人都急切地盼望日出,由于预计催眠也许会有相当的难度,范·黑尔辛特地提前一段时间开始。然而,在还没到日出的时候,所有方法都没有效果,经过长时间的努力以后,在日出前一分钟,她才开始进入状态,教授马上抓紧时间提问,她的回答也同样迅速:"一片黑暗,我听见水流旋转的声音,在与我耳朵平行的方向,还有木头的摩擦声。远方有城堡,另外还有一个奇怪的声音,像是……"她停住了,脸色变得煞白。

"继续,继续! 快讲,我命令你!"范·黑尔辛急躁地大声呵斥,但立刻他的眼中现出了绝望,因为,那时太阳已经跃上了地平线,映红了米娜苍白的脸庞。

她睁开双眼,用温柔而漫不经心的语气说:"啊,教授,为什么要勉强我做自己做不到的事呢? 我什么都不记得了。"

在看到我们所有人脸上惊异的表情以后,她娇嗔地说:"我究竟说了什么? 做了什么? 我一点都不知道,只见自己半睡半醒地躺着,还听见你说'继续! 快讲! 我命令你!'那样对我说话真好笑,好像我是坏孩子似的。"

"啊,米娜女士,"教授难过地说,"假若要用什么来证明我对你的爱与忠诚的话,刚才我的行为就是明证,我是为你好,因此语气这样急迫。只是有时这种急切的语气会让人感到奇怪而已。"

火车拉响了汽笛,我们很快就要到加拉茨了,焦躁与渴望像火苗在我们心头燃烧。

米娜·哈克尔的日记

十月三十日

莫里斯先生带我到预订好的旅店,他是唯一空闲没事的人,因为他不会讲外语。现在,大家都按计划分头行事,戈德明庄主负责找副领事,因为庄主的头衔是能与官方接触的很大保障。我们的事情很紧急。乔纳森与两个医生去找运输代理商了解凯瑟琳皇后号抵达的相关情况。

后来

戈德明庄主回来了,说领事外出不在,副领事病了,因此领事馆的日常事务委托给一个职员,这个人十分热情,他答应尽力给我们提供帮助。

乔纳森·哈克尔的日记

十月三十日

九点,范·黑尔辛医生、谢瓦尔德医生和我一起拜访了麦肯泽与斯坦因柯夫先生,他们是伦敦哈普古德公司的代理人。他们刚收到来自伦敦总部的电报,让他们全力协助我们的调查。他们待人十分热情而礼貌,马上答应带我们上船。据说,那艘船只已抛锚停在港口附近的水面。

我们很快见到了船长多尼尔森,他跟我们谈起这次航行,他说这是他一生中最顺利的一次航行。

"兄弟!"他说,"一开始我们非常害怕,以为遇到了倒霉的事情,之后又因为损失赔钱了。在从伦敦出发向黑海前进时,总是有一股风在船后面吹,仿佛是魔鬼为了达到什么目的在往帆上鼓风一样,我们觉得很不吉利。那时我们的确非常无助,附近没有船只,没有港口。而且,还起了浓雾,这团雾跟着船一起移动。后来,当大雾散去时,我们远远地看到一张魔鬼的脸,船到了直布罗陀海峡的时候,根本无法发出信号,直到我们来到达达尼尔海峡准备通关之前,都无法跟外界取得联系。

"最初我还想降下风帆逆风而行,待雾气散去以后再走,但转念一想,假如是魔鬼想让我们尽快驶入黑海的话,那无论我们愿不愿意都不起作用,何况航行时间缩短既不会对船主的信誉造成影响,也不会给我们带来损失,或许那个恶魔还会因为我们的配合而给我们礼遇呢。"

船长表现得单纯、狡猾、迷信和功利。范·黑尔辛说:"我的朋友,那个恶魔可远比人们想象的聪明,但他这次可谓棋逢对手了!"

范·黑尔辛带有讥讽的褒奖丝毫没让船长不快,他继续说:"当船驶过波斯弗拉斯以后,人们开始骚乱起来,有些罗马尼亚人走过来请求我将伦敦那个古怪老人放在船上的大箱子扔进海里去,我见过他们对那老头指手画脚,他们看见他时,还伸出两个手指头,说这是可以抵御魔眼的一种手势!

"我感到这些外国人迷信的举动真是太荒诞了! 所以很快就将他们打发走了,但是,这个时候又有一团雾气向我们飘来,我开始隐约感到那些人可能确实有什么情况,虽然我不能断定是不是因为箱子的原因。这团雾气笼罩着我们整整五天之久,看来我们整个航程都躲不了浓雾的缠绕了,我只好顺风行驶。要是真有魔鬼想带我们去哪里的话,只有随他了,假若不是这样,那更好,反正我们也在一直密切留意着周围。

"很显然,航行一路顺利,直到两天前,当早晨的阳光穿过浓雾的时候,我们发现船已经行驶到了加拉茨河口。那些罗马尼亚人非常疯狂,他们要求我无论如何要将那个箱子扔到河里去。我气坏了,抓起一条竹竿朝他们抢过去,他们才抱头鼠窜。我这样做是为了使他们相信，管他什么魔眼不魔眼，是由我来负责保管物主的货物，赢得客户的信任，而不是由多瑙河。

"后来，我看到那些罗马尼亚人居然将那个箱子抬到了甲板上，准备扔到河里。箱子的标签上写着'经瓦尔纳送达加拉茨'。我想不如将它先放在那里，等到港以后，就能把它卸下去了。但是，那天的能见度一直很不好，晚上我们只好抛锚，就地停泊。第二天一早，在太阳出来前一小时，一个穿得体面的人拿着提货单来找我，单子是由伦敦寄出的，提货人写的是德拉库拉伯爵。这时，我真的非常高兴，终于能摆脱那个让人不安的鬼东西了！我想，假如真有恶魔在我的船上安放东西的话，毫无疑问就是那个箱子！"

"那么，取走箱子的人叫什么名字？"范·黑尔辛着急地问。

"立刻就告诉你！"他回答，随后走进船舱拿来一张单据，上面写着"以马利·希尔德谢恩"。地址是布尔津斯左斯十六号。

我们估计船长了解的也许就这些了，于是在谢过他之后便告辞了。

我们在希尔德谢恩的办公室里找到了他，他是个希伯来人，有点像亚狄非戏剧中的人物，有一个绵羊般的鼻子，头戴土耳其毡帽。我们付给他一些钱，他立即跟我们讲了实情，答案很简单，却非常重要。他接到德威利先生从伦敦寄来的信，让他尽量赶在日出以前到停在加拉茨的凯瑟琳皇后号船上提领一个箱子，以躲避海关人员。之后再把这个箱子转交给一个叫彼得洛夫·斯金斯基的人，他专门同在船上做生意的斯洛伐克人做交易。

希尔德谢恩已经收了一张英国银行开具的支票，而且支票已在多瑙河国际银行兑换成了黄金。斯金斯基后来找到了他，于是，希尔德谢恩将他直接带到码头，把箱子转交给他，这样他就省得将箱子来回搬运了。上面就是他所掌握的全部情况。

我们紧接着又出发去找斯金斯基,但却没能找到他,一个对他仿佛不太关注的邻居告诉我们说,他两天以前就离开了,没人知道他去了哪里。房东也确认了这一点,他说有个信使将斯金斯基的房间钥匙和用英镑支付的房租转交给了他,这是昨晚十到十一点钟之间发生的事情。看来我们走进了死胡同。

正当我们说话时,一个人气喘吁吁地跑来,说有人发现斯金斯基死在圣彼得教堂的墓地里,他的喉咙好像被猛兽撕开了一样。

跟我们讲话的那些人听到这个消息后都向出事地点跑去了。有人还大声叫嚷:"都是斯洛伐克人干的!"

为了避免卷进是非或被警察带去询问,我们匆忙离开了。回来之后,大家还是得不出一个明确的结论。但我们都确信箱子正经由水路往其他地方转移,具体是什么地方还需要我们进一步调查。

我们怀着沉重的心情回到旅店看望米娜。当大家聚在一起时,我们首先决定的一件事就是重新把所有的事情都告诉米娜,虽然这样会有点冒险,但至少会多一些机会,因为我们现在已经陷入困境。有了这个决定,我终于能从对米娜的誓言中解脱出来了。

米娜·哈克尔的日记

十月三十日,傍晚

他们显得这样的疲劳不堪,情绪低沉。除了休息以外,他们现在什么事都不能干。于是,我叫他们都躺下休息半小时,现在我能用打字机记下最新的情况。

真感谢发明手提打字机的人,也感谢莫里斯先生送给我这台机子。倘若让我现在用笔来完成这些工作,我可能真会感到不习惯了。

现在都好了。

可怜的乔纳森,他很久以来承受了多大的痛苦啊!他倒在沙发上,感觉不到他的呼吸;他的身体软绵绵的,仿佛快要崩溃了。他满脸愁容,可怜的人啊,他可能在思考吧,他因为专注地思考整张脸都皱在了一起。啊!假若我能为他分担一点痛苦,我什么都愿意。

我问过范·黑尔辛医生,他将我没有看过的所有文件都交给了我。现在趁他们休息的时候,我刚好能仔细地读一读,说不定还会有什么新的发现。我应该向教授学习,用不带任何成见的眼光去审视它们……

我确信在上帝的启迪下,我已经有所发现。让我先找份地图来查一下……

现在,我更坚信自己是对的,我已整理好我的论证,我要召集大家聚集起来念一下,让他们来判断。最好是准确的,我们的时间太宝贵了。

米娜·哈克尔写在她的日记里的备忘录

关于德拉库拉伯爵所面临的回到自己领地问题之分析。

首先,他一定被什么人带回去了。这是毋庸置疑的事实。假若他自己有能力的话,他能按照自己的意愿变成人、狼、蝙蝠或其他方式回到老巢去,问题是,很显然他害怕自己在比较无助的时候,也就是在日出或日落这段时间被限定在箱里的时候,遭到侵扰,或被人发现。

其次,那他是怎样被带走的呢?现在利用排除法也许会有帮助——是马路、铁路还是水路?

马路——会遇到许多的麻烦,特别是远离城市时,因为城里人多。而且人们都有好奇心,他们会猜测、困惑、好奇,想知道箱子里究竟装的是什么,而这有可能将他毁灭。而且还可能遇到检验局或税务处的检查。还可能有人一路追踪,这是他最害怕的事情。为了防止败露踪迹,他要尽可能隐匿自己,哪怕不惜与他的战利品——我,斩断联系!

铁路——将没有人照看箱子,并且很可能误点,这是最致命的。因为他的敌人随时都可能追到。当然,他能选择在晚上逃走,但试想一下,就算他能飞,在陌生的环境里,他能飞到哪里去落脚呢?这是他不愿意碰到的事情,他也不愿去冒这个险。

水路——从某个角度看水路是最安全的,但从另一角度来看又是最危险的。在水面航行时,除了晚上以外,他的能力将完全丧失。即使是晚上,他也只能呼风唤雨或召集狼群。如果船只失事,海水将完全吞噬他,那他求生的可能微乎其微。他只能指望轮船靠岸,如果上岸以后仍然不能自由活动,那他的处境依然很危险。

我从记录中了解到他正在水上,现在要做的事情就是确定他的具体方位。我们首先要看看他到现在为止做了些什么事情,再从中找出线索,分析他的最终目的。

第一,我们要将他在伦敦的所作所为,作为他整体计划中的一部分,与他目前仓促之下所做的决定区分开来。

第二,我们一定要从我们所掌握的事实中判断或猜测出他在这里到底做了什么。

对第一点,很明显他的目的是到加拉茨,然而却寄一张运单到瓦尔纳蒙骗我们,以免我们看出他从英国出逃的真实打算。事实上,他最迫切也是唯一的目的就是逃走。那封写给以马利·希尔德谢恩让他在日出之前提走箱子的信就是证明。

并且,他对彼得洛夫·斯金斯基应该也有一些指令,但这一点我们只是猜测。一定会有些信笺或消息,所以斯金斯基才会去找希尔德谢恩。

总之,到现在为止,他的计划都很成功。原本凯瑟琳皇后号航速加快曾引起船长的怀疑,但他的迷信和小聪明反而帮助了伯爵实现他的计划。船只一路顺风地任伯爵的妖术控制,最后顺利到达加拉茨。伯爵的设计再次得到精确的实施。

箱子由希尔德谢恩提走,再转交给斯金斯基,斯金斯基提走它,线索便从此中断。我们只知道箱子目前正在水上,并且它也避开了检验局或税务处的检查。

现在,我们应该思索一下伯爵在加拉茨上岸以后到底做了些什么。

箱子在日出前交给了斯金斯基。而在日出时伯爵就会变成人形。这里我不禁要问,他为什么要选斯金斯基帮助他?

我丈夫的日记里提到过斯金斯基,说他专门和与船只做生意的斯洛伐克人做交易。而他的死,许多人都说是斯洛伐克人干的,这说明人们对与他打交道的那些人印象很坏。而伯爵正是需要这种被周围人孤立的人员。

我的判断是这样的:在伦敦时,伯爵计划通过水路回到城堡,他觉得这是最安全、最秘密的方法。当初他被兹岗尼人运出城堡,也许兹岗尼人之后把箱子转交给了斯洛伐克人,斯洛伐克人将箱子运到瓦尔纳,再由瓦尔纳用船运到伦敦。所以,伯爵就有机会认识一些能干的跑水路的人。

箱子运上岸以后,伯爵就能在日出以前或日落之后的这段时间走出箱子,他去见了斯金斯基,并告诉他怎样用马车将箱子拉到某一处河边,运上船。这些工作完成以后,他明白所有事情都已处理停当,为了掩饰自己的行迹,他将代理人杀害了。

我仔细查看了地图,发现最适合斯洛伐克人行船的河流有两条:普鲁特河与塞瑞斯河。根据我打印的催眠记录,我听见过牛叫,与耳朵平行方向有水流声,还有木头的摩擦声。那么,装箱子的船只肯定是个敞篷船,并且它不是用船桨划着前行就是用竹篙撑着前进,可以看出船只离岸边很近,并且是逆流而上,假如是顺流而下的话,就不会有这些声音了。

当然,也可能不是这两条河,这些都有待于更进一步的探究。就这两条河而言,普鲁特河易于航行,但是,塞瑞斯河在凡都这个地方与比斯特里斯河汇流,它一直延伸到博尔戈关口,很明显,伯爵想要回到德拉库拉城堡的话,这条支流是最近的线路。

米娜·哈克尔的日记(续)

大家把我的日记都看完时,乔纳森过来拥抱并亲吻了我。别的人则过来与我握手。

范·黑尔辛医生说:"亲爱的米娜女士再一次变成了我们的老师,她看到了被我们忽略的事情,现在,我们总算又回到了正确的轨道上来,这一次我们也许能成功。因为我们的敌人目前正处于最软弱的时候,如果我们能趁白天在水上捉住他,那我们的任务就完成了。他已经上路了,但却不能加速,因为他害怕走出箱子,引起那些货运人的怀疑,假如这些人把他扔进河里,那他就死定了。他清楚这一点,因此他不会这样做。朋友们,我们这个军事会议开始商量追捕大计吧,从现在起,我们要将每一步都详细周密地设计好。"

"我去准备一艘蒸汽船追他。"戈德明庄主说。

"那我呢,就骑马沿着河岸追,防止他随时上岸。"莫里斯先生说。

"很好!"教授说,"两个都是很好的办法,但不能单枪匹马,我们也许有一场硬仗要打。斯洛伐克人身体强壮,脾气暴躁,还带着武器。"

大家都笑了起来，因为，他们所有人都只带一些小型的武器。

　　莫里斯先生说："我已带了几支温切斯特连发步枪，用它对付人群很顺手，也能对付狼群。伯爵肯定还有别的预防措施，如果你们还记得，哈克尔夫人说过伯爵曾用一些难懂的语言发出指令，所以我们必须要有各方面的准备。"

　　谢瓦尔德医生说："我想我最好与昆西一起，我们已经习惯了一起狩猎，只要我们配合默契，加上良好的装备，一定能够无坚不摧。亚瑟，你也不要单独行动，你可能会和斯洛伐克人发生冲突，估计这些家伙不会带枪，但只要一个失误就会全盘皆输。我们不能疏忽大意，在伯爵脑袋落地之前，我们不能有丝毫松懈，直到确定他永远不能复活为止。"

　　他一边说一边望着乔纳森，而乔纳森则看着我。我明白，这时我的爱人正在备受煎熬。他心里当然想和我在一起。但是现在看来，那艘船很可能就是那个……那个吸血鬼的葬身之地。为什么我在写这个词的时候有些犹豫？

　　正当他沉默的时候，范·黑尔辛医生发话了："乔纳森，朋友，有两个理由需要你这样做。第一，你年轻、勇猛、善战，这个艰巨的任务需要你。第二，消灭他是你的权利，因为他给你和你的爱人带来了巨大的痛苦和忧伤。别担心米娜女士，假如可以的话，我愿意照顾她。我老了，腿脚也不灵活了，既不能骑马跋山涉水，也没力气参加战斗，但我能够做其他事情，换一种方式参与战斗。而且如果需要，我也会像年轻人一样奉献自己的生命。

　　"现在，让我来谈谈我的打算吧，你们两个，就是戈德明庄主和你坐着小蒸汽艇追捕他的时候，约翰和昆西同时沿河岸巡查，提防他上岸，我会带着米娜女士直接插入敌人的心脏！那个老狐狸这时正被困在船上的箱子里，不能逃上岸，而且他不敢打开箱盖，怕引起斯洛伐克人的怀疑而把他扔到水里去。我们就沿着乔纳森以前走过的路线,从比斯特里斯到博尔戈关口,再找到德拉库拉城堡。给米娜女士催眠应该能给我们帮助,我们应该能认识路,虽然周围一片黑暗,是陌生的荒野。在第一个日出以后,我们应该能够接近那个死亡城堡。还有很多工作要做,还有很多地方需要净化,这样才能将吸血鬼种族彻底消灭干净。"

这时,乔纳森有点冲动地打断了他:"教授,你的意思是,要带着拥有这么惨痛的经历,曾被恶魔侵犯过的米娜进入虎穴?绝对不行!不管怎样都不行!"

一时间,他激动得都有些语塞,过了片刻才接着说:"你知道那是怎样的地方吗?你没有见过那地狱般的鬼魂,月色下一团旋转的光点会慢慢凝聚成魔鬼的样子。你知道吸血鬼将嘴唇贴在喉咙上是什么滋味吗?"

他回过身,当他眼睛落在我前额时,他绝望地哀叫道:"啊,我的上帝,我们究竟做了什么,要承受这样的恐惧?"说完他便悲痛地瘫软在沙发上。

这时,教授说话了,他的声音清晰温和,让人听起来觉得很舒服。"啊,我的朋友,正因为我想把米娜女士从我要去的那个恐怖的地方解救出来。上帝作证我不会带她进到里面。因为要在里面做一些血腥的事情,不会让米娜看到。我们几个男人,除乔纳森以外,都亲眼见到,假若要净化那个地方的话,要做哪些事情。我们正身处危险的境地。倘若这次再让伯爵逃走的话,凭着他的强大、狡诈与灵敏,他会选择沉睡百年,到时候,我们所爱的人,"他拉住我的手,"就会与他为伍,变成你,乔纳森所见的那些吸血鬼中的一员。你亲眼见到她们咂巴嘴唇时的样子,也听见她们在抢夺伯爵扔下的装有活物口袋时发出的卑鄙的笑声。你在战栗,因为,也许就是这样。原谅我让你痛苦不堪，但这是必要的。我的朋友，我不正是以生命为代价进行努力吗？假若真的需要有人待在那里，那也是我去和那些恶魔为伴啊。"

"你想怎么办就怎么办吧，"乔纳森抽泣着，整个身子都随之颤动，"现在只能听天由命了！"

后来

勇敢的男人们行动起来的样子真让人鼓舞。当女人看到心爱的男人满腔热情，这样真诚，又这样勇猛时，她们怎能不爱上他们呢？

并且，我现在也愈来愈感到了金钱的力量！假若使用得法，有什么事情是它办不到的呢？而如果用它来干卑鄙勾当的话，又能产生多么严重的恶果啊！

我非常感激戈德明庄主和莫里斯先生的富有和大方。假如他们没钱，我们的冒险根本无从开始，也不可能如此神速地配备好现代装备。我们一小时内就能出发了，从我们开始分头准备以来，一共才不到三小时。

现在，戈德明庄主和乔纳森有了一艘漂亮、小型的蒸汽船，他们随时可以出发；谢瓦尔德医生和莫里斯先生有了六匹良种马，而且都已披挂妥当；我们也备好了地图、器械等各种必需品。

范·黑尔辛教授与我将乘坐十一点四十分的火车到维雷斯蒂，再从那里赶马车去博尔戈关口。我们会带一大笔资金，因为我们要购买马车和马匹。我们自己驾车，不会相信其他任何人。教授精通多国语言，所以一路上应该不会存在什么难题。

我们全副武装，就连我也带了一支大左轮手枪。如果我没同别人一样武装起来，乔纳森就会不满意。唉，有一样别人都备有的东西，我不能带，因为我额头上的伤疤不允许。范·黑尔辛医生安慰我,说这些东西已足够对付可能遇到的狼。天气愈来愈冷,甚至还下过一阵小雪,好像在向我们发出警告。

后来

我鼓足了极大的勇气才跟爱人道别,也许从此一别,我们就天各一方了。鼓起勇气,米娜!教授正在认真地看着你,他的注视就是一种提醒。现在绝对不能哭泣,除非上帝将来让我喜极而泣!

乔纳森·哈克尔的日记

十月三十日,夜

我是借助蒸汽船炉子的火光写下这些日记的。戈德明庄主正在为炉子添火,他对蒸汽船很内行,因为,几年前他就在泰晤士河和诺福克·布罗兹河上拥有了自己的私人蒸汽船。

根据我们的行动方案,在经过一番讨论后,一致认为米娜的判断是对的。假如伯爵选择由水路逃回城堡的话,那么从塞瑞斯河出发再进入它的支流应该是最合理的选择。我们估计他会从北纬四十七度的地方进入位于塞瑞斯河与喀尔巴阡山脉之间的这个国家。

我们一点不用担心晚间在河上高速航行,因为水深足够,河面宽敞,因此很适合蒸汽船行驶,即使夜晚开起来也很方便。戈德明庄主让我去睡一阵,他说一个人看着就够了。但我实在难以入睡,我的爱人目前正面临着很可怕的危险,而且还要去那种恐怖的地方……

让我感到一点安慰的就是上帝会为我们安排好一切,只有怀着这样的信念才能让我感到死并不那么可怕,我才能放下身上的重负与烦忧。

在我们起航以前，莫里斯先生和谢瓦尔德医生就已经骑马远行了，他们会沿着河的右岸驰骋，登上远离河岸的高处。在那里，他们能看清楚河流蜿蜒曲折的全貌，这样能避免沿河道多走一些冤枉路。

开始，他们会雇用两个人一起骑马，并牵着另外两匹马，这样做是为了避免太招摇。但很快他们会将那两人打发走，自己照看所有的马匹。

也许我们应该集中力量，这样六匹马正好够我们这些人用。我在其中一个马鞍上装了活动号角备用，这很适合米娜。

我们正在进行一种极端的冒险。蒸汽船在黑暗中急速行驶，江面上的寒气扑面而来，迷茫的空气中还有一些奇怪的声音在回旋。我们好像驶入了荒郊野外，行走在一条未知的路上，整个世界一片黑暗，让人不寒而栗。亚瑟现在正在关上炉膛的门……

十月三十一日

船依然在急行。天已经大亮了，亚瑟正在睡觉，现在由我值班。早晨的气温非常寒冷，虽然我们裹着厚厚的毛皮大衣，但还是很愿意在炉膛边取暖。

到现在为止，我们只碰到为数不多的几只敞篷船，但没有一艘船装载有符合我们正在寻找的那种型号的箱子或包裹。每次当我们把灯照到那些船只上时，那些人都吓坏了，急忙跪下来祈祷。

十一月一日，傍晚

整整一天都没有新情况。我们没有找到丝毫符合我们要求的东西。现在，我们进入了比斯特里斯河。如果以前的判断是错误的，那我们就没有机会了。

我们检查了碰到的每一艘船，不论大小。今早，有一条船上的人把我们当成了政府的船只，对我们态度非常好。

我们发现这样效果很好，当船行到凡都，也就是塞瑞斯河与比斯特里斯支流交汇的地方时，我们设法弄来一面罗马尼亚国旗，把它高高地挂起来。我们以后对其他船只进行检查时，这一招很灵。他们都非常配合，不论我们提出什么问题，他们都是有问必答。

有斯洛伐克人向我们提供说，他们见到一艘大船以非常快的速度超过了他们，船上的人员比一般船上的多两倍。

他们是到达凡都以前遇到那艘船的，所以，他们也不清楚那艘船究竟是走塞瑞斯主河道，还是拐入了比斯特里斯支流。我们在凡都的时候也从没听人说到过类似的船只，看来它一定是夜晚经过那里的。

我很困倦，可能是天气太冷的原因吧。现在我真的很需要休息。亚瑟坚持由他值第一班。感谢他为米娜和我做的一切，上帝保佑他！

十一月二日，早晨

天大亮了。

那个优秀的青年没有把我叫醒，他说因为看见我睡得很安稳，仿佛忘记了所有的烦恼，他认为叫醒我是一种罪过。我感到自己睡那么久，让他守了整整一夜是非常自私的行为。

但他说得没错。因为今天早上我整个人焕然一新。在他睡觉时，我将所有必要的工作做好，如操作引擎、掌舵或守望等，我感到体力和精力都恢复过来了。

米娜和范·黑尔辛到哪里了？他们应该在周三中午到达维雷斯

蒂,之后他们可能需要花点时间去买马车和马匹。假若他们现在已经起程,而且催马急奔的话,他们现在应该快到博尔戈关口了。

愿上帝引导他们,帮助他们! 我不敢设想可能发生什么事情。我只希望船能开快些,但其实已不可能,引擎已经发出颤动声,它运行到了极限。

谢瓦尔德医生和莫里斯先生怎样了呢? 沿途到处能看到溪流自山上流下汇入大河,好在现在小溪都很浅,如果是在春天,雪化了以后就麻烦了,所以,他们骑马应该不会有太大的问题。

希望我们在赶到斯特拉斯巴以前能看到他们,如果到那时还没有捉住伯爵,大家就有必要集合起来商量对策。

谢瓦尔德医生的日记

十一月二日

我们已经上路三天了,没有一点发现,也没时间写日记,每分每秒都非常珍贵。除了必须让马匹歇息时我们才休息一会。但我们都还承受得了。看来,我们过去的冒险生涯现在起到作用了。我们一定要坚持,不能松懈,直到再次见到蒸汽船。

十一月三日

我们在凡都听说蒸汽船向比斯特里斯方向驶过去了。希望天气不要再冷下去,目前已经有了下雪的迹象。如果雪再加大,我们就不能走了。只能改用雪橇,就像俄国人一样。

十一月四日

今天,听说蒸汽船在开过一段湍急的水流时发生了故障,困在那里了。斯洛伐克人的船只没有问题,它们依靠纤绳及丰富的掌船经验通过了湍流,有的船只几小时前才通过。

亚瑟是驾船高手,很明显,是他使蒸汽船恢复了正常。在当地人的协助下,他们也安然穿过了急流,重新往前行驶了。

但有农民跟我说,蒸汽船重新平稳行驶时,见到船只经常会熄火。我们要加速赶上去,可能他们急需我们的帮助。

米娜·哈克尔的日记

十月三十一日

中午我们抵达了维雷斯蒂。

教授跟我讲,他今早几乎不能对我实行催眠,而催眠中我只讲了一句:"一片黑暗,非常安静。"现在他买马车和马匹去了,他说路上还需要备用的马匹,这样我们可以换下跑累的马匹。

我们前方大约还有七十英里的路程。实话说,这个国家的确很美,也很有意思。假若我们换一种心情,那么,欣赏这里的美景将是多么惬意的事情啊。而倘若乔纳森能与我独自巡游,那会是多么畅快啊。我们会停下来造访当地居民,了解他们的生活习惯,而在我们的记忆里将装满这个国家五彩斑斓的美景和特有的民俗习惯。

但是,唉!

后来

范·黑尔辛医生回来了，他买好了车辆和马匹。我们准备吃晚餐，之后一小时以内出发。房东太太给我们准备了一大篮子食品，差不多能满足一个连队的士兵享用了。

教授酬谢了她，并悄悄告诉我，在未来的一周内我们也许找不到任何食物。他还买了许多其他东西，带回一大堆毛皮大衣、围脖及各种保暖物品。我们无论怎样都不会被冻着了。

我们马上要出发了。对于未来的事情我不敢去设想，一切交由上帝做主吧，只有他才清楚会发生什么事情。

我以悲痛、谦恭的灵魂虔诚地祈祷上帝，请他眷顾我深爱的丈夫；并希望不管发生什么事情，乔纳森都能知道我对他的爱和忠诚是无法用语言表述的，我的眷恋将伴随着他，直到永远。

第二十七章

米娜·哈克尔的日记

十一月一日

我们整整一天都在急忙赶路,那些马匹仿佛也心领神会,一个劲地往前飞奔。我们历经了太多的变故,许多时候我们能够得出相同的看法。现在我们都满怀信心地认为这次旅行可能不会那样困难。

范·黑尔辛办事一贯很利索。他对农民说,因为他急着要赶去比斯特里斯,所以用很好的价钱同他们换了马匹。我们喝了热汤、热咖啡或热茶后,又立即上路了。

这个国家真的非常可爱,满眼是如画的美景,这里的人民勇敢、坚强、纯朴、品德高尚。但他们又特别、特别的迷信。

在我们打尖的第一个农民家里,正为我们准备食品的女主人一见到我额上的伤疤,就马上画着十字,还对我伸出两个手指,以抵御"魔眼"。我相信他们有意在食物里另外加了许多大蒜,使我承受不了。

打那以后,我就尽量不脱帽子或摘下面纱,以免引起他人的猜忌。我们跑得相当快,并且是自己驾车,所以不用担心车夫说闲话,但我敢说对"魔眼"的惧怕会一路上伴随着我们。

教授好像不知疲倦,整整一天他都不肯休息,他让我睡了很长时间。傍晚时分他又为我催眠，他说我的回答还是一样："一片黑暗，只听到水花拍打的声音和木头摩擦的声音。"我们的敌人看起来还在水上。我不敢想乔纳森，但不知为什么，现在我对他和自己并不是很担心。

我趁马匹在马棚里吃草的休息时间写下了这些。范·黑尔辛医生睡着了，可怜的人啊，他显得那么疲劳不堪。但他的嘴角依然表现出征服者的坚毅，甚至连睡熟的时候，他脸上的表情都显现出决断能力。

下次上路的时候，应该让他去休息，我来驾车。我要跟他讲，我们还有好几天的路程，可别把身体弄垮了，还有最重要的事情需要他到时候全力以赴呢。

准备就绪，我们马上就要出发了。

十一月二日，早晨

我成功了，我们整晚轮流驾车。已是拂晓时分，虽然异常寒冷，但世界充满了光明。空气里有种奇特的厚重感觉，我实在找不到更贴切的字眼了，我的意思是我们都觉得有一种压迫感。

天气特别冷，唯有温暖的毛皮大衣使我们舒服一些。黎明，教授为我催眠。他说我的回答是"一片黑暗，木头摩擦的声音和奔腾的水流声"。

看来水面的情况已发生了变化。希望我的爱人不要遇到什么麻烦。这事只好听天由命了。

十一月二日，晚上

我们赶了一天的路。越往前走眼前的景色变得越荒凉。当初从维雷斯蒂看喀尔巴阡山好像是远方的小山包紧贴着地平线，而现在它却变成了耸立的巍巍高山围绕在我们周围。

我们两人的心情都挺不错，也许我们都是为了使对方的精神更加振奋吧。范·黑尔辛说，明天早上我们就能到达博尔戈关口了。一路上，几乎见不到房屋，教授说最后一次换的马匹要一直跟着我们，也许再也找不到替换的了。现在我们共有四匹马，其中两匹是换来的，另外两匹是买的。那些马匹都表现得不错。它们驯服、温顺，没有给我们带来任何麻烦。

我现在用不着担心遇到人了，因此干脆大大方方地来驾车。我们必须在天亮以后，而不是天黑的时候入关，所以不用着急，两人都轮流得到充足的休息。

啊，明天将会有什么事情发生？我们要去寻找我的爱人曾备受磨难的地方，希望我们不会迷失方向。愿上帝保佑我的丈夫、我的朋友及所有灾难深重的人们。至于我自己，已经不值得他眷顾了。啊，在他眼里我是个不洁之人，并且不洁之名一直延续，直到有一日，他重新设计让我同列于其他没有玷污的子民之中。

范·黑尔辛的备忘录

十一月四日

以下的话写给我真诚的老朋友，伦敦普尔弗利特的约翰·谢瓦尔德博士……我万一见不着他的话，这些文字能说明发生了什么事情。

现在是清晨，我坐在篝火边，它燃烧了一整夜。米娜始终在帮忙加柴。天气真的特别寒冷，空中漫天大雪，估计积雪一个冬天都化不了，地面被雪冻得非常坚硬。

估计天气对米娜产生了影响，她一天都昏昏沉沉。睡了醒，醒了睡,什么都不做,也没有胃口。日记也不写了,而在此之前她一有时间就写。我感到这是不好的预兆。

而到了晚上她的精神好了许多,一整天的睡眠使她的元气得到了恢复,她又恢复了以往温柔活泼的样子。傍晚时分,我打算为她催眠,但是,没有反应,好像她接受催眠的能力与日俱减,到今天晚上我根本不能让她进入状态。那好,一切交给老天做主吧,不管这意味着什么,也不管他把我们引向哪里。

昨天的事情,米娜没有用速记写下来,我不得不拿起笔来,这样才不会把每一天的情况漏掉。

昨天早上,刚好日出的时候,我们到了博尔戈关口。在此之前我见将近黎明,便马上做好了催眠的准备。我们将马车停了下来,为防止受到干扰,我们下了车,我将毛皮大衣铺成躺椅的样子让米娜躺上去,但我花了好久的工夫,她只简单地说了一句"黑暗和旋涡"。

后来,她醒了,呈现出精神焕发的样子,于是我们接着赶路,很快到了关口。这时,米娜突然变得兴奋起来,仿佛发现了什么一样,指着一条路说:"就是这条路。"

"你怎么知道?"我问道。

"我当然知道啦,"她说,停顿了一下又补充说,"乔纳森在他的日记里不是描绘过这条路吗?"

最初我还觉得有点奇怪,但马上我就发现这是唯一的出路。它与从布科维纳到比斯特里斯的大道不同,后者路面宽阔、坚硬,走过的人较多,但这条路比较僻静。

于是,我们驾车沿着这条路往前走。一路上经过很多岔路口,有的根本不能断定到底是不是路,因为它们看起来很荒寂,还被积雪覆盖着。只有马才能识别方向,于是我干脆放开缰绳,任马车自由行驶。

马匹一路跑得很谨慎、很有耐性。我们慢慢发觉,一路见到的景致与乔纳森杰出的日记里描绘的几乎完全一致。就这样,我们一路往前走,时间就这样流逝着,真可谓漫漫长路啊。

一开始,我让米娜女士去休息一下,她答应了,结果她很快就睡着了,而且一睡就睡了很久,这让我不禁心中起疑。于是,我尝试着把她叫醒,但却叫不醒她,我不想硬将她吵醒,怕她会受到伤害。我知道她已经身心疲惫,睡眠可能是最好的缓解方式。

有一阵,连我自己都打瞌睡了。我为此心里觉得很愧疚,仿佛自己做错了什么事情一样。等我醒来,发现缰绳仍在我手里握着,马儿依旧小跑前进。

我望了望米娜,她还睡着。太阳快下山了,光线穿透满天的雪花,放射出黄色的光芒,我们的影子被拉得很长,投射到我们的前面。

两边全是陡峭的悬崖,看上去一切显得荒芜、凄凉,仿佛这条路通向世界的尽头。我再一次想把米娜叫醒,这回她很快就醒了。我抓紧时间对她进行催眠,但她却不能进入状态,我不停地努力,直到突然发现夜色已经笼罩了我们。

米娜笑了,我转身看着她,她显得很清醒,而且从我们第一次进入伯爵在卡尔法克斯的屋子以后,我就再没见到她像现在这样好的状态了。我觉得很惊讶,还有些不安,但她的温柔、快活与善解人意令我把疑虑暂时抛在了脑后。

我燃起一堆火,我们车上带有足够的木炭。米娜在准备做些吃的,这时我将马拴住,给它们喂吃的。我回来的时候,米娜已经做好了晚餐。我想帮她盛一点,但她却笑着说她已经吃过了,因为她很饿,所以没有等我就先吃了。她的这种说法让我很怀疑,但我怕追问下去会吓着她。于是,我只好一个人默默地吃。

吃好饭以后,我们裹着毛皮大衣在火边躺下,我让她睡觉,我来守夜，但不久我就睡着了，等我突然惊醒时，看到米娜静静地在那里躺着，那对清澈明亮的眼睛正在注视着我。后来我又睡着了，再醒来，这样反复几次，发现每次米娜都是那个样子，直到天亮。

醒来以后，我对她进行催眠，但是……唉！虽然她顺从地闭上眼睛，但好像根本不能进入睡眠。太阳出来了，跃上了地平线，她这时睡着了，而且一睡就不再醒过来。我只好将她抱上马车，让她接着睡。而我则套好马车，准备上路。

米娜在睡觉时脸色显得健康红润，对于这一点我并不喜欢，因为我很害怕！害怕！害怕！我害怕一切，甚至连思考本身，但我没有退路，我们的行动本身就是你死我活，并且是有过之而无不及，我们只有前进！

十一月五日，早晨

就让我准确地记录下所有情况吧。

虽然你我一道见证了许多离奇古怪的事情，但你也许会认为我范·黑尔辛已经疯了，是恐惧和持续的高压令我的神经最终崩溃。

我们昨天赶了一天的路，群山离我们越来越近了，四周的环境更加僻远与荒凉。到处是悬崖峭壁，随处可见瀑布从天而降，这些景致是大自然的鬼斧神工。

米娜女士还熟睡不醒，我觉得有点饿了，自己吃了点东西，却无法叫醒她一起吃。我担心这个地方给她施了致命的符咒，因为她被吸血鬼侵蚀过。"好吧，"我自言自语说，"假若她这样一直睡下去，那我晚上就不能睡觉了。"

我们行驶在一条坎坎坷坷、古老的山路上，我又禁不住低下脑袋睡着了。过了一阵子，我醒过来了，不禁觉得有些惭愧。米娜还没有睡醒，太阳慢慢往西沉。

眼前的景物已经发生了改变,延绵的群山已经被远远地抛在了我们身后,我们快要到一座险峻山坡的顶端了,山巅有一座古堡,跟乔纳森日记中所记载的一模一样。这一刻,我真是又喜又惧,现在,无论好事坏事,总算熬到头了。

我把米娜叫醒,准备给她催眠,但是,唉,又失败了。尽管夜幕已经降临,但落日余晖仍然能够洒到雪上,有一刻景色真是太奇妙了。

我找了个地方喂马,再生起一堆火。米娜这时已经醒了,我让她披上毯子,靠火堆坐下,这时她显得更加动人。我准备好了吃的,她却说一点都不饿。我没有劝她吃,知道劝也没用。但我必须吃东西补充精力和体力,我就独自吃了。

为了预防意外发生,我以米娜坐的地方为圆心在地上画了个很大的圆,圆圈大到让她不会感到难受。我再将圣饼揉碎,在圆圈上面均匀地撒了一遍,一点缺口也不留。米娜坐着纹丝不动,她的脸色愈来愈惨白,甚至比雪还要白,但默默不语。当我走近她身边时,她向我靠过来,浑身不住地颤抖。我明白她可怜的灵魂从头到尾都正在经受着痛苦的折磨。

待她稍微缓和一些之后,我跟她说:"你想不想往火堆边来一点?"我想试一下看她能不能活动。她顺从地站起来,但她只移动一步就停住了,仿佛遭到了棒击一样。

"怎么不动了?"我问。她摇摇头,倒回去,坐在原地。之后她就像大梦初醒似的瞪大双眼望着我,简单地说:"我做不到!"就再也不说话了。

她这样讲我很高兴,因为我明白,她办不到的事情,那些魔鬼也一定做不到。尽管这对她身体也许会有点危害,但她的灵魂是安全的。

不久,马匹嘶鸣起来,它们显得很躁动,拼命想挣脱缰绳。我过去试着安抚它们，我的手一触摸到它们，它们就马上发出满足的哼哼声，并舔着我的手。

在这寒冷黑夜，我查看了它们几次，每次过去都会让它们更安稳一些。这时已到了夜里最寒冷的时候，火也慢慢地快要熄灭了，我想过去把火烧旺一些。此刻大雪漫天飞舞，寒冷的空气里还迷漫着阵阵雾气。

虽然是黑夜，但周围还能看见某种光亮，这些光斑在雪上飘动，雾气围绕着它们，看起来仿佛穿着拖地长裙的女人们。周围一片寂静，唯有马匹在狂躁地喷着响鼻，仿佛正处在极度的恐慌之中。

我开始害怕起来，产生极度的恐惧，但是，当我看见周围画的那个圆圈时，感到安全了许多。我开始怀疑自己是不是由于持续的压力、抑郁和睡眠不足才产生了某种错觉，也可能是由于乔纳森恐怖的经历在头脑中形成记忆造成的幻觉。

雪花纷飞，薄雾在地上旋转着，直到后来，我认出了那些要亲吻乔纳森的女鬼的样子。这时马匹不停地后退，全体颤抖，站立不稳，并且像人那样痛苦地呻吟着。好在它们没有失去理智，不然它们肯定要挣脱缰绳狂奔而去。

就在狰狞、鬼魅的影子向我们慢慢靠近的时候，我有些担心米娜，我看看她，但她很镇静，面带笑容。于是我想过去将火添旺一点，她一把抓住我将我拽了回去，之后梦呓一般地低声说："不！不！别走过去，你在这里才是安全的！"

我转身，注视着她的眼睛说："但是你呢？我担心的是你！"

她笑了，声音很低，仿佛很不真实："担心我！为什么要担心我？这个世上没有比我更安全的了。"

我正回味着她的话是什么意思时，一阵风吹过，将火吹亮了，我看到她额头上鲜红的伤疤。原来是这样！就算我现在还没明白，接着发生的事情也让我明白过来。

因为,虽然旋转的雪花和雾气聚成的影子在向我们靠拢,但是始终无法进入这个圣圈。随后,这些幻象变得愈来愈真实,假若上帝还没有使我失去理智的话,我亲眼看见这些幻影最后变成了三个活生生的女人。她们就是乔纳森日记里记载的想亲吻他脖子的三个女人!

我认出了她们窈窕的身姿、明亮的双眼、雪白的牙齿、红润的脸蛋,还有那猩红的嘴唇。三个女人朝着米娜笑起来,笑声穿透死寂的夜空。她们向米娜伸出双手,并以一种媚惑的、令人恶心的甜腻音调对她说:"过来,我们的姐妹,来到我们这边,来啊,来啊!"这就是乔纳森的日记里记载的类似于敲击玻璃杯时发出的尖锐的声音。

我惊恐地转过头看米娜,当我读出米娜眼里露出的畏惧与拒绝时,我高兴的心情就像跳动的火苗,这说明一切都来得及,感谢上帝,她还没有成为她们的同类!

我拿着圣饼,向她们逼近。她们向后退避,同时发出惊恐的笑声。我走过去把火堆添旺,一点都不惧怕她们了,因为我清楚我们受到了保护,非常安全。她们不能接近我,也不能接近米娜,只要她还在圈子里面,而实际上米娜也无法走出那个圆圈。

这时,马匹的哀鸣已经停止了,静静地站在那里。雪花慢慢落在它们身上,使它们变得越来越白。我知道这些可怜的马匹永远不会感到恐惧了。

就这样,我们在原地待着,直到拂晓,曙光照到了雪地上。我感到孤单、无助,内心充满恐惧与哀伤,但是,当美丽的朝阳慢慢从地平线上露出笑脸时,我才回过神来。就在曙光初现时分,那些恐怖女魔化成旋转的雪雾,拖着暗影向着城堡方向飘走了,最后消失得无影无踪。

每到太阳出来时,我就习惯性地对米娜进行催眠,但她突然睡着了，我根本无法把她叫醒，于是，我又尝试在睡着的状态为她催眠，但她没有丝毫反应，此时太阳完全出来了。

我害怕得直哆嗦，火已经熄灭，马匹全都死了。我今天还有许多事情要做。我一直在等待着，一直等到太阳升得很高。因为，我必须去一些地方，而在那里尽管雪和雾的笼罩会令光线昏暗，但太阳会让我感觉比较安全。

用完早餐，我感到体力得到了恢复，接下来我就要着手恐怖的工作了。米娜仍然沉睡不醒，感谢上帝，她看起来这样安详……

乔纳森·哈克尔的日记

十一月四日，傍晚

启程到现在我们遇到一起故障，对我们来说真是太糟了，不然，我们也许早就追上了那艘船，亲爱的米娜也许早就得到了自由。我不敢想象她在那个荒僻、恐怖的地方会发生什么事情。

我们已备好马匹，准备跟随伯爵的行迹。我利用亚瑟做准备的时间记下这些情况。我们此时已经全副武装。假如那些兹岗尼人想要打仗的话，他们最好小心一点。啊，我真希望莫里斯与谢瓦尔德现在和我们一道！我们只有继续期待！倘若以后我再也没机会写下去的话，那就在此向米娜道别吧！愿上帝眷顾保佑你。

谢瓦尔德医生的日记

十一月五日

在晨曦中，我们见到前面有一队兹岗尼人赶着一辆四轮马车自河边急奔而去。他们骑着马在马车周围护卫,紧随其左右。雪花轻轻地漫天飞舞,空气中弥漫着奇特的紧张气氛。也可能是我们的错觉,但的确存在一种奇怪的压迫感。远方有阵阵狼嚎声传来,飞雪夹杂着狼嚎声从山上飘到这里。我们从各个方向都可能面临危险。

马匹已经备好,我们即刻就要策马飞奔,直取那个恶魔的性命。只有上帝了解一切将由何人,在何时、何地,以何种方式结束……

范·黑尔辛医生的备忘录

十一月五日,下午

至少我的大脑还正常。感谢上帝对我们的仁慈,虽然我们经历了这样可怕的危险。

我将沉睡的米娜留在安全的圣圈里面,独自向城堡走去。看起来我从维雷斯蒂带来的铁匠用的大铁锤是派上用场了,尽管城堡的门都打开着,但我还是用铁锤将所有锈迹斑斑的链条都砸断了,以防那些门会意外地被关上,将我反锁在里面。

乔纳森的惨痛经历现在能派上用场了,凭着他日记中的描绘,我找到了通向旧教堂的路,这是我将要进行工作的位置。

这里的空气异常混浊,仿佛弥漫着硫磺的气味,闻了令人头晕。此时我听到远方隐约传来狼群的嚎叫,想到米娜一个人在外面。我的心揪了起来,简直进退两难。

我不敢带她来到这里,而将她留在圣圈里面,以免遭到吸血鬼的伤害,但外面又有狼!然而我告诉自己,我的工作在里面,至于狼的威胁,只能听天由命了,假若这是上帝的意愿。

无论如何,等待我们的不是胜利就是灭亡。因此我为米娜做了选择。假若是我自己，我宁愿让狼将自己撕碎了吃掉，也不愿被吸血鬼拉入坟墓成为吸血鬼。如果只能二选一的话，那就让我为米娜做出选择吧。我的选择就是留在这里继续工作！

我已了解这里至少有三个吸血鬼的坟墓，那是她们居住的墓穴。我仔细查找，终于找到一个。那个女吸血鬼正睡在里面，她看起来美丽动人，我不禁有点战栗，仿佛自己要进行的是一场谋杀。

啊，毋庸置疑，过去的岁月里，也曾有这样的事情发生：许多男人也像我这样肩负着使命，但后来他们的心背叛了自己，背叛了他们的意志。他们无法下手，时间一点点流逝，直到女吸血鬼的美色彻底征服了他们。最后太阳下山了，美丽的吸血鬼醒来了。她睁开迷人的眼睛，露出迷惑的眼神，鲜艳的嘴唇诱惑着对方的亲吻，于是这些男人彻底崩溃了。从此吸血鬼的胜利史册中又添了牺牲者的名字，而吸血鬼的恐怖家族又得到了扩充……

我现在也有些被迷惑了，光是容貌就打动了我，尽管她睡在久经岁月腐蚀、满是尘土的古墓里，而且里面还弥漫着恶心的气味，与伯爵睡的泥土箱子的味道很一致。但是，我被打动了，我——范·黑尔辛，完全有理由、有动力对她满怀仇恨，但我被打动了，我的整个神经都好像麻痹了，只想迟一些动手。

也许由于困倦，空气中有一种古怪的压迫感朝我袭来，将我彻底征服。我几乎就这样睁着眼睛睡着了。此时，一声幽远的、凄凉而哀怜的哭喊声隐隐穿过雪雾传入我耳鼓，它有如号角猛然将我惊醒。因为，那是亲爱的米娜发出的声音。

于是，我把自己重新拉回恐怖的工作之中，打开另外一个墓盖，我又找到了三姐妹中的另一个，就是比较黑的那一个。这次我不敢停下来看她的面孔，害怕自己再一次意乱情迷。

我接着向前搜索,又找到一座又高又大的坟墓,看来仿佛是为了深爱的人修建的。里面睡着第三个漂亮女人,我和乔纳森都曾亲眼见证她是怎样从雾中凝结成形走出来的。她是如此的美貌,有着一张艳丽迷人的脸蛋,精致中带着魅惑,我那种男人内心深处的原始欲望又被撩动了起来,激发了我对这些女人的爱怜和保护欲望,我的头脑又开始晕眩。

但是,感谢上帝,在我被魔咒完全控制之前,米娜女士痛苦的哀号仿佛又在我耳边回旋起来,我又清醒过来,接着投入工作中去了。

现在我已将教堂里能找到的所有坟墓都搜查了一遍,但只找到昨晚围住我们的那三个吸血鬼,我估计除了她们以外,应该没有其他的吸血鬼住在这里了。

另外,还有一座比别的坟墓都气派、宏大的坟墓,墓碑上的装饰雕刻精细,上面刻着:

德 拉 库 拉

看来,这个就是吸血鬼之王的老巢了,之后的许多新吸血鬼都是因他而生。墓穴是空着的,这进一步证实了我的猜想。

在我准备使那三个女人永远安息之前,我在德拉库拉的墓穴里先安放了一些圣饼,这样他就永远不能再进入这里了。

接下来,我要着手实施我的恐怖任务了。但我感到有些害怕。假若只是一个女人的话,事情可能还好办一点,但现在是三个!

在惧怕中我犹豫再三,以前在露茜身上尚且经历了那么剧烈的恐惧,何况眼前这些陌生的吸血鬼,她们经历了好几个世纪,威力随着时间的增加在不断加强,万一她们奋起反抗保卫自己……

啊,约翰,这种工作像屠宰一样,如果不是因为想到那些死去及还活着的朋友,想到他们经历的磨难和伤痛的话,我可能真的无法继续下去了。甚至直到现在,我还在浑身哆嗦,虽然一切都已经结束,感谢上帝，我经受住了考验。

如果不是我在第一次工作结束以后，见到女吸血鬼脸上露出安详和愉悦的表情，并确信已解救了她的灵魂，我是绝不可能把屠夫工作继续下去的，也不可能忍受木桩砸入她们身体时，她们所发出的恐怖尖叫、痛苦挣扎，还有嘴角血沫直冒的样子，我可能会扔下工具狼狈逃窜。

一切都已经结束！现在我可以去怜惜并为她们流泪了。此时，我想她们的灵魂已经得到了真正的安息。约翰，你知道吗？我还没来得及用刀将她们的头颅割下，她们就已经分裂，最后化成一团粉末。好像几个世纪以前死神就该光顾她们，但到现在才姗姗来迟，并大声宣告："我来了！"

在离开城堡时，我封住了入口，这样，伯爵就再也进不去了。当我一踏入米娜所待的圣圈，米娜马上从梦里醒过来了。一见我，她就伤心地痛哭起来，看起来真让人心碎。

"来！"她说，"我们离开这个鬼地方！去与我的丈夫会合吧。我清楚，他正向着这边赶过来。"

米娜看起来消瘦、惨白和憔悴，但她的眼神却依然清纯，充满热情。见到她苍白和病态的容颜我反而觉得很高兴，因为，我的头脑里还被血淋淋的吸血鬼的模样充斥着。

于是，怀着信任与希望，当然也有恐惧，我们朝东方行进，去迎接我们的朋友，还有"他"！米娜说，她知道他们正向这里赶过来。

米娜·哈克尔的日记

十一月六日

我和教授朝东边出发时，已将近傍晚，我清楚乔纳森正向着我们这边赶来。尽管是走下坡路，我们行进的速度并不快。我们背负沉重的毛毯和行李，在这冰天雪地里，我们不想连一点保暖的物品都没有。

另外，我们还带了一些食品，在这荒郊野外，我们站在皑皑白雪中向远方眺望，根本见不到任何人家。走了大约一英里后，我实在走不动了，只好坐下歇息。

我们再回首向山顶的城堡望去，只见它在半空中刻画出清晰的轮廓。我们处于山脚下，从所处位置的角度看去，喀尔巴阡山脉高插入云，而那巍然耸立的城堡独立于千丈绝壁之巅，而这个绝壁与相邻的山峰隔着一条很宽的堑壕。这个地方真可谓险峻诡异啊。

这时，我们听见远方传来了狼嗥，虽然这些声音是穿过茫茫无边的大雪传来的，但听起来还是令人毛骨悚然。范·黑尔辛四下搜寻，我明白他是在找一个战略位置。这样我们万一遭到攻击，也不至于太暴露。下山的道路崎岖坎坷，但我们通过积雪能认出山路的痕迹。

不久，教授向我招手，于是我站起来走到他所在的位置。他找到了一个非常好的地方，它是岩石中的一个天然石洞，洞的两边有两块大石头，使入口处看上去像个门廊。他把我拉进了石洞。

"看！"他说道，"你就躲在这里面，假如有狼群来攻击的话，我就能一个一个地解决它们。"

他将毛皮大衣都搬了进来，为我铺了一个温暖舒适的窝，还拿了一些食品来硬要我吃。但是我吃不下去，哪怕尝试着吃一小点我都觉得想吐。我很想令他高兴，但实在勉强不了自己。他显得很难过，但并没有责怪我。他从包里拿出望远镜，站到大石头的顶上，向远方地平线望去。

突然，他大声叫起来："快看！米娜女士，看！看！"

我马上跳起来，站到他旁边。他将望远镜递给我，并指着前方。

此时,雪下得更猛了,一阵大风吹过,满天雪花开始旋转飞舞。但雪的空隙中,我还是看见了一条细长的盘山路。

因为我们站在高处,所以能看得很远。远方,在茫茫白雪的尽头,有一条像黑色丝带一样的弯弯的小河。然而,就在我们前面不远处,已经那么近了,也许我们刚才没有留意,一队骑士正向这边急奔而来。他们中间有一辆四轮马车,是那种有很长龙骨的瓦冈车,在路上左右摇晃,就像摆动的狗尾巴一样。透过漫天大雪,从服饰上可以看出来他们是农夫或者是吉卜赛人。

马车上载有一个方形的大箱子!一见到那个箱子,我的心就禁不住狂跳起来,因为我明白最终的时刻终于要到来了。

天色逐渐暗下来,我很了解,只要太阳一落山,那个困在箱子里的魔鬼就会马上重新获得自由,而且能通过变形逃脱我们的追杀。我担心地朝教授转过身,但令我惊讶的是,他并没在我旁边。我立刻见到他在我的下方。他已经在我所在的石头周围画了一个与昨晚相同的圆圈。

完成之后,他走过来站到我身边说:"至少在这里他伤害不到你了!"之后,他从我手里拿过望远镜。

这时雪停了下来,所以,我们能清楚地看到下面的情景。

"看,"他说道,"他们的速度很快,不停地在鞭策马匹,以最快的速度往这边赶来。"他停了一会,接着低着嗓子说:"他们加速奔跑是为了赶在太阳下山的时刻到达,我们可能太迟了。这也许就是上帝的旨意!"

话音刚落,鹅毛大雪又下了起来,周围景物全被笼罩了。但雪很快又停了。于是他再将望远镜举了起来,突然,他大喊起来:"看!看!快看!我看到两个人骑着马飞速从南面追上来了。肯定是昆西和约翰!趁下雪之前,快看!"

我接过望远镜朝前一看。两个人可能是谢瓦尔德医生和莫里斯先生，一定不是乔纳森，但我清楚乔纳森离这里也不远了。这时，我发现另外两人骑着马从车队的北侧向山顶风驰电掣般地飞奔而来，其中一个我知道就是乔纳森，另一个肯定就是戈德明庄主了。

他们也在追赶那队人马。当我将这告诉教授时，他高兴得像个学生一样欢呼起来。教授始终专注地观察着远处，直到大雪又一次纷纷而下挡住了视线。这时，他举起了温切斯特来复枪，我们藏身的洞穴万一受到袭击时能用上。

"他们正在向这里靠拢，"他说道，"到时，我们的四周会都是吉卜赛人。"于是我也拿出了自己的左轮手枪，我们谈话的时候，狼的叫声越来越大，也越来越近了。

趁着暴风雪稍弱的空隙，我们再次向山下眺望，奇怪的是，虽然大片的雪花在空中飞旋，但是，在遥远的群山之巅，快要落下的太阳却显得分外耀眼。我用望远镜向四下看去，见到许多在移动的小黑点，并且三三两两地聚集起来，那是狼群在汇集，准备捕食。

我们等待的每一分每一秒都觉得非常漫长。风刮得更凶猛了，它卷起雪花朝着我们遮天蔽日地盖过来，在四周盘旋飞舞，以至于我们伸手不见五指。

狂风过后，我们的视线又变得清晰起来，能看得很远。因为近期我们已经惯于观察日出与日落，所以，我们现在能十分准确地判断出它们到来的时间，我们明白太阳很快就要下山了。

令我们不敢相信的是，在我们等待的不到一小时的时间里，那些人离我们已经很近了。此时风更为猛烈，而且连续不断地从北方刮来，仿佛要将我们顶上的乌云刮到别处去，现在，只有一些零星的雪花飞舞下来。

我们已经能清晰地看见底下双方的人马了，包括追赶的和被追赶的人。很奇怪的是,那些被追的人好像并没有意识到或者说并不在意别人在追赶他们,只是在太阳西沉的时候加速往前赶路。

他们越来越近。我和教授埋伏在大石头后面,手里握着自己的武器。我知道教授已经决心不让他们经过,而他们所有人都不知道我们躲藏在这里。

突然,有两个声音同时响起:"停下!"其中一个高亢的声音是我的乔纳森,而另一个浑厚的声音是莫里斯先生,他们命令的语调异常坚决。虽然那些吉卜赛人不明白他们在喊什么,但是,他们肯定能感觉到这种命令的口气。

他们本能地拉紧了缰绳,就在这一时刻,戈德明庄主和乔纳森从一边冲上来,而谢瓦尔德医生和莫里斯先生从另一边冲了上来。此时,吉卜赛人中一个衣着体面、首领模样的人骑在马上向他的同伴挥着手臂,厉声吆喝着,好像在命令他们继续前进。

于是,这些人又要策马前进。但乔纳森他们四人同时举起了步枪,命令吉卜赛人停下来。这时,我和教授也从石头后面站了出来,举起枪瞄准了他们。

见到已被包围,那些人只好勒紧缰绳停了下来。那个首领转身对他的同伴说了些话,接着他们所有人都掏出了武器,刀或者手枪,准备战斗。剑拔弩张的时刻到了!

突然,那个首领扬鞭催马,赶起马车朝前方冲了出去,同时,他指着已接近山顶的太阳,又指了指城堡,嘴里说了一些听不懂的话。这时,我们的四个人都飞身下马,迅速朝马车扑了过去。看到乔纳森身处如此险恶的境地,我真为他着急。因为我浑身充满了战斗的热情,因此一点也不感到害怕,只有一种狂热的要做点什么的冲动。

首领见到我们的人冲了上去,马上发出号令,那些吉卜赛人立刻围在马车周围,但没有什么秩序,他们挤成一堆,挤挤攘攘的,争先恐后地执行命令。

　　我看到乔纳森和昆西二人从两边要突破吉卜赛人的包围冲进去,很显然,他们想赶在太阳落山以前结束战斗。仿佛任何东西都不足以阻拦他们,不管是面前的吉卜赛人手中闪闪发亮的刀枪,还是后面一阵阵想分散他们注意力的狼嚎。

　　乔纳森勇往直前的决心和勇气征服了拦在他前面的吉卜赛人,他们下意识地闪在一旁,让乔纳森过去。他一个箭步窜上了马车,以一种惊人的力量提起了箱子,将它扔到地上。

　　这时,莫里斯先生也从另一边突破了兹岗尼人的重围。我始终屏住呼吸注视着乔纳森这边的动态,但眼睛的余光也看见莫里斯在明晃晃的刀光中向前拼杀,并且突破重围。他用一把大弯刀和吉卜赛人格斗,开始我以为他没有负伤,但当他与跳下马车的乔纳森会合,并肩战斗时,我见到他左手捂住身体一侧,鲜血从手指缝里不断流下来。

　　尽管这样,他却没有影响战斗,当乔纳森竭尽全力用反刃大刀劈向箱子一端的链条,努力打开箱盖时,他也劈开了另一端的链条。两人一起发力,箱盖慢慢松动了,钉子纷纷掉落,发出刺耳的尖叫声,盖子终于掀开了。

　　此时,吉卜赛人看见戈德明庄主和谢瓦尔德医生手中的连发步枪正瞄准自己,终于放弃继续抵抗而屈服了。太阳马上就要下山了,人们的影子都投在雪地上。

　　我看到伯爵正躺在箱里的泥土上面,因为箱子的翻动,有些泥土散落在他身上。他的脸色是死人般的惨白,像一个蜡像一样,火红的眼睛里发出狰狞的仇视目光,我对这种神情太熟悉了。

　　然而,当这对眼睛见到西沉的太阳时,眼中的仇视立刻化作胜利的狂喜。但是,就在刹那间,我见到乔纳森手起刀落,砍断了伯爵的脖子,我禁不住浑身一哆嗦。同时,莫里斯先生也一刀插进了伯爵的胸腔。

简直是个奇迹,就在众目睽睽之下,就在呼吸的一瞬间,伯爵的整个身体顷刻瓦解,裂变成一团粉末,在我们眼前消失了。

我想,就算自己立即死去,我都会为这一刻高兴。因为,就在那一刹那,我见到伯爵的脸上现出一种祥和的神色。我从没想到在他的脸上也能够出现这样的表情。

德拉库拉城堡依然耸立在红色的天空,落日余晖清晰地映衬着残破城墙的轮廓。

很显然,那些吉卜赛人认为是我们使伯爵消失了,他们吓得二话没说掉头就逃。有些没能够骑上马的都跳上了马车,大声叫唤着让骑马的人不要丢下他们。那些藏在安全距离以外的狼也猛然清醒,沿着来时的足迹逃跑了。

这时,莫里斯先生已经跌倒在地,他用肘支撑着地面,另一只手压住身上的伤口,血还在从指缝间不停地流出。我向着他飞奔过去,此刻那个圣圈对我已经不起作用了,另外两名医生也朝他跑了过去。

乔纳森跪在他身后,莫里斯将头靠在他的肩上。他虚弱地叹息一声,用没有沾血的那只手握住了我的手。他肯定是看到我心如刀绞的表情,所以笑着对我说:"我太开心了,终于完成了自己的使命!啊,上帝!"

他突然流泪了,挣扎着坐起来指着我说:"为了这个,我死也值得! 快看! 快看哪!"

这时,太阳刚好完全没进山后,红色的余晖沐浴着我的脸。就在那一刻,所有男人都跪倒在地,朝莫里斯手指的方向发自肺腑地虔诚高呼:"阿门!"

临终的莫里斯开口说话了:"感谢上帝,我们的力气没有白费!

看！她的额头比雪花更纯洁！魔咒已经被解除了！"

接着，这个英雄的绅士面带着微笑，安静地死去了。

我们无比悲痛。

笔　记

七年前，我们共同经历了烈火般的洗礼。但是，我觉得与我们当中一些人最终得到的幸福相比，我们经受的磨难是很值得的。还有一份意外的喜悦令米娜和我都感到非常高兴，就是我们儿子的生日和昆西·莫里斯遇难的日子是在同一天。

我明白，孩子的妈妈在心里始终默默坚信，我们这位英雄朋友的精神已经转移到孩子身上。我们将两家的名字加在一起，作为孩子的全名，但我们都叫他昆西。

今年夏季，我们又去了一趟特兰西瓦尼亚。故地重游，又来到那个曾带给我们无数生动而又恐怖的回忆的地方。有时，我们几乎难以相信那些我们曾经亲眼看见、亲耳听到的事情都是活生生的事实。昔日的足迹逐渐变得模糊，然而城堡还一如既往，孤单地耸立在荒凉的绝壁之上。

我们回来的途中谈到了往日的时光，亚瑟和谢瓦尔德都已经结婚，过着幸福的生活，因此，我们能够回首往事而不感到遗憾。我从保险箱里把那些细心保存的日记取了出来。自从上次探险回来之后，它们就保存在那里。

然而，有一个情况让我们感到惊讶：在这一大堆文件当中，几乎没有一件具有权威的说服性。我们所有的只是一些打印稿、米娜与谢瓦尔德和我自己的日记，还有范·黑尔辛的备忘录。即便我们希望，也难以让他人相信这些东西就是我们疯狂故事的证据。

范·黑尔辛把我们的孩子抱坐在他的膝盖上，总结道："我们不需要佐证,也不要求他人相信我们!将来有一天,这个孩子会懂得他的母亲是个多么勇敢杰出的女人。现在他已经体会了她的温柔和爱心,将来他还会懂得,一些男人曾深爱着这个女人,他们愿意为她赴汤蹈火。"

——乔纳森·哈克尔